Pomyłka panny Anny

SŁODKI ROMANS REGENCYJNY Z SZPIEGAMI, SEKRETAMI I SKRADZIONYMI POCAŁUNKAMI

Catherine Bilson

SHENANIGANS PRESS

Spis treści

Rozdział pierwszy

Barokowa architektura Wiednia rysowała się na tle szarego nieba, a uporządkowane fasady i eleganckie proporcje budynków były prawdziwą ucztą dla oczu Anny, gdy powóz turkotał po brukowanych ulicach w stronę modnej dzielnicy. W oddali dumnie wznosił się pałac Hofburg, którego potęga stanowiła świadectwo panowania dynastii Habsburgów. Przez okno powozu Anna chłonęła każdy szczegół miasta, które miało stać się gospodarzem największego spotkania europejskich mocarstw od pokoleń, podczas gdy obok niej Clara ciężko opierała się o aksamitne obicia, z cerą bladą od trudów podróży.

— Jesteśmy już prawie na miejscu — zapewniła siostrę Anna, zauważając rosnący przepych budynków w miarę wjeżdżania do dzielnicy, w której mąż Clary, Matthew, wynajął dla nich kwatery. Ścisnęła ubraną w rękawiczkę dłoń Clary, zaniepokojona cieniami pod jej oczami. — Poczujesz się lepiej, gdy tylko odpoczniesz.

Clara uśmiechnęła się słabo. — Czuję się zupełnie dobrze, jestem jedynie zmęczona drogą. A Matthew krąży nade mną niczym kwoka, co jest równie urocze, co wyczerpujące.

— Troszczy się o ciebie — odpowiedziała Anna, choć przyznawała w duchu, że nadopiekuńczość Matthew pod koniec ich podróży z Anglii zaczęła osiągać poziom wręcz duszący. Nie mogła go jednak winić, biorąc pod uwagę odmienny stan Clary, którego Anna domyślała się jeszcze przed wyjazdem, choć siostra dotąd go nie potwierdziła.

Ich powóz zwolnił przed elegancką kamienicą o kremowej fasadzie zdobionej klasycznymi pilastrami i kutymi żelaznymi balkonami, z których wylewały się późno kwitnące kwiaty. Matthew pojechał przodem, by upewnić się, że wszystko jest przygotowane i rzeczywiście stał już na schodach; jego wysoka sylwetka była krzepiącym widokiem po trudach podróży.

W ciągu godziny Anna dopilnowała lokajów wnoszących kufry, pokierowała rozpakowywaniem najpotrzebniejszych rzeczy Clary i zadbała, by podano lekki posiłek dla siostry, która spoczywała teraz na szezlongu przy oknie w ich salonie. Dom, który wynajął Matthew, był wspaniały, z wysokimi sufitami zdobionymi delikatnymi sztukateriami i wielkimi oknami, które łapały popołudniowe słońce.

Anna nalała herbaty ze srebrnego imbryka, dodając do filiżanki Clary hojną łyżkę miodu, tak jak tamta lubiła najbardziej. — To doprawdy niezwykła rezydencja — zauważyła, podając naczynie siostrze. — W tych pokojach zmieściłaby się połowa Belle Haven.

— Z powodu Kongresu o noclegi jest trudno i są one niezwykle kosztowne — odparła Clara, przyjmując herbatę z wdzięcznością. — Zdaje się, że do Wiednia zjechali wszyscy monarchowie, dyplomaci i arystokraci z całej Europy. Matthew miał szczęście, że udało mu się zdobyć te apartamenty dzięki znajomościom ojca.

Anna usiadła na krześle naprzeciwko Clary, balansując własną filiżanką na kolanie i spoglądając na miejskie iglice i kopuły. — Jest tu wspaniale. Te wszystkie książki o architekturze i historii Wiednia z biblioteki ojca w ogóle nie oddają uroku tego miejsca.

Clara przyglądała jej się znad brzegu filiżanki, a znajomy, czuły wyraz twarzy złagodził jej rysy. — Będziesz miała mnóstwo okazji do zwiedzania — obiecuję.

— A ty? — zapytała Anna, uważnie studiując twarz siostry. — Czy starczy ci sił na te wszystkie bale i przyjęcia, o których wspominał Matthew?

Dłoń Clary niemal niedostrzegalnie powędrowała w stronę jej brzucha; był to gest tak subtelny, że ktoś mniej spostrzegawczy niż Anna mógłby go przeoczyć. — Skoro już o tym mowa — powiedziała, zniżając głos niemal do szeptu, mimo że były same. — Mam nowinę, którą od dawna chciałam ci przekazać. Matthew oczywiście wie, ale trzymaliśmy to w tajemnicy, dopóki nie zyskaliśmy pewności.

Anna odstawiła filiżankę. — Spodziewasz się dziecka — stwierdziła po prostu.

Clara skinęła głową, a na jej policzki wypłynął rumieniec, gdy usta wygięły się w uśmiechu niekłamanej radości. — Tak. Lekarz potwierdził to jeszcze przed naszym wyjazdem z Anglii. Maleństwo przyjdzie na świat przyszłej wiosny.

— Ach, Claro — westchnęła Anna, szybko klękając przy szezlongu i chwytając siostrę za ręce. — To cudowna wiadomość.

— To prawda — zgodziła się Clara, a jej zielone oczy błyszczały od emocji. — Choć to nieco komplikuje naszą obecność na Kongresie. Matthew sugerował, bym została w Anglii, ale uparłam się na ten wyjazd. W końcu, kiedy znów nadarzy się taka okazja? Być obecną na tym historycznym zgromadzeniu, zobaczyć Hiszpańską Szkołę Jazdy, o czym zawsze marzyłam.

— I dopilnować, by twój mąż nie zamartwił się z tęsknoty bez ciebie — dodała z uśmiechem Anna. — Choć zastanawiam się, czy zamiast tego nie zamartwi się na śmierć z troski.

Clara zaśmiała się cicho. — Biedny Matthew. Jest zdeterminowany, by chronić mnie przed każdą niedogodnością, jakby ciąża była chorobą, a nie stanem naturalnym. — Ścisnęła dłonie Anny. — Twoja obecność z nami to ogromna pociecha. Dla nas obojga.

— Dopilnuję, żebyś się nie przemęczała — obiecała Anna. — I byś nie przegapiła najważniejszych wydarzeń. Będziemy wybredne przy wybieraniu zaproszeń.

— Zaczniemy od dzisiejszego przyjęcia w rezydencji austriackiego kanclerza — powiedziała Clara, prostując się. — Nie możemy tego przegapić. Będą tam wszystkie osobistości uczestniczące w Kongresie.

Anna uniosła brew. — Jesteś pewna, że dasz radę? Dopiero co przyjechaliśmy.

— Jak najbardziej — upierała się Clara. — Bardzo czekałam na to konkretne spotkanie. Mówi się, że austriacka szlachta należy do najlepszych koniarzy w Europie, a ja zamierzam nawiązać kontakty, które mogą przynieść korzyści programowi hodowlanemu w Belle Haven.

Nawet w jej obecnym stanie, pomyślała czule Anna, pierwszą myślą jej siostry były rodzinne stajnie. — No dobrze — ustąpiła. — Ale musisz obiecać, że wycofasz się w momencie, gdy poczujesz zmęczenie.

— Obiecuję — zgodziła się Clara, wstając z szezlonga z nową energią. — A teraz zdecydujmy, co na siebie włożymy. Wiedeńczycy słyną z elegancji, a my musimy godnie reprezentować Anglię.

Kilka godzin później Anna stała na skraju najwspanialszej sali balowej, jaką kiedykolwiek widziała. Setki świec płonęły w kryształowych żyrandolach, a ich blask zwielokrotniały pozłacane lustra zdobiące ściany. Muzyka małej orkiestry unosiła się nad szumem rozmów, stanowiąc delikatną przeciwwagę dla szelestu jedwabnych sukni i stukania wizytowych butów o wypolerowaną marmurową posadzkę. Dyplomaci w galowych strojach rozmawiali w grupach, a ich powściągliwe miny kontrastowały z radosną oprawą, podczas gdy damy w sukniach z wysokim stanem we wszelkich możliwych barwach unosiły się między gośćmi niczym egzotyczne motyle.

Clara, olśniewająca w sukni z głębokiego, szmaragdowego jedwabiu, który podkreślał jej jasną karnację, stała obok Matthew, gdy ten przedstawiał ją kolejnym, coraz ważniejszym osobistościom. Anna ustawiała się nieco za nimi, na tyle blisko, by w razie potrzeby służyć pomocą, ale wystarczająco daleko, by nie przyciągać uwagi. Jej własna błękitna suknia, choć piękna, była celowo skromniejsza od sukni Clary, co pozwalało jej wtapiać się w tło, zachowując przy tym nienaganny wygląd.

— Wybaczy pani — odezwał się głos tuż przy jej łokciu, kulturalny i z wyraźnym germańskim akcentem. Anna odwróciła się i ujrzała kobietę w średnim wieku w wyszukanej sukni, która przyglądała jej się z niecierpliwym wyczekiwaniem. — Jest pani pokojówką lady Whitmore, prawda? — Proszę jej przekazać, że hrabina Esterhazy życzy sobie z nią porozmawiać o koniach z majątku jej rodziny. Będzie wiedziała, o kogo chodzi.

Anna zamrugała, przez chwilę zaskoczona tym, że wzięto ją za służącą. Otworzyła usta, by sprostować pomyłkę, ale zawahała się. Kobieta wyraźnie uznała, że miejsce Anny za plecami Clary oraz jej azjatyckie rysy twarzy oznaczają, iż nie może ona należeć do arystokratycznej rodziny Bellów. Zamiast poczuć się urażona, Anna doświadczyła nagłego, nieoczekiwanego poczucia wolności.

— Oczywiście, łaskawa pani — odpowiedziała z lekkim dygiem. — — Natychmiast ją poinformuję.

Gdy ruszyła, by przekazać wiadomość Clarze, Anna poczuła się niemal niewidzialna dla zgromadzonej szlachty. Służący przemykali obok niej z tacami szampana, wymieniając z nią zdawkowe skinienia głową, jakby była jedną z nich. Damy omawiające swoje najnowsze zakupy u wiedeńskich modystek mówiły swobodnie w jej obecności, jakby była tylko kolejnym meblem;; ich głosy niosły szczegóły o wstążkach i koronkach, którymi nigdy nie podzieliłyby się z inną arystokratką. Dżentelmeni prowadzący, jak mniemali, prywatne rozmowy o polityce i handlu nie ściszali głosów, gdy przechodziła w pobliżu.

To było jak bycie duchem, pomyślała Anna, przemykając niedostrzeżona przez sceny o wielkim znaczeniu. Ta obserwacja zaintrygowała ją bardziej, niż powinna. Było coś dziwnie wyzwalającego w byciu ignorowaną, w istnieniu w szczelinach struktur społecznych, które zazwyczaj krępowały zachowanie.

Po przekazaniu wiadomości od hrabiny Esterhazy Clarze, która przyjęła informację ze zrozumieniem w oczach, Anna znów skierowała się ku obrzeżom sali balowej. Z tego miejsca mogła obserwować zawiły taniec dyplomacji rozgrywający się przed jej oczami. Sojusze powstawały i rozpadały się przy subtelnych zmianach w mowie ciała, dynamika władzy objawiała się w tym, kto pierwszy do kogo podchodził, a informacje wymieniano w cichych uwagach, których osoby postronne nie powinny były słyszeć.

— Panno Bell!

Głos wyrwał ją z obserwacji. Anna odwróciła się i zobaczyła Matthew idącego w towarzystwie wysokiego mężczyzny, którego rozpoznała natychmiast, mimo usilnych starań, by o nim zapomnieć. Lord Ashburton, dawny szkolny kolega Matthew i nieznośny entuzjasta wyścigów, którego poznała na ślubie Clary, wyglądał na równie pewnego siebie, jakim go zapamiętała. Jego strój wieczorowy był oczywistej jakości, lecz pozbawiony nadmiaru ozdób, tak lubianych przez wielu kontynentalnych arystokratów.

— Ashburton, pozwól, że przedstawię ci moją szwagierkę, pannę Annę Bell — powiedział Matthew, najwyraźniej nieświadomy lub udający, że nie wie, iż już wcześniej się spotkali.

— Zostaliśmy sobie już przedstawieni, na waszym ślubie — odrzekł Ashburton, a na jego twarzy odmalowała się, o ile można było sądzić, szczera przyjemność. — — Panna Bell i ja odbyliśmy wówczas niezwykle pouczającą rozmowę o właściwym wykorzystaniu linii krwi koni pełnej krwi angielskiej.

— Ach, tak — odparł Matthew z wyraźną ulgą. — Powinienem był pamiętać. Anna posiada sporą wiedzę na temat programu hodowlanego w Belle Haven.

— Owszem — zgodził się Ashburton, a w jego oczach czaiło się wyraźne rozbawienie. — Niemal przekonała mnie, że marnuję dobre konie na zwykłe wyścigi.

Anna poczuła, jak krew uderza jej do głowy. — Sądzę, że przedstawiłam jedynie inny punkt widzenia na ekonomiczne korzyści płynące z naszego programu hodowlanego, milordzie. —

— Inny punkt widzenia — powtórzył z drgającymi kącikami ust. — Tak teraz na to mówimy? Z tego, co pamiętam, była pani o krok od przedstawienia mi pełnego dowodu na moją ignorancję.

— Nie ośmieliłabym się pouczać kogoś tak oddanego światu wyścigów w kwestiach znawstwa koni.

— Jakież to szczęście dla mnie — stwierdził Ashburton, a zmarszczki wokół jego oczu świadczyły o nieukrywanej radości z tej wymiany zdań. — Choć przyznam, panno Bell, że pani zainteresowanie hodowlą koni niezmiennie mnie intryguje. Większość znanych mi młodych dam woli rozmawiać o kolorze wstążek niż o kalkulacjach dotyczących ulepszania pogłowia.

Anna uniosła lekko podbródek. — Większość znanych panu młodych dam nie była odpowiedzialna za prowadzenie rejestrów hodowlanych od czternastego roku życia, jak mniemam.

— Z pewnością nie — zgodził się, przyglądając jej się z nowym zainteresowaniem. — Proszę mi powiedzieć, czy miała już pani okazję odwiedzić Hiszpańską Szkołę Jazdy? Ich ogiery lipicańskie stanowią jeden z najbardziej udanych programów hodowlanych w Europie, choć służą celom zupełnie innym niż wyścigi czy konie kawaleryjskie.

Wbrew sobie Anna poczuła iskrę szczerego zainteresowania. — Jeszcze nie, choć to pierwsze miejsce na mojej liście do odwiedzenia w Wiedniu. I muszę zakwestionować pana ocenę. Trening lipicanów jest silnie zakorzeniony w manewrach kawaleryjskich.

Wydał się rozbawiony jej sprostowaniem, ale skłonił się, uznając rację. — Można by rzec, że ich trening jest rygorystyczny. Każdy ruch jest obliczony z najwyższą precyzją, oparty na pokoleniach starannej selekcji pod kątem konkretnych cech.

Anna lekko zmrużyła oczy, niepewna, czy kpi z jej zainteresowań, czy też dzieli się szczerym spostrzeżeniem.

— Wydaje się pan zaskakująco obeznany z klasycznym ujeżdżeniem jak na kogoś, kto interesuje się głównie wyścigami.

— Kryję w sobie wiele sprzeczności, panno Bell — odparł z lekkim wzruszeniem ramion i uśmiechem sugerującym skryte rozbawienie. — Choć Hiszpańska Szkoła Jazdy jest intrygująca zarówno z powodów architektonicznych, jak i jeździeckich. Zimowa hala ujeżdżeniowa to wspaniały przykład barokowego projektu.

— Jakież to wygodne, że pańskie zainteresowania architektoniczne tak idealnie pokrywają się z siedzibą najsłynniejszych koni w Europie — zauważyła sucho Anna.

Uśmiech Ashburtona pogłębił się, a w kącikach jego oczu pojawiły się wyraźne zmarszczki, co było jasnym sygnałem, że jej sceptycyzm raczej go zachwycił, niż uraził.

— Zadziwiający zbieg okoliczności, prawda? Niemal tak zadziwiający, jak spotkanie państwa w Wiedniu podczas najważniejszego zgromadzenia dyplomatycznego naszych czasów. Chyba że państwo również przyjechali na aukcję koni?

— Whitmore przebywa tutaj jako przedstawiciel dyplomatyczny Jego Wysokości Księcia Regenta — wtrąciła gładko Clara. — Choć muszę wyznać, że możliwość zobaczenia Hiszpańskiej Szkoły Jazdy była dla mnie sporą zachętą, by mu towarzyszyć i namówić siostrę, by do nas dołączyła.

— A zatem jednak łączą nas wspólne zainteresowania — powiedział Ashburton, przenosząc spojrzenie z powrotem na Annę z tą samą deprymującą mieszanką rozbawienia i zainteresowania. — Może mógłbym zaoferować swoje usługi jako przewodnik? Bywałem w Wiedniu wielokrotnie i całkiem dobrze znam to miasto.

Anna otworzyła usta, by odmówić, ale Clara ubiegła ją. — To bardzo uprzejme z pańskiej strony, lordzie Ashburton. Anna szczególnie paliła się do poznania kultury Wiednia. Pana wiedza byłaby niezwykle cenna.

Anna rzuciła siostrze spojrzenie pełne wyrzutu, na co Clara odpowiedziała niewinnym uśmiechem, który nikogo nie zwiódł.

— Zatem postanowione — ogłosił Ashburton, wyglądając na aż nazbyt zadowolonego z takiego obrotu spraw. — Oczywiście wtedy, gdy będzie to państwu odpowiadać. Nie chciałbym narzucać się z planami.

— Skądże znowu — zapewnił go Matthew, najwyraźniej nieświadomy dyskomfortu Anny. — Mamy dość napięty grafik spotkań dyplomatycznych, ale jestem pewien, że Anna znajdzie czas na tak pouczającą wycieczkę.

Annie udało się wymusić blady uśmiech. — Pana propozycja jest niezwykle uprzejma, milordzie. — Choć nie chciałabym odrywać pana od hazardu i wyścigów, które sprowadziły pana do Wiednia.

— Och, zapewniam panią, panno Bell — odparł Ashburton, a w jego oczach tańczyło to irytujące rozbawienie — pokazanie pani Hiszpańskiej Szkoły Jazdy nie będzie żadnym rozproszeniem. W istocie, nie potrafię wyobrazić sobie bardziej zajmującej perspektywy.

Sposób, w jaki mrużył oczy, wypowiadając te słowa, sugerował, że jej opryskliwość wcale go nie zraża, lecz wręcz bawi, co tylko spotęgowało irytację Anny. Odnosiła wrażenie, jakby postrzegał ją jako jakąś zabawną osobliwość, a nie intelektualnie równą partnerkę wartą poważnego traktowania.

— Jest pan nazbyt uprzejmy — odpowiedziała z dozą grzeczności wymaganą przez konwenanse towarzyskie i ani o krztynę więcej.

Matthew i Clara wymienili spojrzenia; to milczące porozumienie Anna odczytała aż nazbyt wyraźnie jako obopólne rozbawienie jej kosztem. Zdrajcy, pomyślała o obojgu, postanawiając później porozmawiać z Clarą o zgłaszaniu jej do wycieczek z nieznośnymi dżentelmenami, bez względu na to, jak wielką wiedzę mogliby posiadać na temat wiedeńskich atrakcji jeździeckich.

Gdy rozmowa zeszła na nadchodzące przyjęcia dyplomatyczne, w których mieli uczestniczyć Matthew i Clara,

Anna poczuła, że jej uwaga błądzi w sposób dla niej zupełnie nietypowy. Zamiast analizować polityczne implikacje omawianych wydarzeń, przyłapała się na obserwowaniu ułożenia halsztuka lorda Ashburtona; misterne sploty nieskazitelnie białego lnu tworzyły idealną symetrię na tle jego ciemnoniebieskiego surduta. To ta sama analityczna część jej umysłu, która docenia proporcje dobrze zbudowanego konia, tłumaczyła sobie, nic więcej.

Mimo to jej oczy nie przestawały dokonywać oceny, zauważając, jak blask świec odbija się w jego źrenicach, gdy się uśmiecha, zmieniając ich chłodną szarość w coś cieplejszego, przypominającego poranną mgłę muśniętą wschodem słońca. Jego ramiona również odznaczały się pewną postawą pod nienagannie skrojonym wieczorowym odzieniem, sugerując siłę fizyczną wynikającą z rzeczywistej aktywności, a nie tylko z pozowania w modnych salonach.

Anna zamrugała, próbując skupić na czymś innym uwagę. Cóż to za bzdury? Lord Ashburton był dokładnie takim typem lekkomyślnego arystokraty, który zawsze wydawał jej się nużący: ogarnięty obsesją na punkcie wyścigów i hazardu, lekceważący praktyczne zastosowanie dobrych linii krwi i aż nazbyt zadowolony z własnego uroku. To, że marnowała choćby chwilę na rozważania o odcieniu jego oczu, tej szczególnej szarości, która zdawała się mienić w świetle, było absurdalne. Nie pozwoli się rozproszyć tak powierzchownym atrybutom.

— Hiszpańska delegacja organizuje jutro wieczór muzyczny — mówił Matthew do Ashburtona. — Nic nazbyt formalnego. Może uznałby pan to za rozrywkę, jeśli nie ma pan innych zobowiązań.

— Niestety, jestem umówiony na dość obiecującą partię kart w rezydencji hrabiego Razumowskiego — odparł Ashburton. — Choć być może pojawię się później, jeśli karty szybko odwrócą się ode mnie.

Anna obserwowała, z jaką swobodą odnajdywał się w otaczającej go przestrzeni; jego postawa nie była ani sztywna od nadmiaru formy, ani zgarbiona w wymuszonym niedbalstwie. Była to naturalna pewność siebie człowieka czującego się całkowicie swobodnie w swoim otoczeniu, czy to wiedeńska sala balowa, czy — jak sobie wyobrażała — wiejski tor wyścigowy lub londyński klub dżentelmenów. W tej opanowanej postawie tkwiła pewna elegancja, oszczędność ruchów i ekspresji, która osiągała maksymalny efekt przy minimalnym wysiłku.

Przechodzący dyplomata przywitał Ashburtona z wyraźnym szacunkiem, zwracając się do niego w szybkim francuskim, który Anna, ze swoją szkolną znajomością języka, mogła zrozumieć tylko częściowo. To, co jednak przykuło jej uwagę, to subtelna zmiana w zachowaniu Ashburtona — chwilowe wyostrzenie uwagi i lekkie wyprostowanie sylwetki, zanim odpowiedział ze swoim zwykłym, swobodnym uśmiechem. Wymiana zdań trwała niecałą minutę, ale Anna odnotowała to spostrzeżenie: lord Ashburton nie był do końca tym, za kogo się podawał.

To powinno być o wiele ciekawsze niż sposób, w jaki blask lamp złocił jego włosy, czy linia jego szczęki, a mimo to Anna czuła, że jej uwaga rozdziela się między te powierzchowne obserwacje a istotniejszą zagadkę, jaką stanowił. Było to niezwykle irytujące.

— Zdaje się pani głęboko zamyślona, panno Bell — zauważył nagle Ashburton, a jego wzrok spotkał się z jej wzrokiem z nieoczekiwaną bezpośredniością. — Czy powiedziałem coś szczególnie nagannego?

Anna poczuła uderzenie gorąca na policzkach, gdy została przyłapana na przyglądaniu mu się. — Skądże — odparła, siląc się na chłodną obojętność. — Rozważałam jedynie ciekawe zjawisko dżentelmenów, którzy pielęgnują pozory lekkomyślności.

Jego brwi lekko się uniosły. — Rozważania teoretyczne, jak mniemam?

— Naturalnie — odpowiedziała, wytrzymując jego spojrzenie ze spokojem większym, niż faktycznie czuła. — Choć przykłady nasuwają się z zadziwiającą częstotliwością na spotkaniach dyplomatycznych.

Coś, czego nie potrafiła do końca odczytać, przemknęło przez jego twarz, zanim się zaśmiał; dźwięk ten był ciepły i szczery. — Jakież to szczęśliwe, że ma pani przed sobą tak fascynujące pole do badań w Wiedniu. Wyobrażam sobie, że Kongres dostarczy pani obfitych okazów do obserwacji.

— Istotnie — zgodziła się Anna, z dyskomfortem uświadamiając sobie, że wyjawiła więcej swoich myśli, niż zamierzała. — Choć wyznaję, że moim głównym zainteresowaniem pozostają atrakcje architektoniczne i jeździeckie tego miasta.

— Oczywiście — powiedział z lekkim skinieniem głowy, które w jakiś sposób zdołało wyrazić zarówno akceptację, jak i sceptycyzm. — Nade wszystko konie.

— Nade wszystko konie — powtórzyła, wdzięczna za powrót na bezpieczniejszy grunt rozmowy.

Lokaj w liberii podszedł do ich małej grupki, kłaniając się z szacunkiem Ashburtonowi. — Milordzie, rosyjski wysłannik prosi pana do sali karcianej.

— Obowiązek wzywa — rzekł Ashburton z teatralnym westchnieniem. — A raczej wzywa bakarat, co podczas Kongresu wychodzi na jedno. — Skłonił się elegancko Clarze. — Lady Whitmore, to przyjemność jak zawsze. Mam nadzieję, że będziemy się częściej widywać podczas państwa pobytu.

Matthew zaoferował przyjacielskie uściśnięcie ramienia. — Whitmore, nie daj się tym dyplomatom zanudzić na śmierć. W Lesie Wiedeńskim są doskonałe tereny łowieckie, gdybyś potrzebował ucieczki.

Na koniec jego wzrok spoczął na Annie, a ona ze zirytowaniem poczuła, że pod jego spojrzeniem lekko się spina. — Panno Bell — powiedział, a jego głos ocieplił się czymś, co brzmiało podejrzanie jak szczera radość. — Będę z niecierpliwością wyczekiwał naszej wyprawy do Hiszpańskiej Szkoły Jazdy. Może zechce pani obliczyć dla mnie kąt kaprioli? Zawsze zastanawiałem się nad matematyką tak idealnego wyskoku.

Zanim zdążyła sformułować odpowiednio wyważoną ripostę, odwrócił się i ruszył przez tłum, zatrzymując się sporadycznie, by wymienić pozdrowienia ze znajomymi. Anna przyłapała się na tym, że odprowadza go wzrokiem, zauważając, jak morze dyplomatów i arystokratów naturalnie rozstępuje się przed nim, niczym woda opływająca kamień pewnie osadzony w nurcie.

Pewna postawa ramion, swobodny wdzięk ruchów, sporadyczne przechylenie głowy, gdy kogoś słuchał –

wszystkie te szczegóły rejestrowały się z denerwującą wyrazistością w zazwyczaj zdyscyplinowanym umyśle Anny. Patrzyła, jak znika w sąsiedniej komnacie, zapewne by dołączyć do czekającej na niego partii kart.

Dopiero gdy całkowicie zniknął z widoku, Anna poczuła na sobie wzrok Clary, ciepły i wymowny. Zobaczyła, że siostra patrzy na nią z wyrazem ledwie skrywanego rozbawienia, z jedną brwią uniesioną w milczącym pytaniu.

— Co? — zapytała Anna, bardziej obronnym tonem, niż zamierzała.

— Nic nie powiedziałam — odparła łagodnie Clara, choć jej oczy lśniły od niewypowiedzianych uwag.

— Twoja mina mówi sama za siebie — odcięła się Anna, poprawiając swoje i tak już nieskazitelne rękawiczki. — I cokolwiek myślisz, mylisz się. Po prostu analizowałam dynamikę towarzyską tego zgromadzenia.

— Oczywiście, że tak — zgodziła się Clara z podejrzaną gotowością. — A lord Ashburton reprezentuje szczególnie interesujący zestaw dynamik towarzyskich, czyż nie?

Matthew, na szczęście nieświadomy podtekstów tej wymiany zdań, wskazał na wysokiego dżentelmena w mundurze, idącego powoli przez salę balową. — To książę Wellington. Powinienem złożyć mu wyrazy uszanowania. — Spojrzał z troską na Clarę. — Choć może wolałabyś już wrócić do domu? Wyglądasz na zmęczoną, moja droga.

— Czuję się doskonale — zapewniła go Clara, choć Anna zauważyła lekkie napięcie wokół jej oczu, sugerujące narastające znużenie. — Ale chętnie napiłabym się szklanki lemoniady, zanim porozmawiamy z księciem.

— Przyniosę ją — powiedziała szybko Anna, wdzięczna za pretekst, by uciec przed zbyt wnikliwym wzrokiem Clary. — I może znajdę ci krzesło? Zdaje mi się, że tam przy tej palmie jest jedno wolne.

— Dziękuję, Anno — powiedziała Clara, pozwalając Matthew poprowadzić się ku wskazanemu miejscu. Gdy Anna odwróciła się, by pójść po napój, Clara dodała cicho: — Myślę, że o lordzie Ashburtonie porozmawiamy innym razem.

— Nie ma o czym rozmawiać — odparła stanowczo Anna, odmawiając spotkania się ze wzrokiem siostry. — Absolutnie o niczym.

Idąc przez zatłoczoną salę balową, lawirując między grupkami europejskich elit,, Anna uporczywie skupiała myśli na wygodzie Clary i praktycznych sprawach związanych z powrotem do wynajętych kwater. Nie zamierzała zmarnować ani chwili więcej na rozmyślania o szarych oczach lorda Ashburtona, jego szerokich ramionach czy inteligentnym błysku, który co jakiś czas przebijał przez jego starannie pielęgnowaną aurę lekkomyślności.

Nie zamierzała. To była prosta kwestia dyscypliny i priorytetów. Annie Bell nigdy nie brakowało ani jednego, ani drugiego.

Jednak odbierając szklankę wody od przechodzącego służącego, Anna nieświadomie, odruchowo spojrzała w stronę wejścia do sali karcianej, co natychmiast stłumiła. Śmieszne, skarciła się w duchu. Absolutnie śmieszne. Mężczyzna był nieznośny, a jego wygląd zewnętrzny nie miał najmniejszego znaczenia dla jakiejkolwiek racjonalnej oceny jego charakteru czy wartości.

Zdecydowanym krokiem Anna wróciła do Clary, skupiając całą uwagę na siostrze i dyplomatycznych uprzejmościach, które wypełniły resztę wieczoru. Jeśli jej wzrok sporadycznie dryfował w stronę drzwi do sali karcianej, jeśli łapała się na tym, że nasłuchuje jego śmiechu pośród gwaru rozmów, był to zwykły przypadek – zapewniała samą siebie. Nic więcej.

Rozdział drugi

Lord Ashburton odłożył karty z żalem, patrząc, jak postawny austriacki szlachcic z radosną miną zgarnia skromny stos florynów ze środka stołu. Klub dżentelmenów tętnił specyficzną energią mężczyzn goniących za fortuną, a jego ściany wyłożone drewnianą boazerią chłonęły miarowy szmer zakładów i sporadyczne wybuchy śmiechu. Pod niskim sufitem unosiła się mgiełka tytoniowego dymu, wirując w świetle mosiężnych lamp, podczas gdy lokaje krążyli z tacami pełnymi koniaku i whisky. Ashburton sięgnął po szklankę, a na jego ustach błąkał się wyreżyserowany półuśmiech, gdy dał znak do kolejnego rozdania.

— Twoje szczęście zdaje się dzisiaj cię opuszczać, milordzie — zauważył Jakob Braun, klubowy bukmacher, szczupły mężczyzna o przenikliwym spojrzeniu i palcach wiecznie ubrudzonych atramentem od notowania kursów i długów.

Ashburton zaśmiał się cicho, pozwalając, by w jego odpowiedzi pobrzmiewała nuta uroczego ubolewania. — Szczęście to kapryśna kochanka, Herr Braun. W końcu jednak odwiedza cierpliwego człowieka. — Przyjął od rozdającego nowe karty, układając je niedbale w dłoni. — A propos kapryśnych stworzeń, czy słyszałeś coś więcej o tym francuskim ogierze, którego markiz de Carabas sprowadził do Wiednia? Doszły mnie słuchy, że może być na sprzedaż.

— Ach, ten siwek. — Jakob pochylił się do przodu, obniżając głos konspiracyjnie. — To bez wątpienia wspaniałe zwierzę, ale pojawiają się wątpliwości co do jego wytrzymałości. Francuzi podejrzanie milczą na temat jego rodowodu.

— Doprawdy? — Ashburton uniósł brew, spoglądając na karty z pozornym brakiem zainteresowania, podczas gdy w myślach katalogował zdobyte informacje. Wiadomo było, że markiz de Carabas ma bliskie powiązania z francuską delegacją. Jego konie często służyły jako wygodna przykrywka dla spotkań dyplomatów, którzy oficjalnie nie powinni się ze sobą naradzać. Dyskusja o rodowodzie ogiera mogła maskować znacznie bardziej drażliwe tematy. — Być może nasi francuscy przyjaciele ostrożnie podchodzą do ujawniania swoich atutów.

— Tak samo jak w innych kwestiach — odparł Jakob ze znaczącym spojrzeniem. — Słyszałem, że koń pobiegnie na

Praterze w przyszłym tygodniu, choć Francuzi twierdzą, że nie jest jeszcze zaaklimatyzowany. Być może obawiają się porównania z austriacką hodowlą.

Ashburton skinął głową, stawiając skromny zakład, który ani nie przyciągnąłby uwagi, ani nie zakończył zbyt szybko jego udziału w grze. — Może się zjawię, choćby po to, by sprawdzić, czy francuskie konie rzeczywiście zasługują na swoją renomę. — Gestem wskazał na swój uszczuplony stos monet. — Choć przy tym tempie niewiele mi zostanie na zakłady.

Austriacki szlachcic po drugiej stronie stołu zaśmiał się. — Ach, wy Anglicy i wasze konie. Można by pomyśleć, że w Wiedniu nie ma obecnie innych ważnych spraw.

— Cóż może być ważniejszego niż znalezienie idealnego uzupełnienia swojej stajni? — odparował Ashburton z uśmiechem, idealnie wcielając się w rolę oszalałego na punkcie koni arystokraty, którego udawał. — Polityka i dyplomacja zmieniają się wraz z wiatrem, ale dobra linia krwi przetrwa pokolenia.

Przez salę przeszedł pomruk uznania, a Ashburton pozwolił sobie na chwilę satysfakcji. Postać, którą tworzył przez lata — sympatyczny, nieco ograniczony entuzjasta koni ze słabością do hazardu — dobrze mu służyła. Zapewniała mu wstęp dokładnie do tych kręgów, w których ludzie rozmawiali swobodnie, gdzie informacje płynęły równie obficie jak wino i gdzie nikt nie podejrzewał bystrej inteligencji, która oceniała i kategoryzowała każdy strzęp rozmowy pod kątem potencjalnej użyteczności.

Jego zadowolenie nieco przygasło, gdy zauważył znajomą postać wchodzącą do głównej sali klubu. Sir Edmund Wrexford zatrzymał się w drzwiach, omiatając wzrokiem zgromadzone towarzystwo, po czym na chwilę zatrzymał spojrzenie na Ashburtonie. Choć był nienagannie ubrany w strój wieczorowy świadczący o dyskretnym bogactwie, w postawie Wrexforda było coś, co odróżniało go od autentycznie bezczynnych bogaczy. Być może była to czujność w jego spojrzeniu albo sposób, w jaki poruszał się po sali — z wyraźnym celem, pozdrawiając znajomych, a jednocześnie zachowując dystans.

Ashburton nie pozwolił, by na jego twarzy pojawił się jakikolwiek ślad rozpoznania wykraczający poza to, czego można by oczekiwać po przelotnej znajomości. Powrócił do swoich kart, stawiając kolejny mały zakład i zabawiając towarzystwo anegdotą o wyjątkowo upartej klaczy, którą spotkał w Sussex. Dopiero gdy Wrexford znalazł się blisko stołu do gry, Ashburton spojrzał w górę, jakby dopiero co zauważył jego obecność.

— Sir Edmundzie! Co za miła niespodzianka. Czy przyszedł pan wybawić mnie z tego, co zostało z moich kwartalnych dochodów? — Wykonał szeroki gest w stronę stołu. — Ci dżentelmeni byli niezwykle skrupulatni, ale jestem pewien, że ucieszą się z nowej krwi.

Wrexford uśmiechnął się chłodno. — Może innym razem. Zastanawiam się, czy moglibyśmy zamienić słowo, lordzie Ashburton? Właśnie otrzymałem wieści w sprawie tej hodowli, o której rozmawialiśmy w zeszłym tygodniu.

— Doprawdy? — Ashburton pozwolił, by jego twarz rozjaśniła się z pozornie autentycznym entuzjazmem. — Panowie, muszą mi panowie wybaczyć. Zew końskiej natury wygrywa nawet z pokusą przegrania u was kolejnych pieniędzy dzisiejszego wieczoru. — Pozbierał resztę monet, chowając je do skórzanej sakiewki, po czym wstał. — Wrócę niebawem, by szukać odwetu.

Podążył za Wrexfordem do cichego kąta klubu, gdzie skórzane fotele ustawiono dyskretnie z dala od bardziej obleganych stołów do gry. Na ścianie dominował ogromny obraz przedstawiający scenę polowania — zastygłe w bezruchu ogary i przerażony lis stanowiły ironiczne tło dla ich rozmowy.

— Zakładam, że nie chodzi tu o hodowlę — zauważył cicho Ashburton, gdy już usiedli, choć wyraz jego twarzy nadal sugerował człowieka palącego się do dyskusji o koniach.

Wrexford skinął na kręcącego się w pobliżu kelnera, zamawiając dwa koniaki. — Wręcz przeciwnie. Chodzi właśnie o linie krwi, choć nie te końskie. — Zaczekał, aż podano im drinki, a kelner wycofał się poza zasięg słuchu. — Hrabia de Frontenac przybył wczoraj do Wiednia. Oficjalnie reprezentuje francuskie interesy rolnicze.

— A nieoficjalnie? — Ashburton siorbał koniak; jego postawa była zrelaksowana, ale zmysły wyostrzone.

— Wierzymy, że koordynuje zbieranie informacji wywiadowczych podczas Kongresu. Nasze źródła wskazują, że tworzy sieć informatorów w różnych delegacjach. — Głos Wrexforda pozostawał swobodny, choć jego oczy okresowo omiatały salę. — Robi to sprytnie, wykorzystując okazje towarzyskie, wspólne zainteresowania. Żadnych bezpośrednich podejść.

Ashburton skinął głową w zadumie. — A moja rola?

— Łączy was entuzjazm do wyścigów. Ma stajnię pod Paryżem, która wydała kilku znanych zwycięzców. To stanowi naturalną płaszczyznę porozumienia. — Wrexford zakręcił koniakiem w szklance. — Musimy wiedzieć, kogo rekrutuje, jakim informacjom nadaje priorytet i, jeśli to możliwe, uzyskać dostęp do jego korespondencji.

— To dość proste — skomentował Ashburton, choć obaj wiedzieli, że w rzeczywistości sprawa jest skomplikowana. — Zakładam, że pojawi się jutro wieczorem na przyjęciu u hiszpańskiej delegacji?

— Owszem. Wraz z połową dyplomatycznego Wiednia. — Wrexford zawahał się, co zdarzało mu się na tyle rzadko, że Ashburton poczuł ukłucie niepokoju. — Jest jeszcze inna sprawa. Komplikacja.

— Czyż nie ma ich zawsze? — Ton Ashburtona pozostał lekki, ale jego oczy spoważniały.

Wrexford pochylił się nieco, jeszcze bardziej zniżając głos. — Mamy powody sądzić, że w Wiedniu operuje podwójny agent. Ktoś przekazuje informacje zarówno nam, jak i Francuzom.

Szczęka Ashburtona zacisnęła się niemal niedostrzegalnie; był to jedyny zewnętrzny objaw jego zaniepokojenia. — Ktoś od nas?

— Możliwe. Albo ktoś, komu ufaliśmy, a kto został przeciągnięty na drugą stronę. — Wyraz twarzy Wrexforda był ponury. — Wzór jest subtelny, ale informacje, którymi się dzieliliśmy, trafiały do francuskich dyplomatów wcześniej, niż powinny. Drobne szczegóły, na razie nic katastrofalnego, ale wystarczająco dużo, by sugerować przeciek.

— Czy mamy kogoś na oku?

— Kilka możliwości, żadnych potwierdzeń. — Wrexford wziął odmierzony łyk koniaku. — Dlatego właśnie musisz zbliżyć się do Frontenaca. Jeśli uda nam się zidentyfikować, z kim się spotyka, kogo kusi współpracą, być może wytropimy powiązanie prowadzące do naszego źródła przecieku.

Ashburton oparł się wygodnie, a jego umysł już analizował konsekwencje. Podwójny agent w brytyjskiej sieci wywiadowczej byłby katastrofą, szczególnie podczas Kongresu, gdy ważyły się losy tak delikatnych negocjacji. Niewłaściwe informacje w rękach Francuzów mogły zniweczyć miesiące starannych przygotowań i zmienić całą równowagę sił negocjowaną w Wiedniu. — Nawiążę kontakt jutro wieczorem. Postać miłośnika koni powinna wystarczyć na początek.

— Proszę być przy nim ostrożnym, Ashburtonie. — W głosie Wrexforda pobrzmiewała nietypowa nuta ostrzeżenia. — Frontenac nie jest głupcem. Prowadzi operacje wywiadowcze od czasów sprzed Waterloo. Jeśli nabierze podejrzeń, że nie jest pan tym, za kogo się podaje...

— Nie nabierze. — Pewność siebie Ashburtona była autentyczna. Gruntownie dopracował tę rolę przez lata, wręcz do perfekcji — tak, że nawet ci, którzy szukali podstępu, widzieli tylko sympatycznego angielskiego lorda, który ma więcej pieniędzy niż rozumu i obsesję na punkcie koni. — Będę dokładnie tym, kogo on się spodziewa: bogatym, nieco znudzonym, chętnym do rozmów o rodowodach i wyścigach.

Wrexford wolno skinął głową, choć wyraz jego twarzy zdradzał pewne wątpliwości. — Pamiętaj tylko, że każdy agent, który zlekceważył Frontenaca, pożałował tego. Przynajmniej ci, którzy przeżyli, by móc żałować.

Zakończyli dyskusję kilkoma uwagami na temat fikcyjnych koni, utrzymując pozory nawet w tym stosunkowo ustronnym miejscu. Gdy wrócili do głównej sali, Ashburton zajął swoje miejsce przy stole do gry. Jego śmiech i ożywiona rozmowa o zaletach krwi arabskiej w porównaniu z końmi pełnej krwi angielskiej w żaden sposób nie zdradzały wagi jego rzeczywistego zadania.

Jednak gdy rozegrał jeszcze kilka partii, przegrywając i wygrywając w starannie wyliczonych dawkach — tak by ani nie zbankrutować, ani nie wzbudzić podejrzeń nieprawdopodobnym sukcesem — myśli Ashburtona wciąż krążyły wokół problemu, który przedstawił Wrexford. Podwójny agent. Ta ewentualność sprawiała, że każda znana mu w Wiedniu osoba stawała się elementem układanki potencjalnej zdrady. Zaufanie było towarem deficytowym w pracy wywiadowczej, ale podejrzewać nawet ludzi z własnej służby...

Otrząsnął się z tych myśli, skupiając się na najbliższym wyzwaniu. Jutro wieczorem spotka hrabiego de Frontenac. Jutro wieczorem rozpocznie delikatną pracę nad infiltracją francuskiej sieci wywiadowczej, zachowując przy tym maskę nieszkodliwego dyletanta.

To był rodzaj wyzwania, do którego się szkolił, operacja wymagająca wykorzystania wszystkich jego umiejętności. Nie było miejsca na rozproszenie uwagi.

Dlaczego więc jego myśli wciąż uciekały ku pewnej młodej damie o bystrym spojrzeniu i jeszcze bystrzejszym języku?

Przyjęcie u hiszpańskiej delegacji było już zatłoczone, gdy Ashburton przybył na miejsce — modnie spóźniony i lekko niechlujny w sposób sugerujący człowieka, który spędził być może zbyt wiele czasu w stajniach, a za mało na przygotowaniach do wyjścia na salony. Jego fular był zawiązany z celową niedoskonałością, kamizelka miała odcień o ton zbyt jaskrawy, by uchodzić za szczyt dobrego smaku, a on sam zachowywał się odrobinę zbyt entuzjastycznie, witając znajomych i przyjmując kieliszek szampana od przechodzącego służącego.

Sala balowa w rezydencji hiszpańskiego ambasadora prezentowała się spektakularnie: wysokie sufity zdobione misternymi sztukateriami i ogromne obrazy przedstawiające różnych hiszpańskich monarchów spoglądających na zgromadzonych dyplomatów z mniejszą lub większą życzliwością. Kryształowe żyrandole rzucały światło na jedwabne suknie i mundury wojskowe, tworząc feerię barw i ruchów, która byłaby piękna, gdyby tylko człowiek miał czas ją podziwiać, zamiast analizować pod kątem przydatnych informacji wywiadowczych.

Wzrok Ashburtona systematycznie omiatał salę, katalogując twarze i pozycje. Delegacja francuska skupiła się przy drzwiach tarasowych, prowadząc ożywioną rozmowę. Rosyjscy dyplomaci zdominowali obszar w pobliżu stołów z poczęstunkiem, a ich głosy niosły się po pomieszczeniu w radosnym lekceważeniu wszelkiej dyskrecji. Austriacy, jako gospodarze Kongresu, płynnie przemieszczali się między grupami, a pracownicy kancelarii kanclerza dbali o to, by poszczególne frakcje odpowiednio się ze sobą mieszały.

I tam, obok palmy w donicy, stała panna Anna Bell.

Tego wieczoru miała na sobie suknię w kolorze bladej szarości, przez co stawała się niemal niewidoczna na tle kremowych ścian i białych marmurowych kolumn. Ashburton z nagłym błyskiem zrozumienia pojął, że był to celowy wybór. Podczas gdy jej siostra, Lady Whitmore, stała nieopodal w intensywnym szafirze, przyciągając wzrok i skupiając na sobie uwagę, Anna ubrała się tak, by wtopić się w tło. By zostać przeoczoną. By uznano ją za kogoś nieistotnego.

Była to taktyka, którą rozumiał doskonale, choć jego własne podejście polegało raczej na byciu zauważonym, lecz niedocenianym, niż na całkowitym zniknięciu z pola widzenia. Ta różnica była fascynująca. Gdy tak ją obserwował, minął ją służący w liberii, zupełnie jej nie zauważając, a tuż za nim przeszło dwóch austriackich dyplomatów, rozmawiających po niemiecku o szlakach handlowych, jak gdyby nie stała zaledwie kilka stóp dalej, w zasięgu słuchu.

Panna Bell ze swej strony zachowywała wyraz uprzejmego znudzenia, choć jej ciemne oczy śledziły każdy ruch, każdy gest i każde znaczące spojrzenie wymieniane między rozmówcami. Gdy jeden dyplomata pochylił się ku drugiemu, by przekazać szczególnie poufną uwagę, przekrzywiła głowę niemal niedostrzegalnie, przybliżając się do nich, a jednocześnie sprawiając wrażenie, jakby w ogóle się nie poruszyła.

Precyzja tego działania była niezwykła. Cierpliwość, jakiej wymagało — jeszcze bardziej. Większość ludzi zdradziłaby się nerwowymi ruchami lub zbyt wyraźnym skupieniem, lecz ona pozostawała w całkowitym bezruchu, a jej twarz zastygła w wyrazie łagodnego roztargnienia, sugerującym młodą damę, która nie ma na głowie nic pilniejszego niż zastanawianie się, kiedy zostanie podana kolacja.

Ashburton poczuł w piersi coś niepokojąco bliskiego podziwowi. Oto ktoś, kto rozumiał fundamentalną zasadę zbierania informacji: najlepszym obserwatorem jest ten, którego nikt nie myśli obserwować. On stosował zmyłki, przyciągając uwagę rzekomym bzikiem na punkcie koni, podczas gdy jego umysł katalogował każdy użyteczny szczegół; ona używała zwykłej niewidzialności. Obie metody działały, choć podejrzewał, że jej sposób wymagał jeszcze większej dyscypliny niż jego własny. W końcu zachowanie tak idealnego bezruchu i całkowitej nijakości wymagało ogromnej samokontroli.

Austriaccy dyplomaci odeszli, a postawa Anny nieco się rozluźniła, choć pozostała na miejscu. Po chwili Austriaków zastąpiła grupa rosyjskich i pruskich urzędników, a ich ożywiona rozmowa prowadzona w mieszance francuskiego i niemieckiego sugerowała tematy znacznie ważniejsze niż pogoda. Ponownie całkowicie ją zignorowali, kontynuując dyskusję, jakby była jedynie kolejnym meblem w pałacu, nie bardziej godnym dyskrecji niż roślina doniczkowa czy dekoracyjny posąg.

Obserwowanie jej było fascynujące, zwłaszcza dla kogoś, kto spędził lata na doskonaleniu własnych metod zdobywania informacji przy jednoczesnym sprawianiu wrażenia, że nie robi nic podobnego. Ashburton wykorzystywał ożywioną paplaninę o koniach i wyścigach, by uśpić czujność swoich celów, kreując wizerunek nieszkodliwego pasjonata, co zachęcało innych do swobodnego mówienia; panna Bell wykorzystywała przypisaną jej nieistotność. Oba podejścia przynosiły rezultaty, choć podejrzewał, że jej metoda mogła być w pewnych okolicznościach skuteczniejsza. Ludzie rzadko przecież ważą słowa przy kimś, kogo uważają za niewartego uwagi.

Odgrywając rolę uprzejmego entuzjasty wyścigów i wymieniając uprzejmości z bawarskim baronem na temat zalet różnych metod treningowych, Ashburton nie spuszczał Anny z pola widzenia. Ustawiła się obok grupy rosyjskich i pruskich dyplomatów, których ożywiona rozmowa sugerowała tematy poważniejsze niż pogoda czy jakość orkiestry. Choć wydawało się, że po prostu czeka na siostrę, jej postawa zdradzała skupienie: lekkie pochylenie głowy, idealny bezruch, okazjonalny błysk ciemnych oczu, gdy procesowała jakąś szczególnie interesującą uwagę.

Ustawiła się dokładnie tak, jak on sam by to zrobił, chcąc podsłuchać tę konkretną grupę. To rozpoznanie wywołało w nim nieoczekiwany dreszcz porozumienia. Większość ludzi uczestniczyła w takich spotkaniach w celach czysto towarzyskich: by ich widziano, by robić wrażenie, by umacniać swoją pozycję poprzez odpowiednie rozmowy z właściwymi ludźmi. Bardzo niewielu rozumiało wartość obserwacji, zbierania drobnych szczegółów i mimowolnych uwag, które, odpowiednio złożone niczym kawałki układanki, tworzyły pełny obraz krajobrazu politycznego.

Panna Bell, jak się zdawało, należała do tych nielicznych. Najciekawszym pytaniem było: dlaczego?

Bawarski baron przeprosił, by przywitać się z nowo przybyłym dostojnikiem, zostawiając Ashburtona na chwilę sam na sam z jego obserwacjami. Przyglądał się, jak Anna przyjmuje szklankę lemoniady od przechodzącego służącego, oplatając kryształową nóżkę smukłymi, pełnymi wdzięku palcami. W przeciwieństwie do wielu obecnych dam, które kurczowo trzymały szklanki i z nerwową energią wachlowały się, jej ruchy były oszczędne i kontrolowane. Gdy uniosła naczynie do ust, zauważył skupiony wyraz jej warg i lekkie zmarszczenie brwi, gdy wciąż słuchała pobliskich dyplomatów, z wyraźną uwagą analizując każde słowo.

W jej sposobie obserwacji było coś wyrachowanego, jakby szacowała zmienne w skomplikowanym równaniu. Wiedząc o jej talencie do liczb i rejestrów hodowlanych, być może właśnie to robiła: oceniała prawdopodobieństwo, korelowała strzępy informacji, wyciągała wnioski na podstawie dostępnych dowodów. Było to uderzająco podobne do jego własnego procesu analitycznego, choć on wypracował go przez lata pracy w wywiadzie, a nie zarządzając programami hodowli koni.

Błysk szafiru w polu widzenia zasygnalizował podejście Lady Whitmore do siostry. Dotknęła lekko łokcia Anny, szepcząc coś, co sprawiło, że tamta skinęła głową i ruszyła za nią w stronę miejsc do siedzenia, gdzie zgromadziło się kilka angielskich dam. Gdy odchodziły od rosyjskich dyplomatów, Ashburton dostrzegł przelotny wyraz frustracji na twarzy Anny, szybko maskowany pod uprzejmym uśmiechem.

Zbierała informacje, był tego teraz pewien. Nie po prostu zabijała czas czy czekała na siostrę, ale aktywnie słuchała, obserwowała, gromadziła wrażenia z takim samym systematycznym podejściem, jakiego on by użył. Pytanie, które go dręczyło, brzmiało: w jakim celu? Z pewnością hodowla koni, bez względu na to, jak skomplikowane i matematyczne byłoby jej podejście, nie zyskałaby na znajomości stanowiska rosyjskiej dyplomacji w sprawie polskich granic czy pruskich obaw dotyczących terytoriów saskich.

Ashburton otrząsnął się w duchu. Co on wyprawiał, poświęcając tyle czasu na analizowanie ruchów panny Bell, podczas gdy miał własną misję, na której musiał się skupić? Hrabia de Frontenac musiał być gdzieś na tym przyjęciu. Odnalezienie go, nawiązanie wstępnego kontaktu, rozpoczęcie procesu infiltracji francuskiej sieci wywiadowczej; to były jego priorytety, a nie łamanie sobie głowy nad motywami ciętej w języku młodej damy o niezwykłych zdolnościach obserwacyjnych.

Zmusił się do systematycznego przeszukiwania sali, identyfikując grupy francuskich dyplomatów i odnotowując, z jakimi innymi narodowościami najchętniej wchodzą w interakcje. Tam, przy drzwiach tarasowych, stała grupa elegancko ubranych Francuzów, a ich rozmowa była przerywana sporadycznymi, emfazowanymi gestami typowymi dla paryskiego towarzystwa. I wśród nich, wyróżniający się nieco bardziej powściągliwym zachowaniem i subtelnym szacunkiem, jaki okazywali mu inni, musiał być hrabia. Ashburton zapisał w pamięci wygląd mężczyzny: średniego wzrostu, szczupłej budowy, z precyzyjnie przyciętą siwą brodą i wstążką Legii Honorowej widoczną na nieskazitelnym stroju wieczorowym. Na jego twarzy malował się wyraz uprzejmego zainteresowania, który Ashburton znał aż nazbyt dobrze — maska człowieka, który słucha, jednocześnie dokonując oceny.

Rozsądny agent zacząłby teraz zmierzać w tamtym kierunku, aranżując przypadkowe spotkanie, być może wspominając o wyścigach w Longchamp lub pytając o znane stajnie hrabiego pod Paryżem. To było oczywiste posunięcie, takie, którego oczekiwałby od niego Wrexford, właściwe wykonanie zadania. Jednak Ashburton poczuł, że jego wzrok znów błądzi po sali balowej, szukając jasnej szarości sukni Anny wśród bardziej żywych barw otoczenia.

Zlokalizował ją przy wspaniałym marmurowym kominku, gdzie znów ustawiła się nieco z boku głównego nurtu rozmowy, a jednak w zasięgu słuchu. Tym razem obserwowała mieszaną grupę austriackich i angielskich dyplomatów, których dyskusja była na tyle ożywiona, by sugerować sprawy pewnej wagi. Jej wyraz twarzy pozostawał starannie neutralny, choć Ashburtonowi zdawało się, że dostrzega obliczenia dokonujące się za tymi inteligentnymi oczami, sposób, w jaki sortowała i archiwizowała każdy strzęp informacji do późniejszej analizy. Gdy jeden z Austriaków wygłosił jakąś uwagę, jej głowa przechyliła się niemal niezauważalnie i niemal widział, jak zapisuje tę informację w pamięci do późniejszego rozważenia.

Podobieństwo do jego własnych metod było niesamowite i Ashburton poczuł nieoczekiwany przypływ czegoś, co można by niemal nazwać pokrewieństwem dusz. Oto kolejna osoba, która rozumiała wartość uważnej obserwacji, która wiedziała, że prawdziwe zbieranie informacji nie odbywa się podczas dramatycznych konfrontacji, lecz w cierpliwym, systematycznym gromadzeniu pozornie nieistotnych szczegółów.

Jakby wyczuła jego spojrzenie, Anna nagle spojrzała w jego stronę. Ich oczy spotkały się ponad zatłoczoną salą balową; jej ciemne spojrzenie było bystre, pełne rozpoznania i czegoś, co mogło być nieufnością. Przez uderzenie serca Ashburton poczuł się dziwnie zdemaskowany, jak gdyby potrafiła przejrzeć jego starannie utrzymywaną pozę i dostrzec pod nią wyrachowanego agenta. To uczucie było zarówno deprymujące, jak i dziwnie ekscytujące.

Szybko odzyskał panowanie nad sobą, oferując lekkie skinienie głową, po czym celowo skierował uwagę z powrotem na delegację francuską. Mimo to pozostawał dotkliwie świadomy jej obecności, łapiąc się na śledzeniu jej ruchów, nawet gdy zaczął podchodzić do Comte'a de Frontenac. Ten podział uwagi był wysoce nieregularny i potencjalnie niebezpieczny, biorąc pod uwagę delikatny charakter jego misji. Skupienie szpiega powinno być jednoznaczne, a jego świadomość wszechstronna, lecz bezosobowa.

Tymczasem nie było nic bezosobowego w sposobie, w jaki jego wzrok wciąż odnajdywał Annę Bell w błyszczącym tłumie.

Gdy w końcu ustawił się w pozycji umożliwiającej przedstawienie go hrabiemu, przyjmując kieliszek szampana od przechodzącego służącego i przygotowując pełen entuzjazmu wywód na temat francuskich tradycji wyścigowych, Ashburton stanowczo stłumił tę niewytłumaczalną fascynację. Cokolwiek robiła panna Bell, jakikolwiek cel przyświecał jej uważnym obserwacjom, z pewnością nie miało to związku z jego misją ani obowiązkami. Przekonywał sam siebie, że jego zainteresowanie to jedynie zawodowa ciekawość — naturalna reakcja sprawnego obserwatora na widok innego profesjonalisty.

Fakt, że dostrzegał dokładny odcień jej ciemnych oczu czy pełną wdzięku linię szyi, gdy odwracała się, by nadstawić ucha, był nieistotny, stanowił jedynie chwilowe roztargnienie, nic więcej. A jeśli te chwile roztargnienia zdarzały się coraz częściej w ciągu wieczoru, cóż, świadczyło to jedynie o jego dokładności w obserwowaniu otoczenia.

Nic więcej.

Rozdział trzeci

ANNA DODAŁA DO FILIŻANKI herbaty dwie łyżeczki miodu, dokładnie tak, jak lubiła Clara. Poranne światło przemieszczało się przez tiulowe zasłony w sypialni siostry, rzucając delikatny blask na blade rysy Clary, która spoczywała oparta o stos poduszek. Anna ułożyła je osobiście, obliczając optymalny kąt dla zapewnienia wygody, a jednocześnie złagodzenia mdłości, które już trzeci poranek z rzędu przykuwały Clarę do łóżka.

— Lekarz mówił, że herbata imbirowa może pomóc — powiedziała Anna, mieszając delikatnie bursztynowy płyn. — Dodałam do niej rumianku i miodu, żeby była smaczniejsza.

Clara spróbowała uśmiechnąć się, choć uśmiech nie dotarł do jej oczu. — Jesteś dla mnie zbyt dobra, Anno. — Przyjęła delikatną porcelanową filiżankę, a jej palce lekko drżały. — Tak mi przykro, że jestem tak marną towarzyszką. Przyjechałaś taki kawał drogi do Wiednia, a ja trzymam cię tu w zamknięciu jak pielęgniarkę.

— Bzdury. — Anna usiadła na brzegu łóżka i wygładziła niewidoczne zagniecenie na narzucie. — Twój stan jest całkowicie naturalny, choć moment niefortunny. — Przyjrzała się twarzy siostry, dostrzegając cienie pod oczami i lekko ziemistą cerę. To już prawie czwarty miesiąc, biorąc pod uwagę spodziewany termin narodzin dziecka. Według książek, z którymi Anna się konsultowała, najgorsze mdłości powinny wkrótce minąć.

Clara wzięła ostrożny łyk herbaty. — Mimo wszystko czuję się z tym okropnie. Matthew ma swoje obowiązki dyplomatyczne, a ty powinnaś zwiedzać miasto, a nie patrzeć, jak wymiotuję do miski.

— Miałam mnóstwo okazji do zwiedzania — zapewniła ją Anna, choć w rzeczywistości jej wyjścia ograniczały się do krótkich spacerów w pobliżu ich kwatery, podczas gdy Clara drzemała. — Wiedeń jest doprawdy fascynujący. Architektura opiera się na zasadach, które tworzą niezwykłą harmonię. Stosunek wysokości budynków do szerokości ulic w centrum sugeruje, że architekci rozumieli zasadę złotego podziału, nawet jeśli tak jej nie nazywali.

Clara zaśmiała się cicho. — Tylko ty, najdroższa, mogłabyś obliczać proporcje podczas zwiedzania. — Położyła dłoń opiekuńczym gestem na swoim wciąż płaskim brzuchu. — Opowiedz mi więcej o tym, co widziałaś. Pomaga mi to myśleć o czymś innym niż moje zbuntowane wnętrzności.

Anna spełniła prośbę, opisując barokowe zdobienia pałacu Hofburg, szachownicowy układ miasta i elegancką symetrię publicznych ogrodów. Mówiąc, obserwowała, jak rysy Clary stopniowo łagodnieją.

— Kawiarnie są szczególnie interesujące — kontynuowała Anna. — Wydają się pełnić funkcję przedłużenia salonów; goście przesiadują godzinami nad jedną filiżanką, czytając gazety z całej Europy. Wczoraj obserwowałam pewnego dżentelmena, który spędził przy stoliku dokładnie trzy godziny i dwadzieścia siedem minut, nie konsumując nic poza jedną kawą i niewielkim ciastkiem.

— Odmierzałaś mu czas swoim zegarkiem kieszonkowym? — zapytała Clara, a rozbawienie rozjaśniło jej zmęczone oczy.

— Być może. — Kącik ust Anny lekko drgnął. — Przez cały ten czas oczywiście czytałam książkę, ale kupiłam znacznie więcej poczęstunków. Uznałam, że tak będzie uprzejmie.

Ciche pukanie do drzwi przerwało ich rozmowę. Do pokoju wszedł Matthew, od razu szukając wzrokiem żony. Anna dostrzegła pod jego oczami cienie podobne do tych u Clary, co świadczyło o jego czuwaniu przy niej w chwilach słabości.

— Jak się czujesz tego ranka, kochanie? — zapytał, podchodząc, by usiąść obok niej i ująć jej wolną dłoń w swoje obie dłonie.

— Znacznie lepiej dzięki opiece Anny. — Clara ścisnęła jego palce uspokajająco. — Choć obawiam się, że jestem strasznie nudna.

Matthew zgarnął niesforny złoty lok z jej czoła. — Nigdy nie mogłabyś być nudna, nawet w tym stanie. — Zwrócił się do Anny z uśmiechem szczerej wdzięczności. — Dziękuję, że tak dobrze się nią opiekujesz. Obawiam się, że ja byłem dość bezużyteczny.

— Ależ skąd — odpowiedziała uprzejmie Anna, choć w duchu się z nim zgadzała. Mężczyźni bywali raczej bezradni w obliczu kobiecych dolegliwości, nawet ci tak zaradni jak jej szwagier. Matthew miał jednak solidne usprawiedliwienie. Jako spadkobierca księcia i człowiek cieszący się zaufaniem księcia regenta, musiał brać udział w oficjalnych dyskusjach dyplomatycznych toczących się podczas kongresu.

— Mam wieści, które mogą panią zainteresować, Anno. — Matthew wyprostował ramiona. — Zorganizowałem dla pani zwiedzanie Hiszpańskiej Szkoły Jazdy na dzisiejsze popołudnie. Lipicany są wspaniałe, doprawdy nie mają sobie równych.

Anna poczuła dreszcz szczerej ekscytacji, choć zachowała opanowany wyraz twarzy. — To bardzo uprzejme z pana strony, Matthew. Z ogromną chęcią zapoznam się z ich metodami treningowymi, ale może powinnam zostać z Clarą...

— Musisz iść — nalegała Clara, prostując się mimo bladości. — Hiszpańska Szkoła Jazdy była na naszej liście, zanim jeszcze wyjechaliśmy z Anglii. Ktoś z rodziny musi ją zobaczyć, nawet jeśli ja jestem chwilowo niedysponowana.

Anna widziała rozczarowanie, które siostra tak usilnie starała się ukryć. Clara pragnęła zobaczyć lipicany od dnia, w którym po raz pierwszy o nich przeczytała. To właśnie zainteresowanie Clary klasycznym ujeżdżeniem i wyszkolenie konia z Belle Haven jako daru dla księcia regenta zwróciło na nią uwagę Matthew. W prezencie ślubnym Matthew podarował Clarze ogiera lipicańskiego, w Anglii okaz bezcenny.

Teraz jednak priorytety Clary się zmieniły. Nosiła pod sercem swoje pierwsze dziecko, być może spadkobiercę męża, a Anna widziała po sposobie, w jaki Clara splatała dłonie na brzuchu, że nie zrobi nic, co mogłoby zagrozić temu skarbusiowi. Będzie odpoczywać, bo tak nakazali lekarze, nawet jeśli oznaczałoby to rezygnację z tego, dla czego tak bardzo chciała przyjechać do Wiednia.

Anna zawahała się, rozdarta między własnym pragnieniem zobaczenia słynnych białych ogierów a niechęcią do pozostawienia Clary bez opieki. — Jesteś pewna? Z radością tu zostanę, jeśli mnie siostra potrzebuje.

— Bezwzględnie nalegam — oświadczyła Clara z nieoczekiwaną stanowczością. — Moja pokojówka jest tuż obok, a po południu znów odwiedzi mnie lekarz. Musisz mi opowiedzieć o każdym szczególe po powrocie, abym mogła poczuć to samo, co ty.

— Zrobię to. Obiecuję. — Między siostrami doszło do niemego porozumienia. Clara była rozczarowana i Anna o tym wiedziała; ale zobaczenie Szkoły oczami siostry będzie niemal równie dobre. Anna będzie obserwować z podwójną uwagą, zanotuje każdy detal.

— Umówiłem jednego ze starszych mistrzów jazdy, by panią oprowadził — dodał Matthew. — Herr Dietrich jest uważany za autorytet w dziedzinie metod treningowych lipicanów. Mówi doskonale po angielsku i chętnie pokaże pani stajnie.

Anna poczuła falę ulgi na myśl, że jej towarzyszem będzie austriacki ekspert, a nie pewien angielski lord, którego szare oczy i nieprzeniknione maniery zajmowały jej myśli częściej, niż było to rozsądne. — Austriacki przewodnik będzie niezwykle pouczający. Jestem pewna, że jego wiedza okaże się nieoceniona.

— Spodziewała się pani kogoś innego? — zapytał Matthew, lekko mrużąc brwi.

— Ależ skąd — odpowiedziała szybko Anna. — Pomyślałam tylko, że lord Ashburton mógłby chcieć się narzucić, biorąc pod uwagę jego wyrażone zainteresowanie oprowadzeniem mnie po Szkole Jazdy.

— — Ach, Ashburton. — Oblicze Matthew się rozjaśniło. — Wspominał o czymś takim. Uznałem jednak, że lepiej zapewnić fachową wiedzę, niż polegać na dżentelmenie, który, choć entuzjastycznie nastawiony do koni, nie posiada profesjonalnych kompetencji. Poza tym Ashburton jest zapewne zajęty swoimi zwykłymi rozrywkami. Ten człowiek zdaje się spędzać połowę czasu na wyścigach, a drugą połowę przegrywając pieniądze w karty.

— To bardzo rozsądne podejście — zgodziła się Anna, ignorując małe ukłucie rozczarowania, które towarzyszyło uldze. Lord Ashburton był dokładnie takim rozpraszaczem, którego nie potrzebowała, z tymi swoimi wymownymi uśmiechami i zdolnością do sprawiania, że zapominała o swoim zwykłym opanowaniu. Popołudnie spędzone na słuchaniu wykładu Herr Dietricha o liniach hodowlanych będzie znacznie pożyteczniejsze niż przekomarzanie się z nieznośnym arystokratą, którego najwyraźniej bawiło jej oddanie hodowli koni.

Matthew uśmiechnął się. — Ach, nie. Drew przysłał rano usprawiedliwienie. Coś o pilnych interesach gdzie indziej. Herr Dietrich jest jednak gorąco polecany i jestem pewien, że zapewni pani odpowiednio kompetentną eskortę.

Anna skinęła głową, unikając porozumiewawczego spojrzenia, które pojawiło się na twarzy Clary, gdy Anna wspomniała nazwisko Ashburtona, i ignorując tę osobliwą mieszankę ulgi i czegoś niepokojąco bliskiego rozczarowaniu na tę wiadomość. — O której godzinie?

— O czternastej. To powinno dać pani mnóstwo czasu na przygotowania; kazałem powozowi przyjechać po panią o wpół do drugiej. — Matthew wstał, poprawiając kamizelkę. — Muszę iść na spotkanie, ale wrócę przed kolacją. — Nachylił się, by ucałować czoło Clary. — Odpoczywaj, kochanie. Polecenie lekarza.

Gdy Matthew wyszedł, Anna przeszła do garderoby, by wybrać odpowiedni strój. — Zabiorę mój notatnik — powiedziała, patrząc na Clarę przez otwarte drzwi. — Ojciec będzie chciał znać szczegóły ich budowy i reżimu treningowego. Ciekawie będzie zobaczyć, jak te wzorcowe okazy wypadną w porównaniu z Maestro.

— Będziesz w swoim żywiole — zauważyła czule Clara. — Wszystkie te wspaniałe konie do wymierzenia i ocenienia. Obiecaj mi tylko, że nie zaczniesz obliczać współczynników inbredu w połowie prezentacji.

Wargi Anny wygięły się w lekkim uśmiechu. — Nie składam takich obietnic. Matematyka jest fundamentem każdego udanego programu hodowlanego. — Wybrała skromną suknię spacerową z granatowej wełny. — Opiszę ci wszystko szczegółowo, Claro. Wysokość ich lewad, kąt kaprioli.

— Chcę też poznać twoje wrażenia estetyczne — nalegała Clara. — Nie tylko liczby, ale i to, jakie to uczucie - być tam. Piękno tego wszystkiego.

Anna zawahała się, rozważając tę prośbę. Piękno nie było cechą, którą zazwyczaj mierzyła, woląc pewność wartości liczbowych. Jednak dla Clary spróbuje. — Zrobię co w mojej mocy, choć wiesz, że swobodniej czuję się z cyframi niż z uczuciami.

— I właśnie dlatego powinnaś ćwiczyć dostrzeganie obu — powiedziała Clara z łagodną stanowczością. — A teraz idź się szykować. Nic mi nie będzie, a po twoim powrocie będę niecierpliwie czekać na relację.

Gdy Anna zbierała notatnik i ołówki, poczuła narastający dreszcz oczekiwania. Hiszpańska Szkoła Jazdy stanowiła szczyt klasycznego ujeżdżenia. Podejdzie do tego ze swoją zwykłą analityczną rzetelnością.

A jednak mała część jej zastanawiała się, co mogą oznaczać te „pilne interesy" lorda Ashburtona i dlaczego myśl o nim zajmuje w jej umyśle więcej miejsca, niż było to racjonalne. Było to równanie, które nie chciało się zgodzić, co zdarzało się rzadko w uporządkowanym świecie Anny Bell.

Wielka hala Hiszpańskiej Szkoły Jazdy rozpościerała się przed Anną niczym twierdzenie wyrażone w kamieniu i świetle. Osiemnaście nieskazitelnie białych kolumn podtrzymywało eleganckie kolebkowe sklepienie, żyrandole wisiały w harmonijnych odstępach, a ich kryształowe wisiorki chwytały światło słoneczne wpadające przez wysokie okna, tworząc wzory na nieskazitelnie białym piasku areny. Przestrzeń była idealnym prostokątem, którego proporcje ściśle przestrzegały klasycznych zasad, co Anna natychmiast doceniła.

— Tędy proszę, Fräulein Bell — wskazał Herr Dietrich, mówiąc po angielsku z twardym, formalnym akcentem. — Wkrótce rozpoczniemy ćwiczenia.

Anna poszła za nim, wodząc wzrokiem po obwodzie hali, zauważając zdobiące ściany portrety cesarzy z dynastii Habsburgów i ich najcenniejszych ogierów. Była wdzięczna za względną pustkę w galerii dla gości; zaledwie garstka widzów zajmowała rzeźbione drewniane ławy, co zapewniało jej niezakłócony widok.

Cichy szmer wśród nielicznej publiczności skierował jej uwagę na odległe wejście, gdzie pojawił się pierwszy z ogierów lipicańskich. Annie mimo woli zaparło dech. Koń poruszał się z płynną precyzją, jego maść miała kolor polerowanej perły, a grzywa i ogon były przystrzyżone w klasyczny sposób, co podkreślało potężną szyję i elegancką postawę. Jadący na nim jeździec, ubrany w tradycyjny brązowy frak, dwuróg i białe spodnie z jeleniej skóry, siedział w idealnej równowadze.

Anna wyjęła z torebki mały notatnik i ołówek, otwierając go na nowej stronie. Kilkoma szybkimi, oszczędnymi ruchami naszkicowała sylwetkę ogiera, oddając lekko szczupaczy profil pyska, wysklepioną szyję oraz zwarte, silne zadnie nogi. Na marginesach zapisała proporcje.

— Ma około 155 centymetrów w kłębie — mruknęła do siebie. — — Nadpęcia krótsze niż optymalne do skoków, ale idealne do zebrania i uniesienia.

Na arenę wchodziło więcej ogierów, a każdy prezentował subtelne różnice, które Anna natychmiast katalogowała. Jeden trzymał głowę nieco wyżej, inny miał nieco grubsze kości w przednich nogach, trzeci wykazywał odrobinę silniejsze umięśnienie zadu. Szkicowała je wszystkie, zapełniając strony notatkami.

Gdy konie rozpoczęły formalne ćwiczenia, obserwacje Anny stały się jeszcze bardziej skupione. Patrzyła, jak ogier wykonuje idealną lewadę, unosząc się na zadnich nogach pod kątem 45 stopni do ziemi, utrzymując tę pozycję z pozorną lekkością przez kilka sekund, zanim opadł z kontrolowanym wdziękiem.

— Utrzymane przez osiem sekund — mruknęła. Dodała notatkę na marginesie: „Porównać z Maestro, podobne rozwinięcie mięśni, ale inne rozłożenie ciężaru".

Pokaz piaffu szczególnie przykuł jej uwagę. Obserwowała, jak krępy ogier wykonuje zebrany kłus w miejscu, unosząc każdą parę nóg po przekątnej w idealnym rytmie, zachowując energię bez ruchu do przodu.

— Siedemdziesiąt siedem uderzeń na minutę — zapisała. — Optymalne dla zachowania impulsu bez przemieszczania się.

Anna była tak pochłonięta obliczeniami, że nie zauważyła starszego mężczyzny, dopóki jego cień nie padł na jej notatnik. Podniosła wzrok i zobaczyła dystyngowanego dżentelmena o srebrnych włosach i wyprostowanej postawie wieloletniego jeźdźca, który z wyraźnym zainteresowaniem studiował jej szkice.

— Ma Pani doprawdy niezwykłe podejście do podziwiania naszych ogierów, młoda damo — zauważył po angielsku z lekkim austriackim akcentem.

Anna zamknęła swój notatnik. — Uważam, że matematyka raczej wzmacnia niż osłabia zachwyt, proszę pana.

— Jestem Oberst Neumann, starszy nadzorca szkoły — przedstawił się z lekkim ukłonem. — Czy mogę? — Gestem wskazał na jej notatnik.

Po chwili wahania Anna podała mu go. Oberst z uniósł brwi, przyglądając się jej szkicom i adnotacjom.

— Bardzo dobrze rozumie pani budowę konia — przyznał. — A pani wyczucie proporcji jest doskonałe. Ale konie to nie tylko zbiór kątów i stosunków liczbowych, Fräulein.

— Pozwolę sobie mieć inne zdanie — odparła Anna, odbierając notatnik. — Doskonałość tych ogierów tkwi w ich precyzji. Przykładowo, wyczucie czasu w piaffie jest najważniejsze. Bez dokładnego rytmu ruch traci swoją istotę.

Smagane wiatrem oblicze Obersta rozjaśnił uśmiech. — Matematyka jest dobra i pożyteczna, panienko, ale koń musi to czuć w kościach. Najlepsi jeźdźcy nie liczą kroków ani nie mierzą kątów; oni wyczuwają moment, w którym równowaga i energia idealnie się ze sobą łączą.

Anna patrzyła, jak jeden z prowadzonych ogierów wykonuje kapriolę — skoczył w górę z podwiniętym zadem i podciągniętymi przednimi kończynami, po czym z mocą wyrzucił tylne nogi w najwyższym punkcie skoku, by wylądować z kontrolowaną precyzją.

— Kąt wyprostu wynosił około stu czterdziestu dwóch stopni — zauważyła. — Wysokość mniej więcej półtora metra. To nie są kwestie wyczucia, lecz zdolności fizycznych i treningu.

— A jednak żadne dwie kaprole nie są identyczne — zaoponował Oberst, wskazując miejsce, gdzie inny ogier przygotowywał się do tego samego elementu. — Proszę patrzeć uważnie.

Anna obserwowała, jak drugi koń wykonuje skok. Choć na pierwszy rzut oka wydawał się podobny, istniały subtelne różnice w rytmie, łuku skoku, gromadzeniu energii i, co najważniejsze, w nastawieniu konia. Pierwszy wydawał się nieco spięty, z uszami położonymi płasko przy głowie. Ten ogier wyglądał na rozluźnionego, miał uszy skierowane do przodu i był skupiony na swoim opiekunie.

— Widzi pani? — zapytał Oberst. — Matematyka może być podobna, ale każdy koń wyraża ten ruch zgodnie z własną naturą. To jest sztuka, Fräulein, a nie tylko kalkulacja. Relacja między koniem a człowiekiem, wywodząca się z wieków tradycji. — Zerknął na jej notatnik. — Pani rysunki są znakomite. Czy w Anglii jeździ pani konno?

— Moja rodzina zajmuje się ich hodowlą — odpowiedziała Anna z nutą dumy w głosie. — W Belle

Haven hodujemy wierzchowce kawaleryjskie, krzyżując ogiery pełnej krwi angielskiej z wybranymi klaczami zimnokrwistymi, by uzyskać odpowiedni wzrost, szybkość i wytrzymałość.

Oberst skinął głową z zainteresowaniem. — Godne uwagi przedsięwzięcie. Choć nie pozwalamy już naszym ogierom brać udziału w wojnach, dołożyliśmy wszelkich starań, by nie wpadły w ręce Napoleona. Zostały pierwotnie wyhodowane w tym celu, a manewry, których je uczymy, wywodzą się z walki. Dziś jednak szkolimy je po prostu dla radości tych, którzy je oglądają, oraz z dumy z kontynuowania czterechsetletniej tradycji.

— I rzeczywiście dają wielką radość — skomplementowała Anna. — Obserwowanie ich było przyjemnością, proszę pana.

Skłonił przed nią głowę, a w kącikach jego oczu pojawiły się zmarszczki. — Podobnie jak przyjemnością była rozmowa z damą, która tak dobrze rozumie to, na co patrzy. — Stuknął palcem w notatkę poczynioną przez nią obok jednego z rysunków. — Sugeruję jedynie, Fräulein, by pamiętała pani o zapisywaniu emocji, jakie wzbudzają w pani konie, obok swoich rzeczowych obserwacji.

Gdy Oberst odszedł do swoich obowiązków, Anna odwróciła się z powrotem w stronę areny, gdzie idealnie równa linia białych ogierów wykonywała teraz zsynchronizowane ruchy. Harmonia ich ruchu tworzyła wzory, które zadowalały jej analityczny umysł, a jednak poczuła, że zaczęła zwracać uwagę na elementy, których nie potrafiła łatwo zmierzyć: czujne uszy ogierów, subtelną komunikację między koniem a jeźdźcem.

Zrobiła w notesie nową notatkę, oddzieloną od kątów i pomiarów: „Światło na ich sierści jest jak ucieleśniony blask księżyca. W każdym ruchu czuć oddech historii".

Nie było to wyliczenie ani pomiar. Nie pomoże to w ulepszeniu programu hodowlanego Belle Haven. Mimo to Anna nadal dodawała te obserwacje, tworząc pełniejszy zapis swoich doświadczeń.

Dla Clary, mówiła sobie. Te notatki były dla Clary. Jednak patrząc na ogiera wznoszącego się w idealnej lewadzie, zawieszonego w momencie, który zdawał się zaprzeczać grawitacji, Anna przyznała, że być może oba podejścia mają swoją wartość: matematyka, która wyjaśnia cud, i zachwyt, który wykracza poza obliczenia.

Gdy pokaz dobiegł końca, Anna schowała notatnik do woreczka, a jej umysł wciąż zaprzątały kwestie zapotrzebowania na składniki odżywcze, które pozwoliłyby uzyskać tak niezwykłe umięśnienie. Herr Dietrich wspomniał, że stajnie znajdują się za zachodnim przejściem. Anna udała się w tamtą stronę, układając w myślach pytania o reżim żywieniowy, który mógłby przynieść cenne wskazówki dla Belle Haven.

Popołudniowe słońce wpadało ukośnie przez wysokie okna, gdy Anna szła korytarzem w stronę stajni, a zapach siana i koni stawał się coraz intensywniejszy z każdym krokiem. Polerowany przepych hali ujeżdżeniowej ustąpił miejsca bardziej użytkowym pomieszczeniom pracujących stajni, choć nawet tutaj cesarska elegancja była widoczna w kamiennych posadzkach i sklepionych sufitach.

Anna zatrzymała się na skrzyżowaniu korytarzy, niepewna, gdzie dokładnie powinna czekać na Herr Dietricha. Odległy szmer głosów przyciągnął jej uwagę do lewego przejścia, które wychodziło na niewielki dziedziniec. Miała już ruszyć w tamtą stronę, gdy z cienia po przeciwległej stronie wyłonił się charakterystyczny profil lorda Ashburtona.

Instynktownie Anna cofnęła się w głąb korytarza, ale nie mogła się oprzeć, by z ciekawością nie wyjrzeć zza rogu. Dlaczego on tu był, skoro miał być na wyścigach? Lord Ashburton stał odwrócony do niej częściowo plecami, jego wysoka sylwetka była spięta, gdy prowadził rozmowę z mężczyzną, którego wygląd wydał się Annie zupełnie niepasujący do tego eleganckiego otoczenia.

Nieznajomy miał na sobie surdut, który niegdyś był dobrej jakości, ale teraz nosił wyraźne ślady zużycia, z kurzem osiadłym na szwach i małym rozdarciem na łokciu. Jego rękawice były otarte na kostkach, buty raczej praktyczne niż modne i ani trochę czyste. Wszystko w nim sugerowało człowieka z niższych warstw społecznych, być może stajennego — z pewnością nie osobę, której lord Ashburton zazwyczaj poświęcałby uwagę w towarzystwie.

A jednak stali tutaj, pochłonięci czymś, co wyglądało na gorliwą wymianę zdań. Nawet z oddali Anna dostrzegała sztywne uniesienie ramion Ashburtona, napiętą linię jego szczęki i skupienie w jego postawie. Mówił cichym, naglącym tonem, który nie docierał do jej uszu, lecz jego zachowanie wyrażało niezaprzeczalny autorytet. Lekko pochylał głowę w stronę tego prostego człowieka, miał brwi ściągnięte w skupieniu, a jedną ręką wykonał ostry, stanowczy gest, który w niczym nie przypominał znudzonej elegancji, jaką prezentował w salach balowych.

Anna miała wrażenie, jakby obserwowała zupełnie inną osobę niż ten lekkomyślny arystokrata, który zlekceważył program hodowlany Belle Haven i droczył się z nią z powodu jej matematycznego podejścia do koni. Ten lord Ashburton był skoncentrowany, rzeczowy, władczy i, jak Anna niechętnie przed sobą przyznała, znacznie bardziej intrygujący.

Niechlujny mężczyzna wielokrotnie kimał głową, a jego postawa była pełna szacunku, ale nie służalcza. Zdawał się raczej przekazywać informacje niż odbierać instrukcje, a jego dłonie od czasu do czasu kreśliły w powietrzu kształty sugerujące miejsca lub ruchy. Lord Ashburton słuchał z pełną uwagą, całkowicie wyzbyty swojej zwykłej aury roztargnionego rozbawienia.

Anna zaczęła katalogować rozbieżności między tą wersją lorda Ashburtona a tą, którą widziała wcześniej. Różnice nie tkwiły jedynie w wyrazie twarzy czy postawie, ale w podstawowej energii, jaką emanował. Prawdopodobieństwo, że te dwie osobowości mogą współistnieć w jednej osobie, wydawało się znikome, a jednak dowód stał przed jej oczami.

Jej analizę gwałtownie przerwało spojrzenie lorda Ashburtona, który z wielką czujnością omiótł dziedziniec i zatrzymał wzrok bezpośrednio na jej na wpół ukrytej postaci. Przez ułamek sekundy ich oczy się spotkały, a Anna poczuła niespodziewane szarpnięcie, jakby przeszedł między nimi ładunek elektryczny. Na jego twarzy odmalowało się chwilowe zaskoczenie, może nawet niepokój, zanim nastąpiła niezwykła przemiana.

W ułamku sekundy ta poważna, władcza postać zniknęła, a jej miejsce zajął dobrze znany, uprzejmy arystokrata. Jego ramiona się rozluźniły, przybrał niedbałą pozę, a twarz rozjaśniła się w uśmiechu radosnego zaskoczenia. Nawet jego głos się zmienił, przechodząc z cichego, naglącego szeptu w donośny, jowialny wykrzyknik.

— Dziesięć do jednego to rozbój w biały dzień! — oświadczył z teatralnym oburzeniem, na tyle głośno, by echo rozniosło się po dziedzińcu. — Równie dobrze mogliby żądać mojego pierworodnego dziecka w zamian za tak mizerne szanse! Nie, nie, mój drogi człowieku, przy koniu z takim rodowodem nie brałbym pod uwagę niczego poniżej piętnastu do jednego.

Prosty człowiek, chwytając w lot swoją rolę z wprawą, którą Anna natychmiast odnotowała, skinął głową i dotknął z szacunkiem czapki, po czym przemknął bocznym przejściem; zniknął tak szybko i niepostrzeżenie, jakby rozpłynął się w samych murach.

Tymczasem lord Ashburton kontynuował swoje przedstawienie, rzucając jeszcze kilka uwag o perspektywach wyścigowych w pustą teraz przestrzeń, po czym z udawanym zaskoczeniem zauważył obecność Anny.

— Panno Bell! — wykrzyknął, przechodząc przez dziedziniec, całą swoją istotą promieniując teraz beztroskim urokiem. — Cóż za zachwycający zbieg okoliczności, że pani tu dzisiaj jest. Wspaniałe stworzenia, te lipicany, choć osobiście uważam je za nieco zbyt zdyscyplinowane jak na mój gust, nie wspominając o tym, że są za wolne na wyścigi. Proszę mi dać pełnokrwistego anglika o żywym temperamencie, a będę kontent.

Annę na moment zatkało, a jej analityczny umysł walczył, by pogodzić świadectwo zmysłów. Zawsze szczyciła się swoimi zdolnościami obserwacyjnymi, umiejętnością rzetelnego przetwarzania informacji i wyciągania logicznych wniosków. Jednak lord Ashburton wymykał się kategoryzacji w sposób, który był zarazem frustrujący, jak i, co niechętnie przyznawała, dziwnie fascynujący.

— Miałam nadzieję dowiedzieć się więcej o ich reżimie żywieniowym — odpowiedziała w końcu głos nieco pewniejszym, niż się czuła. — Belle Haven mogłoby skorzystać na pewnych aspektach ich podejścia. Szczególnie interesuje mnie, jakich olejów używają i w jakich proporcjach.

— Ach, harmonogramy karmienia i stosunki ilościowe! — odparł z uśmiechem, który wydawał się celowo skrojony tak, by sugerować intelektualną pustkę. — Jakże ekscytujące tematy, choć wyznam, że takie sprawy pozostawiam mojemu masztalerzowi. Moje zainteresowania skupiają się raczej na gotowym produkcie na torze wyścigowym, jak pani rozumie.

Uprzejmy uśmiech zastygł na ustach Anny, podczas gdy w jej głowie kłębiły się myśli. — A jednak wydaje się pan posiadać sporą wiedzę o rodowodach — zauważyła, uważnie śledząc jego twarz w poszukiwaniu jakiegokolwiek pęknięcia w tej masce uprzejmości. — Można by niemal pomyśleć, że wykazuje pan bardziej naukowe zainteresowanie, niż chce pan przyznać.

W jego szarych oczach coś błysnęło — chwila czujności szybko ukryta za radosnym humorem. — Rodowody to poezja hodowli koni, panno Bell. Nawet najbardziej płochy miłośnik wyścigów potrafi docenić piękne drzewo genealogiczne, choć matematykę z tym związaną pozostawiam poważnym umysłom, takim jak pani.

Jego słowa były lekkie, wręcz żartobliwe, ale Anna była pewna, że kryły się za nimi kalkulacje tak precyzyjne, jak żadne, których kiedykolwiek dokonała. Ta niespójność nie dawała się sprowadzić do logicznego równania. Albo jej początkowa ocena lorda Ashburtona jako próżnego arystokraty była fundamentalnie błędna, albo była teraz świadkiem misternie odgrywanego przedstawienia, mającego na celu ukrycie jego prawdziwej natury. Żadna z tych możliwości nie pasowała do jej dotychczasowej wiedzy, a Anna Bell niewielu rzeczy nie lubiła tak bardzo, jak nierozwiązanych zmiennych.

— Powinnam wrócić do mojego przewodnika — powiedziała, skinąwszy głową w stronę głównego korytarza.

— Oczywiście, oczywiście. Nie śmiałbym pani zatrzymywać. — Lord Ashburton odsunął się z eleganckim ukłonem, który zdołał wyrazić jednocześnie szacunek i delikatną kpinę. — Być może spotkamy się jutro wieczorem na przyjęciu w ambasadzie Hiszpanii? Słyszałem, że zaproszono cały korpus dyplomatyczny.

— Być może — odparła Anna wymijająco, mijając go. — Dobrego dnia, lordzie Ashburton.

Oddalając się, Anna oparła się pokusie zerknięcia za siebie, utrzymując równe tempo, dopóki nie skręciła w główny korytarz. Tam zatrzymała się na chwilę, poprawiając rękawiczki i nadsłuchując czyichś kroków za plecami. Nie słysząc nic, ruszyła w stronę oczekującego Herr Dietricha, przywołując w pamięci pytania dotyczące składników paszy.

Dalsza część zwiedzania upłynęła jej w oszołomieniu informacjami, które notowała ze zwykłą starannością, choć część jej umysłu pozostawała uporczywie skupiona na zagadce lorda Ashburtona. Sposób, w jaki jego całe zachowanie zmieniło się w jednej chwili, łatwość, z jaką przyjął swoją powierzchowną rolę, sugerowały lata wprawy w ukrywaniu prawdziwej natury. Taka biegłość w oszustwie zakładała cel wykraczający poza zwykłą pogoń za przyjemnościami.

Gdy w końcu przygotowywała się do wyjścia, dziękując Herr Dietrichowi za cierpliwość, w myślach zdążyła już skatalogować każdą interakcję, jaką widziała między lordem Ashburtonem a innymi ludźmi na dyplomatycznych przyjęciach, szukając wzorców, które mogły jej wcześniej umknąć.

Cokolwiek lord Ashburton planował, było to najwyraźniej bardziej skomplikowane i potencjalnie bardziej niebezpieczne niż wyścigi konne i hazard. Przebłysk bystrej inteligencji za jego fasadą ujawnił człowieka zdolnego do znacznie większych rzeczy niż błahe rozrywki — człowieka posiadającego sekrety warte ukrycia.

Anna zamknęła notatnik, podjąwszy decyzję. Podejdzie do tej układanki tak, jak do wszystkich innych: z uważną obserwacją, systematycznym gromadzeniem danych i logiczną analizą. Lord Ashburton nieświadomie przedstawił jej równanie bardziej intrygujące niż jakiekolwiek inne dotychczas, a Anna Bell nie porzucała problemów, dopóki nie rozwiązała ich całkowicie.

Rozdział czwarty

ASHBURTON SZARPNĄŁ ZA FULAR, uwalniając wykrochmalony len z niecharakterystyczną dla siebie siłą. Szlachetna tkanina wylądowała jako pognieciona sterta na jego toaletce. Nalał sobie solidną porcję koniaku; bursztynowy płyn chlupotał niebezpiecznie blisko krawędzi, zanim lord wychylił go jednym, palącym łykiem. Spośród wszystkich uciążliwych komplikacji, ta należała do najbardziej irytujących: panna Anna Bell, ze swoimi zbyt spostrzegawczymi oczami i analitycznym umysłem, stojąca w cieniu dziedzińca Hiszpańskiej Szkoły Jazdy i obserwująca jego naradę z Jakobem Braunem.

— Niech to licho — wymruczał, przeczesując palcami starannie ułożone włosy, aż stanęły w nieładzie. Wydarzenia popołudnia odtwarzały się w jego pamięci z bezlitosną jasnością. Jakob przekazywał kluczowe informacje wywiadowcze o ruchach i współpracownikach hrabiego de Frontenaca — dane, których zdobycie zajęło tygodnie — a wtedy na skraju jego pola widzenia pojawiły się te ciemne, oceniające oczy.

Ashburton nalał kolejną miarkę koniaku, tym razem popijając go wolniej, przemierzając swój hotelowy apartament. Pluszowy dywan tłumił jego kroki. Czy usłyszała coś istotnego? Mało prawdopodobne, biorąc pod uwagę odległość. Ale z pewnością widziała wystarczająco dużo, by podać w wątpliwość jego starannie wykreowany wizerunek.

Transformacja była odruchowa; lata pracy w terenie nauczyły go zmieniać tożsamości z płynną łatwością. W jednej chwili był skupionym agentem odbierającym meldunek, w następnej — lekkomyślnym arystokratą omawiającym szanse na wyścigach. To był występ, który dopracował do perfekcji.

Aż do teraz nigdy nie wątpił w jego skuteczność.

— Przeklęty Whitmore i ta jego chęć niesienia pomocy — mruknął, zatrzymując się, by wyjrzeć na panoramę Wiednia. Matthew musiał zorganizować inną eskortę, gdy Ashburton wykręcił się wcześniejszymi zobowiązaniami.

Ashburton odstawił szklankę i wrócił do mierzenia pokoju krokami. Jakob Braun był jego najcenniejszym kontaktem w Wiedniu, człowiekiem, którego interesy na torach wyścigowych i w domach hazardowych dawały mu dostęp do rozmów toczonych wśród francuskich sympatyków. Po tygodniach ostrożnego urabiania go, Jakob w końcu zaczął przekazywać znaczące informacje.

I wtedy panna Anna Bell weszła w sam środek tego wszystkiego, a jej bystry umysł bez wątpienia katalogował każdy szczegół.

Ashburton opadł ciężko na fotel, rozpinając górne guziki koszuli. Większość znanych mu młodych dam nie zauważyłaby niczego niestosownego. Zobaczyłyby tylko to, co zamierzał im pokazać: zamożnego próżniaka załatwiającego interesy z nieco podejrzanym typem, być może obstawiającego zakłady lub dyskutującego o perspektywach wyścigowych. Takie spotkania były wśród arystokracji na tyle powszechne, że nie zasługiwały na szczególną uwagę.

Ale Anna Bell nie była jak większość młodych dam.

Obserwowała świat z uciążliwą skrupulatnością, a jej ciemne oczy niczego nie pomijały. Zauważył jej analityczne podejście podczas rautów dyplomatycznych — to, jak ustawiała się, by podsłuchiwać ważne rozmowy, sama sprawiając wrażenie niezainteresowanej. Było to niepokojąco znajome, stanowiło lustrzane odbicie jego własnych technik.

Co gorsza, zdążyła już zademonstrować sceptycyzm wobec jego charakteru. Od ich pierwszego spotkania na ślubie jej siostry wydawała się uważać jego pozę entuzjasty wyścigów za podejrzaną. Jeśli ktokolwiek miałby przejrzeć jego starannie utrzymywaną fasadę, byłaby to właśnie błyskotliwa panna Bell.

Ashburton wstał i podszedł do biurka, wyciągnął arkusz papieru, po czym rozmyślił się. Żadnych śladów na piśmie.

To były podstawy fachu. Zamiast tego w myśli dokonał przeglądu dostępnych opcji.

Mógłby jej całkowicie unikać. Przemodelować swój grafik, by zminimalizować spotkania, wymawiać się pilnymi sprawami, gdy Whitmore zaproponuje wspólne wyjścia. Jednak tak oczywiste unikanie mogłoby tylko wzmocnić jej podejrzenia. Co więcej, przy trwającym Kongresie całkowite unikanie się było niepraktyczne.

Mógłby spróbować ją oczarować. Ta metoda okazywała się skuteczna przy niezliczonych kobietach. Jednak coś mu podpowiadało, że panna Bell pozostanie niewzruszona na takie sztuczki. Jej analityczny umysł przebijał się przez uprzejmości do sedna ukrytego pod spodem.

A może...

Usta Ashburtona wygięły się w refleksyjnym uśmiechu, gdy pojawiła się trzecia opcja. Być może najskuteczniejszą odpowiedzią było jeszcze mocniejsze uderzenie w tonę, w którą ona i tak już wątpiła. Stać się tak do przesady lekkomyślnym miłośnikiem wyścigów, tak konsekwentnie powierzchownym i radosnym, że jej początkowe podejrzenia wydadzą się absurdalne.

Była to strategia mająca spore zalety. Im bardziej skandaliczny będzie jego występ, tym mniej wiarygodne staną się jakiekolwiek twierdzenia o jego prawdziwej naturze. Kto uwierzy, że człowiek czyniący lekkomyślne zakłady i z jednotorowym entuzjazmem dyskutujący o koniach, potajemnie zbiera informacje dla brytyjskiego rządu?

Ashburton wrócił do koniaku, z namysłem kołysząc bursztynowym płynem. Tak, to podejście miało w sobie elegancję. Na jutrzejszym przyjęciu w ambasadzie hiszpańskiej zadba o to, by jego reputacja fircyka była w pełni widoczna: głośniejszy śmiech, bardziej ekscentryczne zakłady, może nawet nuta upojenia alkoholowego. Przedstawi tak spójny obraz arystokratycznej bezczynności, że obserwacje panny Bell ze szkoły jazdy wydadzą się jedynie chwilową aberracją.

A jeśli nie przestanie go śledzić wzrokiem? Cóż, to samo w sobie mogłoby okazać się interesujące.

Ashburton opróżnił szklankę. Plan był solidny. Przystąpi do jego realizacji natychmiast, zaczynając od poprawienia wyglądu, zanim wyjdzie, by pokazać się dziś wieczorem we wszystkich modnych przybytkach hazardu. Do rana połowa Wiednia będzie dyskutować o jego najnowszym, skandalicznym zakładzie.

Podchodząc do umywalki, by ochlapać twarz chłodną wodą, Ashburton poczuł się dziwnie pobudzony wyzwaniem, jakie rzuciła mu panna Bell. Minęło sporo czasu, odkąd ktokolwiek naprawdę wystawił jego umiejętności na próbę. Stawka była wysoka, ale było coś ożywczego w pojedynku na inteligencję z przeciwniczką godną jego talentów.

Woda ściekała mu z twarzy, gdy sięgał po ręcznik, a jego odbicie w lustrze ponownie zmieniało się w beztroskiego arystokratę, którego znał Wiedeń. Przemiana była płynna — poważny agent zniknął za swobodnym uśmiechem lorda Ashburtona, koniarza i hazardzisty.

Żaden obserwator, choćby nie wiem jak spostrzegawczy, nie wykryłby ani śladu wyrachowanej inteligencji, która jeszcze przed chwilą przemierzała te pokoje. Nikt, oprócz, być może, panny Anny Bell.

I to właśnie, pomyślał Ashburton, wzywając lokaja, czyniło ją tak niebezpieczną.

Kryształowe żyrandole rzucały migotliwe światło na wielką salę balową ambasady hiszpańskiej. Lord Ashburton przyjął kieliszek sherry fino od przechodzącego lokaja, a jego śmiech zabrzmiał z entuzjastyczną jowialnością na marny żart stojącego obok niego węgierskiego barona. Ustawił się w grupie miłośników wyścigów, tak daleko, jak to możliwe, od wejścia, gdzie prawdopodobnie miała się pojawić grupa Whitmore'a. Jego oczy dokonały jednak szybkiego, oceniającego przeglądu sali, zanim wróciły do dyskusji towarzyszy na temat nadchodzącego wyścigu na Praterze.

— Mówię panom, postawiłbym całą moją kwartalną pensję na tego gniadego źrebca — oświadczył Ashburton, wykonując zamaszysty gest kieliszkiem. — Już sama jego linia krwi gwarantuje zwycięstwo. Potomek Thunderclapa i Moonlight Dancer – ideał!

Małe grono arystokratów pokiwało głowami z uznaniem, choć rosyjski hrabia wśród nich wyglądał na sceptycznego. — Wy, Anglicy, i te wasze linie krwi. Reżim treningowy jest o wiele istotniejszy niż pochodzenie.

— Mój drogi hrabio — odparł Ashburton z przesadną cierpliwością — równie dobrze mógłby pan sugerować, że koń roboczy mógłby wygrać Derby dzięki odpowiedniemu treningowi! Krew nie kłamie, panie hrabio. Krew zawsze wyjdzie na jaw.

Ta deklaracja, wygłoszona z teatralnym przekonaniem, wywołała powściągliwe śmiechy w grupie. Ashburton uniósł kieliszek w toaście, wykorzystując ten ruch jako przykrywkę do ponownego przeskanowania sali. Jego niedbałe spojrzenie na chwilę zamarło, gdy ją dostrzegł: panna Anna Bell, stojąca przy marmurowej kolumnie w sukni o barwie głębokiego różu, która sprawiała, że wydawała się mniej nieuchwytna niż na poprzednich spotkaniach. Jej ciemne oczy były utkwione bezpośrednio w nim, a wyraz twarzy pozostawał chłodno oceniający.

Niech to licho. Przybyła, a on tego nie zauważył.

Ashburton płynnie skupił uwagę na swoich towarzyszach, ale wewnętrznie dokonał ponownych obliczeń. Będzie musiał wzmocnić swój występ, skoro panna Bell już obserwuje go z taką uwagą. Opróżniając sherry z niepotrzebną brawurą, dał znak o kolejny kieliszek i zaczął snuć coraz bardziej nieprawdopodobną opowieść o wyścigu, którego rzekomo był świadkiem w Rzymie.

— Dżokej został zrzucony przy pierwszym skoku, panowie, wyrzucony prosto nad żywopłotem! — wykrzyknął Ashburton, a jego głos niósł się na tyle głośno, by przyciągnąć rozbawione spojrzenia z pobliskich kręgów towarzyskich. — Ale koń, wspaniałe stworzenie, kontynuował bieg bezbłędnie, pokonał każdą przeszkodę i przekroczył linię mety jako pierwszy, bez jeźdźca! Wygrałem na tym niezwykłym zwierzęciu pięćset gwinei.

— To niemożliwe — zaprotestował bawarski dyplomata, który dołączył do ich grupy. — Sędziowie zdyskwalifikowaliby konia bez jeźdźca.

— W normalnych okolicznościach — owszem — zgodził się Ashburton, zniżając głos konspiracyjnie. — Ale widzi pan, główny sędzia również postawił na tego konkretnego konia. Niezwykły zbieg okoliczności, nie uważa pan?

Śmiech, który nastąpił potem, był szczery, choć nieco niedowierzający. Ashburton przyjął go z pełnym samozadowolenia uśmiechem, cały czas śledząc położenie Anny za pomocą subtelnych spojrzeń. Przesunęła się na obrzeża rozmowy między kilkoma angielskimi dyplomatami a hiszpańską hrabiną; jej postawa sugerowała uważne słuchanie, podczas gdy jej oczy od czasu do czasu zerkały w jego stronę.

Zauważył ten schemat z niechętnym podziwem. Dzieliła swoją uwagę między zbieranie informacji, które interesowały ją w rozmowie dyplomatycznej, a monitorowanie jego poczynań. Zrobione to było po mistrzowsku. Większość obserwatorów nie zauważyłaby niczego niezwykłego.

Większość obserwatorów nie była lordem Ashburtonem.

Przeprosił swoją grupę, obiecując wrócić ze świeżym szampanem, celowo wybierając drogę, która poprowadzi go obok kilku francuskich dyplomatów zaangażowanych w rozmowę z austriackim ministrem spraw zagranicznych. Przechodząc, wyłapał fragmenty ich dyskusji dotyczącej negocjacji granicznych — cenne informacje, ale nie one były teraz w centrum jego uwagi. Zamiast tego utrzymywał swoją nieco zbyt głośną manierę, kiwając głową na powitanie z przesadnym entuzjazmem.

Trasa nieuchronnie zbliżyła go do Anny. Zaplanował to spotkanie, woląc kontrolować okoliczności. Zauważyła go – w jej oczach na chwilę pojawił się niepokój, zanim odwróciła wzrok – ale nie zostawił jej drogi ucieczki. Gdy zeszli się w pobliżu wystawy hiszpańskich gobelinów, Ashburton udał zdziwienie.

— Panno Bell! Jakże miło panią znów widzieć — zawołał, wykonując ukłon, który balansował na granicy przesady. — Wygląda pani dziś wieczorem wręcz promiennie. Ten odcień różu niezwykle pani pasuje.

Twarz Anny pozostała chłodno opanowana; całkowicie zignorowała komplement. — Lordzie Ashburton. Zaskakuje mnie pańska obecność tutaj. Żadnych pilnych spraw wymagających pańskiej uwagi dzisiejszej nocy? Kupno kolejnego konia wyścigowego, czy może tylko obstawianie zakładów?

Ta złośliwość została wymierzona z tak delikatną precyzją, że Ashburton poczuł niechętny błysk uznania. Bezpośrednio nawiązywała do jego wymówki, którą posłużył się, by opuścić ich wyprawę do Hiszpańskiej Szkoły Jazdy.

— Wyścigi nigdy nie schodzą z moich myśli, panno Bell — odparł z lekkim uśmiechem. — Ale nawet najbardziej oddany entuzjasta musi czasem poświęcić swoją pasję dla zobowiązań towarzyskich. Świat dyplomacji kręci się dalej, niezależnie od tego, kto wygrywa na Praterze, niestety.

— Jakież to szczęście, że pańskie różnorodne zainteresowania pozwalają panu tak płynnie poruszać się między światami — zauważyła, a jej ciemne oczy ani na chwilę nie opuszczały jego twarzy.

Ashburton zachował pogodny wyraz twarzy, w duchu raz jeszcze ją oceniając. Komentarz był zbyt celny, by mógł być przypadkowy. Wyraźnie nawiązywała do przemiany, której była świadkiem w szkole jazdy, rzucając mu wyzwanie, choć w słowach, które dla każdego innego słuchacza brzmiałyby niewinnie.

— Trzeba pielęgnować w sobie wszechstronność, panno Bell — odpowiedział, dostosowując się do jej pozornie swobodnego tonu. — Choć uważam pewne zajęcia za bardziej nagradzające od innych. A skoro o tym mowa, właśnie zawarłem z hrabią Orłowem najbardziej skandaliczny zakład dotyczący przyszłotygodniowego wyścigu. Czy chciałaby pani usłyszeć szczegóły? Chodzi o całkiem imponującą sumę i francuskiego ogiera o wątpliwej kondycji.

— Może innym razem — odparła Anna z ledwie dostrzegalnym cieniem uśmiechu. — Zdaje się, że siostra mnie szuka.

Minęła go z cichą gracją, a Ashburton celowo nie patrzył, jak odchodzi. Zamiast tego powrócił do swoich miłośników wyścigów z nową energią, proponując coraz bardziej absurdalne zakłady. Złapał się na tym, że gestykuluje szerzej, śmieje się serdeczniej, wcielając się w postać beztroskiego arystokraty z taką skrupulatnością, że nawet ci, którzy znali go dobrze, mogliby dać się nabrać.

Przez cały ten czas pozostawał świadomy każdego ruchu Anny. Przemieszczała się od jednej grupy dyskusyjnej do drugiej, zawsze ustawiając się tak, by obserwować zarówno wymianę zdań między dyplomatami, jak i — co odnotował z irytacją — jego samego. Gdy przystanęła w pobliżu grupki, w której znajdował się hrabia de Frontenac – jego główny cel – Ashburton poczuł ukłucie autentycznego niepokoju.

Blisko godzinę później ich oczy spotkały się ponownie na drugim końcu sali. Ashburton stał właśnie w gronie angielskich dyplomatów, racząc ich mocno przesadzoną opowieścią o tym, jak przegrał fortunę w paryskim domu gry. Przerwał anegdotę w połowie i uniósł kieliszek szampana w uroczystym toaście skierowanym prosto do Anny. Gest był zawadiacki, wręcz wyzywający; uznawał fakt, że jest obserwowany, a jednocześnie bagatelizował jego znaczenie.

Jej reakcja była subtelna, lecz jednoznaczna: lekkie zmrużenie oczu i ledwo dostrzegalne drgnięcie kącików ust. Ani przez chwilę nie uwierzyła w to przedstawienie.

Ashburton dokończył opowieść z rozmachem, wywołując pełen uznania śmiech towarzyszy, ale jego myśli pobiegły w zupełnie innym kierunku. Panna Anna Bell okazała się bardziej nieustępliwa i spostrzegawcza, niż przypuszczał. Jej nieustanna czujność zagrażała nie tylko jego przykrywce, ale potencjalnie całej operacji wywiadowczej, którą przygotowywał od miesięcy. Powinien być szczerze zirytowany jej wtrącaniem się.

Zamiast tego ku własnemu zdumieniu poczuł osobliwą mieszankę frustracji i — co najbardziej niepokojące — szacunku. Było coś niemal ożywczego w tym, że ktoś przejrzał go na wylot, w mierzeniu się na intelekt z osobą zdolną przeniknąć starannie skonstruowane fasady, które zwiodły monarchów i ministrów w całej Europie.

W miarę jak wieczór mijał, a on bezbłędnie kontynuował swoją grę, Ashburton łapał się na tym, że co jakiś czas szuka wzrokiem Anny w tłumie, ciekawy, czy nadal zachowuje czujność. Nie spuszczała z niego oka z wytrwałością świadczącą zarówno o inteligencji, jak i determinacji. Cechy te czyniły ją niebezpieczną dla jego misji, to pewne, ale sprawiały też, że stawała się coraz bardziej interesująca jako osoba.

Była to niespodziewana komplikacja w i tak już złożonym zadaniu. A lord Ashburton, mimo zewnętrznych pozorów bezmyślności, nigdy nie należał do ludzi lekceważących komplikacje.

Wieczór muzyczny u posła pruskiego zapewnił bardziej kameralną atmosferę; około sześćdziesięciu gości zebrało się, by wysłuchać obiecującego młodego skrzypka. Ashburton stał przy stole z poczęstunkiem, trzymając w jednej dłoni kieliszek białego wina. W rzeczywistości jego uwaga była podzielona między francuskiego attaché kulturalnego rozmawiającego nieopodal a smukłą sylwetkę panny Anny Bell, siedzącej na obrzeżach sali z widokiem na muzyków i — jak odnotował z rezygnacją — na niego samego.

Minął tydzień od przyjęcia w ambasadzie Hiszpanii. Za każdym razem, gdy spotykał pannę Bell na wydarzeniach dyplomatycznych, odgrywał swoją starannie wypracowaną rolę arystokratycznego lekkoducha i za każdym razem czuł na sobie te ciemne oczy, śledzące go z niesłabnącym sceptycyzmem.

Obok przemknęła ładna młoda hrabina, posyłając mu kokieteryjny uśmiech i szepcząc komplement na temat jego kamizelki, na co odpowiedział szarmanckim ukłonem. Jakże to się różniło od jego relacji z panną Bell, które niosły ze sobą napięcie towarzyszące ruchom szachowym między godnymi siebie przeciwnikami.

Ashburton sączył wino, obserwując zgromadzone damy z nową świadomością. Baronowa von Kleiden śmiała się z przesadnym zachwytem z miernego żartu pewnego dyplomaty. Lady Fairholm poprawiła dekolt, gdy pruski arcyksiążę spojrzał w jej stronę. Córka posła belgijskiego przechyliła głowę pod wyliczonym kątem, by wyeksponować swoją łabędzią szyję. Każdy ruch był zaprojektowany tak, by przyciągnąć uwagę, wkraść się w łaski, poprawić pozycję towarzyską za pomocą odwiecznych sztuk kobiecego czaru.

Dla odmiany Anna Bell wydawała się zdecydowana całkowicie unikać uwagi. Usadowiła się na złoconym krześle, częściowo przesłoniętym przez ogromną kompozycję cieplarnianych kwiatów. Jej suknia w stonowanym odcieniu szałwiowej zieleni była elegancka, lecz pozbawiona ozdób, falbanek i błyskotek, które mogłyby przyciągać wzrok. Nawet jej postawa świadczyła o wypracowanej niepozorności — nie garbiła się, ani nie siedziała sztywno wyprostowana, lecz przybrała taki kąt, który pozwalał jej obserwować, nie będąc obserwowaną.

Z wyjątkiem, rzecz jasna, jego osoby.

W ciągu ostatnich dni Ashburton sporządził w myślach katalog jej nawyków obserwacyjnych. Preferowała narożniki i elementy architektoniczne, które zapewniały zarówno osłonę, jak i czyste pole widzenia. Utrzymywała wyraz twarzy sugerujący lekkie znudzenie, co zniechęcało do nawiązywania rozmowy, a jej samej pozwalało jej słuchać bez przeszkód. Gdy wyjątkowo zainteresowała się rozmową, przechylała głowę minimalnie w prawo, a jej oczy stawały się bardziej skupione, choć wyraz twarzy pozostawał neutralny.

Najbardziej wymowny był sposób, w jaki jej wzrok śledził ruch: nie z rozbieganą uwagą, lecz z chłodną oceną umysłu rejestrującego i analizującego fakty.

Skrzypek zakończył występ przy uprzejmych oklaskach, a goście zaczęli krążyć po sali. Ashburton celowo wciągnął bawarskiego attaché wojskowego w ożywioną dyskusję o perspektywach łowieckich, pozwalając, by jego głos niósł się na tyle daleko, by podtrzymać reputację człowieka oddanego błahym rozrywkom. Przez cały ten czas kątem oka śledził ruchy Anny, gdy wstała i skierowała się w stronę stołu z odświeżającymi napojami.

Wyczekał na odpowiedni moment, by znaleźć się obok niej w chwili, gdy przyjmowała szklankę lemoniady.

— Panno Bell — przywitał się z ukłonem. — Ufam, że muzyka się pani podoba? Choć muszę wyznać, że Haydn wydaje mi się zbyt matematyczny jak na mój gust. Te wszystkie idealnie wyważone frazy sprawiają, że od samej próby nadążenia za nimi boli głowa.

Jej ciemne oczy oceniły go chłodno.

— Sądziłam, że matematyka wykracza poza pańskie zdolności pojmowania, lordzie Ashburton. To zaskakujące, że dostrzega ją pan w kompozycjach Haydna.

— Nie trzeba czegoś rozumieć, by rozpoznać w tym nużące cechy — odparował z lekkim uśmiechem. — Podobnie jak w rozmowach dyplomatycznych o taryfach na zboże. Z pewnością są szalenie ważne, ale gwarantuję, że można przy nich zasnąć.

— A jednak zdaje się pan ostatnio obracać wyłącznie wśród dyplomatów — zauważyła Anna, biorąc mały łyk lemoniady. — Jak na kogoś tak niechętnego nudzie, spędza pan zdumiewająco dużo czasu w potencjalnie nużącym towarzystwie.

Ashburton zaśmiał się, jakby powiedziała coś niezwykle zabawnego.

— Moja droga panno Bell, z pewnością zauważyła pani, że to dyplomaci zawierają najciekawsze zakłady? Ambasador Rosji ma prawdziwy talent do wybierania zwycięzców o najniższych szansach. Zbiłem małą fortunę, kierując się jego radami.

— Jakże wygodne, że pańskie pasje hazardowe tak doskonale pokrywają się z obecnością na każdym znaczącym spotkaniu dyplomatycznym w Wiedniu — odparła łagodnym tonem, lecz jej sugestia była aż nadto czytelna.

— Szczęście sprzyja wytrwałym — zgodził się wesoło Ashburton, choć jego oczy lekko się zwęziły. — A skoro mowa o wytrwałości, zauważyłem, że pani również prowadzi dość wnikliwą obserwację tych zgromadzeń. Można by pomyśleć, że przeprowadza pani studium nad zachowaniem dyplomatów.

Zanim odpowiedziała, w jej spojrzeniu przemknął cień niepokoju, a może uznania dla tego kontrataku.

— Uważam ludzkie zachowania za fascynujące w każdej formie. Zwłaszcza gdy wydają się... niespójne.

Skrzypek wrócił na miejsce, sygnalizując koniec przerwy. Ashburton skłonił się z wyszukaną uprzejmością.

— W takim razie Wiedeń podczas kongresu musi być dla pani prawdziwą ucztą. Tyle osób zachowujących się w tak niespójny sposób.

— Niektórzy bardziej niż inni — odparła Anna z cieniem uśmiechu, po czym odwróciła się, by wrócić na swoje miejsce.

Ashburton odprowadził ją wzrokiem, czując po tej wymianie zdań w równym stopniu irytację, co zaciekawienie. Dziewczyna była zdecydowanie zbyt spostrzegawcza i coraz śmielsza w swoich aluzjach. Jednak zamiast czuć się zagrożonym, poczuł dziwny przypływ energii po tej słownej szermierce. Od dawna nikt nie rzucił wyzwania jego grze. Większość ludzi widziała dokładnie to, co on chciał, by widzieli, i nic więcej.

A spośród wszystkich ludzi w Wiedniu, którzy mogliby być agentami działającymi przeciwko interesom Anglii, Anny Bell z pewnością nie było na tej liście. Miała zaledwie dziewiętnaście lat i była blisko spokrewniona z rodzinami stojącymi poza wszelkimi podejrzeniami. Niemniej musiał zachować ostrożność. Gdyby szepnęła słowo o nim niewłaściwej osobie, mogłaby zniszczyć jego przykrywkę.

Przez chwilę rozważał rozmowę z Whitmore'em, ale choć przyjaźnili się od czasów szkolnych, Whitmore nie miał najmniejszego pojęcia, że Ashburton nie jest dokładnie tym, za kogo się podaje.

Jeszcze nie teraz, zdecydował. Poradzi sobie z panną Bell. Był tego pewien.

Dwa wieczory później, na kolejnym przyjęciu, Ashburton znów poczuł na sobie czujny wzrok Anny Bell. Stanęła przy marmurowym filarze, sprawiając wrażenie całkowicie pochłoniętej rozmową ze starszą damą, podczas gdy jej uwaga pozostawała skupiona na grupce rosyjskich i pruskich dyplomatów nieopodal. Ashburton zauważył, jak ustawia się bokiem, by wyglądać na zaangażowaną w rozmowę, a jednocześnie trzymać dyplomatów w polu widzenia — była to technika, którą on sam stosował niezliczoną ilość razy.

Fascynowało go nie tylko to, że obserwowała, ale to, co wybierała do obserwacji. W przeciwieństwie do typowej młodej damy szukającej kandydata na męża, panna Bell skupiała się wyłącznie na rozmowach o znaczeniu politycznym. Jej zainteresowania pokrywały się z jego własnymi w sposób niemal niepokojący, choć zapewne z innych powodów.

A może wcale nie? To pytanie zaczęło go dręczyć. Sama nie mogła być szpiegiem, ale czy to możliwe, by Whitmore polecił jej zbieranie informacji? Ta myśl sprawiała Ashburtonowi dyskomfort. Takie działania mogły narazić Annę na niebezpieczeństwo.

Krążąc wśród gości i odgrywając swoją rolę z rutynową swobodą, Ashburton stawał się coraz bardziej świadomy spojrzenia Anny. Zamiast irytacji czuł teraz coś bliskiego radosnemu wyczekiwaniu, gdy jej ciemne oczy śledziły jego ruchy. Było to uczucie nowe, ale nie nieprzyjemne.

To właśnie podczas tego przyjęcia wśród zebranych rozeszła się wielka nowina: w następnym tygodniu w pałacu Hofburg odbędzie się wspaniały bal, na którym spodziewana jest obecność wszystkich misji dyplomatycznych. Wiadomość natychmiast wzbudziła ekscytację; damy dyskutowały o potencjalnych sukniach, a panowie rozważali polityczne implikacje takiego zgromadzenia.

— To będzie wydarzenie sezonu — oświadczyła hrabina von Liechtenstein do Ashburtona. — Jego Cesarska Mość pragnie okazać austriacką gościnność wszystkim delegatom Kongresu. Mówią, że pojawi się nawet sam car.

— Wyśmienicie — odparł Ashburton z należytym entuzjazmem. — Miejmy nadzieję, że wzmocnili podłogi, by wytrzymały te wszystkie tańce. Choć mnie osobiście bardziej ciekawi, czy hrabia Razumowski zorganizuje później swoje słynne partie kart.

Hrabina zachichotała z uznaniem na tę błahą odpowiedź, dokładnie tak, jak przewidział. Gdy odeszła, wzrok Ashburtona powędrował przez salę do miejsca, gdzie stała Anna, rozmawiając teraz z siostrą i szwagrem. Nawet z tej odległości widział lekką zmarszczkę między jej brwiami, która pojawiała się zawsze, gdy przetwarzała nowe informacje.

Wielki bal. Ta myśl skrystalizowała się w umyśle Ashburtona z nagłą jasnością. Czy istniała lepsza okazja, by ugruntować swoją reputację nieszkodliwego lekkoducha? Miejsce było na tyle duże, by pozwolić na rozbudowane popisy, przy wystarczającej liczbie świadków, którzy rozniosą opowieści o jego niedorzecznych zakładach i ekscentrycznym zachowaniu po całym dyplomatycznym Wiedniu. Byłaby to idealna przeciwwaga dla wszelkich podejrzeń, jakie panna Bell mogła żywić co do jego prawdziwej natury.

A być może, przyznał przed sobą, byłaby to też okazja do kolejnego pojedynku na słowa z najbardziej intrygującą młodą kobietą, jaką spotkał od lat. Ta myśl wywołała na jego ustach nieoczekiwany uśmiech — nie ten fałszywy, publiczny uśmiech, którego tak skutecznie używał w swojej roli, lecz coś bardziej autentycznego, podszytego oczekiwaniem.

Było coś w tym mierzeniu się z intelektem Anny Bell, co sprawiało, że czuł, iż żyje, bardziej niż od długiego czasu. Było to niebezpieczne, biorąc pod uwagę delikatną naturę jego misji. A jednak Ashburton przyłapał się na tym, że czeka na ich kolejne spotkanie z gorliwością, która nie miała nic wspólnego z utrzymaniem przykrywki, a wszystko z rzadką przyjemnością bycia naprawdę dostrzeżonym, nawet jeśli tylko w roli przeciwnika.

Bal będzie ryzykiem, ale i okazją. A lord Ashburton zawsze należał do ludzi, którzy jedno i drugie cenili sobie w równym stopniu.

Rozdział piąty

Przez kilka kolejnych dni Anna poświęciła się jednemu dążeniu: systematycznej obserwacji lorda Ashburtona. Śledziła go w lśniącym świecie wiedeńskiej socjety niczym cichy duch w stonowanych barwach. Stała w kątach z zapomnianą filiżanką herbaty, podczas gdy jego rubaszny śmiech niósł się echem po salonach gier i salach recepcyjnych. Za każdym razem, gdy stawiał niedorzeczny zakład lub opowiadał ewidentnie zmyśloną historię o swoich sukcesach w wyścigach, dodawała kolejny element do swojego mentalnego katalogu niespójności.

— Dwadzieścia gwinei na gniadą klacz! — zawołał Ashburton. Przez uchylone drzwi Anna mogła obserwować pokój karciany, w którym lord wiodł prym. — Ma wytrzymałość po matce i zryw po ojcu. To kombinacja nie do pobicia!

Anna patrzyła, jak Ashburton klepie po ramieniu otyłego austriackiego barona, uśmiechając się szeroko i beztrosko w złotym blasku lamp. Jednak w tym uśmiechu było coś, co nie sięgało oczu — pusta mina, która przypominała jej aktorów widzianych na scenie.

— Przez nią pójdziesz z torbami, Ashburton — zawołał rosyjski szlachcic. — Koń francuski ma lepszy rodowód.

— Rodowód! — żachnął się Ashburton, wykonując zamaszysty gest kieliszkiem. — Zawsze wybiorę serce do walki zamiast pochodzenia! Ta klacz biegnie tak, jakby miała coś do udowodnienia. Wspomnicie moje słowa, panowie, zostawi resztę w tyle.

Mówił idealnie ustawionym głosem, na tyle głośno, by go słyszano, z entuzjazmem i lekkim bełkotem, jakby wypił o jeden koniak za dużo. Mimo to Anna zauważyła, że kieliszek w jego dłoni pozostawał dziwnie pełny, a kiedy odstawił go, by podnieść rozdane karty, nie uronił ani kropli, mimo rzekomego upojenia.

Następnego wieczoru Anna udała się na przyjęcie wydane przez francuską delegację. Clara zrezygnowała z wyjścia z powodu wyjątkowo dokuczliwych porannych mdłości, a Matthew postanowił zostać przy niej. Oboje zachęcali Annę, by skorzystała z zaproszenia lady Pemberton, która była zachwycona perspektywą towarzystwa cichej osoby.

— Proszę trzymać się blisko stołu z poczęstunkiem, moja droga — poinstruowała lady Pemberton. — Może będę potrzebować lemoniady, jeśli w sali zrobi się zbyt duszno.

To polecenie idealnie pasowało Annie. Z miejsca obok wspaniałej wystawy owoców i ciast miała doskonały widok na salon, w którym dyplomaci gromadzili się w nieustannie zmieniających się konfiguracjach. I był tam również lord Ashburton, poruszający się między nimi z wprawą godną bywalca, z kieliszkiem szampana wiecznie w dłoni.

Obserwowała, jak podchodzi do grupy portugalskich urzędników, rozluźniając posturę i uśmiechając się jeszcze szerzej. — Panowie! Właśnie was szukałem. Czy to prawda, że wasz ambasador sprowadził do Wiednia swojego ogiera luzytańskiego? Dałbym małą fortunę, by zobaczyć to zwierzę w galopie.

Portugalscy dyplomaci wymienili spojrzenia, niektórzy z rozbawieniem, inni z lekką pogardą. Mimo to przyjęli go do swojego grona i wkrótce Ashburton zabawiał ich opowieścią o katastrofalnym biegu z przeszkodami w Sussex, gdzie najwyraźniej stracił zarówno godność, jak i sporą sumę pieniędzy.

Jednak nawet gdy odgrywał błazna, Anna dostrzegła, że jego wzrok co jakiś czas uciekał w stronę wysokiego mężczyzny z siwą brodą, stojącego nieco z boku. Kiedy ten w końcu zbliżył się, by posłuchać, anegdota Ashburtona subtelnie się zmieniła, wplatając wzmianki o znajomych w Paryżu, co zdawało się przykuwać uwagę siwobrodego.

Anna powoli sączyła lemoniadę, przyglądając się temu misternemu tańcowi. Na pozór nie działo się nic ponad to, że zwariowany na punkcie koni Anglik narzucał się eleganckiemu towarzystwu. Jednak w jego sposobie poruszania się po sali był pewien schemat, celowość w tej pozornej przypadkowości, która przypominała Annie precyzyjne kroki ogierów lipicańskich: sprawiające wrażenie naturalnych, a jednak zaplanowane w najmniejszym szczególe.

Do czasu trzeciego wydarzenia, wieczoru muzycznego w rezydencji rosyjskiego ambasadora, Anna zgromadziła pokaźny mentalny inwentarz niespójności. Sposób, w jaki czasami zawieszał głos na ułamek sekundy przed odpowiedzią, jakby obliczał najwłaściwszą reakcję. Ostrość, która niekiedy pojawiała się w jego spojrzeniu, gdy myślał, że nikt nie patrzy. I ten ciekawy fakt, że mimo reputacji lekkomyślnego hazardzisty, nigdy nie wydawał się naprawdę pijany ani w tarapatach finansowych.

Najwięcej zdradzał schemat jego interakcji społecznych. Przemykał przez dyplomatyczne zgromadzenia niczym pszczoła w ogrodzie, muskając niezliczone rozmowy, ale zatrzymując się najdłużej tam, gdzie omawiano kwestie o znaczeniu politycznym lub wojskowym. Jak na człowieka, który twierdził, że obchodzą go tylko konie i wyścigi, spędzał zadziwiająco mało czasu z innymi pasjonatami, a mnóstwo na obrzeżach kręgów dyplomatycznych.

Co on knuł? To pytanie pochłaniało myśli Anny, gdy stała pod ścianą, patrząc, jak z przesadną galanterią czaruje żonę rosyjskiego ambasadora, jednocześnie nastawiając ucha na pobliską rozmowę o ruchach wojsk nad Renem.

Ustawianie wyścigów wydawało się najbardziej oczywistą odpowiedzią. Jego powiązania z bukmacherami i stała obecność na torach mogły ułatwiać takie przekręty. To jednak nie wyjaśniało zainteresowania sprawami dyplomatycznymi.

Może przemyt? Wiedeń w czasie Kongresu był siedliskiem nielegalnego handlu. Częste wzmianki Ashburtona o podróżach po Europie i jego sieć kontaktów wyścigowych mogły stanowić doskonałą przykrywkę.

Albo — i ta myśl sprawiła, że krew w żyłach Anny ścięła się lodem — handlował informacjami? Sytuacja we Francji pozostawała delikatna mimo schwytania Napoleona, a walka o wpływy trwała w gabinetach dyplomatycznych i na prywatnych spotkaniach w całym Wiedniu. Wiedza o stanowisku negocjacyjnym jednego narodu byłaby bezcenna dla drugiego.

— Podziwia pani wystrój, panno Bell? Czy może towarzystwo?

Anna drgnęła, omal nie rozlewając lemoniady, gdy lord Ashburton materializował się obok niej. Jego szare oczy błyszczały rozbawieniem, ale nie umknęło jej szybkie, oceniające spojrzenie, jakie na nią rzucił, zanim jego twarz przybrała zwyczajową maskę pogodnego nastroju.

— Jedno i drugie jest warte uwagi — odparła, walcząc o opanowanie głosu. Czy zauważył, że go obserwuje? Od jak dawna zdawał sobie sprawę z jej nadzoru?

— Istotnie — zgodził się, a jego uśmiech stał się szerszy. — Choć uważam pewne elementy za bardziej intrygujące niż inne. Ten rosyjski hrabia na przykład; wiedziała pani, że raz stracił całą posiadłość przy jednym obrocie karty? Fascynująca postać.

Anna rozpoznała unik. Lekko skinęła głową, badając go z taką samą chłodną rezerwą, z jaką oceniałaby konia o niepewnym temperamencie. — Zdaje się, że wielu ludzi uważa pan za fascynujących, lordzie Ashburton. Można by się zastanawiać, jaka wspólna cecha przyciąga pana zainteresowanie.

Coś błysnęło w jego oczach — może czujność, a może uznanie dla jej trafnej uwagi. — Ciekawość hazardzisty, nic więcej — odparł lekko. — A teraz proszę mi wybaczyć, zdaje się, że widzę człowieka, który jest mi winien dwadzieścia gwinei z naszego ostatniego zakładu.

Gdy wmieszał się w tłum, Anna wypuściła powietrze, które nieświadomie wstrzymywała. Czy powinna powiedzieć Matthew o swoich podejrzeniach? On i Ashburton przyjaźnili się od lat szkolnych; mógł wiedzieć coś, o czym ona nie miała pojęcia. Ale co właściwie mogłaby powiedzieć? Że lord Ashburton śmieje się zbyt głośno, stawia podejrzane zakłady i zdaje się dziwnie zainteresowany rozmowami dyplomatów?

Nie, uznała Anna, potrzebowała więcej. Więcej obserwacji, więcej schematów, konkretniejszych dowodów. Do tego czasu lord Ashburton i jakakolwiek gra, którą prowadził, pozostaną jej prywatną zagadką do rozwiązania.

Poranne słońce wpadało przez tiulowe firanki w sypialni Clary. Anna balansowała z tacą pełną imbirowej herbaty i suchych tostów, trącając drzwi, by je otworzyć; metodą prób i błędów dowiedziała się, co siostra jest w stanie przełknąć w tych trudnych godzinach. Clara siedziała oparta o górę poduszek, ze złotymi włosami opadającymi na ramiona. Miała bladą twarz, ale oczy płonęły energią.

— Wyglądasz na niezwykle radosną jak na kogoś, kto męczył się całą noc — zauważyła Anna, stawiając tacę na kolanach siostry. Nalała herbaty, dodając dwie małe łyżeczki miodu, dokładnie tak, jak Clara lubiła.

— Mam najcudowniejszą wiadomość — powiedziała Clara, przyjmując filiżankę obiema dłońmi. — Matthew otrzymał nasze zaproszenia na wielki bal w pałacu Hofburg w przyszłym tygodniu. Będą tam wszyscy ważni goście: cesarz Austrii, car Rosji, może nawet król Prus.

Anna uniosła brew, siadając na skraju łóżka. — I to cię cieszy, ponieważ...?

— Ponieważ to najważniejsze wydarzenie towarzyskie Kongresu — wyjaśniła Clara, a jej zielone oczy błyszczały mimo cieni pod powiekami. — Najpierw Hiszpańska Szkoła Jazdy wystąpi dla specjalnych gości, a potem odbędą się tańce w wielkiej sali balowej. To będzie najwspanialsze zgromadzenie, jakie Wiedeń widział od dziesięcioleci.

— Rozumiem — odparła Anna, patrząc, jak Clara ostrożnie skubie róg tostu. — A czy będziesz czuła się na tyle dobrze, by pójść? Lekarz mówił, że powinnaś odpoczywać.

Mina Clary na moment zrzedła, po czym znów rozjaśniła się determinacją. — Matthew rozmawiał już z lekarzem. Powiedział, że mogę pójść, jeśli wcześniej solidnie odpocznę i przez większość wieczoru będę siedzieć. — Odstawiła tost i ujęła dłoń Anny. — Ale chciałam porozmawiać o twojej obecności, najdroższa.

— Mojej obecności? — Anna zmarszczyła brwi. — Sądziłam, że dotrzymam ci tutaj towarzystwa, jeśli nie będziesz mogła pójść. A jeśli pójdziesz, będę ci asystować jak zwykle.

— No właśnie w tym rzecz — powiedziała Clara, ściskając jej palce. — Od przyjazdu towarzyszysz mi niczym cień. Nie widziałaś nic poza miastem z okien sal recepcyjnych, w których stoisz pod ścianami i udajesz niewidzialną.

— Widziałam Hiszpańską Szkołę Jazdy — zauważyła Anna. — I kilka doskonałych przykładów architektury barokowej.

— To ledwie ułamek tego, co oferuje Wiedeń — odparowała Clara. — I na tym balu chcę, abyś robiła coś więcej niż tylko stanie w kącie i obliczanie kątów w żyrandolach czy liczenie, ile razy lord Ashburton stawia zakład.

Anna poczuła, że policzki ją pieką. Czy jej obserwacje były aż tak oczywiste? — Uważam jedynie jego zachowanie za niespójne — wymamrotała. — To jak równanie, które nie chce się zgodzić.

— Jakiekolwiek jest twoje zainteresowanie lordem Ash burtonem… — zaczęła Clara z wiedzącym uśmiechem.

— Nie interesuję się lordem Ashburtonem — przerwała jej Anna, może zbyt gwałtownie.

— Jak sobie życzysz — zgodziła się Clara z błyskiem w oku. — Niemniej jednak nie możesz wiecznie chować się w naszych apartamentach. Nalegam, abyś na tym balu została dostrzeżona i doceniona za to, kim naprawdę jesteś: nie jako moja towarzyszka, ale jako moja siostra. Panna Bell z Belle Haven we własnej osobie.

Anna otworzyła usta, by zaprotestować, ale Clara już sięgnęła po sznur dzwonka. Chwilę później pojawiła się jej pokojówka, dygając zgrabnie.

— Sophie — powiedziała Clara, prostując się na poduszkach z nowym przypływem energii — proszę nanieść kilka poprawek do najlepszej sukni wieczorowej mojej siostry, tej z jedwabiu w kolorze morskiej wody z zabudowanym dekoltem. Myślę, że przy gorsecie przydadzą się perły, a przy rękawach może koronka w kolorze kości słoniowej.

— Claro — zaprotestowała Anna — to zupełnie niepotrzebne. Moja suknia jest w zupełności wystarczająca.

— Wystarczająca to dokładnie to, czym nie jest — oświadczyła Clara z autorytetem starszej siostry, która od lat zarządzała sprawami towarzyskimi w Belle Haven. — Jest praktycznie skromna, celowo nie rzuca się w oczy i sprawia, że wyglądasz, jakbyś wolała wtopić się w tapetę niż zostać zauważoną.

— Może dlatego, że właśnie to bym wolała — mruknęła Anna.

Clara zignorowała to, zwracając się z powrotem do Sophie. — Na górnej półce szafy jest pudełko z drobnymi perłami; proszę użyć ich tyle, ile pani uzna za stosowne. I zobacz, czy da się odrobinę pogłębić dekolt.

Sophie skinęła głową, przyzwyczajona do stanowczych poleceń Clary. — A co z fryzurą, milady?

— Omówimy to bliżej balu — zdecydowała Clara, mierząc prosty kok Anny wzrokiem generała oceniającego pole bitwy. — Na razie proszę skupić się na sukni.

Anna poczekała, aż Sophie wyjdzie, po czym zwróciła się do siostry z irytacją. — To niedorzeczne, Claro. Tracisz energię, której nie masz, na projekt, który nie jest konieczny. Nikogo na balu nie będzie obchodziło, co mam na sobie.

— Mnie obchodzi — powiedziała krótko Clara, a jej wyraz twarzy złagodniał. — Nie pozwolę, byś reprezentowała Belle Haven wyglądając jak moja służąca, a nie siostra. Zbyt często chowasz się za moimi plecami, Anno.

— Wcale się nie chowam — zaoponowała Anna, choć sprzeciw ten brzmiał słabo nawet w jej własnych uszach.

— Czyżby? — Clara sięgnęła po herbatę, biorąc ostrożny łyk. — Odkąd przyjechałyśmy, kilka osób pomyliło cię z moją pokojówką i to tylko z tych, które ja słyszałam. Austriacka hrabina zapytała, dlaczego przywiozłam na spotkanie dyplomatyczne moją „orientalną służącą". A ty nie zrobiłaś nic, by wyprowadzić ich z błędu.

Anna odwróciła wzrok, czując się nieswojo w obliczu prawdy. Łatwiej było być pomijaną, obserwować bez bycia obserwowaną. — To bez znaczenia, co o mnie myślą — powiedziała cicho.

— Dla mnie ma znaczenie — upierała się Clara. — I dla ojca też by miało. My, Bellowie, trzymamy głowy wysoko, pamiętasz? Nawet gdy inni patrzą na nas z góry z powodu naszej niekonwencjonalnej rodziny.

Anna poczuła znajome ciepło na wspomnienie ojca. Sir Richard nigdy nie sprawił, by czuła się gorsza z powodu swojego półchińskiego pochodzenia. Formalnie była jego przyrodnią siostrą, córką jego ojca i chińskiej kochanki, ale sir Richard nigdy nie traktował jej — ani Clary, córki swojej siostry i lokaja — inaczej niż jak własne dzieci. —

Ojciec powiedziałby, że liczy się to, co osiągamy, a nie to, jak widzą nas inni.

— I miałby rację — zgodziła się Clara. — Ale nie ma powodu, dla którego nie mogłabyś być doceniana zarówno za swój nadzwyczajny umysł, jak i wygląd. Jedno nie wyklucza drugiego.

Anna westchnęła, rozpoznając determinację na twarzy siostry. Kiedy Clara tak wyglądała, kłótnia nie miała sensu. — No dobrze. Włożę taką suknię, jaką uznasz za stosowną. Ale nie zgadzam się na żadne wymyślne fryzury ani nadmiar biżuterii.

— Wynegocjujemy szczegóły później — odparła Clara ze zwycięskim uśmiechem. Potem spoważniała. — Ale musisz mi obiecać jedną rzecz, Anno.

— Jaką?

— Obiecaj mi, że nie będziesz stać pod ścianą przez cały wieczór. Musisz chociaż raz zatańczyć.

Annie ścisnęło się gardło ze zdenerwowania. Taniec wymagał partnerów, rozmowy, bycia w centrum uwagi — wszystkiego, czego starannie unikała. — Claro...

— — Jeden taniec — nalegała Clara. — Tylko o to proszę. Z pewnością wśród setek obecnych tam dżentelmenów znajdzie się choć jeden, którego rozmowa nie znudzi cię do łez.

Nadziei w oczach Clary nie sposób było się oprzeć.

— Jeden taniec — ustąpiła niechętnie Anna. — Ale nie obiecuję, że będzie mi się podobało.

Clara zaśmiała się, a ten dźwięk rozjaśnił pokój. — Tylko o to proszę, najdroższa. A teraz opowiedz mi, co zaobserwowałaś na przyjęciach, na których mnie nie było. Czy ta rosyjska hrabina nadal nosi te absurdalne strusie pióra? I co z najnowszymi, skandalicznymi zakładami lorda Ashburtona?

Gdy Anna zaczęła dzielić się towarzyskimi nowinkami, starannie je selekcjonując, by nie martwić siostry, w duchu zastanawiała się, w co się wpakowała. Jeden taniec mógł wydawać się małym ustępstwem, ale w starannie poukładanym świecie Anny stanowił znaczące odstępstwo od jej wyliczonych schematów. Mimo to, skoro uszczęśliwiało to Clarę, było to działanie, z którym Anna nie mogła dyskutować.

Świece w sypialni Clary migotały, rzucając złoty blask. Anna stała nieruchomo, podczas gdy Sophie dokonywała ostatnich poprawek przy odmienionej sukni, podszywając niesforny kawałek koronki przy rękawie. Pokojówka pracowała niestrudzenie, podążając za szczegółowymi instrukcjami Clary, by zmienić prosty jedwab w coś znacznie bardziej eleganckiego. Teraz, po ostatnim szwie, Sophie odsunęła się z zadowoleniem, a Clara wskazała na wysokie lustro w kącie.

— Spójrz — ponagliła siostra, z oczami błyszczącymi z ekscytacji. — Chcę zobaczyć twoją reakcję.

Anna niepewnie podeszła do lustra, boleśnie świadoma nieznajomego szelestu jedwabiu o podłogę i lekkiego ciężaru zmienionego gorsetu. Miała tę suknię na sobie z pół tuzina razy, a jednak teraz wydawała się zupełnie obca.

Kiedy w końcu stanęła przed lustrem, poczuła dziwne odrealnienie, jakby patrzyła na kogoś obcego. Uprzednio prosty gorset sukni zdobił teraz delikatny wzór z perełek, które chwytały blask świec i rozpraszały go niczym gwiazdy na morskiej toni jedwabiu. Dekolt został pogłębiony, ale dodatek kremowej koronki sprawił, że pozostał skromny. Talię nieco podwyższono, co nadało sylwetce niezaprzeczalną elegancję.

Ale chodziło o coś więcej niż samą suknię. Sophie ułożyła lśniące, czarne włosy Anny, wpinając w nie perłowe spinki, które błyszczały pośród ciemnych pasm, co dawało uderzający efekt. Być może po raz pierwszy w życiu Anna wyglądała bezsprzecznie jak młoda dama z towarzystwa. Nie służąca, nie towarzyszka, ale córka sir Richarda Bella, dżentelmena o wysokiej pozycji i majątku.

— I co? — zapytała Clara, nie mogąc powstrzymać ciekawości. — Co sądzisz?

Anna dotknęła perły na gorsecie niepewnymi palcami. — Ledwie siebie poznaję — przyznała. — To piękna robota, Sophie. Dziękuję.

Pokojówka dygnęła, wyraźnie ukontentowana. — To był projekt lady Whitmore, panienko. Ja tylko go wykonałam.

— I wykonałaś go idealnie — oświadczyła Clara. — Może pani już iść, Sophie. Chciałabym zostać z siostrą sama.

Gdy zostały same, Clara przywołała Annę bliżej, przyglądając jej się z oczywistą satysfakcją. — Wyglądasz pięknie, Anno. Dokładnie tak, jak wiedziałam, że będziesz wyglądać. — Sięgnęła po małe aksamitne pudełeczko na nocnym stoliku. — Potrzeba jeszcze tylko jednego ostatniego akcentu.

Anna patrzyła, jak Clara otwiera pudełko, ukazując sznur idealnych pereł. — Claro, nie, to zbyt wiele. Suknia i tak już przekracza moje oczekiwania.

— Bzdura — odparła Clara, rozpinając naszyjnik. — Idealnie dopełnią całości. Poza tym są tylko pożyczone. Potraktuj to jako siostrzany prezent na ten wieczór. — Wyciągnęła je wyczekująco. — Odwróć się.

Anna posłusznie, choć z oporem, uniosła włosy, a Clara zapięła perły na jej szyi. Ich chłodny ciężar spoczął na skórze, a kiedy Anna znów spojrzała w lustro, efekt był piorunujący. Naszyjnik podkreślił wdzięczną linię jej szyi, dodając tę ostateczną nutę elegancji, która zmieniła ją z po prostu ładnej dziewczyny w osobę prawdziwie olśniewającą.

— Gotowe — powiedziała cicho Clara. — Teraz wyglądasz tak, jak na to zasługujesz: jak panna Bell z Belle Haven, młoda dama, z której każda rodzina byłaby dumna.

Anna przełknęła ślinę, czując nagły ucisk w gardle. — Dziękuję — wykrztusiła. — Choć wciąż nie jestem przekonana, czy te wszystkie stroje są konieczne na jeden wieczór stania w kącie i obserwowania dyplomatów.

— Jeden taniec — przypomniała jej Clara z uśmiechem. — Obiecałaś. A w tej sukni nie zabraknie ci chętnych partnerów.

Ta myśl wywołała u Anny niespodziewany dreszcz zdenerwowania. Taniec oznaczał bycie dostrzeżoną, bycie w centrum uwagi zamiast bycia cieniem pod ścianą.

Nagle przez jej umysł przemknęła nieproszona myśl: czy lord Ashburton zauważy ją w tej sukni? Czy te szare oczy, zazwyczaj pełne chłodnego rozbawienia, rozszerzą się z zaskoczenia? Czy dostrzeże w niej coś więcej niż tylko czujną obserwatorkę?

Serce zabiło jej mocniej. Anna wygładziła morski jedwab nagle drżącymi dłońmi, irytując się na samą siebie, że obchodzi ją zdanie tego irytującego człowieka. Cóż za różnica, czy lord Ashburton zauważy jej przemianę? Mężczyzna prawdopodobnie był uwikłany w przestępczą działalność, ustawianie wyścigów, przemyt lub coś gorszego. Jego opinia powinna być ostatnią rzeczą, o jakiej myśli.

— Bardzo zamilkłaś — zauważyła Clara, studiując jej twarz. — Czyżbyś miała wątpliwości co do balu?

Anna potrząsnęła głową, a jej wyraz twarzy stwardniał, gdy w duchu zganiła się za taką głupotę. — Wcale nie. Myślałam tylko o wszystkich obserwacjach, jakich będę mogła dokonać na tak ważnym zgromadzeniu. Same implikacje dyplomatyczne będą fascynujące.

Clara zaśmiała się cicho. — Tylko ty potrafisz potraktować najbardziej wytworny bal sezonu jako okazję do badań. Mam jednak nadzieję, że pozwolisz sobie też na odrobinę przyjemności. Wiedeń ma do zaoferowania coś więcej niż tylko polityczne równania do rozwiązania.

— Być może — przyznała Anna, choć w rzeczywistości jej myśli wróciły do zagadki lorda Ashburtona. Czy jego starannie odegrana rola załamie się w podniosłej atmosferze wielkiego balu? Czy w końcu uda jej się dostrzec jego prawdziwy cel, który potwierdzi jej przypuszczenia?

Tylko dlatego jego zdanie miało znaczenie, przekonywała się stanowczo. Nie ze względu na to, jak jego uśmiech czasem docierał do oczu, gdy toczyli słowne potyczki, ani na to, że jego wzrok zdawał się przenikać przez jej starannie wzniesione bariery. Na pewno nie z powodu jakiejś naiwnej reakcji na przystojną twarz i dobrze skrojony surdut.

Nie, lord Ashburton był po prostu zagadką do rozwiązania. Niczym więcej. A Anna Bell nigdy nie zostawiała zagadki bez odpowiedzi.

Rozdział szósty

Sala balowa pałacu Hofburg roztoczyła się przed Ashburtonem niczym pole bitwy, choć bronią były tu słowa i spojrzenia. Kryształowe żyrandole rzucały złote światło na dyplomatów i arystokratów, z których każdy przyozdobiony był w swe najwspanialsze regalia. Ashburton poprawił fular, nadał twarzy oczekiwany wyraz jowialnego entuzjazmu i wkroczył w wir walki z lekkością człowieka, który uczynił sztukę z bycia niedocenianym.

— Panowie! — wykrzyknął, dołączając do grupy austriackich i pruskich urzędników, których rozmowa ustała gwałtownie na jego widok. — Muszą panowie usłyszeć o niezwykłym wyczynie, którego byłem świadkiem w Newmarket w zeszłym sezonie. Dżokej spadł na pierwszym płotku, a mimo to koń przebiegł całą trasę sam i przybył na metę jako trzeci! Wygrałem pięćdziesiąt gwinei na tej wspaniałej bestii.

Dyplomaci wymienili spojrzenia, a ich miny wahały się od lekkiego rozbawienia po ledwie skrywaną irytację. Dokładnie o taką reakcję Ashburtonowi chodziło. Nic tak nie zniechęca poważnych ludzi do omawiania poważnych spraw, jak wtargnięcie lekkomyślnego arystokraty mającego w głowie tylko wyścigi konne.

— Czy to było przed, czy po tym, jak ten francuski ogier rzekomo wyprzedził burzę z piorunami? — zapytał pruski baron z nikłym uśmiechem. — Pana opowieści o wyścigach stają się coraz bardziej fantastyczne z każdym powtórzeniem, lordzie Ashburton.

— Ach, ale to właśnie jest piękno wyścigów — odparł Ashburton, wykonując szeroki gest kieliszkiem szampana i pozwalając, by w jego głosie pojawiła się nuta bełkotliwości. — To, co niezwykłe, staje się powszednie, gdy ma się do tego krew i serce. — Przechylił kieliszek w stronę przechodzącego służącego. — Mówiąc o francuskich koniach, czy widzieli panowie nowy nabytek hrabiego de Frontenac? Powiadają, że kosztował go dziesięć tysięcy franków.

Gdy rozmowa niechętnie zeszła na temat końskich lędźwi, Ashburton zachowywał ożywioną powierzchowność, podczas gdy jego umysł śledził kluczowe postacie. Ambasador Rosji rozmawiający intensywnie z austriackim generałem. Hiszpański dyplomata odbierający złożony liścik. Subtelne skinienie głową wymienione między francuskim attaché kulturalnym a kobietą w barwach szwedzkiego dworu.

Wszystkie te szczegóły, cenniejsze dla ministerstwa spraw wewnętrznych niż złoto, zostały starannie zarchiwizowane pod maską frywolności Ashburtona. Śmiał się zbyt głośno z przeciętnego żartu, klepał pruskiego barona zbyt poufale po ramieniu i pozwalał wzrokowi błądzić, jakby był wiecznie rozkojarzony, a wszystko to nie tracąc niczego z istotnych wydarzeń.

Jego wyrachowane skanowanie sali zachwiało się, gdy główne drzwi otworzyły się, by wpuścić nową grupę gości. Najpierw wszedł Whitmore, prezentując się wspaniale we fraku wieczorowym. Na jego ramieniu wspierała się lady Whitmore, której szafirowa suknia podkreślała jasną karnację, choć Ashburton natychmiast zauważył bladość pod starannym makijażem.

To jednak trzeci członek ich towarzystwa sprawił, że starannie utrzymywany wyraz twarzy Ashburtona na chwilę ustąpił miejsca szczeremu zdumieniu.

Anna Bell stała tuż za siostrą i przez uderzenie serca Ashburton jej nie rozpoznał. Zniknęła celowo nijaka młoda kobieta, która kryła się w cieniu. W jej miejscu stała zjawiskowa postać w sukni z jedwabiu w kolorze morskiej wody, który przy każdym ruchu lśnił w świetle. Perełki błyszczały na jej staniku niczym poranna rosa, przyciągając wzrok do pełnej wdzięku linii szyi, gdzie na skórze spoczywał sznur większych pereł. Jej lśniące, czarne włosy, zwykle upięte w surowy kok, zostały ułożone miękko, a perłowe szpilki chwytały blask świec.

Ta transformacja była niezwykła nie tylko ze względu na swą całkowitość, ale i przez to, jak ujawniła to, co zawsze było obecne pod świadomie niepozorną powierzchownością. Elegancka linia szczęki, wyrazistość ciemnych oczu, pełna gracji postawa świadcząca zarówno o inteligencji, jak i godności. Wyglądała, jak uświadomił sobie z zaskoczeniem Ashburton, dokładnie na to, kim była: córkę szanowanego dżentelmena, młodą damę o wysokiej pozycji i znaczeniu.

Szybko odzyskał panowanie nad sobą, ale nie wcześniej, niż pruski baron zauważył kierunek jego spojrzenia.

— Ładna dziewczyna — zauważył baron z wiedzącym uśmiechem. — Choć być może nie całkiem taka, jakiej można by się spodziewać w wiedeńskim towarzystwie.

Ashburton poczuł ukłucie irytacji na tę zawoalowaną impertynencję, ale zachował uprzejmy wyraz twarzy. — Piękno przybiera różne formy. To samo można by powiedzieć o koniach. Najcenniejsze linie krwi często pojawiają się w nieoczywistych postaciach.

Mówiąc to, patrzył, jak lady Whitmore zostaje odprowadzona do obitego aksamitem krzesła obok jednej z marmurowych kolumn. Opadła na nie z wyraźną ulgą, podczas gdy jej mąż pochylał się nad nią z troską. Anna czuwała opiekuńczo w pobliżu, omiatając tłum tym samym analitycznym spojrzeniem, które Ashburton zaobserwował na poprzednich spotkaniach. Nawet odmieniona przez jedwab i perły, jej prawdziwa natura pozostała niezmienna: czujna, kalkulująca, niedoceniająca żadnego szczegółu.

W umyśle Ashburtona uformował się plan z pewnością siebie, która charakteryzowała jego najlepsze decyzje w terenie. Podejście do Anny Bell służyło wielu celom. Umocniłoby to jego reputację lekkomyślnego arystokraty, dało okazję do sprawdzenia, ile mogła wywnioskować ze swoich ostatnich obserwacji i – jak przyznał przed samym sobą z niezwykłą szczerością – zaspokoiłoby jego rosnącą ciekawość wobec tej nietuzinkowej młodej kobiety, której umysł pracował w sposób tak podobny do jego własnego.

Przeprosił dyplomatów, rzucając uwagę o dostrzeżeniu starego znajomego z wyścigów, a następnie ruszył przez salę balową z zamierzoną swobodą. Jego ścieżka była nieco kręta, jakby po prostu błąkał się bez celu, choć każdy krok przybliżał go do miejsca, w którym Anna stała obok krzesła siostry.

Gdy się zbliżał, zauważył, jak lekko się spięła, a jej postawa stała się sztywniejsza, mimo że wyraz twarzy pozostał neutralny. A więc widziała, że nadchodzi, mimo że sprawiała wrażenie skupionej na poprawianiu poduszki za plecami lady Whitmore.

— Lady Whitmore, ogromna przyjemność widzieć panią tego wieczoru — powiedział z formalnym ukłonem w stronę Clary. — Choć obawiam się, że wiedeńskie powietrze pani nie służy. Wygląda pani dosyć blado.

— To tylko chwilowa niedyspozycja, nic więcej — odparła Clara z uśmiechem, który nie całkiem dotarł do jej zmęczonych oczu. — Muzyka jest czarująca, prawda?

— Urocza — zgodził się Ashburton, choć ledwie zauważył orkiestrę. Jego uwaga przeniosła się na Annę, a uśmiech rozszerzył się w lekko drwiący wyraz, który rezerwował na ich słowne pojedynki. — Panno Bell. Prawie cię nie poznałem bez notatnika i obliczeń. Jakże fascynujące jest odkrycie, że pod tą całą matematyką kryje się w rzeczywistości młoda dama.

Komentarz był celowo prowokacyjny, mający na celu rozniecenie ognia w jej oczach, który uważał za tak intrygujący. Nie zawiódł się. Wzrok Anny zwęził się, choć jej głos pozostał nienagannie uprzejmy.

— Lordzie Ashburton. Jestem zaskoczona, widząc pana z dala od stolików karcianych. Czyżbyś tego wieczoru nie miał do przegrania żadnych fortun?

— Uważam, że od czasu do czasu warto zagrać w inne gry — odparł, wytrzymując jej spojrzenie o ułamek sekundy dłużej, niż nakazywały zasady przyzwoitości. Następnie, z gestem celowo teatralnym, wyciągnął dłoń. — Orkiestra zaczyna walca. Czy uczynisz mi ten zaszczyt, panno Bell?

Na twarzy Anny odmalowało się szczere zaskoczenie, które szybko ustąpiło miejsca wyrachowaniu. Ashburton niemal widział, jak pracuje jej umysł, ważąc dyskomfort przyjęcia propozycji z uwagą, jaką mogłaby przyciągnąć odmowa.

— Ja... — zaczęła, zerkając w stronę siostry.

— Idź, Anno — ponagliła Clara z nieoczekiwanym ożywieniem. — Obiecałaś mi, że zatańczysz, pamiętasz?

Ashburton obserwował niemą wymianę zdań między siostrami, zauważając lekkie napięcie ramion Anny, sugerujące raczej rezygnację niż entuzjazm.

— Dobrze — powiedziała w końcu, kładąc dłoń w rękawiczce na jego dłoni z wyraźnym wahaniem. — Jeden taniec, lordzie Ashburton.

Jej palce w jego uścisku były szczupłe i silne, a gdy prowadził ją na parkiet, Ashburton poczuł dziwną satysfakcję z tego małego zwycięstwa.

Pierwszy dotyk dłoni Ashburtona na jej talii posłał przez ciało Anny nieoczekiwany impuls, niczym wyładowanie elektrostatyczne, które czasem przeskakiwało, gdy dotykała metalu po przejściu przez dywany Belle Haven zimą. Jego dłoń spoczywała z pewnym siebie naciskiem na jedwabiu jej sukni, ani zbyt poufale, ani zbyt nieśmiało, podczas gdy druga dłoń splatała się z jej dłonią z odpowiednią siłą. Gdy orkiestra uderzyła pierwsze akordy walca, Anna zmusiła się, by skupić na tańcu, a nie na niepokojącym cieple jego dotyku: trzy uderzenia w takcie, raz-dwa-trzy, raz-dwa-trzy; idealny matematyczny wzór do naśladowania.

— Zdajesz się zaskoczona, panno Bell — zauważył Ashburton, prowadząc ją w nurt tancerzy z płynną swobodą. — Czyżbyś nie spodziewała się, że potrafię poprawnie tańczyć walca? Zapewniam cię, że nawet ci z nas, którzy wolą tor wyścigowy od sali balowej, muszą opanować pewne towarzyskie ogłady.

— Po prostu przyzwyczajam się do kroków — odparła Anna, unosząc lekko podbródek. Nie zamierzała przyznać, że jego umiejętności zaskoczyły ją zupełnie. — Walc wiedeński jest szybszy niż to, co zazwyczaj tańczymy w Anglii.

Jego usta wygięły się w ten irytujący półuśmiech, który zdążyła już poznać. — Ach, znowu ta prędkość. Z pewnością nawet konie kawaleryjskie doceniają odrobinę szybkości, panno Bell? A może w Belle Haven hoduje się je celowo powolnymi, by pasowały do tempa wojskowej biurokracji?

Ta złośliwość miała ją sprowokować i Anna, wbrew zdrowemu rozsądkowi, podjęła wyzwanie. — Prędkość bez kontroli jest bezwartościowa, milordzie. Konie z Belle Haven posiadają dokładnie te cechy, których się od nich wymaga: wytrzymałość, zdrowe płuca i nogi, inteligencję oraz, owszem, szybkość, gdy zajdzie taka potrzeba.

— Potrzeba wskazana przez kogo? — zapytał, wykonując idealny obrót, który na moment przybliżył ich do siebie. — Wierzchowiec wojskowy musi słuchać każdego jeźdźca, czyż nie?

Anna poczuła narastającą irytację, choć jednocześnie doceniła zasadność jego pytania. — Właśnie dlatego dobieramy temperament równie starannie jak cechy fizyczne — odparowała, podczas gdy jej stopy automatycznie podążały za krokami tańca, a umysł mierzył się z problemem. — Nasz program hodowlany tworzy konie, które łączą posłuszeństwo z inicjatywą. Gdy życie oficera kawalerii zależy od jego wierzchowca, potrzebuje on partnera, a nie jedynie sługi.

— Partnera — powtórzył Ashburton, a jego szare oczy nagle spoważniały. — Interesujący dobór słów.

Taniec znów ich do siebie zbliżył i Anna stała się dotkliwie świadoma zapachu jego wody po goleniu, czegoś czystego z nutami cedru i bergamotki.

— To właściwe określenie — upierała się. — Relacja między koniem a jeźdźcem w swym najlepszym wydaniu jest partnerstwem opartym na wzajemnym zaufaniu. Program hodowlany Belle Haven ma na celu wydawanie na świat koni zdolnych do takich relacji.

Ku jej zaskoczeniu Ashburton zaśmiał się, a dźwięk ten był ciepły i szczery, w przeciwieństwie do wymuszonej wesołości, którą zazwyczaj prezentował. — Zaaranżowane małżeństwo między człowiekiem a koniem. Cóż za uroczo praktyczne podejście, panno Bell.

Mimo woli usta Anny wygięły się w lekkim uśmiechu.
— Praktyczność bywa niedoceniana zarówno u koni, jak i u ludzi, lordzie Ashburton.

Walc prowadził ich obok grupy arystokratycznych dam, których szeptane komentarze i ukradkowe spojrzenia nie umknęły uwadze Anny. Gdy przemykali obok, usłyszała fragmenty ich rozmowy.

— Kim jest ta dziewczyna z lordem Ashburtonem? Nigdy wcześniej jej nie widziałam.

— Towarzyszka lady Whitmore, jak mniemam. A może jej służąca? Nigdy nie wiadomo, jak to jest z tymi angielskimi układami.

— Dość zuchwale z jego strony, by tańczyć ze służebną, ale Ashburton zawsze był ekscentrykiem...

Słowa te zabolały mocniej, niż Anna chciałaby przyznać. Mimo wysiłków Clary przy sukni, mimo pereł na szyi, te kobiety widziały tylko to, czego się spodziewały: służącą, kogoś gorszego, kogoś, czyja obecność na parkiecie była co najwyżej ciekawostką.

— Zamilkłaś — zauważył Ashburton, badając jej twarz z niespodziewaną wnikliwością. — Czy moja błyskotliwa konwersacja o hodowli koni w końcu wyczerpała twoją cierpliwość?

Anna lekko pokręciła głową, nie chcąc przyznać się do prawdziwej przyczyny swojego dyskomfortu. — Zastanawiałam się jedynie nad proporcją merytorycznych rozmów dyplomatycznych do błahych towarzyskich uprzejmości w tym pomieszczeniu. Wyniki nie są zachęcające dla przyszłego pokoju w Europie.

Zdawał się mieć zamiar drążyć temat, ale muzyka przybrała na sile i został zmuszony do skupienia się na bardziej złożonym układzie kroków. Anna była wdzięczna za wytchnienie od jego spojrzenia. Ku swemu zdumieniu, pod dyskomfortem bycia obserwowaną i irytacją z powodu docinków Ashburtona, zdała sobie sprawę, że w rzeczywistości dobrze się bawi. Muzyka płynęła wokół nich w doskonałych matematycznych wzorach, ich ciała poruszały się w harmonii, a wyzwanie, jakim było mierzenie się na głowy z Ashburtonem, działało stymulująco w sposób, jakiego doświadczyła w niewielu wcześniejszych rozmowach.

Inni tancerze wirowali wokół nich w barwnym korowodzie. Jednak w przeciwieństwie do poprzednich spotkań, podczas których stała pod ścianą, katalogując powiązania dyplomatyczne, dziś wieczorem sama była częścią tego układu.

— Twoja siostra dokonała niezwykłej przemiany — skomentował Ashburton, gdy ukończyli kolejne okrążenie. — Choć wyznaję, że brakuje mi twojego notatnika i pospiesznych obliczeń. Było coś ujmującego w twoim całkowitym lekceważeniu konwenansów towarzyskich na rzecz matematyki.

Anna zmrużyła oczy, niepewna, czy odebrać ten komentarz jako komplement, czy krytykę. — Notatnik jest w mojej torebce, milordzie. Nigdy nie wiadomo, kiedy zajdzie potrzeba zapisania ważnej obserwacji.

Jego śmiech tym razem wydawał się szczery i odruchowy. — Wierzę ci, panno Bell. To właśnie czyni cię tak zachwycającą zagadką.

— Nie wiedziałam, że mam być zagadkowa — odparła sztywno.

— Najlepsze zagadki nigdy nie wiedzą — odpowiedział, a coś w jego tonie subtelnie się zmieniło. — One po prostu istnieją, rzucając obserwatorowi wyzwanie, by nadał sens temu, co na pierwszy rzut oka wydaje się sprzecznością.

Muzyka zaczęła narastać ku finałowi, a Anna poczuła dziwny żal, że taniec dobiega końca. Mimo podejrzeń co do jego prawdziwej natury, mimo irytacji, którą tak łatwo w niej wywoływał, towarzystwo lorda Ashburtona było jak intelektualny bodziec po miesiącach jałowych rozmów.

— A jaką to sprzeczność we mnie dostrzegasz? — zapytała, nie mogąc się powstrzymać.

— Młodą damę, która oblicza dawki paszy dla koni, a zarazem z łatwością cytuje klasyczną filozofię — odparł, nie spuszczając z niej wzroku, gdy prowadził ją przez ostatnie obroty. — Kobietę, która stoi w kątach, podsłuchując rozmowy dyplomatyczne i udając niewidzialną, a mimo to potrafi dotrzymać kroku w każdej intelektualnej debacie. Osobę, która mówi o koniach jak o partnerach, a nie sługach, lecz godzi się na to, by większość ludzi w tej sali traktowała ją jako kogoś gorszego.

Słowa te uderzyły niepokojąco blisko prawdy i Anna poczuła, jak krew uderza jej do policzków. — Dużo sobie pozwalasz, lordzie Ashburton.

— Ja obserwuję — poprawił ją, nieco zniżając głos. — Tak samo jak ty, panno Bell. To właśnie sprawia, że oboje jesteśmy bardziej niebezpieczni, niż podejrzewają ludzie wokół nas.

Zanim zdążyła odpowiedzieć na to zadziwiające stwierdzenie, muzyka osiągnęła apogeum i taniec dobiegł nieuchronnego końca.

Ostatnie takty walca sprawiły, że Anna Bell znalazła się na tyle blisko, iż Ashburton poczuł ciepło jej oddechu, a subtelny zapach jaśminu w jej włosach stał się nagle rozpraszająco wyraźny. Skrzypce orkiestry wzbiły się na wyżyny, gdy pary wirowały wokół nich w feerii barw, ale Ashburton skupił całą uwagę na kobiecie w swoich ramionach.

Gdy wykonywali ostatnie figury, spojrzała na niego, przygotowując bez wątpienia kolejną ostrą ripostę. W tej samej chwili blask świec z żyrandoli odbił się w jej oczach, ujawniając coś, czego Ashburton wcześniej nie zauważył: drobne złote plamki wśród ciemnego brązu, niczym bursztyn zatopiony w polerowanym mahoniu. To odkrycie wywołało w nim nieoczekiwany wstrząs, chwilę autentycznego zaskoczenia, które nie miało nic wspólnego z jego starannie wypracowaną pozą.

— Coś pan mówił, milordzie? — zagadnęła Anna, lekko ściągając brwi w geście, który mógł być dezorientacją spowodowaną jego nagłym milczeniem.

Ashburton mrugnął, świadomy, że stracił rytm w ich słownej szermierce. — Jedynie obserwuję, panno Bell — odzyskał rezon. — Wygląda na to, że mamy to ze sobą wspólnego, choć być może nasze metody się różnią.

Muzyka wezbrała wokół nich i gdy prowadził ją przez kolejny obrót, subtelny zapach jaśminu się nasilił. To nie były drogie perfumy, zauważył, lecz coś prostszego, być może olejek do włosów lub woreczek zapachowy ukryty wśród jej rzeczy. Obserwacja była automatyczna, należała do szczegółów, które rutynowo katalogował, a jednak w tym kontekście wydała mu się dziwnie intruzywna, zbyt osobista.

— Przygląda mi się pan, lordzie Ashburton — zauważyła Anna tonem chłodniejszym niż ciepłe powietrze sali balowej. — Czy nagle wyrosła mi druga głowa?

— Nic tak dramatycznego — odparł z uśmiechem, który wydawał się niezwykle szczery. — Zauważyłem po prostu, że w twoich oczach jest złoto. Wygląda uderzająco na tle ciemnego brązu.

Lekki rumieniec wykwitł na jej policzkach, a Ashburton poczuł chwilową satysfakcję z tego, że wytrącił ją z równowagi, po czym natychmiast ogarnęło go poczucie winy. Ten taniec, ta rozmowa, to wszystko było jedynie występem mającym wzmocnić jego przykrywkę. Anna Bell była tylko rekwizytem w tym przedstawieniu, a fakt, że jej towarzystwo uważał za stymulujące, nie miał znaczenia dla jego misji.

A jednak, gdy ostatnie nuty zawisły w powietrzu i przez chwilę stali w bezruchu, Ashburton poczuł niechęć, by puścić jej dłoń i zakończyć tę osobliwą więź, która się między nimi nawiązała.

— Dziękuję za taniec, panno Bell — powiedział, nieświadomie zniżając głos. — Był niespodziewanie pouczający.

— W jakim sensie? — zapytała, a w lekkim przechyleniu jej głowy widać było niepewność.

W potwierdzeniu tego, do czego mogę być zdolny, pomyślał z nagłą jasnością, zanim bezlitośnie stłumił to niechciane spostrzeżenie. — W potwierdzeniu, że matematyka i ruch mogą rzeczywiście współistnieć w harmonii — powiedział zamiast tego, celowo nadając głosowi lżejszy ton. — Prawie spodziewałem się, że będziesz na głos liczyć kroki.

Wyraz jej twarzy zmienił się, jakby zatrzasnęła przed nim książkę. — Jakże to szczęśliwe, że przewyższyłam pana niskie oczekiwania.

Poczucie winy powróciło, tym razem ostrzejsze. Niepotrzebnie zranił jej dumę, choć niczym na to nie zasłużyła, tylko po to, by stworzyć dystans, gdy jego własne myśli zboczyły na niebezpieczne tory.

Nieważne, powiedział sobie stanowczo, gdy orkiestra zaczęła przygotowywać nuty do następnego tańca. Jego misja wymagała utrzymania przykrywki za wszelką cenę. Zranione uczucia jednej młodej kobiety były nieistotne w obliczu takiej stawki.

Gdy tancerze wokół nich zaczęli się rozchodzić, Ashburton wykonał nienaganny dworski ukłon nad dłonią Anny. Zamiast jednak natychmiast puścić jej palce, przytrzymał je o chwilę dłużej, niż nakazywały konwenanse, czując lekki dreszcz, który przez nie przebiegł, zanim wyrwała dłoń z jego uścisku.

— Tańczysz pięknie, panno Bell — powiedział, pozwalając, by w jego głosie, wbrew rozsądkowi, zabrzmiała nuta szczerości. — Mam nadzieję, że zechcesz mnie zaszczycić kolejnym tańcem w dalszej części wieczoru.

Coś mignęło w jej spojrzeniu: zaskoczenie, konsternacja, a może nawet niechętna przyjemność, której z pewnością by się wyparła. — Uważam, że tym jednym tańcem wypełniłam swój obowiązek wobec siostry — odparła tonem starannie neutralnym. — Ale dziękuję za komplement.

— To był obowiązek? — zapytał, nie mogąc powstrzymać się przed taką okazją. — Jakże niezwykle pomyślnie dla mnie, że lady Whitmore nałożyła na ciebie taki ciężar. Może powinienem jej osobiście podziękować.

Zanim Anna zdążyła odpowiedzieć, podał jej ramię, by odprowadzić ją do miejsca, gdzie siedziała Clara, obserwując ich z kiepsko maskowanym zainteresowaniem. Gdy się zbliżali, Ashburton poczuł, jak Anna lekko sztywnieje.

— Lady Whitmore — oświadczył, wykonując przesadny ukłon, który był precyzyjnie wymierzony tak, by wzmocnić jego opinię jako teatralnego kawalera. — Muszę wyrazić głęboką wdzięczność za to, że nalegałaś, by twoja siostra uświetniła dziś parkiet swoją obecnością. Porusza się z elegancją konia czystej krwi i argumentuje z precyzją mistrza fechtunku. Doprawdy niezwykłe połączenie.

Oczy Clary zabłysły rozbawieniem i czymś, co wyglądało podejrzanie blisko satysfakcji. — Jakże miło to słyszeć z pana ust, lordzie Ashburton. Zawsze uważałam, że przymioty mojej siostry są zbyt często pomijane.

— Nie przez nikogo, kto ma sprawne oczy i uszy — odparł Ashburton, świadomy, że być może przeszarżował, ale nie potrafił się zatrzymać. — Choć wyznaję, że jej dzisiejsza przemiana z wyrachowanej matematyczki w elegancką tancerkę zaskoczyła nawet mnie.

Poczuł, raczej niż zobaczył, bijącą od Anny irytację. — Mówisz tak, jakby te dwie rzeczy wzajemnie się wykluczały, milordzie — powiedziała ze zwodniczą słodyczą. — Jakby kobieta nie mogła jednocześnie posiadać sprawnego umysłu i znajomości ogłady towarzyskiej.

— Niestety, w moim doświadczeniu spotkałem niewielu mężczyzn czy kobiet, którzy posiadaliby jedno i drugie — odparł, odwracając się bezpośrednio do niej. — Tym bardziej jestem zachwycony, że mam okazję poznać dziś wieczorem taką osobę, bo uważam to połączenie za absolutnie fascynujące. O wiele ciekawsze niż tych, którzy celują wyłącznie w jednym albo drugim.

Ich oczy się spotkały i na chwilę zgiełk sali balowej zdawał się ucichnąć. Ashburton miał dojmującą świadomość, że powiedział zbyt dużo, pozwalając, by przez starannie zbudowaną fasadę przebiły autentyczne emocje. To było niebezpieczne potknięcie, rodzaj błędu, który mógł zaprzepaścić lata ostrożnej pracy.

— Zdaje mi się, że widzę rosyjskiego ambasadora dającego mi znaki — powiedział, wycofując się z wypracowaną swobodą. — Bez wątpienia chce omówić swój najnowszy nabytek. Jeśli panie wybaczą.

Z kolejnym ukłonem, tym razem idealnie wyważonym pod względem formalności, wycofał się, czując na sobie wzrok Anny, gdy lawirował przez zatłoczoną salę. Nie odważył się obejrzeć, bojąc się tego, co jego wyraz twarzy mógłby zdradzić, gdyby pozwolił sobie na jeszcze jedno spojrzenie w te ciemne oczy z niespodziewanymi złotymi plamkami.

Była komplikacją, przyznał Ashburton w duchu, podchodząc do rosyjskiego dyplomaty. Potencjalnie niebezpieczną, biorąc pod uwagę jej zdolność obserwacji i ewidentną podejrzliwość. Rozsądek nakazywał unikać dalszych interakcji, trzymać dystans i skupić się wyłącznie na misji.

Jednak nawet gdy wdał się w ożywioną dyskusję o cenionych ogierach Rosjanina, Ashburton łapał się na tym, że jego uwaga dryfuje z powrotem tam, gdzie Anna stała u boku siostry, w swojej sukni w kolorze morskiej wody lśniącej w świetle. Smukła linia jej szyi, inteligencja malująca się w jej sylwetce, cicha godność, z jaką się niosła mimo szeptów i spojrzeń — wszystko to rejestrował z niechcianą wyrazistością w zakamarku umysłu, który powinien być zajęty wyłącznie informacjami, których wciąż nie zdobył, oraz podwójnym agentem, którego zdemaskowania wciąż domagał się Sir Edmund Wrexford.

Później, obiecał sobie, przeanalizuje te nieoczekiwane reakcje i podda je należytej kontroli. Na razie była praca do wykonania, informacje do zebrania, rola do odegrania. Lord Ashburton, lekkomyślny entuzjasta wyścigów, nie mógł pozwolić sobie na dekoncentrację z powodu złocistych oczu czy zapachu jaśminu w ciemnych włosach.

Nieważne, jak natarczywie te szczegóły powracały w jego myślach.

Rozdział siódmy

PRZEZ DWA TYGODNIE PO balu w pałacu Hofburg Anna śledziła poczynania lorda Ashburtona w wiedeńskich kręgach dyplomatycznych. Każdego wieczoru wracała do swojego pokoju i siadała samotnie, przenosząc obserwacje do notesu. Godziny, miejsca, osoby godne uwagi. Co najważniejsze, sposób, w jaki przechodził od głębokiego skupienia do udawanej frywolności w ułamku sekundy, gdy tylko zauważył, że ona mu się przygląda.

— *Wtorek, 9 listopada, przyjęcie w ambasadzie rosyjskiej* — napisała. — *Lord A. w rozmowie z dżentelmenem o siwej brodzie (17 minut). Postawa spięta, głosy ciche. Rozmowa przerwana, gdy zbliżył się hrabia Metternich. Siwobrody oddalił się natychmiast po tym.*

Anna po raz pierwszy zauważyła siwobrodego trzy dni wcześniej w rezydencji brytyjskiego ambasadora. W przeciwieństwie do ekstrawaganckich dyplomatów dominujących na tych spotkaniach, ten człowiek pielęgnował celową niepozorność, co właśnie przykuło jej uwagę. Nienaganny, lecz niezapadający w pamięć ubiór. Powściągliwy, lecz nie nieprzyjazny. Przemieszczał się przez komnaty, widząc wszystko, samemu będąc widzianym przez niewielu. Rozpoznała to, ponieważ robiła dokładnie to samo.

Dyskretne zapytania ujawniły jego tożsamość. Lady Pemberton, zapytana swobodnie o dżentelmena towarzyszącego lordowi Ashburtonowi, zacisnęła usta.

— Sir Edmund Wrexford. Piastuje jakieś stanowisko w Whitehall, choć nikt nie wydaje się do końca pewien, jakie. Słychać szepty o pracy w wywiadzie, ale o takich sprawach nigdy nie rozmawia się otwarcie.

Praca w *wywiadzie*.

Anna cofnęła się o stronę i ponownie przeczytała swoje notatki z wieczoru muzycznego u hiszpańskiego ambasadora. Lord Ashburton ustawił się w pobliżu rosyjskich i austriackich dyplomatów, a jego postawa sugerowała swobodne zainteresowanie kwartetem smyczkowym. Jednak jego wzrok nieustannie omiatał salę ze stałą dokładnością, a nie ze zwykłej towarzyskiej ciekawości.

Kiedy dostrzegł ją obok doniczkowej palmy, przemiana była natychmiastowa. Ramiona się rozluźniły. Wyraz twarzy otworzył się w tym zbyt radosnym uśmiechu.

Kieliszek uniesiony w ironicznym salucie. — Czarujące, ale nużące w porównaniu z tętentem kopyt w Newmarket! — oznajmił, nie zwracając się do nikogo konkretnego.

Pozłacane lustra wyściełające te sale przyjęć okazały się nader przydatne. Anna mogła obserwować Ashburtona, sprawiając wrażenie, że patrzy gdzie indziej. Niejeden raz widziała go prowadzącego poważną rozmowę na chwilę przed tym, jak zmieniał się w hałaśliwego entuzjastę wyścigów konnych.

Na przyjęciu u pruskiego ministra kryształowe żyrandole rzucały pryzmatyczne wzory na klejnoty i wypolerowane ordery. Anna doliczyła się siedmiu języków w zasięgu słuchu, udając, że ogląda delikatną wazę w szklanej gablocie, podczas gdy jej uwaga skupiona była na lordzie Ashburtonie po drugiej stronie sali.

Stał z hrabią de Frontenac, francuskim dyplomatą, który coraz częściej pojawiał się w jej notatkach. Ich rozmowa wyglądała na niezobowiązującą, jednak Ashburton nie stosował żadnych ze swoich zwykłych przesadnych gestów ani zbyt głośnego śmiechu. Zachowywali ostrożny dystans, a ich ruchy były tak zaplanowane, by wyglądały na przypadkowe.

Gdy podszedł inny gość, Ashburton natychmiast zaczął ożywioną opowieść o wyścigach w Ascot, uzupełnioną teatralną gestykulacją. Hrabia oddalił się powoli. Jednak przez cały wieczór ich drogi skrzyżowały się jeszcze trzy razy, a każde spotkanie było krótkie, lecz zdaniem Anny znaczące.

— Hrabia de F. wydaje się być głównym punktem zainteresowania — napisała tej nocy. — *Potencjalna współpraca. Wymaga dalszego zbadania.*

Dwa wieczory później Anna obserwowała Ashburtona rozmawiającego z sir Edmundem Wrexfordem w zacienionej niszy. Sześć minut według zegarka kieszonkowego Anny. Wyraz twarzy Ashburtona był poważny, gesty minimalne i kontrolowane, zupełnie niepodobne do jego publicznej teatralności. Kiedy się rozeszli, sir Edmund wyszedł natychmiast. Ashburton zatrzymał się, by poprawić fular przed ponownym wejściem na salę z hałaśliwym powitaniem i kieliszkiem szampana przejętym od przechodzącego kelnera.

Ciągły szmer wielu języków był doskonałą osłoną dla takich wymian zdań. W tłocznych salach, gdzie francuski, niemiecki, rosyjski i angielski mieszały się w nieustanny pomruk, prywatne słowa mogły być wymieniane przy minimalnym ryzyku bycia podsłuchanym.

Notatki Anny pęczniały. Cokolwiek było prawdziwym celem lorda Ashburtona w Wiedniu, angażowało zarówno sir Edmunda Wrexforda, jak i hrabiego de Frontenac. Prawdopodobieństwo działalności przestępczej — być może przemytu lub handlu informacjami wywiadowczymi — rosło z każdym podejrzanym spotkaniem.

Na przyjęciu w brytyjskiej ambasadzie z okazji urodzin księcia regenta, Anna stanęła w pobliżu zimowych kwiatów, których zapach był ulgą od przesyconego perfumami tłumu. Właśnie obliczała prawdopodobieństwo tego, czy zachowania Ashburtona są czystym przypadkiem, gdy ten zmaterializował się obok niej, trzymając dwa kryształowe kieliszki szampana.

— Panno Bell — lekki ukłon, jeden kieliszek podany. — Zauważyłem, że preferuje pani to.

Anna zamrugała. Damy, zwłaszcza niezamężne, otrzymywały na takich spotkaniach ratafię lub lemoniadę. Słodkie, słabe napoje uznawane za odpowiednie dla kobiecych podniebień. Jednak przy tych nielicznych okazjach, gdy przyjmowała poczęstunek, Anna wybierała szampana ze względu na jego wytrawną klarowność.

— Jakże pan spostrzegawczy, lordzie Ashburton. — Przyjęła kieliszek. — Choć nie spodziewałabym się, by moje preferencje dotyczące trunków zaprzątały panu głowę pośród pańskich bardziej... ekscytujących zajęć.

Jego szare oczy spotkały jej wzrok. Znów ta osobliwa dwoistość, starannie skonstruowana maska nałożona na coś znacznie bardziej złożonego.

— Obserwuję wiele rzeczy, panno Bell. — Jego głos stężał, tworząc enklawę prywatności. — Tak jak i pani, sądzę.

Szampan był chłodny w dotyku, kryształ łapał światło żyrandola. Ten drobny gest pamiętania o jej preferencjach, gdy większość mężczyzn na tych spotkaniach ledwie zauważała jej istnienie, wywołał niewygodny dysonans z jej rosnącymi podejrzeniami. Przestępca czy nie, człowiek ten posiadał niesamowitą zdolność dostrzegania tego, co inni przeoczyli.

— Hrabia de Frontenac wydaje się całkiem pochłonięty pańskimi anegdotami o wyścigach — zauważyła. — Dostrzegłam, że dość często szuka pańskiego towarzystwa.

Coś błysnęło w oczach Ashburtona. Może czujność, a może uznanie. — Francuzi zawsze doceniali szlachetną krew końską. Choć ich tradycje wyścigowe różnią się znacząco od naszych. Hrabia jest szczególnie zainteresowany liniami hodowlanymi, które mogłyby ulepszyć ich wierzchowce kawaleryjskie.

Wierzchowce *kawaleryjskie*. Ta konkretna wzmianka wywołała u niej dreszcz. Doskonała kawaleria Wielkiej Brytanii okazała się decydująca w licznych starciach z siłami Napoleona. Jeśli Ashburton współpracował z francuskim dyplomatą, by zdobyć materiał hodowlany...

— — To fascynujące. — Wzięła powolny łyk, ukrywając potok myśli. — Czy jednak takie sprawy nie są poniekąd drażliwe, biorąc pod uwagę niedawne działania wojenne?

Uśmiech Ashburtona rozszerzył się, nie docierając do oczu. — Ogłoszono pokój, panno Bell. Jesteśmy teraz wszyscy przyjaciółmi, przynajmniej w tych złoconych komnatach. — Uniósł kieliszek. — Za międzynarodową współpracę i wolną wymianę myśli.

Toast brzmiał niewinnie. Jednak Anna nie mogła pozbyć się wrażenia, że pod tą jowialną powierzchownością lord Ashburton prowadzi znacznie niebezpieczniejszą grę niż pogoń za zaszczytami czy hazard. Pozostawało pytanie: czym dokładnie była ta gra i czyim interesom służyła?

Poranne słońce sączyło się przez ciężkie damaszkowe zasłony, rzucając przygaszone wzory na narzutę łóżka Clary. Anna siedziała przy siostrze z dymiącą herbatą imbirową w dłoniach. Twarz Clary pozostawała blada, a cienie pod oczami były ciemniejsze niż wczoraj. W czwartym miesiącu ciąży nudności poranne nie wykazywały oznak ustępowania.

— Małe łyki. — Anna podała filiżankę. — Z dodatkowym miodem i miętą. Lekarz powiedział, że to połączenie może uspokoić żołądek.

Clara podniosła się do pozycji siedzącej, przyjmując napój drżącymi rękami. — Jesteś dla mnie zbyt dobra. Zawsze eksperymentujesz z idealną recepturą, nawet przy herbacie.

Anna uśmiechnęła się blado. — To nic skomplikowanego. Po prostu obserwacja i korekta. — Sięgnęła po srebrny dzwoneczek. — — Zadzwonić po tosty? Powinnaś coś zjeść.

Clara potrząsnęła głową, po czym skrzywiła się. — Jeszcze nie teraz. Może za godzinę. — Wzięła kolejny ostrożny łyk, a potem odstawiła filiżankę z grymasem. — Anno, musimy porozmawiać o nadchodzącym polowaniu.

Palce Anny znieruchomiały na narzucie. — Nie ma o czym rozmawiać. Zostanę tutaj z tobą.

— Przenigdy. — Niespodziewana stanowczość. — Polowanie jest zorganizowane specjalnie dla gości dyplomatycznych i ich rodzin. Austriacy prezentują swoje najlepsze tereny łowieckie i wierzchowce. Belle Haven musi być reprezentowane.

— Matthew może...

— Matthew upiera się, że zostanie ze mną. — Clara położyła ochronną dłoń na swoim wciąż płaskim brzuchu. — Lekarz wyraził się wczoraj jasno. Mój stan jest bardziej delikatny, niż się spodziewaliśmy. Całkowite leżenie w łóżku przez co najmniej tydzień, może dłużej.

Anna przyjrzała się twarzy siostry, zauważając zdecydowanie w linii szczęki mimo bladości. — Jesteś ważniejsza niż jakiekolwiek polowanie. Ojciec by się zgodził.

— Ojciec oczekiwałby, że Belle Haven będzie tam obecne. — Ton Clary wyostrzył się. — Wiesz tak samo dobrze jak ja, że to nie jest tylko kwestia towarzyska. Będą tam attaché wojskowi z sześciu narodów, każdy z potrzebami kawaleryjskimi. Reputacja Belle Haven musi zostać podtrzymana, szczególnie teraz.

Anna westchnęła, uznając logikę tych argumentów pomimo własnej niechęci. — Przypuszczam, że mogłabym pojawić się na krótko...

— — Weźmiesz w nim udział w pełnym zakresie. Lady Pemberton upiera się, że z przyjemnością będzie ci towarzyszyć. — Clara sięgnęła po jej rękę. — I tak jeździsz lepiej ode mnie, zwłaszcza w skokach. Zawsze tak było.

To prawda, choć Annie rzadko przypisywano za to zasługi. Podczas gdy Clara przodowała w ujeżdżeniu, matematyka skoku zawsze miała dla Anny sens:

obliczanie punktów odbicia, uwzględnianie długości kroku i wysokości przeszkody, dostosowywanie się do ciężaru i pędu.

— Austriackie polowania słyną z wymagającego terenu — kontynuowała Clara. — To idealna okazja, by pokazać, że konie z Belle Haven poradzą sobie w każdych warunkach. Skoro Napoleon został pokonany, każdy naród w Europie odbudowuje kawalerię. Te zamówienia mogłyby utrzymać Belle Haven przez lata, nawet jeśli Sandhurst zmniejszy zapotrzebowanie na nowe wierzchowce.

Anna poczuła lekki, niemal zdradziecki dreszcz ekscytacji. Lot nad żywopłotami i murkami. Minęły tygodnie, odkąd jeździła konno tak, jak należy; jej czas w Wiedniu ograniczał się do salonów i sal koncertowych. Świeże powietrze i tętent kopyt były niezaprzeczalnie kuszące.

— Nie martwię się jazdą. — Poprawiła koc na nogach Clary. — Chodzi o aspekty towarzyskie. Wiesz, że nie jestem biegła w oczarowywaniu oficerów czy prowadzeniu uprzejmych konwersacji.

Wyraz twarzy Clary złagodniał. — Nie musisz nikogo oczarowywać. Po prostu bądź sobą: kompetentną, precyzyjną, pełną pasji do koni. Wojskowi szanują fachowość, Anno. Mów o budowie i wytrzymałości tak, jak byś rozmawiała z ojcem, a będą cię słuchać.

— A kiedy nieuchronnie spytają, dlaczego chińska dziewczyna reprezentuje angielską hodowlę?

Clara ścisnęła jej dłoń. — Wtedy powiesz im to, co powiedziałby ojciec: Belle Haven ceni linie rodowe u koni, a nie u ludzi. Sir Richard Bell ocenia jednostki według zasług, a nie pochodzenia. — Jej głos wzmocnił się. —

Każdy, kto kwestionuje twoją obecność, może poszukać interesów gdzie indziej.

Anna poczuła falę wdzięczności, choć dostrzegała praktyczne trudności. — Ojca stać na takie zasady. My mamy pozyskiwać klientów, a nie ich zrażać.

— Nie doceniasz się. Twoja wiedza jest niezrównana. Gdy zobaczą, jak jeździsz, i usłyszą, jak mówisz o eksterierze i rodowodach, twoje pochodzenie stanie się nieistotne.

Pewność w głosie Clary sprawiła, że Anna wyprostowała ramiona. Być może jej siostra miała rację. W stajniach Belle Haven stajenni i przyjezdni kupcy z czasem nabierali szacunku do jej wiedzy, niezależnie od początkowych uprzedzeń.

— Kasztanowaty wałach powinien dobrze sobie radzić na austriackim terenie. — Myśli Anny przeszły do kalkulacji. — Pewny krok przy zjazdach. Dobra pojemność płuc do wyższych wzniesień.

— Widzisz? Już planujesz. — Clara uśmiechnęła się, choć ten wysiłek wyraźnie ją kosztował. — Twój strój będzie wymagał odświeżenia. Sophie powinna na nowo przypiąć pióro przy twoim toczku. Austriackie damy są dość wybredne w kwestii strojów jeździeckich.

Anna skinęła głową, katalogując wymagane przygotowania. Mimo niegasnącego niepokoju, nie mogła zaprzeczyć, że tętno jej przyspieszyło na myśl o zademonstrowaniu doskonałości Belle Haven przed tak znamienitym gronem. Jeśli zaowocuje to kontraktami wojskowymi, ojciec będzie zadowolony. Co ważniejsze, potwierdzi to jego wiarę w jej umiejętności.

— Będę dbać o dobre imię Belle Haven. — Wzięła na wpół opróżnioną filiżankę. — Ale Matthew ma zaglądać do ciebie co godzinę i oczekuję raportów co godzinę.

— Nie spodziewałabym się po tobie niczego innego. — Clara zaśmiała się słabo. — Teraz idź. Pokaż tym austriackim oficerom kawalerii, co potrafi dobrze ułożony angielski koń myśliwski i co potrafi córka z Belle Haven.

Poranna mgła otulała doliny, wirując wokół kopyt kasztanowatego wałacha Anny, gdy ta kierowała go na tyły grupy myśliwskiej. Rześkie jesienne powietrze wypełniło jej płuca, dając wytchnienie od przesyconych perfumami wiedeńskich sal balowych. Poprawiła pozycję w damskim siodle, precyzyjnie układając ciemnozielony strój jeździecki na nodze, i pozwoliła sobie na krótką chwilę satysfakcji. Po tygodniach stania w kątach i obserwowania innych, w końcu była w swoim żywiole.

Lady Pemberton, jak Anna przypuszczała, towarzyszyła jej do wielkiej posiadłości ziemskiej tuż pod Wiedniem, gdzie cieszyła się kolacją poprzedniego wieczoru, a dziś rano oznajmiła, że wypiła odrobinę za dużo wina i odpuści sobie samo polowanie. Po prostu nie chciała przegapić towarzyskiej części spotkania, Anna była tego pewna. Przynajmniej starsza dama nie nalegała, by Anna została z nią, mówiąc z rozbawionym uśmiechem, że z pewnością przyda jej się świeże powietrze.

Wałach, Perseus, wiercił się pod nią, rwiąc się do biegu. Anna uspokoiła go łagodnym naciskiem na wodze i nieco głębszym dosiadem, utrzymując zebrany kłus wymagany podczas procesji.

— Spokojnie — szepnęła, gdy Perseus potrząsnął łbem, reagując na dalekie echa rogów myśliwskich niosące się po dolinie. — Prędzej czy później nadejdzie twoja kolej.

Wokół nich uczestnicy polowania tworzyli barwne widowisko na tle jesiennego krajobrazu. Austriaccy szlachcice w tradycyjnych zielonych kurtkach myśliwskich, goście dyplomatyczni w strojach narodowych, damy siedzące elegancko w damskich siodłach w sukniach o barwach drogich kamieni. Anna celowo ustawiła się z tyłu, skąd mogła obserwować bez przyciągania uwagi.

Mgła uniosła się, gdy zbliżali się do pierwszego zagajnika. Światło słoneczne przebiło się, oświetlając krople rosy i zmieniając pajęczyny w delikatne srebrne nici. Dźwięk kopyt na wilgotnej ziemi stworzył rytm, który Anna czuła w kościach — rytm o wiele bardziej satysfakcjonujący niż jakikolwiek balowy walc.

Kiedy róg łowczego obwieścił pierwszą nagonkę, Perseus spiął się, gotowy do skoku. Anna powstrzymywała go pewnym chwytem wodzy, pozwalając reszcie jeźdźców ruszyć przodem, podczas gdy sama obliczała tor jazdy. Nie chodziło o to, by być pierwszą; chodziło o zaprezentowanie metody Belle Haven: opanowanej siły, inteligentnego prowadzenia i idealnego wyczucia czasu.

Gdy jeźdźcy rozproszyli się po pagórkach, Anna dzieliła uwagę między polowanie a otaczających ją towarzyszy. Jej wzrok wciąż powracał do jednej postaci: lorda Ashburtona, dosiadającego wspaniałego gniadego konia pełnej krwi angielskiej, poruszającego się z niewymuszoną gracją. W przeciwieństwie do swojej zwykłej roli — bycia w centrum uwagi — dzisiaj trzymał się nieco z boku, celowo kierując wierzchowca tam, gdzie hrabia de Frontenac zmagał się z opanowaniem narowistego konia myśliwskiego.

Przy pierwszej poważnej przeszkodzie, kamiennym murku z rowem po drugiej stronie, Anna zauważyła, że Ashburton zwolnił, przepuszczając kilku jeźdźców. Ten manewr pozwolił mu ustawić się idealnie za hrabią, gdy nadjeżdżali do skoku. Anna zmrużyła oczy. Ożywiony wyraz twarzy Ashburtona zniknął, ustępując miejsca głębokiemu skupieniu. Obserwował, jak Francuz pokonuje przeszkodę, a potem sam skoczył tuż za nim.

Ponagliła Perseusa, odrabiając dystans w miarę zbliżania się do murku. Wałach zebrał się pięknie, a potężny zad wyniósł ich w górę i nad przeszkodą idealnym łukiem. Anna wylądowała lekko, natychmiast korygując środek ciężkości, by pomóc Perseusowi odzyskać równowagę przed następnym krokiem galopu. Za plecami usłyszała pełne uznania komentarze po niemiecku i francusku, na co uśmiechnęła się pod nosem.

Przez następne pół godziny zatraciła się w jeździe, obliczając kąty natarcia przy każdym skoku, podczas gdy Perseus reagował na jej subtelne sygnały z inteligentnym entuzjazmem. Pokonywali żywopłoty i rowy, przy których inni jeźdźcy się wahali, przeskoczyli strumień, przed którym koń pewnego austriackiego barona odmówił posłuszeństwa i zaczął się wycofywać, i przebyli trudny zjazd w lesie z taką pewnością, że Anna nie mogła powstrzymać uśmiechu dumy. To właśnie reprezentowało Belle Haven: konie posiadające zarówno fizyczne możliwości, jak i inteligencję, by poradzić sobie w każdym terenie. Perseus nawet nie dostał zadyszki, podczas gdy inne wierzchowce zaczynały słabnąć; jego wyjątkowa wytrzymałość była oczywista dla każdego, kto potrafił patrzeć.

Podczas przerwy, gdy ogary próbowały odnaleźć trop, jeźdźcy zebrali się na polanie, by dać wypocząć koniom. Anna zsiadła na chwilę, gładząc wilgotną, rdzawą szyję Perseusa i szepcząc mu pochwały. Sprawdzała właśnie, czy jego nogi nie są nadwyrężone, gdy padł na nią cień.

— Ma Pani doskonały dosiad, panno Bell.

Anna wyprostowała się, stając twarzą w twarz z lordem Ashburtonem. Jego gniadosz stał tuż za nim, parskając cicho przez rozszerzone chrapy; sierść miał pociemniałą od potu, ale oko wciąż jasne i chętne do ruchu.

— Mam wrażenie, że Pan ze mnie drwi, milordzie — odparła sztywno, zakładając, że nawiązuje do jej strategicznej pozycji na tyłach grupy.

— Ależ skądże znowu. — Szczerość w jego głosie zaskoczyła ją. — Niewiele dam potrafi tak dobrze skakać w damskim siodle, a Pani sprawia, że wygląda to na najprostszą rzecz pod słońcem. — W jego szarych oczach nie było śladu zwykłego, wyrachowanego rozbawienia. Zamiast tego malował się w nich szczery podziw, gdy przesuwał wzrokiem po Perseusie. — Reputacja Belle Haven jest w pełni zasłużona.

Anna przypatrywała mu się, skonsternowana tym przebłyskiem czegoś, co wydawało się autentyczne. Przemiana, którą tyle razy obserwowała w drugą stronę — z powagi w błahość — teraz zachodziła na odwrót. Maska opadła, odsłaniając pod spodem coś, co sprawiało wrażenie dziwnie prawdziwego.

— To Perseus wykonuje całą pracę. — Ja jedynie staram się mu nie przeszkadzać i przekazuję mu informacje, których potrzebuje.

— Jest Pani zbyt skromna. — Ashburton przesunął doświadczoną dłonią po łopatce wałacha. — Ma znakomitą budowę. Program hodowlany Pani ojca najwyraźniej doskonale rozumie równowagę między siłą a zwinnością.

Jego ocena była trafna, rzetelna i pozbawiona choćby cienia powierzchownego entuzjazmu. Przez krótką chwilę Anna dostrzegła tę drugą osobę skrytą pod maską lekkoducha; kogoś, kto naprawdę rozumiał i doceniał końską doskonałość.

— Hodujemy konie nie tylko pod kątem cech fizycznych, ale i inteligencji. Wierzchowiec kawaleryjski musi umieć podejmować samodzielne decyzje, gdy jego jeździec jest zajęty czymś innym.

Ashburton skinął głową w zadumie. — Na przykład lawirując w chaosie pola bitwy lub niosąc rannego żołnierza w bezpieczne miejsce. — Jego palce prześledziły mocny mięsień podudzia wałacha. — Udało się wam uzyskać tu wyjątkowe umięśnienie bez utraty szybkości. Niezwykłe.

Zanim Anna zdążyła odpowiedzieć, rozległ się róg łowczego. Jeźdźcy zaczęli pospiesznie wsiadać na konie.

— Powinniśmy kontynuować tę rozmowę innym razem. — Ashburton cofnął się w stronę swojego gniadosza. — Chętnie dowiedziałbym się więcej o metodach Belle Haven. — Przez ułamek sekundy na jego twarzy odmalowało się coś szczerego — prawdziwe zainteresowanie, a może żal — po czym jego rysy zastygały w opanowanej, poczciwej masce.

— Być może. — Anna ostrożnie zebrała wodze Perseusa.

Ruszyła, by dosiąść konia, odgarniając ciężkie połcie spódnicy stroju do konnej jazdy, by móc postawić stopę w strzemieniu, ale zanim zdążyła to zrobić, Ashburton był już przy niej.

— Proszę pozwolić.

Jego dłonie spoczęły na jej talii, mocne i pewne mimo warstw materiału. Annie zabrakło tchu. Niezliczoną ilość razy stajenni i masztalerze pomagali jej wsiąść na koń, ale to było zupełnie inne uczucie. Jego dotyk był zdecydowany, a gdy ją unosił, ich twarze na mgnienie oka znalazły się na tym samym poziomie. Na tyle blisko, by dostrzec ciemniejsze plamki w jego szarych oczach. Na tyle blisko, by poczuć ciepło bijące od niego w chłodnym, zimowym powietrzu.

Czas zdawał się zwolnić. Anna nie mogła odwrócić wzroku. Coś mignęło w rysach Ashburtona, wyraz twarzy, którego nie potrafiła odczytać. To nie był ten wypracowany urok, który obserwowała na dziesiątkach przyjęć. Ani szczery podziw dla konia sprzed chwili. Było to coś zupełnie innego, surowego i szczerego, co pojawiło się i zniknęło tak szybko, że mogło być wytworem jej wyobraźni.

Szybko pomógł jej usiąść w siodle, ale jego dłonie spoczywały na jej talii o ułamek sekundy dłużej, niż było to konieczne. Anna zdała sobie sprawę, że wstrzymuje oddech.

Nagle czar prysł. Ashburton cofnął się, a jego twarz przybrała wyraz uprzejmej neutralności. Uchylił kapelusza z uśmiechem, który nie sięgał oczu.

— Udanych łowów, panno Bell.

Odwrócił się i zwinnie wskoczył w swoje siodło, po czym ponaglił wierzchowca, by dołączyć do hrabiego de Frontenac, gdy łowy ruszyły dalej.

Anna siedziała przez chwilę nieruchomo, a serce biło jej w rytmie, który nie miał nic wspólnego z nadchodzącym skokiem. Jej talia wciąż zdawała się płonąć w miejscu, gdzie trzymał ją swoimi dłońmi. Wzięła drżący oddech, opanowała się i ruszyła za nimi.

Gdy Perseus ruszył kłusem, Anna poczuła, jak jej podejrzenia walczą z nową, niepokojącą świadomością. Niezależnie od tego, która wersja lorda Ashburtona była prawdziwa — czy to lekkoduch pasjonujący się wyścigami, czy znający się na rzeczy koniarz, który przed chwilą dotknął jej z tak niespodziewaną czułością — jedno było teraz pewne: celowo pielęgnował znajomość z francuskim dyplomatą i robił to z zamiarem, który nie miał nic wspólnego z ambicjami towarzyskimi czy znajomościami ze świata wyścigów.

Pytanie, które dręczyło ją, gdy Perseus zbierał się do kolejnego skoku, nie brzmiało, *czy* lord Ashburton angażuje się w potajemną działalność, lecz *czym* dokładnie jest ta działalność i czy zagraża ona brytyjskim interesom w tym delikatnym czasie powojennych negocjacji.

Wieczorne cienie wydłużały się na dziedzińcu stajni, gdy Anna wykonywała zgrzebłem koliste ruchy na wilgotnej sierści Perseusa. Podczas gdy inne damy odjechały natychmiast po polowaniu, zostawiając konie stajennym, Anna upierała się, by osobiście zająć się wałachem. Wynikało to po części z nawyku, gdyż w Belle Haven ojciec zawsze wymagał, by córki osobiście doglądały koni, na których jeździły, ale była to również okazja do cichej refleksji z dala od hucznego obiadu myśliwskiego, który wkrótce miał się rozpocząć w domu barona. Lady Pemberton pewnie będzie jej szukać, ale Anna poczuła, że niespecjalnie obchodzi ją irytacja tej wymagającej arystokratki spowodowana jej nieobecnością.

W stajni pachniało sianem, skórą i końmi stygnącymi po wysiłku. Latarnie wisiały w regularnych odstępach wzdłuż szerokiej głównej alei, rzucając złote plamy ciepłego światła w gęstniejącym mroku. Wokół niej austriaccy stajenni poruszali się z cichą sprawnością, przemawiając do koni, a rytmiczne dźwięki szczotkowania i sporadyczne ciche rżenie stanowiły uspokajający kontrast dla jej rozbieganych myśli.

— Spisałeś się dzisiaj przepięknie — szepnęła do Perseusa, przesuwając dłonią po jego przedniej nodze, by sprawdzić, czy nie jest rozgrzana lub opuchnięta. Nie znalazłszy nic niepokojącego, przeszła do kolejnej nogi, badając ją palcami z fachową dokładnością. Wałach dobrze poradził sobie w wymagającym terenie. Ojciec ucieszy się, gdy usłyszy, jak koń z Belle Haven wyróżnił się na tle europejskich wierzchowców. Mało było koni, które wyglądały na tak świeże i gotowe do dalszej drogi, gdy łowy dobiegły końca, i Anna wiedziała, że nie uszło to uwadze innych — w drodze powrotnej do stajni usłyszała kilka komplementów.

Anna pracowała metodycznie, zamieniając zgrzebło na miękką szczotkę, po czym ostrożnie wyczyściła każde kopyto z wbitego błota. Perseus stał cierpliwie, od czasu do czasu kierując na nią swoje inteligentne oczy lub przestępując z nogi na nogę.

Gdy sięgała po derkę, by przykryć Perseusa przed nadchodzącym nocnym chłodem, jej uwagę przykuły odgłosy zbliżających się głosów. Jeden od razu wydał jej się znajomy: to był kulturalny ton lorda Ashburtona, pozbawiony jednak tej nadmiernej ożywczości, którą zazwyczaj demonstrował. Drugi głos odpowiadał mu angielszczyzną z obcym akcentem. Francuskim akcentem.

Działając pod wpływem impulsu, cofnęła się głębiej do boksu Perseusa, ustawiając się za przymkniętymi drzwiami. Przez szparę między drzwiami a futryną mogła widzieć fragment przejścia, sama pozostając niewidoczną.

— ...nie mogę zagwarantować prywatności w zameczku — mówił Ashburton. — Jest tam zbyt wielu ciekawskich dyplomatów i oficerów.

Najpierw w polu widzenia pojawił się hrabia de Frontenac, który zamienił surdut myśliwski na bardziej formalną marynarkę; miał czujny wyraz twarzy i rozglądał się po słabo oświetlonym pomieszczeniu, by upewnić się, że są sami. — W Pani wiadomości było napisane, że to pilne.

— Istotnie. — Ashburton wszedł w ograniczone pole widzenia Anny. Zniknął gdzieś pogodny miłośnik wyścigów; jego postawa była czujna, a wyraz twarzy skupiony z intensywnością, którą Anna dostrzegała wcześniej tylko w rzadkich, niepilnowanych chwilach. — W końcu zdobyłem to, czego Pan szukał.

Oczy hrabiego rozszerzyły się. — Ma go Pan? Już?

— Ogier będzie gotowy do Pańskiego wglądu o północy. — Głos Ashburtona jeszcze bardziej się obniżył. — Powinien się Pan ze mną spotkać sam; nie chcemy przyciągać uwagi do tak cennej transakcji.

Serce Anny zaczęło bić szybciej, a palce instynktownie zacisnęły się na materiale derki. *Ogier*. Nie po prostu koń, ale ogier, źródło potencjału hodowlanego, który mógłby odmienić całe pogłowie koni danego narodu. I spotkanie o północy, celowo utrzymywane w tajemnicy, z francuskim dyplomatą.

— Lokalizacja? — zapytał Ashburton, zerkając w stronę wejścia do stajni, gdy na zewnątrz przechodził stajenny.

— Stary pawilon myśliwski na wschodnim skraju posiadłości — powiedział szybko hrabia. — Używam go do, ach, spotkań, przy których nie życzę sobie świadków. Jest opuszczony od czasów poprzedniego barona. Proszę jechać ścieżką konną za kamienny most, potem na wschód wzdłuż strumienia przez pół mili. Zobaczy go Pan skrytego pośród drzew.

— Bardzo dobrze. Będę tam.

— A dokumentacja? — Głos hrabiego zdradzał ponaglenie. — Bez pełnego potwierdzenia rodowodu...

— Wszystko jest w porządku. — Zapewnienie Ashburtona brzmiało gładko. — Ma Pan wszystko, czego potrzeba, by potwierdzić autentyczność linii. Ten ogier reprezentuje pokolenia starannej hodowli, zapewniam Pana.

Anna przycisnęła się do szorstkiej drewnianej ściany, ledwie odważąc się oddychać. Jej umysł analizował konsekwencje. Cenny ogier. Dokumentacja rodowodowa. Tajna transakcja o północy z francuskim dyplomatą, z dala od świadków.

Wszystkie elementy układanki ułożyły się w przerażający obraz. Lord Ashburton sprzedawał Francuzom brytyjski materiał hodowlany; i to nie byle jakie konie, ale linie krwi, które pomogły brytyjskiej kawalerii zyskać przewagę podczas wojen z Napoleonem. Choć technicznie ogłoszono pokój, negocjacje w Wiedniu pozostawały delikatne, a równowaga sił niepewna. Taki czyn nie byłby tylko brakiem patriotyzmu; ocierałby się o zdradę stanu.

— Przyjdę sam, zgodnie z prośbą — mówił hrabia — choć mój rząd wolałby...

— Preferencje Pańskiego rządu są nieistotne. — Ashburton przerwał mu z nieoczekiwaną ostrością. — To są moje warunki. Północ. Samotnie. Albo do transakcji nie dojdzie.

Hrabia niechętnie skinął głową. — No dobrze. O północy. Przekażę Panu w zamian dokumenty, o które Pan prosił, no i oczywiście zapłatę.

Gdy obaj mężczyźni odwrócili się do wyjścia, Anna wyłapała jeszcze ostatnią wymianę zdań, głos hrabiego był ledwie słyszalny.

— Jeśli to się uda, pojawi się dalsze zainteresowanie podobnymi nabytkami. Program hodowlany, który planujemy, będzie wymagał wielu linii krwi.

— Jedna transakcja na raz, hrabio. — Ton Ashburtona był opanowany. — Najpierw zakończmy ten interes, zanim zaczniemy rozmawiać o przyszłych układach.

Odgłosy ich kroków ucichły, zostawiając Annę samą z walącym sercem i straszną pewnością. Lord Ashburton, ze swoją starannie wypracowaną reputacją lekkoducha i pasjonata wyścigów, wykorzystywał swoją wiedzę o koniach, by zdradzić interesy ojczyzny. Dostarczenie doskonałego materiału hodowlanego niedawnemu wrogowi podważyłoby przewagę militarną Wielkiej Brytanii na całe pokolenia.

Gładziła szyję Perseusa drżącymi palcami, a jej umysł już obliczał kolejny krok. Trzeba natychmiast powiedzieć Matthew. Jako par, który ma posłuch u księcia regenta, będzie wiedział, jak zareagować na taką zdradę. Ale oskarżenia takiej wagi wymagały dowodów większych niż tylko podsłuchana rozmowa, zwłaszcza że Ashburton i Matthew byli starymi przyjaciółmi. Ten nie chciałby w to uwierzyć.

Opuszczony pawilon myśliwski. *Północ*. Ta wiedza zapadła w umysł Anny z ciężarem nieuchronności. Jeśli uda jej się być świadkiem transakcji, może nawet przejąć fragment dokumentacji, o której wspomniał Ashburton,

Matthew będzie miał konkretne dowody, by zacząć działać.

Szybko dokończyła oporządzanie Perseusa, wykonując ruchy automatycznie, podczas gdy jej umysł pracował nad planem. Wróci do domu, wykręci się od obiadu bólem głowy, a potem przygotuje się do własnej nocnej wyprawy. Wschodnia ścieżka konna, za kamienny most, wzdłuż strumienia. Zapamiętała te wskazówki, zbierając szczotki.

Gdy Anna wymknęła się ze stajni w gęstniejący zmierzch, jej twarz wyrażała determinację. Nigdy nie zostawiała problemu bez rozwiązania. Równanie było jasne: lord Ashburton plus francuskie interesy równa się zdrada. Jedyną niewiadomą pozostawało to, jak mu to udowodnić.

Rozdział ósmy

Oddech lady Pemberton uspokoił się wreszcie, przechodząc w głęboki, miarowy rytm snu. Anna odliczyła w myślach sześćdziesiąt sekund, a potem kolejne sześćdziesiąt. Starsza dama przyszła do niej na górę zaraz po kolacji, uskarżając się gorzko na nieobecność Anny podczas posiłku i zażądała, by ta nie odstępowała jej na krok przez resztę wieczoru. Anna uległa z odpowiednimi pomrukami przeprosin, cały czas kalkulując najdogodniejszy moment na ucieczkę i łagodnie zachęcając lady Pemberton do wczesnego spoczynku, regularnie dolewając jej wina.

Teraz, gdy lady Pemberton cicho chrapała, Anna podniosła się z łóżka i przeszła do sąsiedniej garderoby, stąpając w samych pończochach bezszelestnie po lśniącej podłodze. Nie spała tam żadna służąca; lady Pemberton postanowiła nie zabierać swojej, twierdząc, że Anna może pomóc jej przy ubieraniu, a jedna z miejscowych pokojówek będzie mogła im usługiwać. Dzięki temu Anna zaryzykowała zapalenie świecy i szybko ubrała się w strój do jazdy konnej — najbardziej praktyczne ubranie, jakie ze sobą zabrała — oraz ciężki płaszcz i buty. Sprawdziła zegarek kieszonkowy; wpół do jedenastej. Doskonale. Powinna mieć mnóstwo czasu, by dotrzeć do leśniczówki i dokładnie ją przeszukać przed wyznaczoną godziną spotkania.

Wciągnęła parę cienkich skórzanych rękawiczek, których miękka powierzchnia była wytarta od lat trzymania wodzy. Przez chwilę Anna zawahała się, pozwalając dojść do głosu wątpliwościom. To, co planowała — szpiegowanie przyjaciela swojego szwagra — gwałciło wszelkie konwenanse towarzyskie. Jednak równanie, które miała przed sobą, nie posiadało innego rozwiązania. Jeśli lord Ashburton rzeczywiście sprzedawał Francuzom cenne konie hodowlane, konsekwencje mogły odbić się echem na całych pokoleniach brytyjskiej kawalerii. Trzeba było zdobyć dowody.

Zatrzask drzwi poruszył się bezgłośnie pod jej ostrożnym dotykiem, naoliwiony kilkoma kroplami z lampy wcześniej tego wieczoru. Anna wysunęła się na korytarz, natychmiast przywierając do ściany i nasłuchując jakiegokolwiek ruchu w domu. Gdzieś w oddali słyszała męskie głosy; niektórzy z panów wciąż jeszcze grali i rozmawiali, ale nie miała zamiaru zbliżać się do tamtej części rezydencji.

Anna zeszła schodami dla służby, których położenie zapamiętała, gdy reszta gości była na kolacji. Tylne drzwi ustąpiły pod jej dotykiem z ledwie słyszalnym skrzypnięciem i po chwili była już na zewnątrz, a noc otuliła ją rześką ciemnością. Na niebie wisiał księżyc w trzech czwartych pełni, który dawał wystarczająco dużo światła, by poruszać się bez potykania, a jednocześnie, co rusz przesłaniany chmurami, rzucał kojące cienie. Optymalne warunki, jak wyliczyła Anna, by niezauważenie przemieszczać się po nieznanym terenie, choć nie chciała przebywać na zewnątrz zbyt długo. W mroźnym powietrzu widziała swój oddech.

Zorientowała się w terenie, patrząc na odległą sylwetkę stajni, po czym zwróciła się na wschód, tam, gdzie powinna zaczynać się ścieżka. Na trawie zaczął osiadać szron, a każde źdźbło krystalizowało się w delikatną geometrię, która cicho chrupała pod jej stopami. Anna dostosowała tempo, starając się wybierać fragmenty gołej ziemi lub opadłe liście, które zapewniały cichsze oparcie.

Zgodnie z obietnicą z ciemności wyłonił się kamienny most, którego wiekowy łuk rozpięty był nad wąskim strumieniem, szemrzącym cicho w dole. Anna zatrzymała się, nasłuchując dźwięków, które mogłyby świadczyć o tym, że nie jest sama. Nie słyszała nic poza dalekim nawoływaniem nocnego ptaka i wiatrem szumiącym w nagich gałęziach. Szybko przeszła na drugą stronę, a jej buty wydały cichy chrobot na wytartym kamieniu.

Podążanie wzdłuż strumienia na wschód wymagało większej uwagi. Ścieżka dla jeźdźców zwężała się, stając się miejscami jedynie wąskim tropem jeleni. Mimo ostrożności kolczaste krzewy czepiały się jej spódnicy, a nisko zawieszone gałęzie zmuszały do ciągłego uchylania się. W myślach obliczała dystans i czas, szacując postępy w stosunku do pół mili opisanej przez hrabiego. Jej oddech tworzył małe obłoczki w zimnym powietrzu, tętno było podwyższone, ale stabilne, wynosiło około dziewięćdziesięciu uderzeń na minutę — wysokie, lecz mieszczące się w granicach normy, biorąc pod uwagę okoliczności.

Anna pozwoliła sobie na rozważenie tego, co może zastać na miejscu. Być może istniało jakieś niewinne wyjaśnienie. Powiązania wyścigowe, legalny handel końmi. Jednak ta tajemnica, spotkanie o północy, nacisk na linie krwi... wszystkie te zmienne wskazywały na niepokojący wniosek. A jeśli to prawda, co wtedy? Matthew byłby zdruzgotany. Jego przyjaźń z Ashburtonem sięgała czasów szkolnych; zdrada uderzyłaby go boleśnie. Chyba że... chyba że Ashburton działał za oficjalnym przyzwoleniem. Ta myśl uderzyła ją nagle. Przeszłość sir Edmunda Wrexforda w wywiadzie. Poważne rozmowy, których była świadkiem. Czy to możliwe, że to jakaś misterna gra szpiegowska, a nie zdrada stanu?

Był tylko jeden sposób, by się o tym przekonać. Ruszyła pośpiesznie przed siebie.

Opuszczony pawilon myśliwski wyłonił się z mroku — przysadzista budowla z nadgryzionego zębem czasu kamienia i drewna, ukryta wśród kępy wiekowych dębów. Światło księżyca odbijało się w wybitych szybach, tworząc poszarpane, srebrzyste zarysy na tle czerni wewnątrz. Nie tliło się żadne światło, na zewnątrz nie uwiązano żadnych koni. Przybyła pierwsza, tak jak zaplanowała.

Anna ostrożnie okrążyła budynek, obliczając kąty podejścia i potencjalne drogi ucieczki. Przednie drzwi wyglądały na solidne, a gdy spróbowała je otworzyć, okazały się mocno zamknięte. Tylne wejście nosiło ślady niedawnego użytkowania — odciski stóp na miękkiej ziemi, wyraźna ścieżka pośród zarośniętej poza tym roślinności — ale i te drzwi były zamknięte na klucz.

Żałując, że nie pomyślała o zgłębieniu wiedzy na temat otwierania zamków wytrychem, Anna postanowiła obejść domek i sprawdzić, czy znajdzie inną drogę wejścia. Ściany były grube; podejrzewała, że podsłuchiwanie z zewnątrz na nic się nie zda.

Okno po wschodniej stronie dawało największą nadzieję na dostanie się do środka. Umieszczone nisko nad ziemią, miało ramę spróchniałą w miejscach, gdzie zimowe śniegi zalegały i wsiąkały w drewno. Anna delikatnie je sprawdziła, naciskając ostrożnie opuszkami palców. Drewniana rama lekko ustąpiła, a potem poddała się z cichym trzaskiem, który w ciszy nocy wydał się jej głośny niczym grzmot. Zamierła, odliczając sześćdziesiąt sekund i nasłuchując jakiejkolwiek reakcji. Nic.

Z dużą zwinnością, nabytą przez lata wspinania się na strychy z sianem w Belle Haven, Anna podciągnęła się na parapet i wślizgnęła przez otwór, lądując lekko na podłodze wewnątrz. Otoczyła ją ciemność, ciężka od stęchłego zapachu opuszczenia, wilgotnego drewna i pleśni. Stała nieruchomo, pozwalając oczom przywyknąć do mroku, a pozostałym zmysłom skatalogować otoczenie.

Pawilon składał się z jednego dużego pomieszczenia, którego sufit wspierały ciężkie drewniane belki. Światło księżyca wpadało przez wybite okna, tworząc nieregularne wzory na podłodze i oświetlając kontury prostych mebli: dużego stołu na środku, kilku krzeseł odsuniętych pod ściany, kredensu ze szklanymi drzwiczkami, w których co jakiś czas coś błyskało. I tam, ustawione pod największym oknem, gdzie księżyc zapewniał najlepsze naturalne oświetlenie, znajdowało się biurko ze stosami papierów na blacie.

Anna podeszła do niego, wyjmując małą latarnię, którą ukryła pod płaszczem. Ręce lekko jej drżały, gdy pocierała zapałkę i zapalała knot, ustawiając płomień na najniższy poziom i osłaniając go dłonią, by blask nie był widoczny w oknach. Żółte światło rozlało się po powierzchni biurka, odsłaniając kilka niedbale ułożonych stosów dokumentów.

Zalała ją fala rozczarowania, gdy odkryła, że wszystkie kartki są czyste. Niezapisana papeteria. Poirytowana, pochyliła się, by otworzyć szufladę poniżej, i stwierdziła, że jest zamknięta.

Kto zamykałby szufladę biurka w zamkniętym budynku, o którego użytkowaniu nikt nie wiedział, chyba że coś było w niej ukryte? Myśląc intensywnie, sięgnęła machinalnie i wyjęła kałamarz z zagłębienia w blacie biurka, zaglądając do dziury pod nim. To tam jej ojciec trzymał klucz do swojego gabinetu...

Uśmiechnęła się triumfalnie i pochwyciła klucz.

Mężczyźni. Naprawdę wszyscy byli tacy sami.

Otworzywszy szufladę, znalazła stos dokumentów, a te *nie były* czyste. Szybko zerknęła na zegarek — była tuż po jedenastej — usiadła na podłodze i zaczęła je sortować w mizernym świetle latarni.

Kontrakty sprzedaży koni. Rejestry hodowlane. Wpisy do ksiąg stadnych. Na pierwszy rzut oka wszystko wyglądało zupełnie zwyczajnie. Anna kartkowała je uważnie, natychmiast oceniając linie krwi, daty i ceny zakupu. Wszystko wydawało się legalne; standardowa dokumentacja dotycząca przekazania drogich zwierząt między entuzjastami wyścigów. Imiona znanych ogierów, odnotowane potomstwo, umowy kupna z arystokratycznymi podpisami.

Ale... o tu. Coś się nie zgadzało.

Anna zmarszczyła brwi, wodząc palcem po rejestrze hodowlanym, w którym figurowało źrebię urodzone w kwietniu 1810 roku. Jako ojciec widniał Ruler, słynny ogier, lecz Anna wiedziała, że Ruler padł w 1806 roku; jej ojciec i właściciel Rulera, pan Bulmer, byli przyjaciółmi i często ze sobą korespondowali. Ponownie sprawdziła datę oźrebienia, potwierdzając swoje pierwsze spostrzeżenie. *Niemożliwe*.

Przeszła dalej i znalazła trzy kolejne rekordy jeden po drugim, wszystkie wskazujące tę samą klacz jako matkę, lecz wszystkie nosiły datę z tego samego roku, 1813. *Równie niemożliwe*. Serce zaczęło jej bić szybciej, gdy zyskała pewność: to nie były prawdziwe rejestry hodowlane.

Anna poprawiła latarnię, rzucając jej żółty blask bezpośrednio na papiery. Wybrała kolejny dokument, tym razem szczegółowo opisujący rodowód rzekomego czempiona wyścigów. Skrupulatnie rozpisano sześć pokoleń, ale odstępy między nimi wynosiły średnio tylko trzy lata, co nie miało sensu. Choć możliwe było rozmnażanie klaczy i ogierów w tym wieku, zazwyczaj najpierw brały one udział w wyścigach, by dowieść swojej wartości, a już na pewno przez sześć pokoleń żaden hodowca koni wyścigowych nie prowadziłby hodowli, nie sprawdziwszy przynajmniej *niektórych* zwierząt na torze.

Ten ciąg nieprawdopodobieństw nie mógł być przypadkowy. Dokumenty te zostały celowo sfałszowane tak, by dla laika wyglądały na autentyczne, podczas gdy zawierały informacje sprzeczne z prawami biologii. Każdy, kto choć trochę znał się na koniach wyścigowych, szybko zorientowałby się, że nie są prawdziwe.

Więc... jaki był cel? Te papiery nie oszukałyby osoby, która wiedziałaby, jak na nie patrzeć. Kogo zatem miały zwieść?

— To szyfr. — To odkrycie przeszyło ją niczym prąd. Zapisy hodowlane nie miały być brane dosłownie; były zakodowanymi wiadomościami ukrytymi pod płaszczykiem dokumentacji handlowej.

Jej palce poruszały się teraz błyskawicznie, śledząc linie krwi i daty urodzin z nowym zapałem. Jeśli imiona koni reprezentowały ludzi lub miejsca, jeśli daty krycia oznaczały coś zupełnie innego — być może godziny spotkań lub terminy transportów — to coś, co wyglądało na niewinne transakcje, mogło w rzeczywistości być...

W głowie Anny kłębiły się domysły. Informacje wojskowe? Sekrety dyplomatyczne? Ustalenia dotyczące przemytu? Czymkolwiek to było, z pewnością nie była to prosta zdrada, jaką podejrzewała. To było coś znacznie bardziej skomplikowanego.

Ostrożniej przyjrzała się kontraktowi sprzedaży, zauważając, że ceny nie wykazywały żadnej logicznej zależności od rzekomej jakości koni. Za niektóre mierne zwierzęta żądano bajońskich sum, podczas gdy rzekomi czempioni byli sprzedawani za bezcen. Liczby tworzyły własny wzór, niezależny od koni, do których były przypisane.

— Cztery tysiące gwinei za sześcioletniego wałacha bez doświadczenia na torze? — mruknęła Anna, kręcąc głową i zaczynając liczyć. Gdyby podstawić wartości, traktując każdy tysiąc jako jednostkę i układając je według dat transakcji, a nie ceny... Przygryzła wargę, a jej bystry umysł pracował nad rozwiązaniem. To mógł być szyfr podstawieniowy, gdzie liczby reprezentują litery. A może system współrzędnych geograficznych? Potrzebowałaby więcej czasu i spokoju, by poprawnie to rozwiązać.

Co to mówiło o lordzie Ashburtonie? To pytanie uderzyło w nią nagle i z dużą siłą. Jeśli te dokumenty stanowiły zakodowane meldunki wywiadowcze, to nie był on pospolitym zdrajcą, o co go podejrzewała. Kim zatem był? Francuskim szpiegiem przekazującym informacje Frontenacowi? To wydawało się równie mało prawdopodobne, biorąc pod uwagę charakter ich spotkania; Ashburton występował jako sprzedawca, Frontenac wyraźnie jako kupujący, i to *Frontenac* używał tej leśniczówki jako biura; to prawdopodobnie jego dokumenty znalazła. Zatem podwójny agent, udający współpracę z Francuzami, a w rzeczywistości służący brytyjskim interesom?

Anna przypomniała sobie plotki o powiązaniach sir Edmunda Wrexforda z wywiadem i poważne rozmowy między nim a Ashburtonem, których była świadkiem. Dowody zaczęły układać się w jej głowie w nowy sposób, tworząc wzór o zupełnie innym znaczeniu. Lekkomyślny entuzjasta wyścigów mógł być jedynie misternym przebraniem, starannie wypracowaną pozą, która pozwalała mu swobodnie poruszać się w kręgach dyplomatycznych i zbierać informacje.

Ale jeśli to była prawda, to mieszała się w sprawy daleko wykraczające poza jej pojmowanie. Potencjalnie niebezpieczne kwestie dotyczące bezpieczeństwa narodowego.

Zalała ją nowa fala paniki. Wtargnęła w świat cieni i tajemnic, uzbrojona jedynie w determinację i naiwne przekonanie, że Ashburton musi być łotrem, bo... bo miał czelność łagodnie z niej kpić? Na tę myśl na jej policzki wypłynął rumieniec wstydu. Teraz siedziała sama w opuszczonym pawilonie myśliwskim o północy, trzymając coś, co mogło być kluczowymi dokumentami wywiadowczymi, nie mając pojęcia, do kogo naprawdę należą ani co mogą oznaczać.

Jedno było pewne: musiała dokładnie zbadać te dokumenty z dala od tego miejsca, mając czas na rzetelną pracę nad szyfrem. Ryzyko ich zabrania było ogromne, ale pozostawienie ich tutaj niosło jeszcze większe niebezpieczeństwo. Jeśli Ashburton rzeczywiście pracował dla brytyjskiego rządu, będzie mogła bezpiecznie mu je oddać wraz z wyjaśnieniami i przeprosinami. Jeśli nie...

Podjąwszy decyzję, Anna szybko zebrała papiery. Starannie je złożyła i upchnęła w żakiecie stroju do konnej jazdy. Nie chciała trzymać ich w dłoni, by nie ryzykować zgubienia którejś kartki, ani by biały błysk papieru nie zdradził jej w mroku nocy.

Dźwięk pojawił się bez ostrzeżenia; głosy w oddali, zbliżające się ścieżką, którą sama przyszła. Annie zaparło dech w piersiach. Studiując szyfr, straciła poczucie czasu; była niemal północ!

Zgasiła latarnię gwałtownym podmuchem, pogrążając pokój w ciemności, którą rozświetlały jedynie nieregularne promienie księżyca wpadające przez wybite okna. Serce waliło jej o dokumenty ukryte pod żakietem tak głośno, że bała się, iż będzie je słychać w całym pomieszczeniu. Panika groziła wzięciem góry nad jej analityczną naturą, ale Anna zmusiła się do oddechu i kalkulacji. Opcje: ukryć się w pawilonie i liczyć na to, że nie zostanie odkryta, albo spróbować ucieczki, zanim nadejdą.

Pierwsza opcja niosła ze sobą nieakceptowalne ryzyko. Budynek składał się z jednej izby z minimalną ilością mebli; nie było tam miejsca, w którym mogłaby się skutecznie schować. Druga opcja, choć ryzykowna, dawała większe szanse na sukces, jeśli zostanie zrealizowana natychmiast.

Okno, przez które weszła, pozostawało najlepszą drogą ucieczki. Anna ruszyła ku niemu, stąpając bezgłośnie po zakurzonej podłodze, z rękami wyciągniętymi przed siebie, by nie zderzyć się z niewidocznymi przeszkodami. Od wewnątrz parapet znajdował się znacznie wyżej niż na zewnątrz, więc przystanęła na chwilę, ale nie była to przeszkoda nie do pokonania dla dziewczyny przyzwyczajonej do wsiadania na konie, których grzbiety znajdowały się wyżej niż jej własna głowa. Ugięła kolana, przygotowując się do skoku.

— ...zapewniony, że dokumentacja jest kompletna? Moi przełożeni nie zaakceptują niczego mniej. — Czysty głos Ashburtona wyraźnie niósł się w nocnym powietrzu.

— Oczywiście, że je mam — padła odpowiedź Frontenaca, bliżej niż Anna się spodziewała. Musieli iść bardzo szybko. Kroki zachrupały na ścieżce, nie więcej niż kilka jardów stąd. Anna usłyszała brzęk kluczy i cichy pomruk dalszej rozmowy, zbyt cichy, by go rozróżnić. Czas się skończył.

Skradzione dokumenty piły ją w bok, ich krawędzie były ostre nawet przez materiał koszuli, stanowiąc namacalną przypominajkę o tym, jak wiele ryzykuje. Z cichą modlitwą podciągnęła się na parapet, obracając się tak, by najpierw wysunąć nogi. Jakiś odprysk drewna zahaczył o jej spódnicę; wyszarpnęła ją drżącymi palcami. Kroki dotarły do drzwi w chwili, gdy wyciągała tułów, a jakiś gwóźdź zadrapał ją w bok, gdy wykręcała się z objęć okna.

Klamka obróciła się z rdzawym skrzypnięciem protestu. Anna zeskoczyła na ziemię, przywierając płasko do szorstkiej kamiennej ściany obok okna, z sercem dudniącym w uszach. Wewnątrz drzwi otworzyły się na oścież.

— Ktoś tu był! Szuflada mojego biurka jest otwarta! — Głos Frontenaca podniósł się alarmująco, niosąc się echem po cienkich ścianach pawilonu. Anna jeszcze mocniej przywarła do szorstkiego kamienia elewacji, ledwie śmiąc oddychać. Żałowała, że nie poświęciła chwili na domknięcie szuflady, a nawet jej ponowne zamknięcie na klucz. To dałoby jej kolejną minutę na ucieczkę między drzewa, zanim Frontenac odkryłby kradzież.

— Proszę mówić ciszej. — Odpowiedź Ashburtona była ostra i opanowana, choć Anna wyczuła nutę napięcia pod jego spokojnym tonem. — Proszę sprawdzić, czy coś zginęło.

Wewnątrz po drewnianej podłodze rozległy się ciężkie kroki. — Dokumentów nie ma! To katastrofa. Jeśli te papiery trafią w niepowołane ręce...

— Były zakodowane — przerwał mu Ashburton, teraz ciszej, tak że Anna musiała wytężyć słuch. — Nawet jeśli ktoś je zabrał, nie zdoła odczytać treści bez klucza.

— Nie docenia pan naszych wrogów — syknął Frontenac. — Austriacy mają znakomitych kryptografów. Jeśli nabiorą podejrzeń...

— To do niczego nie prowadzi — uciął Ashburton. — Musimy ustalić, kto tu był i jak dawno. Proszę sprawdzić na zewnątrz, czy nie ma świeżych śladów.

To był sygnał dla niej. Anna jedną ręką zebrała spódnice, by nie zahaczyły o zarośla, po czym odkleiła się od ściany i ruszyła tak cicho, jak tylko potrafiła. Przesłonięty chmurami księżyc dawał akurat tyle światła, by mogła iść bez potykania się, ale nie dość, by jej ciemny ubiór był widoczny na tle drzew. Gdy tylko oddaliła się o kilka jardów od domku, zaczęła biec. Jej stopy instynktownie odnalazły ścieżkę, podążając jej krętym szlakiem z powrotem ku strumieniowi. Gałęzie smagały ją po twarzy; uchylała się przed nimi, nie zwalniając tempa. Skradzione dokumenty przy każdym uderzeniu butów o zmarzniętą ziemię uciskały jej bok — nieustanna przypominajka o tym, co zrobiła i co może z tego wyniknąć.

Z tyłu nie dobiegały żadne okrzyki, nie słyszała pościgu. Być może założyli, że złodziej nie mógłby biec w stronę domu, z którego właśnie przyszli. Miała nadzieję, że nie odnaleźli jej śladów — odcisków butów, które mogłyby wskazać na kobietę jako sprawczynię.

Biegnąc ile sił w nogach w stronę rezydencji, Anna pozwoliła sobie na refleksję nad swoim czynem. Ukradła dokumenty, które mogły dotyczyć bezpieczeństwa narodowego. Jeśli Ashburton rzeczywiście pracował dla brytyjskiego wywiadu, jej działania mogły zostać uznane za zdradę. Jeśli jednak był zdrajcą przekazującym informacje Francuzom, mogła przechwycić kluczowe dane wywiadowcze. Niepewność jej położenia sprawiała, że żołądek zaciskał się jej z niepokoju. Musiała dowiedzieć się prawdy, i to natychmiast.

Dwór majaczył w oddali, większość okien była już ciemna. Anna okrążyła budynek, kierując się do wejścia dla służby, z którego korzystała wcześniej, czując ogromną ulgę, że wciąż jest otwarte. Wewnątrz dom był cichy, słychać było jedynie okazjonalne trzeszczenie osiadających belek.

Weszła schodami dla służby z obolałymi nogami, zatrzymując się na każdym półpiętrze, by nasłuchiwać jakichkolwiek oznak pościgu lub tego, że zauważono jej nieobecność. Wszystko pozostawało w bezruchu. Anna najpierw sprawdziła pokój lady Pemberton, uchylając drzwi tylko tyle, by upewnić się, że starsza dama wciąż śpi; jej chrapanie było teraz nieco głośniejsze.

Zakradając się do garderoby na palcach, Anna zamknęła drzwi dłońmi drżącymi z zimna i opadającej adrenaliny. Przez chwilę opierała się o drzwi z zamkniętymi oczami, pozwalając oddechowi się uspokoić. W pokoju było chłodno; ogień podczas jej nieobecności wypalił się do cna. Będzie potrzebowała światła, by rzetelnie zbadać dokumenty.

Anna zapaliła dwie świece od dogasających węgli, stawiając je na małym stoliku. Potem, palcami wciąż zdrętwiałymi od mrozu, ostrożnie wyjęła złożone papiery spod żakietu. Niektóre miały pogięte rogi, jeden był lekko naddarty na krawędzi. Ostrożnie je wygładziła i rozłożyła na drewnianym blacie.

W ciepłym blasku świec dokumenty wyglądały jeszcze bardziej przekonująco niż na pierwszy rzut oka. Pismo było eleganckie, format typowy dla transakcji handlowych. Dopiero przy bliższym przyjrzeniu się wychodziły na jaw nieprawdopodobieństwa: martwy ogier płodzący źrebięta lata po swojej śmierci, skrócone pokolenia, biologicznie niemożliwe odstępy między narodzinami.

Anna powiodła palcem po szczególnie rozbudowanym drzewie genealogicznym, próbując zidentyfikować wzory w imionach, datach i koligacjach. Jeśli potraktuje się linie ojcowskie jako jedną kategorię informacji, a linie mateczne jako drugą, być może... Sięgnęła po czystą kartkę i zaczęła przepisywać dane do kolumn, szukając zależności liczbowych, które mogłyby sugerować klucz do szyfru.

Podczas pracy ogarnęła ją dziwna melancholia. W jakimś skrytym zakamarku serca miała nadzieję dowieść niewinności lorda Ashburtona. Potwierdzić, że przebłyski poważnego, inteligentnego mężczyzny, jakie dostrzegła pod maską lekkomyślności, stanowiły jego prawdziwą naturę. Zamiast tego znalazła coś, co wydawało się potwierdzeniem tajnej działalności, choć wciąż nie było jasne, czy na rzecz Brytanii, czy przeciw niej.

Dlaczego w ogóle ją to obchodziło? Anna zatrzymała się z ołówkiem zawieszonym nad obliczeniami. Lord Ashburton był dla niej nikim; znajomym szwagra, człowiekiem, który raz z nią zatańczył i pomógł jej wsiąść na konia. Jego opinia o jej matematycznym podejściu do koni nie miała najmniejszego znaczenia. Niespodziewane ciepło, które widziała w jego szarych oczach, gdy odmawiała ukrywania inteligencji lub mizdrzenia się, nie liczyło się wcale.

Jednak rozczarowanie, które czuła, było niezaprzeczalnie osobiste. Przyciągała ją złożoność, którą dostrzegła pod jego starannie wypracowaną maską; intrygowała ją dwoistość jego natury w sposób wymykający się logicznemu wyjaśnieniu. Teraz trzymała w rękach dowody, które mogły go pogrążyć, a ciężar tej odpowiedzialności spoczywał na niej z nieoczekiwaną siłą.

Anna gwałtownie potrząsnęła głową, zmuszając się do powrotu do dokumentów. Osobiste uczucia nie miały miejsca w analizie matematycznej. Szyfr musiał zostać poddany systematycznemu badaniu, które ujawniłoby prawdę zawartą w tych papierach. Podejdzie do tego problemu tak jak do wszystkich innych: z uważną obserwacją, logicznym rozumowaniem i uporem.

A jeśli odpowiedzi, które znajdzie, doprowadzą lorda Ashburtona do upadku? Będzie to po prostu nieunikniony wynik równania, które on sam wprawił w ruch.

Mimo to, gdy świece wypalały się coraz bardziej, a z jej notatek zaczęły wyłaniać się pierwsze wzory, Anna nie potrafiła całkowicie stłumić zdradzieckiej nadziei, że rozwiązanie okaże się bardziej skomplikowane niż zwykła zdrada. Że te przebłyski prawdy o człowieku wartym poznania, które udało jej się uchwycić, mimo wszystko okażą się prawdziwe.

Rozdział dziewiąty

Oddech lorda Ashburtona skraplał się w mroźnym nocnym powietrzu, gdy zbliżał się do domku myśliwskiego. Każdy jego krok był pewny mimo natłoku myśli. Comte de Frontenac szedł obok niego, a ich ramiona od czasu do czasu ocierały się o siebie na wąskiej ścieżce. Światło księżyca przedzierało się przez nagie gałęzie, malując srebrzyste wzory na oszronionej ziemi. Dla postronnego obserwatora Ashburton wyglądałby na uosobienie arystokratycznej swobody — jego płaszcz pozostawał rozpięty mimo chłodnej nocy, a chód był luźny i swobodny. Wewnętrznie jednak rozważał różne ewentualności i scenariusze. Ciężar tego, co mogło wydarzyć się w ciągu najbliższej godziny, kładł się cieniem na tygodniach przygotowań.

— Dosyć romantyczna sceneria jak na transakcję, nie uważa pan? — zauważył, mając nadzieję rozładować napięcie bijące od Francuza. — Przypomina mi to tę nocną sprzedaż w Tattersalls, kiedy wdowa po lordzie Pembroke wystawiła całą jego stajnię na aukcję przy blasku świec. Nadzwyczajne wydarzenie! Szampan lał się strumieniami, damy w sukniach balowych pośród stajennych boksów i najwspanialszy kasztanowaty ogier, jakiego kiedykolwiek widziałem, sprzedany za dwukrotność swojej wartości.

Hrabia skinął krótko głową, wyraźnie niezainteresowany anegdotami o wyścigach. — Powinniśmy się pospieszyć. Nie lubię przebywać tak na widoku.

Cóż, właśnie zamierzasz sprzedać swój kraj za złoto. Pewnie czułbym się tak samo.

— Ma pan rację — zgodził się na głos Ashburton, poklepując wewnętrzną kieszeń, w której znajdowała się mała skórzana sakiewka z zapłatą za obiecane informacje: rozmieszczenie wojsk francuskich w całym kraju, a być może coś więcej — tajemnica, o której hrabia wspominał, ale której nie chciał jeszcze wyjawić. Nawet gdyby nie było nic więcej, informacje o rozmieszczeniu wojsk mogły okazać się kluczowe, gdyby kruchy pokój ustanowiony w Wiedniu miał zostać zachwiany.

Hrabia wyciągnął ciężki żelazny klucz i włożył go do zamka. Mechanizm obrócił się z opornym jękiem, a drzwi otworzyły się do środka, odsłaniając panującą wewnątrz czerń. Frontenac potarł zapałkę, której nagły blask oświetlił jego ostre rysy, zanim przyłożył ją do niesionej latarni.

— Proszę przodem — gestem zaprosił go Ashburton.

Latarnia rzucała drżące cienie na surowe ściany, gdy weszli do środka. Ashburton natychmiast wyczuł, że coś jest nie tak. Powietrze wydawało się poruszone, jakby przed chwilą ktoś tu był. Ciemność miała w sobie jakąś inną jakość. Jego ręka powędrowała w stronę pistoletu ukrytego pod płaszczem, zanim zdołał się opanować i powrócić do postawy entuzjasty wyścigów zamiast wyszkolonego agenta.

Frontenac podszedł bezpośrednio do biurka pod oknem, stawiając na nim latarnię. Nagle zesztywniał.

— Ktoś tu był! Szuflada mojego biurka jest otwarta! — Głos Francuza podniósł się z alarmem, echo poniosło się po pokoju.

— Proszę ciszej — odparł ostro Ashburton, panując nad głosem mimo nagłego przypływu adrenaliny. Zerknął szybko w stronę okien, zauważając, że jedno z nich jest lekko uchylone, a jego rama nadpęknięta. — Niech pan sprawdzi, czy coś zginęło.

Ciężkie kroki zadudniły na drewnianej podłodze, gdy Frontenac gorączkowo przeszukiwał zawartość szuflady. — Dokumenty zniknęły! To katastrofa. Jeśli te papiery trafią w niepowołane ręce...

— Były zaszyfrowane — przerwał mu Ashburton, zniżając głos, by nie został usłyszany przez nikogo, kto mógłby czaić się na zewnątrz. W myślach rozważał różne możliwości: wywiad austriacki, a może Rosjanie? Czy ktoś dowiedział się o ich spotkaniu? Musiał się stąd wydostać, zanim jego przykrywka zostanie całkowicie spalona. — Nawet jeśli ktoś je zabrał, nie odczyta treści bez klucza.

— Nie docenia pan naszych wrogów — syknął Frontenac, a jego twarz w świetle latarni wykrzywił strach. — Austriacy mają znakomitych kryptografów. Jeśli podejrzewają...

— To do niczego nie prowadzi. — Ashburton przejął kontrolę nad sytuacją. — Musimy ustalić, kto tu był i jak dawno temu. Proszę sprawdzić na zewnątrz, czy są świeże ślady.

Frontenac nie poruszył się, a jego spojrzenie stwardniało, gdy wbił wzrok w Ashburtona. — Jakie to wygodne, że te dokumenty znikają dokładnie w momencie, gdy przybywa pan, by je kupić. — Jego ręka powędrowała w stronę kieszeni płaszcza. — Może sam pan zaaranżował tę kradzież, by uniknąć zapłaty, a jednocześnie zdobyć informacje.

Ashburton wymusił pusty śmiech. — Mój drogi hrabio, gdybym chciał ukraść pana dokumenty, po co przychodziłbym o wyznaczonej godzinie z zapłatą w ręku? — Wyjął skórzaną sakiewkę, pozwalając Francuzowi dostrzec jej zawartość. — Złote suwereny, tak jak się umówiliśmy.

— Może po to, by stworzyć pozory uczciwych zamiarów. — Frontenac odsunął się od biurka, choć cofnął dłoń z kieszeni. — Może pana brytyjscy koledzy już deszyfrują moje papiery, podczas gdy pan mnie tutaj zwodzi.

Oskarżenie zabolało właśnie ze względu na swoją absurdalność. Po tygodniach zabiegania o względy Frontenaca, słuchania nużących anegdot o wyścigach i udawania zainteresowania nawykami hazardowymi tego człowieka, bycie posądzonym o tak prymitywne zagrywki było niemal obraźliwe.

— Jest pan śmieszny — powiedział Ashburton, pozwalając, by jego arystokratyczne przeciąganie słów stało się wyraźniejsze. — Gdybym chciał ukraść pana cenne dokumenty, na pewno nie zostawiłbym tak oczywistych śladów. — Wskazał na otwartą szufladę i porozrzucane papiery. — To ewidentnie robota pospolitego złodzieja, który natknął się na pana schowek. Zwykły pech, nic więcej.

— Pospolity złodziej, który ignoruje srebrne świeczniki, a zabiera pozornie bezwartościowe zapiski o hodowli koni? — Głos Frontenaca ociekał sarkazmem. — Ma mnie pan za głupca, lordzie Ashburton?

Sytuacja gwałtownie się pogarszała. Ashburton czuł, jak jego operacja rozsypuje się pod ciężarem podejrzeń Frontenaca. Musiał ratować to, co się dało.

— Zapewniam pana, że nie miałem z tym nic wspólnego. — Na chwilę porzucił arystokratyczną manierę, pozwalając, by szczerość zabarwiła jego głos. — Przybyłem tu w dobrej wierze, aby sfinalizować naszą transakcję. Jeśli chce pan przełożyć spotkanie do czasu zdobycia nowej dokumentacji, jestem gotów poczekać.

Śmiech Frontenaca był suchy. — Żadnego przekładania nie będzie. Nasz układ dobiegł końca. — Ruszył w stronę drzwi, a jego ruchy zdradzały gniew. — Wyjeżdżam z Wiednia jeszcze dzisiaj. Może pan przekazać swoim mocodawcom, że zawiedli. Nie dam z siebie robić idioty.

— Frontenac, proszę o rozsądek. — Ashburton podążył za nim, a szczery niepokój przebił się przez jego opanowaną dotąd postawę. — To niepowodzenie nie musi kończyć naszej współpracy. Informacje, które pan posiada, wciąż są cenne, nawet bez potwierdzenia w papierach...

— Dla kogo? Brytyjczyków? Austriaków? Rosjan? — Frontenac odwrócił się w drzwiach, a jego twarz była na wpół skryta w cieniu. — Ktoś mnie zdradził, lordzie Ashburton. Nie wiem już, komu ufać, ale wiem jedno: nie zostaje się tam, gdzie jest się spalonym. — Wyszedł na zewnątrz, a jego głos dobiegł jeszcze z ciemności. — Żegnam pana, milordzie. Radzę panu zastanowić się nad zmianą profesji. Brak panu przymiotów niezbędnych w tym fachu.

Dźwięk butów na zamarzniętej ziemi szybko ucichł w nocy, zostawiając Ashburtona samego w domku myśliwskim. Latarnia zaczęła przygasać w nagłym podmuchu wiatru wpadającym przez rozbite okno. Stał bez ruchu, słuchając, jak cisza osiada wokół niego niczym fizyczny ciężar.

Dopiero gdy upewnił się, że jest sam, pozwolił masce opaść. Ramiona mu opadły, a cała sylwetka zwiotczała, jakby odcięto sznurki poruszające marionetką. Uderzył pięścią w biurko z głuchym łoskotem, który wywołał ból promieniujący aż do ramienia — była to jednak pożądana odskocznia od gorzkiego smaku porażki.

— Niech to wszystko licho porwie — szepnął do pustego pokoju. Tygodnie pracy, niezliczone godziny spędzone na umiejętnym podejściu do Frontenaca — wszystko na marne przez jakiegoś nieproszonego gościa. Informacje wywiadowcze, które mogły rzucić światło na francuskie zamiary podczas Kongresu, przepadły. Jego źródło uciekło z Wiednia. Misja okazała się całkowitą katastrofą.

Przez krótką chwilę Ashburton pozwolił sobie na bycie sobą, bez żadnego udawania — nie był ani lekkoduchem kochającym wyścigi, ani opanowanym agentem, lecz po prostu człowiekiem stojącym w obliczu głębokiego rozczarowania. Przeczesał palcami włosy, burząc ich staranną fryzurę, i wypuścił powoli powietrze przez zaciśnięte zęby.

Ta chwila słabości trwała dokładnie trzydzieści sekund. Potem, z dyscypliną, która pozwoliła mu przetrwać znacznie gorsze sytuacje, Ashburton wyprostował się, poprawił mankiety i przywrócił twarzy wyraz arystokratycznego opanowania. Na rozpamiętywanie błędów przyjdzie czas później. Teraz musiał zameldować o tej klęsce Wrexfordowi.

Zgasił latarnię, pogrążając domek w mroku, po czym wyszedł na zewnątrz. Księżyc schował się za chmurami, pozostawiając jedynie światło gwiazd, by prowadziło go z powrotem do posiadłości, do której jednak nie wszedł. Zamiast tego okrążył budynek, udał się do stajni, znalazł wypoczętego konia i osiodłał go. Jego umysł zaczął pracować analitycznie, porządkując fakty, oceniając skutki i przygotowując raport z chłodną precyzją.

Pędząc w stronę Wiednia, Ashburton obliczał godziny pozostałe do świtu. Wrexford na pewno nie spał, bez względu na porę. Ten człowiek zdawał się w ogóle nie potrzebować snu — cecha, którą Ashburton zawsze uważał za nieco nieludzką, ale za którą tej nocy był wdzięczny. Lepiej było przekazać złe wieści natychmiast, niż pozwolić im nabrzmiewać do rana.

Kopyta konia uderzały o zamarzniętą ziemię w jednostajnym rytmie. Każdy stukot przybliżał go do tego, co zapowiadało się na wyjątkowo nieprzyjemną rozmowę z przełożonym. Ashburton zacisnął zęby, gotów stawić czoła konsekwencjom dzisiejszej porażki z tym samym spokojem, który wnosił w każdy aspekt swojego podwójnego życia.

Apartamenty sir Edmunda Wrexforda zajmowały najwyższe piętro niepozornego budynku w pobliżu brytyjskiej ambasady. Ich prostota była celowym wyborem człowieka, którego praca wymagała pozostawania w cieniu. Ashburton z trudem wchodził po wąskich schodach, czując zmęczenie po forsownej jeździe do Wiednia. Mimo późnej pory — zegar na korytarzu wskazywał prawie trzecią rano — pod drzwiami Wrexforda prześwitywała smuga światła. Oczywiście, że nie spał. Ashburton nie pamiętał, by kiedykolwiek widział swojego przełożonego odpoczywającego. Wrexford egzystował w stanie nieustannej czujności, jakby sen był luksusem dostępnym tylko dla pośledniejszych ludzi.

Zapukał raz, potem trzy razy i jeszcze raz, zgodnie z ustalonym hasłem, po czym zaczekał. Drzwi otworzyły się natychmiast, ukazując Wrexforda w pełni ubranego w skromny czarny garnitur, na którym mimo późnej godziny nie było widać ani jednego zagniecenia. Jego twarz z siwą brodą pozostała bez wyrazu, gdy odsunął się, by przepuścić Ashburtona.

— Ashburton. Nie spodziewałem się pana przed jutrem — zauważył Wrexford neutralnym tonem, który jednak krył w sobie dezaprobatę. — Zakładam, że pana wcześniejsze przybycie oznacza komplikacje.

Ashburton wszedł do skromnie umeblowanego salonu, zauważając papiery rozłożone na biurku przy oknie, pojedynczą lampę palącą się słabym płomieniem i nietkniętą szklankę brandy. Nic nie wskazywało na to, by Wrexford choć przez chwilę myślał o spoczynku tej nocy.

— Spotkanie z Frontenakiem zakończyło się fiaskiem — oznajmił wprost Ashburton, rezygnując ze zwykłego uroku osobistego. W obecności Wrexforda nie musiał odgrywać roli pasjonata wyścigów; tutaj był po prostu agentem składającym raport. — Ktoś włamał się do domku myśliwskiego przed naszym przybyciem i ukradł zaszyfrowane dokumenty.

Twarz Wrexforda pozostała kamienna, lecz lekkie zmrużenie oczu zdradziło jego niezadowolenie. — Proszę mi to wyjaśnić.

— Przybyliśmy o wyznaczonej porze. Po wejściu do środka Frontenac odkrył, że szuflada jego biurka została wyważona, a dokumenty zabrane. Nic innego nie zginęło. Ani srebrne świeczniki, ani wartościowe pióro i kałamarz. Tylko dokumenty.

— A reakcja Frontenaca? — Wrexford podszedł do kominka, w którym tlił się niewielki ogień, i stanął do Ashburtona plecami.

— Oskarżył mnie o zorganizowanie kradzieży. Nie chciał przyjąć żadnego innego wyjaśnienia. Wyjeżdża z Wiednia dziś w nocy, być może już go nie ma.

— Zatem straciliśmy zarówno informacje, jak i źródło. — Głos Wrexforda pozostawał opanowany, co z doświadczenia Ashburtona było groźniejsze niż otwarty gniew. — Miesiące pracy, znaczne wydatki i potencjalnie kluczowe dane dotyczące stanowiska Francji w kwestii polskiej.. . wszystko przepadło, ponieważ ktoś wiedział dokładnie, co i kiedy zabrać.

Trzask ognia wypełnił ciszę, która nastąpiła potem. Cień Wrexforda kładł się długi na drewnianej podłodze. Gdy się odwrócił, jego twarz była napięta z trzymanej na wodzy wściekłości.

— Jakim sposobem ktokolwiek mógł wiedzieć o tym spotkaniu i o tym, gdzie Frontenac trzymał papiery? — zapytał, zaczynając krążyć przed kominkiem z rękami splecionymi za plecami. — Wybór momentu sugeruje precyzyjną wiedzę o ustaleniach.

— Nie potrafię tego wyjaśnić. — Ashburton stał wyprostowany, w sztywnej pozie. — Czas i miejsce spotkania wybrał Frontenac. Przekazał mi to dopiero wczoraj podczas polowania.

— A jednak ktoś wiedział. — Wrexford krocząc coraz szybciej, gwałtownie zawracał. — Ktoś przechwycił waszą komunikację, śledził pana ruchy lub... — Urwał, zatrzymując na Ashburtonie przenikliwe spojrzenie. — Lub został poinformowany bezpośrednio.

Sugestia zawisła w powietrzu, ciężka niczym ołów.

— Nikomu nie mówiłem — oświadczył stanowczo Ashburton. — Żywej duszy.

— Może nie celowo. — Ton Wrexforda sugerował, że wcale nie jest przekonany. — Nasi wrogowie zatrudniają ludzi o niezwykłych zdolnościach wyciągania informacji. Przypadkowo podsłuchana uwaga, zauważona notatka, zaobserwowany schemat zachowań — każda z tych rzeczy mogła spalić pańską operację.

Ashburton poczuł ukłucie irytacji na sugestię, że mógłby być tak nieostrożny, ale stłumił ją pod maską profesjonalizmu. — Przez cały czas trzymałem się procedur. Moje kontakty z Frontenakiem odbywały się według ustalonych zasad. Żadnych notatek, żadnych powtarzalnych zachowań, które mogłyby zdradzić nasz układ. Jak już mówiłem, spotkanie umówiliśmy dopiero wczoraj i do tego momentu nie wiedziałem, gdzie Frontenac trzyma dokumenty.

— A mimo to *ktoś* wiedział — powtórzył Wrexford, a jego głos stwardniał. — To oznacza poważny wyłom w bezpieczeństwie, lordzie Ashburton. Taki, który może mieć szersze konsekwencje dla całej naszej siatki w Wiedniu.

Użycie tytułu było celowe — Ashburton wiedział, że to subtelne przypomnienie o roli, jaką odgrywa, a być może sugestia, że pozwolił swojej arystokratycznej osobowości przeszkodzić w wypełnianiu obowiązków.

— Musi istnieć jakieś inne wyjaśnienie niż przeciek w naszej operacji — upierał się Ashburton, starając się zachować szacunek mimo narastającej frustracji. — Być może wywiad austriacki obserwował Frontenaca. Sam domek myśliwski mógł być pod nadzorem.

— Możliwe, ale mało prawdopodobne. Austriacy zatrzymaliby was obu, gdyby odkryli naturę waszego spotkania. — Wrexford podszedł do biurka i zaczął nerwowo przeglądać papiery. — Nie, to ma wszystkie cechy celowego uderzenia. Ktoś chciał konkretnie tych dokumentów i wiedział dokładnie, kiedy po nie sięgnąć.

— Komu pan o tym powiedział? — spytał, odwracając się gwałtownie i mierząc Ashburtona przenikliwym spojrzeniem.

Bezpośredniość tego pytania była niczym fizyczny cios. Po latach służby, po niezliczonych udanych operacjach na całym kontynencie, bycie podejrzanym o tak podstawowe naruszenie bezpieczeństwa dotknęło Ashburtona głębiej, niż chciałby przyznać.

— Nikomu — powtórzył, wytrzymując spojrzenie Wrexforda bez mrugnięcia okiem. — Służę rządowi Jego Królewskiej Mości z absolutną dyskrecją i wzorowymi wynikami od niemal dekady. Nie popełniam tak elementarnych błędów.

— Każdy popełnia błędy, Ashburton. — Głos Wrexforda nieco złagodniał, choć jego oczy pozostały zimne. — Nawet najbardziej doświadczeni agenci. Jeśli podzielił się pan informacjami, nawet nieświadomie, lepiej, żeby się pan teraz przyznał, abyśmy mogli ograniczyć szkody.

— Nie mam się do czego przyznawać. — Szczęka Ashburtona zacisnęła się mimo starań, by zachować pełny spokój. — Nikomu nie mówiłem o spotkaniu ani o jego celu. Nic nie zapisałem. Nie rozmawiałem o tej sprawie z nikim poza panem i Frontenakiem.

Wrexford przyglądał mu się przez dłuższą chwilę, szukając jakichkolwiek oznak kłamstwa. — Pańskie kręgi towarzyskie w Wiedniu są rozległe. Bywa pan na każdym znaczącym zgromadzeniu, rozmawia z dyplomatami ze wszystkich narodów. Jest pan pewien, że żadna z tych rozmów nie zeszła na niebezpieczne tory?

— Absolutnie trzymam się swojej roli. — Ashburton nie zdołał całkowicie ukryć irytacji w głosie. — Postać entuzjasty wyścigów sprawia, że nikt nie traktuje moich rozmów na tyle poważnie, by zwracać na nie większą uwagę. To idealna tarcza do zbierania informacji, a nie obciążenie. Sam Frontenac długo nie mógł uwierzyć, że naprawdę pracuję dla rządu, taka jest moja reputacja.

— A jednak ktoś zwrócił na to bardzo baczną uwagę — zauważył Wrexford. — Na tyle baczną, by wiedzieć dokładnie, jakie dokumenty ukraść i kiedy to zrobić.

Wrócił do kominka, wpatrując się w płomienie, jakby mogły mu udzielić odpowiedzi. — Ta porażka sugeruje, że mogliśmy zostać skompromitowani na fundamentalnym poziomie. Podwójny agent w naszych własnych szeregach może zajmować wyższe stanowisko, niż podejrzewałem. Konsekwencje są... niepokojące.

Ashburton poczuł dreszcz, który nie miał nic wspólnego z mroźnym nocnym powietrzem na zewnątrz. Jeśli zdrajca zajmował tak wysokie stanowisko, zdemaskowanie go mogło okazać się wręcz niemożliwe. Kto by im uwierzył, nawet gdyby zdołali to udowodnić?

— Co mam zrobić? — zapytał, odkładając na bok osobiste odczucia, by skupić się na zadaniu.

Wyraz twarzy Wrexforda stwardniał z determinacji. — Niech pan wróci do domku myśliwskiego o świcie. Zbadaj wszystko. Znajdź jakikolwiek ślad osoby, która to zrobiła. Musimy zidentyfikować złodzieja, zanim zdoła wyrządzić dalsze szkody lub przekazać dokumenty naszym wrogom.

— A jeśli nic nie znajdę?

— Wtedy nasza sytuacja jest jeszcze bardziej niepewna, niż się obawiam. — Wzrok Wrexforda spoczął na nim z niepokojącą intensywnością. — Ponieważ oznaczałoby to, że nasz przeciwnik jest na tyle sprawny, by nie zostawiać śladów, a tacy są najgroźniejsi ze wszystkich.

Ashburton skinął krótko głową, wyczuwając w tonie Wrexforda sygnał do odejścia. Gdy odwrócił się, by wyjść, Wrexford dodał, niemal jakby sobie o tym przypomniał:

— Jeśli zidentyfikuje pan winowajcę, proszę nie podejmować działań bez uprzedniej konsultacji ze mną. Być może uda się jeszcze obrócić tę sytuację na naszą korzyść.

— Zrozumiałem — odpowiedział Ashburton, choć w duchu zastanawiał się, jaką korzyść można by wycisnąć z tak sromotnej porażki. Odszedł z formalnym ukłonem, a jego umysł już planował poranne dochodzenie, nawet gdy wyczerpanie dawało o sobie znać.

Schodząc po schodach, Ashburton nie mógł pozbyć się wrażenia, że podejrzliwe spojrzenie Wrexforda podąża za nim. Po raz pierwszy w karierze poczuł niepewność swojej pozycji: darzony zaufaniem, a jednak nie do końca; ceniony, a jednak zastępowalny.

Wyszedł w przedświtowy chłód Wiednia, a jego oddech formował obłoki w mroźnym powietrzu. Ktoś wziął na cel jego operację i on dowie się kto, choćby tylko po to, by oczyścić własne imię w oczach Wrexforda.

Wyczerpany po długim dniu i nocy, która wydawała się jeszcze dłuższa, mimo wszystko wyprostował ramiona i ruszył dziarskim krokiem. Noc jeszcze się nie skończyła, a on wciąż miał zadanie do wykonania.

Wschodnie niebo ledwie zaczęło rzednieć, gdy Ashburton wrócił do domku myśliwskiego, a blade smugi świtu przebijały się przez linię drzew. Nie kłopotał się snem; po opuszczeniu apartamentów Wrexforda wrócił do swojego lokum tylko na tyle, by przebrać się w bardziej praktyczne ubranie i wzmocnić mocną kawą. Potem wsiadł na konia i pojechał prosto do posiadłości barona. Ciało bolało go ze zmęczenia, ale umysł pozostawał ostry i skupiony, gdy zsiadał z konia i przywiązywał go do gałęzi drzewa. Oszroniona trawa chrupała pod jego butami, gdy zbliżał się do budynku, którego zwietrzałe kamienie i ugięty dach wyglądały w narastającym świetle znacznie mniej złowieszczo niż kilka godzin wcześniej w blasku księżyca.

Ashburton obszedł budowlę raz, odnotowując szczegóły, które umknęły mu w ciemnościach: wydeptaną ścieżkę w zaroślach prowadzącą do tylnego wejścia, świeże ślady kopyt w miękkiej ziemi przy palu do wiązania koni, porzucony niedopałek cygara, który wydawał się być francuskiej produkcji — prawdopodobnie Frontenaca. Skatalogował każde spostrzeżenie, tworząc w głowie obraz niedawnej aktywności wokół domku. Frontenac przychodził i odchodził, co było najbardziej prawdopodobne, choć możliwe, że spotkał się tu z kimś jeszcze.

Przednie drzwi pozostały niezamknięte od czasu ich północnej wizyty. Ashburton pchnął je, pozwalając słabemu światłu świtu wniknąć do stęchłego wnętrza. Stanął bez ruchu w progu, pozwalając zmysłom chłonąć scenę. W domku panowała upiorna cisza, przerywana jedynie delikatnym ruchem pajęczyn unoszących się w smugach światła wpadających przez wybite okna. Drobiny kurzu leniwie unosiły się w powietrzu, a ich taniec na chwilę zamarł, gdy jego obecność wywołała subtelne prądy powietrza.

Tam, gdzie Frontenac poprzedniej nocy widział tylko chaos, Ashburton dostrzegał teraz obraz pełen informacji. Dwa krzesła leżały przewrócone obok biurka, nie z winy intruza, lecz na skutek spanikowanych poszukiwań Frontenaca. Czyste kartki papieru były rozrzucone na podłodze. I tam, na deskach obok biurka, widniał wyraźny krąg w kurzu. Miejsce, gdzie niedawno stała latarnia? Może gdy ktoś kucał na podłodze i przeglądał papiery?

Szuflada biurka była otwarta, klucz zwisał z dziurki. Wewnątrz pozostało kilka rozrzuconych przedmiotów: pióro z pękniętą stalówką, skórzany podkład do pisania poplamiony od użytkowania.

Wzrok Ashburtona przeniósł się na blat, gdzie kałamarz stał nieco krzywo obok przeznaczonego dla niego otworu w powierzchni do pisania. Podniósł go, obracając w dłoniach, po czym spojrzał na puste wgłębienie, w którym powinien się znajdować. Słaby uśmiech zrozumienia przemknął po jego wargach, gdy odstawił go na miejsce. Klucz do zamkniętej szuflady był trzymany pod kałamarzem; elementarna kryjówka, którą każdy doświadczony agent sprawdziłby w pierwszej kolejności.

— Amatorskie zabezpieczenia jak na człowieka sprzedającego tajemnice państwowe — mruknął do pustego pokoju, a na jego twarzy odmalowało się obrzydzenie. Taka beztroska zniweczyła tygodnie pracy, choć być może złodziej po prostu rozbiłby biurko lub sforsował zamek. Przechowywanie dokumentów w biurku w ogóle było ze strony Frontenaca głupotą. Ashburton wybrałby znacznie mniej oczywistą kryjówkę: pod deską podłogową, pod kamieniem paleniska lub zawiniętą w naoliwiony papier i ukrytą w nieużywanym kominie.

Ponownie skupił uwagę na szufladzie biurka, przesuwając opuszkami palców po jej wewnętrznych powierzchniach. Żadnych tajnych schowków, żadnych ukrytych dokumentów, które mogłyby zostać przeoczone. Złodziej był dokładny w usuwaniu wszystkiego, co wartościowe.

Dochodzenie przynosiło niewiele efektów. Ashburton wyprostował się, pocierając kark, gdzie nagromadziło się napięcie. Wtedy jego wzrok spoczął na oknie, tym samym, które zauważył poprzedniej nocy — nie było domknięte. Podszedł do niego, badając ramę uważniej. Odpryski drewna przy dolnej krawędzi sugerowały, że zostało wyważone od zewnątrz, nie siłą, lecz ostrożnym, uporczywym naciskiem. Zatrzask, osłabiony już upływem czasu i próchnicą, ustąpił z łatwością.

Tędy weszli do środka.

Ashburton wyjrzał przez otwór, uznając, że jest on dla niego zbyt mały, by mógł się przez niego łatwo przecisnąć. Złodziej był więc drobny i prawdopodobnie zwinny. Wracając do drzwi, obszedł budynek do okna i uklęknął, badając grunt z wielką uwagą. Ziemia była tu bardziej miękka niż gdzie indziej wokół domku, wilgotna od kapiącej rynny, która stworzyła pod parapetem małe błotniste poletko, teraz przymarznięte.

I tam, odciśnięty w tym błocie, znajdował się przedmiot jego poszukiwań: pojedynczy, wyraźny ślad buta.

Nie był to ciężki odcisk męskiego buta jeździeckiego ani żołnierskiego obuwia. Ten ślad był mniejszy, węższy, z wyraźnym obcasem i wzorem podeszwy. Kobiecy but. I to nie byle jaki; but do jazdy konnej skrojony na wyjątkowo małą stopę.

Ashburton pochylił się, by go zbadać, a jego palce zawisły tuż nad odciskiem, by go nie naruszyć. But, który zostawił ten ślad, musiał być misternie wykonany, kosztowny — taki, jaki nosi dama z wyższych sfer, która często jeździ konno. Taki, jaki nosi młoda kobieta dosiadająca konia z niezwykłą wprawą, obliczająca trajektorie skoków z matematyczną precyzją i obserwująca dyplomatyczne zgromadzenia z boku uważnym wzrokiem.

Panna Anna Bell.

Uświadomienie sobie tego uderzyło w niego z całkowitą jasnością. Oczywiście, że to była Anna. Kto inny obserwował go z tak uporczywą podejrzliwością? Kto inny był na tyle inteligentny, by dostrzec schematy w jego zachowaniu, by podejrzewać go o dwulicowość? Kto inny posiadał zarówno odwagę, by go śledzić, jak i umiejętność skradania się w nocy bez wykrycia?

Powinien był wcześniej rozpoznać zagrożenie, jakie stanowiła. Jej analityczny umysł, dbałość o szczegóły, cicha nieustępliwość — wszystkie te cechy ceniłby u agenta, a jednak nie potrafił ich właściwie uwzględnić, gdy zostały skierowane przeciwko niemu.

Szczęka Ashburtona zacisnęła się, gdy wyprostował się, otrzepując błoto z kolan. Elementy układanki pasowały do siebie z nieubłaganą logiką. Anna była obecna na polowaniu, kiedy on i Frontenac omawiali miejsce spotkania, choć nie zauważył jej w zasięgu słuchu. Jej wyćwiczona niewidzialność na spotkaniach towarzyskich pozwoliła jej obserwować ich interakcje bez zwracania uwagi. Śledziła ich, włamała się do domku i ukradła dokumenty.

Pytanie brzmiało oczywiście: dlaczego. Wciąż nie mógł zmusić się do wiary, że sama Anna jest szpiegiem, więc musiał istnieć inny powód. Miał nieprzyjemne przeczucie, że wie jaki.

Anna myślała, że *on* jest szpiegiem. Czym był w rzeczywistości, ale jeśli podsłuchała jego rozmowę z Frontenakiem, mogła ją zinterpretować zupełnie opacznie. Uznała, że to *Ashburton* sprzedaje tajemnice państwowe *Francuzom* i ukradła dokumenty, aby spróbować to udowodnić.

Ale niezależnie od tego, co myślała, kradzież pokrzyżowała kluczową operację wywiadowczą i potencjalnie zagroziła jego przykrywce. Wrexford oczekiwałby od niego odzyskania dokumentów i unieszkodliwienia zagrożenia, jakie stanowiła Anna, wszelkimi dostępnymi środkami.

Choć natychmiast odrzucił pomysł poinformowania Wrexforda, przynajmniej jeszcze nie teraz, czuł dziwny opór przed konfrontacją z nią. Podczas ich słownych utarczek zdarzały się chwile, w których dostrzegał umysł mogący, w innych okolicznościach, zrozumieć, a nawet docenić pracę, którą wykonywał. Umysł, który podobnie jak jego własny, odnajdywał wzorce tam, gdzie inni widzieli tylko chaos.

Lecz takie rozważania nie miały teraz znaczenia. Anna Bell ingerowała w sprawy bezpieczeństwa państwa i on musi odzyskać te dokumenty, zanim zdoła je rozszyfrować lub, co gorsza, przekaże je komuś, kto może to zrobić.

Gdy wsiadał na konia, by wrócić do Wiednia, irytacja w jego umyśle ustąpiła miejsca planowaniu. Zwykłe metody nie zadziałają w przypadku Anny. Urok osobisty spotka się ze sceptycyzmem, autorytet z oporem. Była zbyt inteligentna na prostą manipulację i zbyt spostrzegawcza na wprowadzanie w błąd.

Nie, ta sytuacja wymagała bezpośredniości, czegoś obcego jego naturze po latach kłamstw i uników. Będzie musiał być z nią szczery tak dalece, jak tylko się odważy. Zrzucić maskę płochości i rozmawiać z nią jako człowiek, którym jest naprawdę, a nie postać, którą odgrywa przed resztą świata.

Ta myśl była dziwnie wyzwalająca. Przez tygodnie utrzymywał swoją rolę przed Anną, przeczuwając, że ona ją przejrzała. Teraz konieczność zmusi go do porzucenia pozorów, do podejścia do niej jak do równej sobie, a nie jak do celu czy przeszkody.

Być może już tego ranka wracała do Wiednia, a może nawet wyjechała. Nie odważył się skonfrontować z nią tutaj, przy zbyt wielu wścibskich oczach — nie chciał, by ktokolwiek poznał jego prawdziwą rolę — ale musiał z nią porozmawiać, zanim Anna będzie miała okazję podzielić się swoim odkryciem z kimkolwiek, zwłaszcza ze swoim szwagrem, którego przyjaźń Ashburton cenił ponad jej użyteczność dla swojej przykrywki. Jeśli zdążyła już rozszyfrować fragmenty dokumentów lub wyciągnęła niebezpieczne wnioski, sytuacja mogła szybko wymknąć się spod kontroli.

Przechwyci ją w Wiedniu, zanim podejmie dalsze kroki. Koniec z maskami, koniec z unikami. Po raz pierwszy od lat lord Ashburton pozwoli komuś dojrzeć człowieka pod fasadą, nie z wyboru, lecz z konieczności.

Niezależnie od osobistego zainteresowania, jakie mógł czuć wobec panny Bell, niezależnie od niechętnego podziwu, jaki wzbudzał jej intelekt, nie mógł pozwolić, by przeszkodziło to w wypełnianiu obowiązków. Dokumenty muszą zostać odzyskane, wyciek opanowany, misja uratowana — jeśli to jeszcze możliwe.

Wszystko inne, w tym nieoczekiwana ekscytacja, jaką czuł na myśl o ostatecznym zmierzeniu się z Anną Bell jako on sam, było drugorzędne wobec tego imperatywu.

Ashburton był w połowie drogi do konia, gdy zwolnił kroku, odwrócił się i podszedł, by spojrzeć na mały ślad buta pod oknem. Potem ponownie się nachylił i podniósł kamień, używając go do rozbicia zmarzniętej ziemi i zatarcia śladu, który zostawiła Anna. Nie chciał, by ktokolwiek inny, zwłaszcza Frontenac, znalazł to i doszedł do wniosku, że Anna jest złodziejką.

Bo chociaż był na nią wściekły — doprawdy wściekły — i zdeterminowany, by odzyskać dokumenty i dokończyć misję, to na samą myśl, że Frontenac lub jakakolwiek inna niemoralna świnia, która sprzedałaby rodaków za złoto, mogłaby położyć łapy na Annie, zimny pot występował mu na kark.

Rozdział dziesiąty

Powóz lady Pemberton zatrzymał się przed wynajętą przez Whitmore'ów wiedeńską kamienicą z turkotem kół i brzękiem uprzęży, który idealnie współgrał z irytacją starszej damy. Anna wysiadła, nie czekając na pomoc, pragnąc jak najszybciej uciec z ciasnego wnętrza. Starsza kobieta pochyliła się do przodu z ustami ściągniętymi w wąską linię pod podróżnym kapeluszem.

— Niech panna pamięta, by podziękować lordowi i lady Whitmore za to, że pozwolili jej nam towarzyszyć — powiedziała tonem sugerującym, że Anna jest raczej podopieczną fundacji charytatywnej niż członkiem rodziny. — Taka hojność zasługuje na stosowne uznanie, szczególnie ze strony kogoś o pani... pochodzeniu.

— Oczywiście, lady Pemberton — odparła Anna, zachowując starannie neutralny wyraz twarzy i podnosząc swój niewielki kufer podróżny. — Dziękuję za uprzejmość i podwiezienie powozem.

Kobieta pociągnęła nosem, nie do końca udobruchana. — Złożę wizytę lady Whitmore jutro po południu. Proszę ją o tym poinformować.

Anna dygnęła lekko, czując ulgę, gdy drzwi powozu w końcu się zamknęły. Zaczekała, aż pojazd zniknął za rogiem, i dopiero wtedy pozwoliła ramionom opaść, porzucając sztywną postawę. Myślami wybiegała już ku dokumentom ukrytym pod podwójnym dnem kufra, ku szyfrowi, nad którym pracowała do bladego świtu, zanim starannie wszystko schowała, wślizgnęła się do łóżka i udawała, że śpi, gdy pokojówka lady Pemberton zapukała do drzwi.

Drzwi kamienicy otworzyły się, a służąca dygnęła. — Panienko Bell, witamy z powrotem. Lord i lady Whitmore wybrali się do sklepów. Przekazali, że powinni wrócić na podwieczorek.

Clara musi czuć się lepiej. To dobrze; dzięki temu Anna zyska trochę czasu dla siebie, nie będąc zmuszoną do relacjonowania siostrze wszystkiego, co wydarzyło się podczas polowania. Ukryła ulgę, jedynie kiwając głową, gdy odstawiła kufer i oddała płaszcz oraz rękawiczki.

— W takim razie będę w swoim pokoju pracować nad korespondencją. Dziękuję, Hanna. Poproś, proszę, Sophie, żeby mnie rozpakowała.

Anna wchodziła po schodach miarowym krokiem, dopóki nie dotarła do półpiętra na drugim piętrze, po czym przyspieszyła. Jej pokój, mała, lecz elegancko urządzona sypialnia z tyłu domu, zapewniał zarówno prywatność, jak i doskonałe oświetlenie. Zamknęła starannie drzwi, a następnie przyciągnęła krzesło od toaletki, by zablokować nim klamkę — była to zapewne zbędna ostrożność, ale pomogła jej ukoić nerwy.

Otwierając torebkę, wyjęła złożony pakiet papierów, który wykradła poprzedniego wieczoru. Rozłożyła je na biurku, przyciskając rogi kałamarzem, małym oprawnym w skórę tomikiem sonetów Szekspira, zegarkiem kieszonkowym oraz mosiężnym przyciskiem do papieru w kształcie konia.

Anna odsunęła się na krok, omiatając materiały wzrokiem generała oceniającego pole bitwy. Już wcześniej, podczas nocnej pracy w dworku myśliwskim, sporządziła odpisy kluczowych elementów: imiona koni pojawiające się w niemożliwych rodowodach, daty przeczące chronologii, ceny niemające żadnego związku z rzekomą wartością zwierząt. W jej umyśle zaczął układać się wzór, niczym gwiazdy układające się w konstelację, ale potrzebowała więcej czasu, by ujrzeć go w pełnej krasie.

Usiadła i wyjęła z kieszeni notatnik. Otwierając go na stronach, na których zaczęła obliczenia, zanurzyła pióro w kałamarzu i podjęła pracę; jedynym dźwiękiem w cichym pokoju było skrobanie stalówki o papier.

— Jeśli każde wystąpienie słowa „Władca" zastąpimy literą „R" — mruknęła, zaznaczając schemat w trzech dokumentach — a „Czarodziej" literą „W"...

Jej palce, już pobrudzone atramentem od wcześniejszej pracy, wodziły liniami między powtarzającymi się elementami, zostawiając blade smugi na stronach. Pasmo ciemnych włosów opadło jej na twarz; odgarnęła je machinalnie za ucho, zostawiając kolejny ślad atramentu na policzku. Czynność tę powtarzała tak często, że w ciągu godziny kilka plam ozdobiło jej twarz, czego zupełnie nie zauważała, nachylając się coraz niżej nad papierem.

Matematyka zaczęła wyjawiać swoje sekrety. Imiona koni, po zamianie na inicjały i naniesieniu na rzekome lata urodzenia, tworzyły wzór, który uderzająco przypominał formacje wojskowe. Niemożliwe daty krycia, potraktowane jako współrzędne, a nie wpisy w kalendarzu, nakreśliły coś, co wyglądało na schemat rozmieszczenia wojsk.

— Dwadzieścia tysięcy tutaj — szepnęła Anna, stukając piórem w wyjątkowo skomplikowany zapis hodowlany, w którym figurowało wiele źrebiąt od tej samej klaczy w jednym roku. — I kolejne piętnaście tysięcy tutaj.

Ceny wymienione w dokumentach sprzedaży przyniosły dalsze rewelacje. Ułożone w sekwencję i potraktowane jako prosty szyfr podstawieniowy, w którym każdy tysiąc gwinei reprezentował literę, układały się we fragmenty tekstu. Pióro Anny mknęło po papierze, gdy dokonywała kolejnych podstawień.

Tym, czego nie potrafiła wyliczyć, były lokalizacje. Trzy- lub czteroliterowe kody nie pasowały do żadnych brytyjskich pozycji wojskowych, o jakich kiedykolwiek słyszała, czy to w Anglii, czy za granicą. Zmarszczyła brwi, odgarniając za ucho kolejny niesforny kosmyk i zostawiając kolejną smugę atramentu.

— Te miejsca nie mają sensu — wymruczała, przekładając papiery. — Chyba że...

Chyba że one również były zakodowane. Albo reprezentowały rozmieszczenie planowane, a nie faktyczne. Przyszłe ruchy wojsk, a nie obecne pozycje.

Konsekwencje tego odkrycia spoczęły na niej niczym zimny cień. Lord Ashburton nie tylko sprzedawał pogłowie hodowlane dla wzmocnienia francuskiej kawalerii; on sprzedawał szczegółowe dane wywiadowcze o pozycjach wojskowych — dane, które mogły zostać użyte przeciwko Brytanii, gdyby wznowiono działania wojenne. Cała ta misterna szarada z pasją do wyścigów, staranne pielęgnowanie reputacji lekkoducha — wszystko to służyło ukryciu jego prawdziwego celu: zdradzeniu ojczyzny za francuskie złoto.

Przekazał te informacje Frontenacowi, który je zbadał, uznał za to, czego szukał, i zgodził się zapłacić, pod przykrywką zakupu „ogiera". Tylko tak mogła zinterpretować to, co widziała i co słyszała z ich rozmów.

Anna wyprostowała się, a jej kręgosłup stał się sztywny od determinacji. Dowody były poszlakowe, ale niezbite. Nocne spotkanie z Frontenakiem. Starannie zakodowane dokumenty udające rejestry hodowlane. Cała ta skomplikowana gra z obsesją Ashburtona na punkcie wyścigów. Wszystko wskazywało na zdradę stanu najwyższej rangi.

Serce biło jej szybciej na myśl o konfrontacji z tak niebezpiecznym człowiekiem, ale dalsza droga była jasna. Musi natychmiast przedstawić te dowody Matthew.

Jako markiz Whitmore i przyjaciel samego księcia regenta będzie wiedział, jak postąpić ze zdrajcą pośród nich.

Zaczęła układać papiery w uporządkowany stos, przygotowana, by pokazać je po powrocie Clary i Matthew. Sprawiedliwość nadejdzie szybko, gdy tylko odpowiednie władze zrozumieją, czego dopuścił się lord Ashburton.

A jednak mała, dręcząca wątpliwość tliła się na obrzeżach jej umysłu. Jeśli lokalizacje nie odpowiadały żadnej znanej mapie, czy cała jej teoria mogła być błędna? Czy zbudowała oskarżenie na fałszywych przesłankach?

Anna odsunęła te wątpliwości. Matematyka nie kłamała, a te dokumenty, z ich niemożliwymi zapisami i zakodowanymi wiadomościami, mówiły prawdę, której nie mogła zignorować. Lord Ashburton sprzedawał sekrety Francuzom i Anna dopilnuje, by za to odpowiedział.

Głośne pukanie do drzwi sypialni wyrwało Annę z obliczeń. Pospiesznie zakryła dokumenty czystą kartką papieru, wygładziła włosy i wytarła poplamione atramentem palce w chusteczkę, zanim odpowiedziała. — Tak?

— Wybaczy panienka — zawołała pokojówka przez drzwi — ale przyszedł pewien dżentelmen i pyta o panienkę Bell. To lord Ashburton.

Annie zabrakło tchu. Ashburton? Tutaj? Skąd wiedział, że wróciła? I co ważniejsze, dlaczego przyszedł do niej, a nie do Matthew?

— Proszę mu powiedzieć... — zaczęła, po czym urwała. Może to właśnie była szansa, której potrzebowała. Da mu jedną okazję do wyjaśnień, zanim przekaże wszystko Matthew. — Proszę mu przekazać, że zaraz zejdę.

— Tak jest, panienko. — Kroki służącej oddaliły się w głąb korytarza.

Palce Anny lekko drżały, gdy układała papiery w równy stos i zamykała je w szufladzie biurka. Sprawdziła swoje odbicie w małym lustrze nad miednicą, krzywiąc się na widok plam atramentu na policzku. Zmyła je najlepiej jak mogła wilgotną ściereczką, upięła kilka luźnych kosmyków z powrotem w prosty koczek i wyprostowała suknię dzienną — skromną, niebieską wełnę, która lata świetności miała już za sobą, ale musiała wystarczyć.

— To tylko człowiek — szepnęła do siebie, prostując plecy. — A jeśli jest zdrajcą, to człowiekiem, który nie zasługuje na mój lęk.

Ostatnią rzeczą, którą musiała zrobić, było wejście do sypialni, którą Clara dzieliła z mężem, i otwarcie górnej szuflady komody po stronie, gdzie sypiał Whitmore.

Anna nie wiedziała, jak załadować pistolet, ale jego ciężar w kieszeni dodawał jej otuchy, gdy schodziła po schodach.

Salon znajdował się od frontu domu, a jego wysokie okna wychodziły na cichą wiedeńską ulicę. Gdy Anna zbliżyła się do uchylonych drzwi, usłyszała miarowy stukot butów o parkiet — nie był to ten swobodny, niemal zawadiacki krok, który kojarzyła z Ashburtonem z przyjęć, lecz coś bardziej celowego. Bardziej opanowanego.

Pchnęła drzwi i weszła do środka. Lord Ashburton stał do niej tyłem, przyglądając się małej porcelanowej figurce na gzymsie kominka. Na dźwięk jej wejścia odwrócił się, a Anna poczuła dreszcz rozpoznania, który nie miał nic wspólnego z jego znajomą twarzą.

To nie był ten jowialny pasjonat wyścigów, który tańczył z nią na balu w pałacu Hofburg. Zniknęła starannie pielęgnowana otoczka frywolności, przesadne gesty, zbyt promienny uśmiech. Zamiast tego stanęła twarzą w twarz z mężczyzną, którego szare oczy biły tą samą skupioną intensywnością, którą dostrzegła u niego tylko w rzadkich, niepilnowanych chwilach — podczas ich walca, gdy oceniał budowę Perseusza lub gdy windował ją na siodło z tak niespodziewaną delikatnością.

Jego surdut do jazdy był nienagannie skrojony, ale nosił ślady trudów podróży. Błoto splamiło dolną część jego butów, a na szczęce ciemniał kilkudniowy zarost, co sugerowało, że jechał ostro i nie tracił czasu na odświeżenie się przed przyjściem tutaj.

— Panno Bell — powiedział głos pozbawiony zwyczajowej, sztucznej animacji. — Wierzę, że ma pani coś, co należy do mnie.

Żadnych uprzejmości. Żadnych pozorów. Bezpośredniość jego podejścia potwierdziła jej podejrzenia, choć poczuła lodowaty dreszcz na karku. Wiedział, co zrobiła. A jednak w jego postawie nie było groźby, jedynie powściągliwa czujność, która przypominała jej konia kawaleryjskiego czekającego na rozkaz do szarży.

— Nie mam nic, co należałoby do pana, lordzie Ashburton — odpowiedziała, unosząc brodę mimo gwałtownego bicia serca. — Jeśli już, to jestem w posiadaniu dokumentów, które słusznie należą do rządu Jego Królewskiej Mości — dokumentów, które zamierzał pan sprzedać naszym wrogom.

Uniósł lekko brwi, ale zachował panowanie nad sobą. — Czy w to właśnie pani wierzy?

— To jest coś, co wiem. — Anna weszła głębiej do pokoju, zostawiając za sobą otwarte drzwi. Nie ze względu na konwenanse — teraz nic jej one nie obchodziły, nie w obliczu zdrajcy — lecz by zapewnić sobie drogę ucieczki, gdyby okazała się konieczna. — Słyszałam pana rozmowę z hrabią de Frontenac w dworku myśliwskim. Znalazłam dokumenty, które pan mu przekazał.

Zrobiła kolejny krok do przodu, zaskoczona własną śmiałością. — Początkowo myślałam, że chodzi o konie, o sprzedaż wyborowej krwi hodowlanej dla wzmocnienia francuskiej kawalerii. To byłoby już wystarczająco złe. Ale jest gorzej, prawda?

Wzrok Ashburtona ani na chwilę nie opuścił jej twarzy, a wyraz jego oblicza pozostawał nieodgadniony. Intensywność jego skupienia mogłaby ją przerazić, gdyby nie była tak pewna swoich wniosków.

— Wykorzystywał pan swoją reputację wielbiciela wyścigów, by zamaskować swój prawdziwy cel. — Głos Anny wzmacniał się z każdym słowem, a oburzenie brało górę nad strachem. — Obraca się pan w kręgach dyplomatycznych, zbiera informacje, a potem sprzedaje je Francuzom. Jest pan zdrajcą ojczyzny, lordzie Ashburton.

Ashburton nie poruszył się podczas jej przemowy, ale w jego oczach coś się zmieniło, pojawił się nowy rodzaj świadomości, który sprawił, że Anna poczuła się nagle obnażona, jakby widział przez jej starannie skonstruowane argumenty coś, czego ona sama jeszcze nie dostrzegła.

— Jest pani wyjątkowo spostrzegawcza, panno Bell — powiedział w końcu, głosem cichszym niż wcześniej. — Obawiam się jednak, że pani wnioski, choć mogą wydawać się pani logiczne w świetle dostępnych dowodów, są całkowicie błędne.

— Proszę więc to udowodnić — rzuciła wyzwanie Anna, splatając mocno dłonie przed sobą, by ukryć ich drżenie. — Proszę udowodnić, że nie dał pan tych dokumentów Frontenacowi i że nie poszedł pan do niego zeszłej nocy po swoich trzydziestu srebrnikach, czy jakakolwiek jest dzisiaj cena takiej zdrady. Proszę udowodnić, że nie zdradza pan Anglii.

Przez chwilę lord Ashburton po prostu się w nią wpatrywał, a wyraz jego twarzy zmieniał się z surowej determinacji w szczere osłupienie. Anna patrzyła, jak na jego obliczu dzieje się coś niezwykłego: staranna samokontrola całkowicie prysła, odsłaniając kaskadę nieukrywanych emocji — zaskoczenie, niedowierzanie, a potem, co najbardziej konsternujące, coś, co wyglądało na rozbawienie.

— Naprawdę pani sądzi, że pracuję dla Francuzów? — zapytał głosem zawieszonym między niedowierzaniem a niechętnym podziwem, którego Anna nie potrafiła pojąć.

Przeczesał dłonią włosy, psując ich staranne ułożenie, po czym wybuchnął krótkim, niedowierzającym śmiechem.

— Ze wszystkich... — Urwał, studiując ją szarymi oczyma z nową intensywnością. — Panno Bell, pani wniosek jest tak precyzyjnie, tak idealnie błędny, że niemal nie wiem, od czego zacząć.

Anna zmarszczyła brwi, czując, jak po raz pierwszy w jej pewność wkrada się niepewność. Jeśli grał, to był to popisowy występ. Lecz jakie inne mogło być wyjaśnienie?

— Spotkał się pan z francuskim dyplomatą o północy, by odebrać zapłatę za ogiera, co do którego jestem pewna, że nie istnieje — upierała się, choć już z mniejszą mocą niż wcześniej. — Słyszałam was obu wyraźnie.

— Istotnie — zgodził się Ashburton, a wyraz jego twarzy stał się bardziej opanowany, ale wciąż uderzająco inny zarówno od jego zwyczajowej arystokratycznej maski, jak i od skupionej intensywności sprzed chwili. — Ale pani interpretacja tego, co pani usłyszała, jest dokładnie odwrotna. — Gestem wskazał krzesło. — Proszę usiąść. Chciałbym, aby wyjaśniła mi pani swój tok rozumowania w całości. Jak dokładnie doszła pani do wniosku, że jestem zdrajcą Anglii?

Anna pozostała na nogach, uważnie mu się przyglądając. Nie zachowywał się jak człowiek przyłapany na zdradzie — nie było w nim desperacji, gróźb ani prób uciszenia jej. Przeciwnie, wyglądał na szczerze zainteresowanego jej procesem myślowym, jakby przedstawiła mu intrygujące zadanie matematyczne, a nie oskarżenie, za które mógł zawisnąć.

— Dlaczego miałabym panu cokolwiek wyjaśniać? — zapytała, choć jej ton stracił nieco na ostrości.

— Ponieważ podejrzewam, że pani rozumowanie jest w gruncie rzeczy całkiem trafne, nawet jeśli wniosek jest całkowicie błędny. — Sam usiadł, najwyraźniej nie przejmując się tym, że ona wciąż stoi. — A ponieważ dopóki nie zrozumiem, co dokładnie wydaje się pani, że wie, nie będę w stanie wyprowadzić pani z błędu.

Anna zawahała się, rozdarta między podejrzliwością a rosnącą wątpliwością co do własnych wniosków. Coś się nie zgadzało, a niewiele rzeczy niepokoiło ją bardziej niż równanie, które nie chciało się zbilansować.

— Dobrze — powiedziała w końcu, siadając na skraju krzesła naprzeciwko niego, gotowa zerwać się w każdej chwili przy najmniejszym sygnale zagrożenia. — Wyjaśnię panu swój tok rozumowania.

Zaczęła metodycznie, tak jak podchodziłaby do każdego problemu matematycznego: najpierw przedstawiając obserwacje, potem wzorce z nich wynikające, a na końcu wnioski wyciągnięte z tych wzorców.

— Podtrzymuje pan reputację frywolnego arystokraty opętanego wyścigami, a jednak dostrzegłam niespójności w tej kreacji. Zawiera pan zakłady, ale wydaje się, że nigdy nie przegrywa pan znaczących sum. Publicznie mówi pan tylko o wyścigach i hazardzie, ale przejawia inną, poważniejszą postawę, gdy sądzi pan, że nikt nie patrzy.

Wyraz twarzy Ashburtona pozostawał uważny, nie zdradzając jego myśli, gdy kontynuowała.

— Na spotkaniach dyplomatycznych ustawia się pan tak, by uczestniczyć w rozmowach o znaczeniu politycznym, udając jednocześnie zainteresowanie błahostkami. Spotyka się pan regularnie z sir Edmundem Wrexfordem, o którym krążą plotki, że zajmuje się wywiadem. I co najbardziej obciążające, umówił się pan na tajne, nocne spotkanie z hrabią de Frontenac w celu wymiany dokumentów i zapłaty.

Pochyliła się lekko, rozpalona tematem mimo trwającej w niej niepewności. — Same dokumenty potwierdziły moje podejrzenia. To, co wyglądało na rejestry hodowlane, było w rzeczywistości zakodowanymi informacjami wywiadowczymi o sile i rozmieszczeniu wojsk. Niemożliwe linie krwi, chronologiczne rozbieżności, nielogiczne ceny; wszystko to elementy szyfru, który po odpowiedniej analizie ujawnia dane o ruchach oddziałów.

Mówiąc to, Anna uważnie obserwowała twarz Ashburtona. Nie okazywał niepokoju, ale jego oczy rozbłysły czymś, co wyglądało na szczere zainteresowanie i — co najbardziej zdumiewające — rosnący szacunek.

— Rozsądnym wnioskiem — zakończyła — jest to, że wykorzystuje pan znajomości w świecie wyścigów i arystokratyczne przywileje, by gromadzić i sprzedawać Francuzom informacje wojskowe. Choć muszę przyznać — dodała z lekkim grymasem — że nie potrafiłam nadać sensu lokalizacjom wymienionym w dokumentach. Nie odpowiadają żadnej mapie rozmieszczenia wojsk brytyjskich, jaką potrafię sobie wyobrazić.

Ashburton milczał przez długą chwilę, gdy skończyła, studiując ją z intensywnością, która sprawiła, że Anna poczuła się wyraźnie nieswojo. To nie było groźne, lecz raczej sprawiało wrażenie, jakby widział ją wyraźnie po raz pierwszy i odkrywał przy tym coś niespodziewanego.

— Niezwykłe — powiedział w końcu, tak cicho, że niemal go nie usłyszała. Potem, już głośniej: — Pani obserwacje są w dużej mierze trafne, panno Bell. Pani zdolność rozpoznawania wzorców jest doskonała. Pani umiejętności kryptoanalityczne robią wrażenie, zwłaszcza biorąc pod uwagę ograniczony czas, jaki miała pani do dyspozycji. W pani rozumowaniu tkwi tylko jeden fundamentalny błąd, który doprowadził panią do wniosku będącego dokładnie przeciwieństwem prawdy.

Pochylił się do przodu, nie spuszczając z niej wzroku. — Rzeczywiście zbieram informacje wywiadowcze, ale nie dla Francuzów. Pracuję dla rządu brytyjskiego, konkretnie dla Ministerstwa Spraw Wewnętrznych. To hrabia de Frontenac sprzedaje sekrety, francuskie plany wojskowe, które miałem za zadanie pozyskać.

To stwierdzenie zawisło w powietrzu między nimi, proste, a jednak zmieniające wszystko. Anna poczuła, jakby podłoga usunęła się jej spod stóp.

— Jest pan... szpiegiem? Pracuje pan dla *Brytanii*?

— Wolę określenie „agent wywiadu" — odparł z cieniem swojego zwyczajowego uśmiechu — ale tak. Jestem.

Umysł Anny mknął na oślep, oceniając na nowo tygodnie obserwacji przez ten nowy pryzmat. Jeśli to, co mówił, było prawdą — a patrząc mu teraz w oczy, czuła, że mu wierzy — wtedy każda interakcja, każda rozmowa, której była świadkiem, nabierała zupełnie innego znaczenia.

— Dokumenty... — zaczęła, próbując pogodzić te nowe informacje ze swoją analizą.

— To zakodowane *francuskie* informacje wojskowe — potwierdził. — Dlatego lokalizacje nie pasowały do żadnej znanej pani mapy brytyjskich pozycji. To pozycje francuskie.

Potarł czoło ze znużeniem, nagle wyglądając na zmęczonego w sposób, jakiego Anna nigdy wcześniej nie widziała. — Miesiącami pracowałem nad zdobyciem tych materiałów, nad tym, by Frontenac zaufał mi na tyle, by mi je przekazać. Wierzymy, że w Wiedniu działa podwójny agent, który sprzedaje Francuzom faktyczne brytyjskie plany i liczyłem, że Frontenac może nas do niego doprowadzić. Grał na dwa fronty od miesięcy, jeśli nie od lat.

Anna usiadła głębiej, czując, jak krew odpływa jej z twarzy, gdy konsekwencje stały się jasne. — A ja zrujnowałam pana operację.

— Owszem, dość gruntownie. — Ale w jego głosie nie było gniewu, tylko pewnego rodzaju podziw. — Frontenac uciekł z Wiednia zeszłej nocy, przekonany, że to ja zaaranżowałem kradzież, by uniknąć zapłaty. Mamy informacje — a przynajmniej będziemy je mieć, jeśli mi je pani przekaże — ale straciliśmy wszelką szansę na zdemaskowanie podwójnego agenta. Miesiące pracy przepadły w jednej chwili.

Anna spodziewała się potępienia, może nawet gróźb, biorąc pod uwagę powagę jej ingerencji. Zamiast tego Ashburton patrzył na nią z wyrazem, którego nie potrafiła do końca rozszyfrować; była w nim frustracja, szacunek i coś jeszcze, czego nie odważyła się nazwać.

— Muszę przyznać, panno Bell, że w całej mojej karierze jeszcze nigdy nie zostałem tak skutecznie pokonany przez kogoś, kto nawet nie próbował mi przeszkodzić. — Kącik jego ust uniósł się w cierpkim uśmiechu. — Pani zdolność obserwacji wzorców, łączenia pozornie niezwiązanych faktów, złamania złożonego szyfru przy minimalnej ilości czasu i środków; to są dokładnie te cechy, które cenimy u naszych najlepszych agentów.

Jego spojrzenie wydawało się cieplejsze, gdy studiował jej twarz, dostrzegając plamy atramentu, których nie domyła, intensywność jej wzroku i bystry intelekt kryjący się za jej wahaniem. — Ma pani niezwykły umysł, panno Bell. Wielka szkoda, że wyszła pani z fałszywego założenia.

Anna poczuła, jak oblewa się rumieńcem pod jego spojrzeniem, a zawstydzenie zmieszało się z nieoczekiwaną przyjemnością z powodu pochwały jej intelektu. — Popełniłam straszny błąd — przyznała cicho.

— Tak — zgodził się Ashburton, a jego głos był zaskakująco łagodny. — Ale to błąd zrozumiały w świetle informacji, które pani posiadała. A teraz, panno Bell, znaleźliśmy się w dość delikatnej sytuacji.

Rozdział jedenasty

ASHBURTON PATRZYŁ, JAK TWARZ Anny blednie, gdy docierały do niej konsekwencje jego wyznania. Jej oczy, jeszcze przed chwilą pełne oskarżycielskiego gniewu, rozszerzyły się teraz z przerażenia, gdy pojęła ogrom swojego błędu. Znalazł się w osobliwej sytuacji — było mu jej żal, mimo że jednocześnie zmagał się z frustracją z powodu miesięcy żmudnej pracy, obróconej wniwecz przez jej działania podjęte w dobrej wierze. Operacja została spalona, Frontenac zniknął, a podwójny agent wciąż czaił się niewidoczny w cieniu wiedeńskich kręgów dyplomatycznych — a jednak nie potrafił wykrzesać z siebie gniewu, który powinien czuć wobec siedzącej przed nim młodej kobiety, której błyskotliwy umysł okazał się zarówno potężną przeszkodą, jak i teraz, potencjalnie, jego najcenniejszym atutem.

— O niebiosy — szepnęła, splatając nerwowo dłonie na kolanach. — Ja... wmieszałam się w sprawy bezpieczeństwa państwa. Zrujnowałam pańską operację. Jej głos lekko zadrżał. — Myślałam, że chronię Anglię, a nie jej szkodzę.

Szczery żal w jej głosie sprawił, że coś w nim drgnęło. Zgarbiła się lekko i odwróciła wzrok, wyraźnie przytłoczona upokorzeniem. Bez głębszego zastanowienia Ashburton podniósł się z miejsca i podszedł do niej. Przykucnął przy jej krześle, na tyle blisko, by poczuć delikatny zapach jaśminu, który rozpraszał go podczas ich walca.

— Panno Bell — zaczął, po czym urwał. Formalność nagle wydała mu się niewłaściwa między ludźmi, którzy tak gruntownie poznali swoje tajemnice. — Anno — powiedział zamiast tego, wyciągając rękę, by delikatnie nakłonić ją do spojrzenia mu w twarz.

Gdy usłyszała swoje imię, natychmiast przeniosła na niego wzrok, a zaskoczenie na moment przysłoniło wstyd, który odmalował się na jej rysach. Ashburton poczuł nieoczekiwane poruszenie widząc bezbronność w jej wyrazie twarzy, tak odmienną od jej zwykłego, opanowanego sposobu bycia.

— Anno — powtórzył, a jego głos złagodniał w sposób, w jaki nie zdarzyło mu się to, odkąd zaczął życie pełne wyrachowanych kłamstw. — Jesteś genialna. Złamałaś szyfr, nad którym wyszkoleni ludzie głowiliby się tygodniami. Skoro Frontenac zniknął, nie mamy do niego klucza. Będziemy potrzebować twojej pomocy.

Zamrugała gwałtownie, wyraźnie próbując pogodzić jego pochwałę ze swoim niedawnym upokorzeniem. — Mojej pomocy? Po tym, jak wszystko zepsułam?

— Nie zrujnowałaś wszystkiego — powiedział, choć nie była to do końca prawda. — Owszem... skomplikowałaś sprawy. Ale zdobyte informacje pozostają cenne, jeśli zdołamy je w pełni odczytać.

Perspektywa uratowania czegokolwiek z tej katastrofy nieco podniosła go na duchu. Wstał i wrócił na miejsce, zachowując odpowiedni dystans. To nie był czas na niestosowne zachowanie, zwłaszcza gdy rozważał zaangażowanie jej w sprawy bezpieczeństwa państwa — naruszenie protokołu, za które w najlepszym razie czekałaby go surowa reprymenda od Wrexforda. Jednak naprawdę nie widział innego wyjścia. Nie mieli klucza do szyfru, a choć odesłanie dokumentów do Londynu do tamtejszych ekspertów było jedynym krokiem, na który Wrexford prawdopodobnie by pozwolił, to gdyby Anna zdołała wykonać tę pracę tu i teraz, mogliby jeszcze zdemaskować podwójnego agenta w Wiedniu.

Anna wyprostowała się, a jej umysł wyraźnie zajął się problemem, zamiast rozpamiętywać błąd. — Pracowałam nad tym szyfrem — powiedziała, sięgając do kieszeni i wyjmując mały notatnik w skórzanej oprawie wygładzonej od ciągłego używania. — Poczyniłam pewne postępy, choć są fragmenty, których nie potrafiłam odczytać bez znajomości kontekstu.

Podała mu notatnik, a ich palce na chwilę się zetknęły. Ashburton otworzył go i ujrzał stronę za stroną skrupulatnych obliczeń, schematów i częściowych tłumaczeń. Precyzja i wnikliwość widoczne w jej starannym piśmie szczerze go zdumiały.

— To jest... — zaczął, wertując strony z rosnącym zaskoczeniem. — Zrobiłaś to w jedną noc?

Skinęła głową, a przez jej upokorzenie przebił cień dumy. — Matematyka opiera się na schematach. Szyfry to po prostu szczególne zastosowanie tych schematów.

Ashburton przyglądał jej się z nowym uznaniem. Oczywiście już wcześniej dostrzegał jej inteligencję, ale to było coś zupełnie innego — rzadki, analityczny umysł, który potrafił dostrzec struktury niewidoczne dla innych. W innych okolicznościach, przy innych możliwościach...

— Tutaj są dane o liczebności francuskich wojsk — kontynuowała, pochylając się, by wskazać konkretny schemat. Przez ten ruch znalazła się bliżej, a Ashburton stał się dotkliwie świadomy jej bliskości, lekkiego rumieńca, który powrócił na jej policzki, oraz intensywności w jej ciemnych oczach, gdy wyjaśniała swoją metodę.

— Widzisz, jak te niemożliwe daty krycia, potraktowane jako współrzędne, tworzą ten wzór? Cztery tysiące żołnierzy stacjonujących tutaj, piętnaście tysięcy więcej tutaj. Kluczem było rozpoznanie, że imię każdego ogiera odpowiadało konkretnej jednostce wojskowej, podczas gdy rodowody klaczy wskazywały na rodzaj wojsk — kawalerię, piechotę lub artylerię.

Ashburton śledził jej tok rozumowania, pod wrażeniem mimo woli. — To wyjątkowa praca — powiedział cicho. — Naprawdę. Ale zostało więcej do odkodowania, a Frontenac jest już poza naszym zasięgiem, z powodu... — Ugryzł się w język, zanim wprost przypisał jej winę.

— Z powodu mojego wtrącania się — dokończyła za niego Anna, znów się prostując. — Rozumiem, co zrobiłam, Lordzie Ashburton. Przerwałam twoją pracę nad pozyskaniem Frontenaca jako informatora. Potencjalnie naraziłam twoją pozycję. Utrudniłam misję zidentyfikowania podwójnego agenta działającego przeciwko brytyjskim interesom.

Rzeczowa precyzja, z jaką wymieniła swoje przewinienia, dziwnie go poruszyła. Nie było w tym użalania się nad sobą, tylko trzeźwa ocena sytuacji. Skinął głową, nie widząc sensu w zaprzeczaniu szkodom.

— Frontenac był naszym najlepszym tropem do podwójnego agenta — wyjaśnił. — Ktoś na wysokim stanowisku sprzedaje brytyjskie informacje Francuzom. Frontenac mógł nas do niego zaprowadzić.

— A teraz uciekł z Wiednia. — Ciężar odpowiedzialności wyraźnie osiadł na jej drobnych ramionach.

— Tak. To oznacza, że musimy wyciągnąć z tych dokumentów każdą możliwą informację. — Ashburton stuknął palcem w notatnik. — Twoja praca nad szyfrem jest imponująca, ale niekompletna. Potrzebujemy pełnego obrazu: ruchów wojsk, strategii dyplomatycznych i, co najważniejsze, jakiejkolwiek wskazówki, kto po naszej stronie może współpracować z Frontenackiem.

Anna wyprostowała się, a jej podbródek uniósł się z nieoczekiwaną determinacją. — Pomogę ci je odkodować. To najmniejsza rzecz, jaką mogę zrobić, by naprawić swoje błędy.

Ta oferta była dokładnie tym, na co liczył, a mimo to Ashburton czuł potrzebę, by ją ostrzec. — To nie jest zadanie matematyczne, Anno. To szpiegostwo. To niebezpieczne zajęcie, zwłaszcza jeśli podwójny agent zorientuje się, co robimy. Jesteś pewna, że chcesz się w to dalej angażować?

— Już jestem zaangażowana — odpowiedziała po prostu. — Narobiłam tego bałaganu, więc powinnam pomóc go posprzątać. A teraz, gdy wiem, że szukam lokalizacji francuskich, a nie brytyjskich, jestem pewna, że złamię resztę szyfru.

Jej bezpośredniość była odświeżająca po latach dyplomatycznych uników i starannie konstruowanych kłamstw. Ashburton przytaknął.

— Muszę zabrać dokumenty — powiedziała, wstając. — A potem powinniśmy udać się do pańskiego lokum, by popracować. Wolałabym, żeby Clara i Matthew o niczym nie wiedzieli. Clara wciąż źle się czuje, a Matthew... — Zawahała się. — Ceni sobie twoją przyjaźń. Nie chciałabym być przyczyną żadnych napięć między wami.

Ta propozycja go zaskoczyła. Przyzwoita młoda dama, proponująca wizytę w mieszkaniu kawalera, sam na sam, na prawdopodobnie wielogodzinną pracę. Jednak jej argumentacja była rozsądna, a pilność odkodowania dokumentów przeważała nad obawami o konwenanse.

— Dobrze — zgodził się, dokonując szybkich kalkulacji.

Anna skinęła głową, klamka zapadła, a Ashburton uświadomił sobie z dziwną mieszanką podziwu i niepokoju, że powierza tajemnice państwowe komuś, kogo zaledwie godzinę temu uważał za zagrożenie dla swojej misji. Jednak gdy patrzył, jak wychodzi z pokoju z wyprostowanymi plecami i zdecydowanym krokiem mimo niedawnego upokorzenia, zrozumiał, że nie kwestionuje własnego osądu.

W końcu zawsze ufał swojemu instynktowi, a coś mu podpowiadało, że Anna może być nie tylko rozwiązaniem jego bezpośredniego problemu, ale nieoczekiwanym sojusznikiem w znacznie trudniejszych wyzwaniach, które z pewnością na nich czekały.

Blask świec rzucał drżące cienie na papiery rozłożone na każdej wolnej powierzchni w małym, prywatnym gabinecie Ashburtona. Pomieszczenie to, zazwyczaj będące oazą porządku, w której przygotowywał raporty dla Wrexforda, wyglądało teraz jak pole bitwy zasłane dokumentami — ponumerowane strony, porysowane notatki i staranne transkrypcje Anny tworzyły dziwną topografię na jego biurku. Ashburton przysunął kolejną świecę do miejsca, w którym pracowali, będąc w pełni świadomym niestosowności ich sytuacji — Anna Bell, niezamężna córka dżentelmena, sam na sam z nim w jego mieszkaniu, gdy zbliżała się północ. Odrzuciwszy jego propozycję odwiezienia jej do domu w porze kolacji, wysłała do siostry bilecik z informacją, że zostaje u Lady Pemberton na kolejną noc — kłamstwo to wyraźnie jej nie ciążyło, bo przez chwilę gryzła pióro, zastanawiając się nad dokładnym sformułowaniem treści. Mimo to nie zawahała się, mówiąc cicho, że ich obecne zadanie jest ważniejsze, gdy odbierał od niej papier, by wezwać jednego ze sług i posłać go do rezydencji Whitmore'ów.

— Ułożyłem dokumenty w odpowiedniej kolejności — powiedział, wskazując na ponumerowane strony. — Bazując na twoich wstępnych notatkach, możemy podzielić je na cztery kategorie: ruchy wojsk, korespondencja dyplomatyczna, coś, co wygląda na listę agentów lub sympatyków, oraz te strony, które wydają się być zapisane w zupełnie innym szyfrze.

Anna skinęła głową, a jej palce już sięgały po czystą kartkę papieru. — Jeśli ustalimy podstawowy wzór na podstawie fragmentów, które już odkodowałam, będziemy mogli zastosować te same zasady przynajmniej do pozostałych dokumentów z pierwszych trzech kategorii.

— Dokładnie. — Ashburton pozwolił sobie na lekki uśmiech uznania. Wielu jego kolegów z Home Office miałoby trudności z tak szybkim pojęciem tego podejścia, tymczasem Anna doszła do niego samodzielnie.

Wpadli w rytm pracy: Ashburton zajmował się jedną częścią, podczas gdy Anna brała się za kolejną, od czasu do czasu porównując notatki lub weryfikując jakąś teorię. Naturalny podział obowiązków wyłonił się bez zbędnych słów — Anna celowała w znajdowaniu wzorów liczbowych i sekwencji podstawieniowych, natomiast doświadczenie Ashburtona w zakresie francuskiej terminologii wojskowej i żargonu dyplomatycznego pomagało nadać kontekst odkodowanym fragmentom.

— Ta sekwencja tutaj — powiedziała Anna, wskazując na szereg liczb pochodzących z cen sprzedaży w jednym z dokumentów — wykorzystuje inną podstawę niż pozostałe. To nie jest prosty szyfr podstawieniowy.

Ashburton pochylił się, by przyjrzeć się jej pracy. — Masz rację. To transpozycja z przesunięciem. — Sięgnął nad nią, by przesunąć palcem po wzorze, nagle uświadamiając sobie, jak blisko siebie siedzą, niemal stykając się ramionami. Zapach jaśminu z jej włosów doleciał do niego, rozpraszając go w intymnej atmosferze gabinetu.

— Jeśli przesuniemy każdą wartość o trzy... — mruknęła Anna, już na nowo przeliczając dane, najwyraźniej nieświadoma ich bliskości.

Ashburton zmusił się do skupienia uwagi na szyfrze, choć jego wzrok raz po raz uciekał ku jej dłoniom; smukłe, umazane atramentem palce poruszały się z precyzyjną pewnością po stronie, od czasu do czasu zatrzymując się, by lekko stuknąć w dolną wargę, gdy zastanawiała się nad problemem. Był to tak nieświadomy gest, tak sprzeczny z jej poza tym opanowanym zachowaniem.

Mijały godziny, odliczane jedynie przez stopniowo skracające się świece i sporadyczne odgłosy z ulicy poniżej. Noc gęstniała wokół nich, a temperatura w pokoju spadała, w miarę jak ogień w kominku przygasał. Ashburton zauważył, że Anna tłumi dreszcz, sięgając po kolejny dokument, ale jej koncentracja ani na chwilę nie osłabła. Jej włosy, tak starannie upięte na początku, stopniowo poluzowały się w tym surowym upięciu. Kilka ciemnych pasm opadało jej teraz na twarz, skręcając się lekko w wilgotnym cieple pokoju wypełnionego świecami.

— Sądzę, że ta sekcja odnosi się do pozycji artylerii wzdłuż Renu — powiedział Ashburton, przesuwając gotowe tłumaczenie przez biurko. — Co pokrywa się z naszymi przypuszczeniami dotyczącymi rozmieszczenia wojsk francuskich, choć liczby są wyższe, niż sugerowały nasze poprzednie raporty.

Anna podniosła wzrok, odgarniając pasmo włosów z oczu i zostawiając przy tym kolejną smugę atramentu na policzku. — I zgadza się to z tą wzmianką tutaj — odparła, pukając w inny dokument — o posiłkach w Tulonie. Wzmacniają swoją pozycję na Morzu Śródziemnym.

Ashburton skinął głową, ponownie pod wrażeniem tego, jak szybko pojęła strategiczne implikacje. Wstał, by dorzucić polano do wygasającego ognia, i zauważył przy tym, jak Anna mocniej otula ramiona szalem. Bez zastanowienia podszedł do kufra pod oknem i wyjął z niego wełniany koc, miękki i wyraźnie znoszony.

— Proszę — powiedział cicho, stając za jej krzesłem. — W pokoju robi się chłodno.

Zanim zdążyła zaprotestować, narzucił jej koc na ramiona, a jego dłonie spoczęły tam być może o mgnienie oka dłużej, niż było to konieczne. Anna spojrzała na niego z wyraźnym zaskoczeniem, jakby tak prosty gest troski był dla niej czymś zupełnie nieoczekiwanym.

Ich spojrzenia spotkały się w migotliwym blasku świec i przez chwilę żadne z nich się nie odezwało. Ashburton poczuł się uderzony szczerością jej spojrzenia i inteligencją bijącą z jej ciemnych oczu, które teraz złagodniały, tracąc dystans, jaki dotąd zawsze zachowywała.

— Dziękuję — powiedziała w końcu, a słowa te niosły w sobie większy ciężar, niż wymagałaby tego zwykła uprzejmość.

Ashburton skinął głową i z dziwnym wahaniem wrócił na swoje miejsce. — Powinniśmy kontynuować. Zostało jeszcze wiele do rozszyfrowania.

Anna odwróciła się z powrotem do dokumentów, poprawiając koc na ramionach. — Tutaj, jeśli ułożymy liczby w ten sposób — powiedziała, nachylając się, by pokazać mu swoje najnowsze spostrzeżenie, a ich ramiona zetknęły się, gdy wsunęła kartkę między nich. — Widzisz, jak wyłania się wzór? To szyfr daty, a nie odniesienie do lokalizacji.

Ashburton nie odpowiedział natychmiast, na moment rozproszony ciepłem jej ramienia przy swoim i skupionym wyrazem jej twarzy, gdy wyjaśniała swój tok rozumowania. Był boleśnie świadomy tego kontaktu oraz niestosowności ich sytuacji, która pogłębiała się z każdą godziną spędzoną sam na sam, a jednak nie potrafił zmusić się do odsunięcia ani zasugerowania bardziej odpowiedniego dystansu.

— Tak, widzę to — powiedział w końcu, wymuszając na sobie powrót do kodu. — Co oznacza, że ta sekcja tutaj może ujawniać czas planowanego przemieszczenia, a nie cel podróży.

Pracowali dalej, oboje sprawiając wrażenie zadowolonych z zachowania tego delikatnego kontaktu, gdy pochylali się nad wspólnymi dokumentami. Noc gęstniała, zbliżając się do najciemniejszych godzin, a ciszę Wiednia za oknami przerywały jedynie sporadyczne kroki nocnej straży.

Kiedy nastąpił przełom, stało się to dzięki spostrzegawczości Anny. — Lokalizacje! — wykrzyknęła nagle, prostując się. — Interpretowaliśmy je jako rzeczywiste miejsca, ale to kryptonimy *ludzi*. Spójrz na ten układ liter po każdej lokalizacji. To prawdopodobnie inicjały albo stopnie wojskowe.

Ashburton przestudiował wskazaną przez nią sekcję, czując narastającą ekscytację, gdy wzór stawał się jasny. — Masz rację. A to oznacza... — Pospiesznie przysunął inny dokument, skanując zakodowany tekst z nowym zrozumieniem. — Tutaj. To musi być część siatki, o której wspominał Frontenac.

— Pokaż — powiedziała Anna, wstając w entuzjazmie z krzesła. Ashburton wstał w tej samej chwili, oboje odwrócili się ku sobie z myślą o tym samym dokumencie. Prawie się zderzyli w swoim ożywieniu, stając nagle twarzą w twarz, znacznie bliżej, niż pozwalałyby na to zasady przyzwoitości.

Czas jakby się zatrzymał, gdy tak stali, a triumf nad szyfrem mieszał się z nagłą świadomością bliskości. Ashburton widział każdą jej rzęsę, blade piegi na grzbiecie nosa, zazwyczaj ukryte pod powściągliwym wyrazem twarzy, i lekko rozchylone usta, gdy brała zaskoczony oddech. Jej policzek zdobiła plama atramentu, głęboka czerń ostro kontrastowała z jasną skórą.

Bez zastanowienia Ashburton wyciągnął rękę i kciukiem delikatnie starł ślad atramentu z jej policzka. Ten prosty dotyk posłał przez jego ciało nieoczekiwany dreszcz, poczuł też jej chwilowy bezruch pod swoją dłonią. Jego kciuk spoczął na jej skórze nieco dłużej; ten kontakt przekraczał wszelkie granice stosownego zachowania, a jednak nie potrafił się wycofać.

Anna nie odsunęła się, jej oczy spotkały jego z zalęknioną świadomością, która odzwierciedlała jego własną, niespodziewaną reakcję. Przez jedno uderzenie serca, potem drugie, pozostali zastygli w tej chwili, a między nimi przeszło coś niewypowiedzianego, co nie miało nic wspólnego z szyframi ani szpiegostwem.

Potem, z niechęcią, która go zaskoczyła, Ashburton opuścił rękę, zrywając tę kruchą więź. — Powinniśmy kontynuować — powiedział głosem bardziej szorstkim, niż zamierzał. — Kod sam się nie złamie.

Anna skinęła głową i cofnęła się do krzesła, choć jej oczy zatrzymały się na jego twarzy jeszcze przez chwilę. — Nie, nie złamie się — zgodziła się cicho i wróciła do leżących przed nimi papierów. Jej twarz była oświetlona blaskiem świec, a na policzku, w miejscu, gdzie rozmazał się atrament, wciąż widniał mglisty ślad po jego kciuku.

Pierwsze blade promienie świtu wkradły się przez zasłony, zmieniając gabinet Ashburtona z kameralnej przystani oświetlonej świecami w pokój noszący wszelkie ślady ich całonocnej pracy. Światło rozlało się po biurku, oświetlając strony rozszyfrowanego francuskiego wywiadu, stosy obliczeń spisanych precyzyjnym pismem Anny i resztki świec, które wypaliły się do połowy podczas ich pracy. Ashburton zamrugał, rażony narastającą jasnością, uświadamiając sobie nagle, jak niechlujnie musi wyglądać

— fular dawno odrzucony, rękawy koszuli podwinięte do łokci, włosy opadające na czoło od ciągłego odgarniania ich w skupieniu. Anna wydawała się równie odmieniona nocną pracą; surowy koczek, w którym przyszła, teraz był na wpół rozpięty, ciemne pasma okalały jej twarz, a oczy lśniły wyczerpaniem i tryumfem mimo cieni pod nimi.

— Udało nam się — powiedział cicho Ashburton, omiatając wzrokiem odkodowane dokumenty rozłożone na biurku. — Nie w pełni, ale wystarczająco, by nadać sens informacjom Frontenaca.

Anna skinęła głową, tłumiąc ziewnięcie dłonią. — Ruchy wojsk są teraz jasne. Dwadzieścia trzy tysiące ludzi stacjonuje wzdłuż Renu, z bateriami artylerii tutaj i tutaj. — Wskazała odpowiednie sekcje. — I posiłki w Toulon, co sugeruje, że spodziewają się potencjalnego konfliktu na Morzu Śródziemnym.

— Co ważniejsze — dodał Ashburton, podnosząc kartkę pokrytą pismem ich obojga — odkryliśmy tę siatkę francuskich sympatyków działających w Wiedniu podczas Kongresu. Dyplomaci, kupcy, a nawet kilku arystokratów, którzy zostali zwerbowani.

Studiował niepełną listę nazwisk i kryptonimów, które udało im się wyłuskać. Niektóre nie były zaskoczeniem; mało znaczący gracze już wcześniej podejrzewani o pracę wywiadowczą. Inne budziły większy niepokój, w tym austriacki bankier mający dostęp do ważnych brytyjskich transakcji finansowych. Jednak najbardziej kluczowa strona, która według Anny zawierała listę najwyżej postawionych agentów, wciąż uparcie opierała się ich próbom rozszyfrowania.

— Ta sekcja nadal nie ma sensu — powiedziała Anna, krzywiąc się nad wspomnianą stroną. — Szyfr tutaj się zmienia. To tak, jakby Frontenac celowo użył innego klucza dla najbardziej poufnych informacji.

— Co sugeruje, że właśnie tutaj możemy znaleźć naszego podwójnego agenta — rozważał Ashburton, bębniąc palcami o blat biurka. — Najcenniejsze tajemnice byłyby chronione przez najbardziej złożone szyfrowanie.

Kilka innych stron również pozostało nieodczytanych, ich zawartość była tajemnicą mimo wielu godzin wysiłku. Ashburton zebrał je starannie, odkładając na bok do dalszego badania. Poranne światło, z każdą minutą coraz mocniejsze, ujawniało pełną skalę ich nocnego trudu: puste filiżanki po dawno wystygłej herbacie i kawie balansujące niebezpiecznie na stosach materiałów źródłowych, odrzucone pióra z rozszczepionymi stalówkami, plamy atramentu na biurku i — co odnotował z mieszaniną rozbawienia i troski — na niegdyś nieskazitelnej sukni dziennej Anny, a także na jej palcach i policzku.

Patrzył, jak lekko się przeciąga, rozprostowując ramiona, by złagodzić sztywność po godzinach siedzenia w pochylonej pozycji. Mimo wyraźnego zmęczenia, w jej wyrazie twarzy malowała się cicha satysfakcja, która odpowiadała jego własnemu poczuciu dokonania czegoś ważnego. Odzyskali cenne informacje z operacji, która wydawała się kompletną klęską. Wrexford będzie zadowolony, choć Ashburton wciąż wzdrygał się w duchu na myśl o wyjaśnieniach, jakie będzie musiał złożyć w sprawie tego, jak „odzyskał" dokumenty po wyjeździe Frontenaca.

Przybierający dzień przyniósł też nagłą świadomość ich sytuacji. Spędzili całą noc sam na sam, co w razie odkrycia wywołałoby skandal. Reputacja Anny zostałaby zrujnowana, bez względu na patriotyczny charakter ich pracy. Whitmore byłby wściekły i miałby do tego pełne prawo. Mimo to Ashburton stwierdził, że nie potrafi żałować godzin, jakie wspólnie spędzili, pochyleni nad tajemniczym szyfrem, z umysłami pracującymi ramię w ramię nad wspólnym celem.

Wstał z krzesła, zbierając rozszyfrowane strony w schludny stos. — Będę musiał przedstawić to dzisiaj Sir Edmundowi — powiedział, układając dokumenty według tematu i ich ważności. — Ruchy wojsk będą przedmiotem natychmiastowego zainteresowania ministerstwa, a ta lista sympatyków pomoże nam zidentyfikować potencjalne zagrożenia tutaj, w Wiedniu.

Anna obserwowała go z zamyśleniem. — Czy powiesz Sir Edmundowi, jak uzyskałeś te informacje?

To pytanie sprawiło, że się zawahał. Instynkt samozachowawczy nakazywał mu przypisać sobie całą zasługę za rozszyfrowanie, unikając jakiejkolwiek wzmianki o udziale Anny. Ale pojawił się też instynkt opiekuńczy, który zaskoczył go swoją siłą — pragnienie, by oszczędzić jej wyrachowanego spojrzenia Wrexforda i potencjalnych niebezpieczeństw związanych z wciągnięciem jej głębiej w ich pełen mroku świat.

— Powiem mu, że odzyskałem dokumenty — zdecydował Ashburton, kontynuując porządkowanie papierów. — Szczegóły dotyczące tego, jak zostały rozszyfrowane, są... zbędne.

— Chronisz mnie — zauważyła Anna, a jej spostrzegawczość nie osłabła mimo zmęczenia.

Ashburton spojrzał jej prosto w oczy. — Tak — przyznał. — Wrexford nie jest... osobą, którą chciałbym uświadamiać o twoich zdolnościach. Ma skłonność do postrzegania ludzi jako narzędzia do wykorzystania, nie zważając zbytnio na to, co się dzieje z tymi, których uzna za przydatnych.

Szczerość jego odpowiedzi zdawała się ją zaskoczyć. Przez chwilę żadne z nich się nie odzywało, a przybierające światło słoneczne rzucało długie cienie po pokoju, gdy poranek nastał na dobre.

— Tworzymy dobry zespół — powiedział w końcu Ashburton, a słowa te wyrwały mu się, zanim zdążył rozważyć ich znaczenie. Były oczywiście prawdziwe — ich uzupełniające się umiejętności pozwoliły zdziałać w jedną noc więcej, niż on sam zdołałby pewnie w kilka tygodni, ale mówiąc to, wiedział, że miał na myśli coś więcej niż tylko zawodowe dopasowanie.

Anna spojrzała na niego i po raz pierwszy, odkąd się poznali, uśmiechnęła się do niego szczerze. Nie był to grzeczny uśmiech wymagany przez towarzystwo, ale coś prawdziwego, co odmieniło jej poważną twarz i dotarło do oczu.

— Tak — zgodziła się po prostu. — Tworzymy.

Ta chwila między nimi trwała, obciążona niewypowiedzianym zrozumieniem. W jasnym świetle poranka Ashburton widział Annę nie jako drażliwą, owładniętą matematyką młodą kobietę, którą spotkał na początku, ani jako nieoczekiwanego przeciwnika, który zakłócił jego operację, ale jako kogoś, kogo rzadko spotykał w ciągu lat spędzonych na szpiegostwie i kłamstwach: prawdziwą partnerkę.

— Zrobię kopię tych nieodszyfrowanych sekcji — powiedział, wskazując na oporne strony. — Być może, jeśli będziesz chciała, moglibyśmy kontynuować pracę nad nimi.

— Chciałabym tego — odpowiedziała Anna głosem stabilnym, mimo lekkiego rumieńca, który wykwitł na jej policzkach na sugestię dalszej współpracy.

Ashburton skinął głową, już planując, jak mogliby się spotykać, nie przyciągając uwagi. — Będę musiał znaleźć pretekst do regularnych konsultacji u Whitmore'ów. Może Matthew i ja moglibyśmy wznowić nasze partie szachów.

— Jestem pewna, że Matthew by się z tego ucieszył — zgodziła się Anna.

Praktyczność ich dyskusji, planowanie tajnych prac nad ściśle tajnymi informacjami tak, jakby umawiali się na zwykłą wizytę towarzyską, wydała się Ashburtonowi zarazem absurdalna, jak i idealnie trafna. W ciągu jednej nocy zawiązali dwuosobowy spisek, związany wspólnymi tajemnicami i wzajemnym zaufaniem.

Kiedy zaczął przepisywać nieodszyfrowane sekcje na czyste kartki, Ashburton złapał się na tym, że czeka na ich dalszą współpracę z niecierpliwością wykraczającą poza zawodowe zainteresowanie. Wciąż pozostawały tajemnice do rozwiązania, zarówno w szyfrze Frontenaca, jak i — co przyznał przed samym sobą — w nieoczekiwanej więzi, jaka wytworzyła się między nim a Anną Bell.

Słońce wzeszło już całkowicie, zmieniając pokój z kameralnej przestrzeni ich nocnej pracy w jasny, zwyczajny gabinet. Za kilka godzin stanie przed Wrexfordem, zaprezentuje starannie opracowane informacje i powróci do roli lekkomyślnego entuzjasty wyścigów, która służyła mu za przykrywkę. Ale teraz, w tej chwili przejścia między nocą a dniem, między odkrytymi tajemnicami a tymi, które wciąż pozostawały ukryte, Ashburton pozwolił sobie docenić tę niezwykłą młodą kobietę siedzącą naprzeciwko niego i równie niezwykłe partnerstwo, które zaczęło się między nimi wykuwać.

Rozdział dwunasty

S ALA BALOWA AUSTRIACKIEGO M INISTERSTWA Spraw Zagranicznych lśniła blaskiem stu kryształowych żyrandoli. Światło świec odbijało się w klejnotach zdobiących dekolty i wypolerowanych orderach, gdy elita Wiednia gromadziła się pod malowanymi sufitami. Anna Bell trzymała wzrok spuszczony, wchodząc do środka wsparta na ramieniu Clary, i błyskawicznymi spojrzeniami katalogowała szczegóły. Z jej pozycji widać było trzy wyjścia. Mundury wojskowe reprezentowały co najmniej osiem narodów. A tam, przy dalekiej kolumnie, lord Ashburton brylował w kręgu roześmianych dżentelmenów, pewnie odgrywając rolę entuzjasty wyścigów konnych. Odwróciła wzrok, zanim jej spojrzenie mogło spocząć na nim zbyt długo, i poprawiła rękaw prostej, ciemnozielonej sukni, prowadząc Clarę w stronę grupy pustych krzeseł przy wspaniałej kompozycji kwiatowej — szczęśliwie blisko zgromadzenia austriackich urzędników.

— Wyglądasz dziś wieczorem lepiej — szepnęła Anna do siostry, z satysfakcją zauważając lekki rumieniec, który powrócił na policzki Clary po tygodniach porannych mdłości, przeciągających się na całe dnie.

— Czuję się niemal znów jak człowiek — odpowiedziała Clara, kładąc dłoń na wciąż płaskim brzuchu pod fałdami jedwabnej sukni. — Chociaż Matthew nalegał, bym obiecała mu powrót do domu w chwili, gdy poczuję zmęczenie.

Anna skinęła głową, zajmując krzesło dla siostry i sąsiednie dla siebie, jednocześnie dyskretnie omiatając wzrokiem salę. Orkiestra zaczęła grać walca, a jego radosna melodia przeplatała się z setkami rozmów wypełniających ogromną przestrzeń. Damy w kolorowych jedwabiach płynęły po lśniącej podłodze niczym egzotyczne ptaki, a ich klejnoty przy każdym obrocie chwytały światło. Anna była dotkliwie świadoma skromności własnego stroju; ciemnozielona suknia została wybrana raczej ze względów praktycznych niż dla popisu, a jej prosty krój pozwalał w razie potrzeby wtopić się w cień.

— Widziałam się dziś po południu z lady Pemberton. Wspomniała, że była na kolacji i późnym wieczorku karcianym w nocy, którą rzekomo spędziłaś u niej — powiedziała cicho Clara, wygładzając nieistniejące zagniecenia na sukni. — Kryłam cię przed Matthew, ale An no... gdzie byłaś?

Anna nadała swojej twarzy wyraz lekkiego zmieszania. — To musi być jakieś nieporozumienie. Najwyraźniej pomyliły jej się wieczory. — Kłamstwo przyszło jej łatwiej, niż powinno, pozostawiając w ustach cierpki posmak.

Zanim Clara zdążyła dopytać, Anna wstała. — Kwiaty tutaj zaczynają więdnąć. Sprawdzę, czy nie uda mi się poprawić ich ułożenia, podczas gdy ty odpoczniesz. — Podeszła do masywnego kryształowego wazonu na bocznym stoliku i ustawiła się przy nim z rozmysłem, tyłem do sali, delikatnie poprawiając łodygi, które wcale tego nie wymagały.

Trzej austriaccy dyplomaci stali tuż za kwiatami, pochylając głowy w rozmowie. Anna nie odrywała wzroku od pąków, a jej twarz zastygła w łagodnym wyrazie młodej damy, która nie ma w głowie nic poza kwiatami i modą.

— ...der Zar besteht darauf, dass Polen...

Anna wytężyła słuch, by wyłapać słowa, lecz jej słaba znajomość niemieckiego okazała się frustrująco niewystarczająca. Coś o carze upierającym się przy Polsce? Przesunęła się nieznacznie, udając, że sięga po upadły płatek, a w rzeczywistości przybliżając się do nich.

— ...Metternich nie może w tej kwestii dalej udobruchiwać jednocześnie Aleksandra i Brytyjczyków — kontynuował najstarszy dyplomata, przechodząc na angielski z silnym akcentem ze względu na nowo przybyłego towarzysza. — Terytoria muszą zostać podzielone zgodnie z porozumieniem osiągniętym w zeszłym miesiącu.

— Którego nie widzieliśmy — odpowiedział młodszy mężczyzna z wywoskowanym wąsem, obniżając głos. — Von Hastner twierdzi, że ma kopię, ale podejrzewam, że blefuje.

Palce Anny znieruchomiały na łodygach. *Von Hastner.* Czy to nazwisko pojawiło się w dokumentach, które odszyfrowali z Ashburtonem? Było ich tak wiele, ale to nazwisko brzmiało znajomo. Odnotowała tę informację w pamięci, by sprawdzić ją później, i kontynuowała zabawę z kwiatami.

Po drugiej stronie ogromnej sali śmiech Ashburtona wzbił się ponad muzykę, zbyt głośny i zbyt hałaśliwy. Anna odruchowo go odnalazła. Stał z kilkoma dżentelmenami, których rozpoznała z wieczorków hazardowych, gestykulując zamaszyście podczas opowiadania zapewne wyolbrzymionej historii o wyścigowej chwale. Jego fular był zawiązany z celową asymetrią, a kamizelka miała odcień odrobinę zbyt jaskrawy, by uznać go za nienaganny. Każdy szczegół jego wyglądu został wykalkulowany tak, by sugerować człowieka, któremu nikt poważny nie powierzyłby tajemnicy.

A jednak Anna wiedziała, że pod tą starannie skonstruowaną fasadą kryje się inny mężczyzna. Skupiony agent wywiadu, który pracował u jej boku przez całą noc, o umyśle ostrym jak brzytwa. Człowiek, którego palce z nieoczekiwaną czułością zatarły plamę atramentu na jej policzku.

Kontynuowała subtelne podsłuchiwanie, zbierając strzępy informacji z mijanych rozmów. Attaché wspominający o nietypowych ruchach wojsk francuskich przy szwajcarskiej granicy. Hiszpański dyplomata skarżący się na brytyjską ingerencję morską w statki handlowe. Od tygodni słyszała fragmenty takich doniesień, ale do tej pory nie miała z kim o nich porozmawiać, by nadać im znaczenie.

Ledwie mogła doczekać się kolejnej okazji do prywatnej rozmowy z Ashburtonem.

— Fräulein Bell — odezwał się głos tuż przy jej łokciu, płosząc ją. — Czy mogłaby pani dołączyć do naszego stolika? lady Whitmore poprosiła o poczęstunek.

Obok stał jeden z dyplomatycznych znajomych Matthew, młody austriacki lord, którego nazwiska zapomniała. Anna przybrała wyraz uprzejmej zgody i pozwoliła mu odprowadzić się tam, gdzie Clara siedziała teraz z kilkoma innymi damami niedaleko stołów z bufetem. Przemierzając zatłoczoną salę, Anna odnotowywała pozycje kluczowych figur, kreśląc w pamięci złożoną mapę towarzyskich sojuszy i rywalizacji, widoczną w tym, kto z kim rozmawia.

Ich droga prowadziła bezpośrednio za grupą Ashburtona. Gdy się zbliżali, on wykonał dramatyczny gest, cofając się, jakby poniosła go własna anegdota. Ten ruch sprawił, że znalazł się dokładnie na drodze Anny. Zwolniła, przewidując zderzenie.

— Najmocniej przepraszam, panno Bell — zawołał Ashburton głosem dość głośnym, by słyszeli go postronni. Jego dłoń dotknęła jej ramienia, jakby chciał ją podtrzymać, a ruch ten ukrył mały, złożony kawałek papieru, który wcisnął jej w dłoń. Jego palce musnęły jej skórę, ciepłe nawet przez rękawiczki, posyłając w górę ramienia dreszcz świadomości, który nie miał nic wspólnego z ich tajną komunikacją.

— Nic się nie stało, lordzie Ashburton — odpowiedziała tonem całkowicie opanowanym, mimo przyspieszonego tętna.

— Jest pani nazbyt łaskawa — oświadczył, kłaniając się z przesadną dwornością, po czym z kolejnym tubalnym śmiechem zwrócił się do swoich towarzyszy.

Anna ruszyła dalej z ukrytym w dłoni liścikiem, a jej myśli już wybiegały ku prawdziwej pracy tego wieczoru, która miała się zacząć po zakończeniu tego towarzyskiego przedstawienia. Notatka zapewne zawierała godzinę i miejsce spotkania — a może i nowe informacje. Pomimo powagi ich misji, czuła niezaprzeczalny dreszcz emocji na samą myśl o tym.

W tym błyszczącym, pełnym fałszu świecie dyplomacji odnalazła swój cel. Nie jako niewidzialna siostra stara panna siedząca w kącie, ale jako niedostrzeżona obserwatorka, której bystry umysł potrafił rozplątać sieci intryg tkane wokół nich.

I znalazła partnera, który ją widział, naprawdę ją dostrzegał — nie pomimo jej matematycznego umysłu i niemodnej bezpośredniości, ale właśnie dzięki nim. Gdy Anna usiadła obok Clary, z notatką bezpiecznie schowaną w rękawiczce, pozwoliła sobie na drobny, prywatny uśmiech. Mimo wszystkich zewnętrznych różnic, ona i lord Ashburton stali się razem czymś niezwykłym; idealnym równaniem dopełniających się zmiennych.

Anna weszła po wąskich schodach do kwatery Ashburtona, a jej kroki były bezgłośne na wytartych drewnianych stopniach. Sam budynek był niepozorny, to przyzwoita, choć nieostentacyjna rezydencja przy cichej ulicy, dogodnie położona względem dzielnicy dyplomatycznej i handlowego serca Wiednia. Przybyła dokładnie o umówionej porze, gdy zegar wybijał północ. Liścik, który wsunął jej Ashburton, nie zawierał nic poza adresem i godziną, a teraz spoczywał bezpiecznie spalony w kominku w jej sypialni. Serce zabiło jej mocniej, gdy dotarła na spocznik trzeciego piętra — nie z powodu wspinaczki, lecz przez ten osobliwy dreszcz towarzyszący potajemnemu spotkaniu, tak odległemu od życia ułożonej młodej damy, do którego ją wychowano.

Ashburton natychmiast odpowiedział na jej ciche pukanie, uchylając drzwi tylko na tyle, by mogła się prześlizgnąć, po czym zamknął je za nią na klucz. W kominku płonął skromny ogień, rzucając ciepły blask na surowe umeblowanie.

— Nikt cię nie śledził? — zapytał cicho.

— Nie. Clara była zmęczona i wcześnie poszła spać, a Whitmore poszedł za nią. — Anna odwijała szal i położyła go na krześle, a jej wzrok już błądził ku biurku i obietnicy zagadek do rozwiązania. — Wymknęłam się przez drzwi ogrodowe i przyszłam pieszo — to tylko trzy przecznice. Nikogo nie było na zewnątrz.

Ashburton skinął głową, a wyraz jego twarzy zmienił się z troski w satysfakcję. Zniknął gdzieś hałaśliwy pasjonat wyścigów z przyjęcia; tu stał skupiony agent wywiadu, wykonujący sprawne ruchy, gdy podszedł do małego stolika.

— Przygotowałem herbatę. Siadaj, proszę. Musisz być zmarznięta; jeszcze nie pada, ale myślę, że do świtu spadnie śnieg.

Anna usiadła przy biurku i natychmiast zaczęła przeglądać rozłożone tam papiery. Notatki zapisane szyfrem, sporządzone precyzyjnym pismem Ashburtona. Mapy z oznaczeniami, których jeszcze nie rozumiała. Lista nazwisk, niektóre skreślone, inne zakreślone kółkiem; przesuwała po niej palcem, aż znalazła to, którego szukała.

— Von Hastner — powiedziała. — Wydawało mi się, że kojarzę to nazwisko. Słyszałam, jak o nim wspominano dzisiejszego wieczoru. Austriaccy dyplomaci wierzą, że ma on dostęp do jakiegoś porozumienia dotyczącego terytoriów polskich, choć podejrzewają, że może blefować.

Ashburton wrócił z dwoma parującymi filiżankami i postawił jedną przy jej dłoni. — Ciekawe. Von Hastner ma powiązania zarówno z rosyjskimi, jak i pruskimi kręgami dyplomatycznymi. Jeśli twierdzi, że posiada wiedzę szczególną, warto to zbadać.

Anna uniosła filiżankę, wdychając aromatyczną parę, po czym wzięła łyk. Herbata była przygotowana dokładnie tak, jak lubiła: mocna, z wystarczającą ilością miodu, by złagodzić gorycz, nie dominując przy tym smaku. Spojrzała na niego z zaskoczeniem.

— Pamiętałeś.

Cień uśmiechu zaigrał na ustach Ashburtona. — Zauważam pewne rzeczy. To w końcu mój zawód.

To proste stwierdzenie przypomniało jej ponownie o dwoistości natury tego człowieka; jego publiczna płochość maskowała umysł, który z precyzją katalogował najdrobniejsze szczegóły. Anna zaczęła się zastanawiać, co jeszcze o niej zauważył, po czym odsunęła tę myśl i skupiła uwagę na czekającej ich pracy.

Na biurku płonęła pojedyncza lampa, rzucając ciepły, złoty krąg na ich dokumenty. Na zewnątrz nocny Wiedeń pogrążył się w ciszy, przerywanej jedynie okazjonalnie przejazdem powozu lub dalekim biciem dzwonu kościelnego. W tej spokojnej przestrzeni, odseparowanej od świata i jego ograniczeń, Anna poczuła budzącą się w niej niezwykłą swobodę.

— Przepisałem to, co zebrałaś na przyjęciu u ambasadora Węgier w zeszłym tygodniu — powiedział Ashburton, przysuwając do nich plik dokumentów. — W połączeniu z dzisiejszymi doniesieniami o Von Hastnerze sądzę, że wyłania się nam pewien schemat.

Anna pochyliła się, jej ramię otarło się o jego ramię, gdy oboje pochylili się nad tym samym dokumentem. Ten lekki kontakt posłał dreszcz po jej skórze, ale zmusiła się do zachowania skupienia na papierach. Kolumny cyfr i zakodowanych fraz wypełniały stronę, pozornie pozbawione znaczenia dla każdego, kto nie posiadał klucza, który wspólnie skonstruowali.

— Tutaj — powiedziała, wodząc palcem po ciągu cyfr. — Wzór powtarza się z lekkimi wariacjami. Każda sekwencja zaczyna się od tych samych trzech liczb, po których następuje coś, co wygląda na szyfr daty.

Ashburton skinął głową, a jego twarz znajdowała się blisko jej twarzy, gdy razem studiowali stronę. — A jeśli podstawimy klucz z dokumentów francuskich...

— To daje nam miejsce spotkania — dokończyła jego myśl Anna, już dokonując obliczeń. — To potwierdza nasze przypuszczenia dotyczące struktury sieci. Spójrz tutaj, ten sam wzór, który znaleźliśmy w papierach Frontenaca, ale z lokalizacjami austriackimi zamiast francuskich.

Pracowała szybko nad podstawieniami, a jej umysł odnajdywał ścieżki w liczbowym labiryncie. Szyfr zdradzał swoje tajemnice pod jej metodycznym atakiem, zmieniając splątane liczby w konkretne informacje wywiadowcze.

— Dostrzegasz powiązania, które ja bym całkowicie przeoczył — mruknął Ashburton, patrząc, jak jej pióro śmiga po papierze, zaprowadzając ład w chaosie. — Rozplątanie tego, co ty osiągnęłaś w godzinę, zajęłoby mi całe dnie.

Pochwała rozgrzała ją, nie dlatego, że była pochlebstwem, ale dlatego, że była szczera — było to uznanie eksperta dla prawdziwych umiejętności. W życiu przed Wiedniem matematyczne zdolności Anny traktowano jako osobliwe dziwactwo, przydatne przy rachunkach w Belle Haven, ale niemalże niebędące rodzajem osiągnięcia, z którego młoda dama powinna być dumna. Tutaj, w tym pokoju, przy tym mężczyźnie, jej umysł był nie tylko akceptowany, ale i ceniony.

W miarę jak noc gęstniała, wypracowali rytm, który wydawał się tak naturalny jak oddychanie. Ashburton przedstawiał fragment informacji; Anna analizowała jego matematyczną strukturę; wspólnie wydobywali znaczenie i umieszczali je w szerszym schemacie, który budowali. Zaczęli kończyć nawzajem swoje zdania; jedno zaczynało myśl, którą drugie dopowiadało z idealną synchronizacją.

— Jeśli założymy, że trzecia cyfra reprezentuje rangę, a nie lokalizację... — zaczął Ashburton.

— ...wtedy cała sekwencja się przesuwa, ujawniając strukturę dowodzenia — dokończyła Anna, nanosząc już poprawki na ich roboczą mapę. — Co umieściłoby Von Hastnera tutaj, podlegającego bezpośrednio pod...

— Attaché wojskowego w rosyjskiej ambasadzie — powiedzieli niemal jednocześnie, a ich spojrzenia spotkały się nad biurkiem.

Skrobanie pióra o papier, łagodne tykanie zegara na kominku; te dźwięki tworzyły tło dla ich wspólnej pracy, kreując intymną atmosferę, która stopniowo zacierała formalne granice między nimi. Anna przyłapała się na tym, że mówi swobodniej, gestykulując z niecodziennym ożywieniem, gdy wyjaśniała swoje obliczenia.

Kiedy podniosła wzrok znad wyjątkowo złożonej serii podstawień, zauważyła, że Ashburton jej się przygląda, a jego wyraz twarzy był całkowicie szczery. W jego spojrzeniu było coś, co nie miało nic wspólnego z szyframi ani zbieraniem informacji wywiadowczych; ciepło i podziw, które wywołały rumieniec na jej policzkach. Szybko odwrócił wzrok, skupiając uwagę na leżących przed nimi dokumentach, ale ta chwila zawisła między nimi niczym wstrzymany oddech.

— Muszę cię odwieźć do domu — powiedział. — Jest czwarta rano, musisz być wyczerpana.

Anna chciała zaoponować, chciała mu powiedzieć, że nigdy nie czuła się bardziej rozbudzona, bardziej żywa. Jakby w końcu odnalazła swój prawdziwy cel w życiu i nie chciała przestawać.

Miał jednak rację. Czym innym było zmylenie Clary, że spędziła noc u Lady Pemberton, a czym innym nieobecność w łóżku rano, gdy Clara doskonale wiedziała, że powinna w nim być. Anna wstała więc i pozwoliła, by Ashburton narzucił jej płaszcz na ramiona.

— Odprowadzę cię — powiedział cicho. — Sądziłem, że weźmiesz dorożkę; następnym razem po ciebie wyjdę. Nie podoba mi się, że chodzisz sama, zwłaszcza po ciemku.

Anna parsknęła śmiechem. — Wiedeń to obecnie prawdopodobnie najbezpieczniejsze miejsce na świecie; pełno tu dyplomatów i oficerów!

— I szpiegów, i podwójnych agentów — odparł, mając niezaprzeczalną rację.

Na zewnątrz, zgodnie z jego przewidywaniami, faktycznie zaczął padać śnieg; wielkie, puszyste płatki wirowały gwałtownie, tworząc już grubą warstwę na ulicy. Anna pozwoliła Ashburtonowi ująć się pod ramię i wspólnie przeszli przez ciche ulice do wynajmowanej przez Whitmore'ów rezydencji.

— Dobranoc — powiedziała cicho, wysuwając dłoń z ramienia Ashburtona. Przez chwilę zdawało jej się, że próbował ją zatrzymać, ale pozwolił jej odejść.

— Dobranoc, Anno. Śpij dobrze. Poczekam, aż będziesz bezpieczna w swoim pokoju: zapal świecę i podejdź z nią do okna, żebym wiedział.

To było z jego strony bardzo dżentelmeńskie. Z lekkim uśmiechem przemknęła alejką do bramy w szerokim murze prowadzącej do ogrodu, a stamtąd przez drzwi ogrodowe do salonu. Zatrzymała się tam, by zdjąć mokre trzewiki, żeby nie zostawić śladów — i by móc bezszelestnie przemknąć przez dom, w samych pończochach.

Gdy wchodziła po schodach, ogarnęło ją znużenie i o mało nie upadła twarzą na łóżko w pełnym ubraniu, ale przypomniała sobie o obietnicy. Odnalazła świecę, zapaliła ją od ostatnich żarów w kominku i podeszła do okna.

Po drugiej stronie ulicy ciemny cień oderwał się od portyku budynku i odszedł.

Złocisty jedwab szeleścił przy każdym ruchu Anny, a tkanina chwytała światło w sposób, w jaki jej zwykłe, skromne suknie nigdy tego nie robiły. Clara uparła się na ten strój, uciszając protesty Anny z niecharakterystyczną dla siebie stanowczością. — Nosiłaś tę niemodną zieloną rzecz na trzy kolejne przyjęcia — oświadczyła, po czym poleciła Sophie ozdobienie kolejnej ze swoich sukien. Teraz, świadoma głębszego dekoltu i sposobu, w jaki gorset podkreślał jej figurę, Anna czuła się wystawiona na widok publiczny w sposób, który podważał jej starannie pielęgnowaną niewidzialność. Jak można wtopić się w tło, będąc ubraną w jedwab lśniący niczym słońce?

Wielka sala balowa Palais Schwarzenberg przewyższała przepychem nawet austriackie Ministerstwo Spraw Zagranicznych. Nad głowami łukowato wznosiły się sufity z freskami przedstawiającymi sceny mitologiczne w żywych kolorach. Pozłacane kolumny podtrzymywały balkony, na których grali muzycy, a ich melodie spływały do tancerzy w dole. Kryształowe żyrandole zwisające na złotych łańcuchach rzucały jasne światło na zgromadzoną szlachtę i korpus dyplomatyczny Europy, zamieniając klejnoty w gwiazdy, a polerowane mosiężne guziki w miniaturowe słońca.

Anna zajęła miejsce przy marmurowej kolumnie, próbując odzyskać choć odrobinę swojej zwykłej niepozorności mimo rzucającej się w oczy sukni. Obserwowała wirujące wzory tancerzy, katalogując sojusze i niechęci na podstawie tego, kto z kim tańczył. Żona rosyjskiego ambasadora tańcząca z pruskim attaché wojskowym; interesujący obrót spraw, biorąc pod uwagę napięcia, które ona i Ashburton odkryli podczas wczorajszej pracy nad deszyfracją.

— Anno, odejdź od tego filara. Nie uda ci się ukryć. — Matthew pojawił się u jej boku z miną będącą mieszanką czułości i irytacji, którą rezerwował dla swoich szwagierek. — Mam tu kilku dżentelmenów, którzy pragną zostać przedstawieni.

Zanim zdążyła sformułować sprzeciw, Anna została poprowadzona w stronę grupy młodych mężczyzn w mundurach dyplomatycznych. Rozpoznała w nich młodszych attaché z różnych poselstw, dokładnie ten rodzaj ambitnych młodzieńców, którzy mogli posiadać przydatne informacje, jak sądziła, odpowiednio korygując swoje nastawienie.

— Panno Bell, czy mogę przedstawić barona Kinsky'ego z austriackiego Ministerstwa Spraw Zagranicznych oraz pana Ellswortha z brytyjskiej delegacji? Panowie, moja szwagierka, panna Anna Bell.

Anna dygnęła poprawnie, obserwując ich reakcje. W oczach Austriaka na moment błysnęło zaskoczenie jej azjatyckimi rysami twarzy, zanim jego dyplomatyczne przeszkolenie wzięło górę. Anglik po prostu wyglądał na znudzonego, wyraźnie wypełniając jedynie towarzyski obowiązek wobec dżentelmena, którego postrzegał jako wyższego rangą.

— Fräulein Bell, czy mogę mieć zaszczyt prosić o ten taniec? — zapytał baron Kinsky, mówiąc doskonałą angielszczyzną, choć z silnym akcentem.

Anna przyjęła zaproszenie z wdzięcznością, pozwalając poprowadzić się na parkiet. Gdy dołączyli do tancerzy, zauważyła poprawne, lecz pozbawione polotu kroki barona, ostrożny dystans, jaki zachowywał, oraz to, jak jego wzrok raz po raz uciekał nad jej ramieniem w stronę grupy młodych dam w pastelowych jedwabiach. Jego rozmowa okazała się równie powierzchowna; grzeczne zapytania o wrażenia z Wiednia, uwagi o muzyce i spostrzeżenia na temat pogody.

Kiedy taniec dobiegł końca, z pośpiechem odprowadził ją do Matthew, kłaniając się nisko przed ucieczką. Schemat powtórzył się w przypadku pana Ellswortha, którego taniec był nieco lepszy, ale cała rozmowa składała się wyłącznie z narzekań na wiedeńską kawę w porównaniu z londyńską.

— No i proszę, czyż to nie było przyjemne? — zapytał Matthew, gdy drugi młody człowiek odszedł. — Clara ucieszy się, widząc, że bierzesz udział w zabawie.

Anna zdobyła się na zdawkowy uśmiech, już omiatając wzrokiem salę w poszukiwaniu siostry. Zamiast niej jej wzrok spoczął na znajomej postaci po drugiej stronie sali. Lord Ashburton stał w grupie dżentelmenów, jego złocisto-jasne włosy lśniły pod żyrandolami, a śmiech niósł się przez pomieszczenie. Swoją zwykłą rolę odgrywał bezbłędnie; beztroski arystokrata, którego jedynymi zmartwieniami były konie i zakłady. Gdy patrzyła, wykonał szeroki gest, niemal rozlewając szampana, ku wyraźnemu rozbawieniu swoich towarzyszy.

Wtedy, jakby wyczuwając jej spojrzenie, odwrócił się. Poprzez zatłoczoną salę, przez wir tancerzy i tłum gości, ich oczy się spotkały. Anna spodziewała się, że szybko odwróci wzrok, by zachować dystans, jakiego wymagały ich publiczne role. Zamiast tego jego spojrzenie zatrzymało się na jej twarzy, było stałe i intensywne w sposób, który przeczył jego powierzchownej pozie. Maska opadła, choćby na ułamek sekundy, ujawniając człowieka, którego poznała dzięki wspólnej pracy — skupionego, inteligentnego i kogoś więcej, kogoś, kto sprawił, że oddech uwiązł jej w gardle.

Ten kontakt trwał zaledwie sekundy, ale Anna poczuła go niczym fizyczny dotyk. Gorąco wspięło się po jej szyi na policzki. Zastanawiała się, podczas gdy jej analityczny umysł gwałtownie wkroczył na nieznane terytorium emocji, czy mógłby on być zazdrosny o młodych dyplomatów, z którymi tańczyła. Myśl ta była zarówno niedorzeczna, jak i dziwnie ekscytująca. Lord Ashburton nie miał powodu do zazdrości; tamte tańce były jedynie towarzyskim obowiązkiem, a mężczyźni wyraźnie odliczali minuty, aż będą mogli uprzejmie się oddalić.

A jednak... intensywność jego spojrzenia sugerowała coś wykraczającego poza ich zawodowe partnerstwo. Coś, czego dotąd starannie unikała zbyt wnikliwie analizować.

Anna pierwsza odwróciła wzrok, zaniepokojona kierunkiem swoich myśli. Zawsze szczyciła się logiczną jasnością i precyzją swojego matematycznego umysłu. Te nieznane emocje wprowadzały zmienne, których nie potrafiła łatwo określić ani przewidzieć.

Gdy odważyła się spojrzeć ponownie, Ashburton przeciskał się przez tłum w ich stronę. Podchodził z lekko przesadzonym krokiem człowieka, który być może skosztował zbyt wiele szampana, choć Anna wiedziała, że jego kieliszek prawdopodobnie wciąż był tym pierwszym tego wieczoru.

— Whitmore, stary przyjacielu! — zawołał, klepiąc Matthew po ramieniu. — Cóż za wspaniałe przyjęcie, co? Austriacy doprawdy wiedzą, jak podejmować gości. — Odwrócił się w stronę Anny, kłaniając się z fantazją. — I panna Bell, doprawdy odmieniona tego wieczoru. Ta suknia jest czarująca.

Matthew zaśmiał się. — Czy rzeczywiście zamierzasz dziś tańczyć, Ashburton? To byłby doprawdy rzadki widok.

— Pomyślałem, że wypełnię swój obowiązek wobec twojej szwagierki, stary przyjacielu! — oświadczył Ashburton z mrugnięciem oka. — Nie możemy pozwolić, by austriacki korpus dyplomatyczny pomyślał, że Brytyjczycy zaniedbują swoje damy, prawda?

Zanim Anna zdążyła odpowiedzieć, wyciągnął dłoń. — Panno Bell, czy wyświadczy mi pani ten zaszczyt?

Położyła palce na jego dłoni, a kontakt ten wywołał znany już dreszcz poczucia bliskości przebiegający przez jej ramię. — Jeśli pan nalega, lordzie Ashburton.

— O, nalegam absolutnie — odparł, zniżając nieco głos, a słowa te, mimo otaczającego ich tłumu, były przeznaczone tylko dla niej.

Poprowadził ją na parkiet, gdy orkiestra zaczęła nowego walca. Anna tańczyła już raz z Ashburtonem, na balu w pałacu Hofburg, ale to wydawało się zupełnie inne. Jego dłoń spoczęła na jej talii z pewną siebie swobodą, a nacisk palców był delikatny, lecz pewny poprzez jedwab jej sukni.

— Wierzę, że obserwuje nas połowa korpusu dyplomatycznego — mruknął, a jego twarz zachowywała wyraz uprzejmego zadowolenia, jakiego oczekiwano podczas takiego tańca. Tylko jego oczy zdradzały coś głębszego, wpatrując się w nią z niezachwianym skupieniem. — Miłośnik wyścigów i matematyczna stara panna. Cóż za nieprawdopodobną parę tworzymy.

— Stara panna? — Anna uniosła brew, choć nie potrafiła wykrzesać z siebie szczerej urazy. — Mam dopiero dziewiętnaście lat.

— Wybacz mi — odparł, a jego usta wygięły się w uśmiechu, który dotarł do oczu. — W świecie dyplomacji każda niezamężna dama po swoim pierwszym sezonie ryzykuje taką klasyfikację. Szczególnie taka o umyśle bystrzejszym niż większość mężczyzn próbujących się o nią ubiegać.

Ten komplement, wypowiedziany z taką prostą pewnością, rozgrzał ją bardziej, niż powinien. Wirowali w pasie walca, poruszając się w idealnej synchronii, mimo że tańczyli ze sobą dopiero drugi raz. Anna poczuła, że poddaje się jego prowadzeniu, a ich ciała odnajdują naturalną harmonię, która odzwierciedlała intelektualną więź, jaką nawiązali nad arkuszami szyfrów i zakodowanymi wiadomościami.

— To złoto ci pasuje — powiedział cicho Ashburton. — Choć muszę przyznać, że polubiłem twoją zwykłą zieleń. Przypomina mi angielską wieś latem.

Osobisty charakter tej uwagi kompletnie ją zaskoczył. Nie było to wyćwiczone schlebianie bywalca salonów ani wyrachowany urok miłośnika koni odgrywającego rolę. To było coś autentycznego, szczera myśl wypowiedziana bez sztuczności.

Gdy płynęli w walcu, z oczami utkwionymi w sobie, Anna poczuła narastające między nimi dziwne napięcie — nie niezręczność obcych osób, lecz wzmożoną świadomość dwojga ludzi odkrywających w sobie nawzajem coś nieoczekiwanego. Muzyka wzbierała wokół nich, inni tancerze stali się plamą kolorów i ruchu, a Anna poczuła, że zbliża się do odkrycia, którego nie mogła już dłużej unikać.

Zaczęła to dziwne partnerstwo od podziwu dla poświęcenia Ashburtona, jego inteligencji i oddania służbie ojczyźnie pod błazeńską maską, którą nosił. Szanowała jego umysł, umiejętność utrzymywania pozorów, zdolność dostrzeżenia wartości w jej niekonwencjonalnych umiejętnościach.

Lecz teraz, gdy jego dłoń prowadziła ją przez kolejny obrót, a jego oczy ani na chwilę nie opuszczały jej spojrzenia, Anna rozpoznała prawdę z taką samą jasnością, jaką wnosiła do problemów matematycznych. Nie pociągał jej jedynie umysł i oddanie Ashburtona. Zakochiwała się w samym człowieku, tej prawdziwej osobie pod maską, która pamiętała dokładnie, jak ona pije herbatę, która widziała w jej matematycznym podejściu nie dziwactwo, lecz dar, i która patrzyła na nią teraz tak, jakby była jedyną osobą w sali pełnej setek ludzi.

To odkrycie było równie przerażające, co upajające. Anna Bell, która zawsze chlubiła się racjonalnym myśleniem, stanęła przed równaniem bez logicznego rozwiązania, mając jedynie niezaprzeczalny dowód w postaci mocno bijącego serca i pewność, że cokolwiek wydarzy się dalej w ich niebezpiecznej grze szyfrów i tajemnic, nic nie będzie już takie samo.

Rozdział trzynasty

Lord Ashburton popijał szampana z nonszalancją, a jego twarz zastygała w znajomej masce uprzejmej obojętności, która tak dobrze mu służyła, gdy rzucał okiem na salę balową w ambasadzie Hiszpanii. Pod tą starannie pielęgnowaną fasadą jego uwaga pozostawała skupiona na postaci po drugiej stronie zatłoczonego pomieszczenia — Annie Bell, która przemieszczała się między grupami dyplomatów tak niepozornie, że większość niemal nie rejestrowała jej obecności.

Minęły trzy tygodnie od ich walca w Palais Schwarzenberg, trzy tygodnie potajemnych spotkań i wspólnych odkryć podczas pracy nad rozpracowaniem sieci francuskich sympatyków. Trzy tygodnie, w trakcie których Ashburton czuł coraz większy pociąg do bystrej inteligencji ukrytej za ciemnymi oczami Anny i do precyzji jej umysłu, który przedzierał się przez zawiłości z matematyczną elegancją.

Obserwował, jak lawiruje na obrzeżach rozmowy między austriackim ministrem finansów a upudrowanym dostojnikiem z delegacji pruskiej. Trzymała małą porcelanową filiżankę, której rola jako rekwizytu była dla wprawnego oka Ashburtona oczywista. Nikt nie kwestionował jej obecności; ciemnozielona suknia, którą faworyzowała, wtapiała się w cienie, a jej azjatyckie rysy sprawiały, że wielu brało ją za służącą, a nie za szwagierkę markiza Whitmore. Ich strata, a jego zysk. Ich ślepota pozwalała jej poruszać się po tych dyplomatycznych zgromadzeniach niczym duch, zbierając fragmenty informacji, które po złożeniu w całość tworzyły mozaikę o uderzającej jasności.

— Sympatycy Napoleona stają się coraz zuchwalsi — zauważył starszy dyplomata u boku Ashburtona, wyrywając go z obserwacji. — Tylko w tym tygodniu trzy aresztowania w Bawarii.

— Doprawdy? — odpowiedział Ashburton, nadając swojemu głosowi odpowiednią miarę zdawkowego zainteresowania. — Okropna sprawa.

Starszy mężczyzna mówił dalej o nieistotnych kwestiach, o których Ashburton wiedział od dni lub tygodni. Ashburton słuchał go jednym uchem, ani na chwilę nie spuszczając wzroku z Anny.

Ustawiła się teraz przy marmurowej kolumnie, pozornie pochłonięta oglądaniem małego rozdarcia na rękawiczce.

Tuż obok stał rosyjski dyplomata, pogrążony w rozmowie z francuskim attaché. Ich głosy niosły się na tyle, by mogła je usłyszeć, co Ashburton wiedział doskonale, sam stosując podobną taktykę. Lekkie przechylenie głowy, sposób, w jaki jej palce zatrzymały się nad wyimaginowaną skazą na rękawiczce — słuchała uważnie, katalogując każde słowo.

Ashburton podziwiał jej opanowanie. Gdzie nauczyła się takiej ogłady? Z pewnością nie w wiejskiej stadninie koni, gdzie dorastała. Miała naturalny talent, instynktowne zrozumienie tego, jak stać się niewidzialną poprzez bezruch, a nie ruch. Jej matematyczny umysł dobrze jej służył w tej pracy; z doskonałą pamięcią przywoływała nazwiska, powiązania i daty, budując wzorce z rozproszonych informacji, które mogłyby umknąć nawet jego wyszkolonym agentom. Okazała się nieoceniona w sposób, którego nigdy nie przewidział, gdy zaczynała się ta osobliwa partnerska współpraca, przekazując niezliczone strzępy informacji i pomagając mu składać je w spójną część skomplikowanej układanki stosunków międzynarodowych na Kongresie.

Jakby wyczuwając jego uwagę, podniosła wzrok, bezbłędnie odnajdując jego oczy w zatłoczonej sali. Na jej twarzy nie odmalował się żaden widoczny wyraz, jednak coś w jej spojrzeniu się zmieniło, nastąpiło chwilowe zmiękczenie, nim jej uwaga wróciła do rozmowy obok. To krótkie porozumienie posłało nieoczekiwane ciepło przez pierś Ashburtona, uczucie, które szybko w sobie stłumił. Nie mógł sobie pozwolić na takie rozproszenie, nie przy tak wysokiej stawce.

Odstawił pusty kieliszek na tacę przechodzącego służącego i zaczął iść w jej kierunku, planując zainicjować jakąś błahą interakcję towarzyską, która pozwoliłaby im na wymianę kilku zakodowanych słów. Trzy pary przed nią poczuł mocną dłoń na ramieniu.

— Ashburton, chwileczkę.

Głos sir Edmunda Wrexforda niósł w sobie nieomylny ton rozkazu pod towarzyską ogładą. Ashburton odwrócił się, a jego mina natychmiast zmieniła się w wyraz radosnego rozpoznania.

— Sir Edmundzie! Wspaniały wieczór, prawda? Ambasador Hiszpanii z pewnością wie, jak zaopatrzyć piwniczkę; ten szampan jest po prostu boski.

Cienkie usta Wrexforda wygięły się w czymś, co przypominało uśmiech, ale nigdy nie dotarło do jego zimnych oczu. — Proszę ze mną pójść. Są sprawy, które powinniśmy omówić.

Przedpokój przylegający do gabinetu ambasadora Hiszpanii stanowił jaskrawy kontrast dla błyszczącego przyjęcia za ciężkimi dębowymi drzwiami. Nie było tu kryształowych żyrandoli; tylko para srebrnych kandelabrów rzucała drżące światło na ciemną boazerię i bordowe zasłony zaciągnięte przed nocą. Ashburton zamknął za sobą drzwi z cichym kliknięciem, odcinając ich od muzyki i gwaru, pozostając sam na sam z wyczekującą ciszą Wrexforda. To przejście wydawało się symboliczne — od jasnej fasady dyplomatycznych uprzejmości do mrocznej rzeczywistości ich prawdziwego celu.

Wrexford usiadł w skórzanym fotelu z wysokim oparciem, gestem zapraszając Ashburtona, by zajął miejsce naprzeciwko. Między nimi stał mały mahoniowy stolik, na którym znajdowała się karafka z bursztynowym płynem i dwie kryształowe szklanki. W pokoju pachniało starymi książkami, woskiem do polerowania i słabym tytoniem, który przylgnął do ubrania Wrexforda.

— Raport — powiedział krótko Wrexford, nalewając po dwa palce koniaku do każdej szklanki.

Ashburton przyjął podany trunek, ale nie upił go natychmiast. Jego umysł pracował szybko, obliczając dokładnie, ile ujawnić, jak przedstawić ich postępy, nie obnażając kluczowej roli Anny. — Sieć francuskich sympatyków jest rozleglejsza, niż początkowo sądziliśmy — zaczął, ściszając głos mimo prywatnego miejsca. — Zidentyfikowaliśmy dwanaście kluczowych postaci działających w kręgach dyplomatycznych tutaj, w Wiedniu.

— Zidentyfikowaliśmy? — brew Wrexforda lekko się uniosła.

— To zwrot retoryczny — sprostował gładko Ashburton. — Zidentyfikowałem dwanaście postaci. Trzy w austriackim Ministerstwie Spraw Zagranicznych, dwie przy delegacji pruskiej i kilka innych na stanowiskach o mniejszym wpływie, ale potencjalnie większym dostępie.

Sięgnął pod połę surduta i wyciągnął złożoną kartkę, rozkładając ją ostrożnie na stole między nimi. Mapa sieci ukazywała zakodowane nazwiska i stanowiska, powiązania narysowane precyzyjnymi liniami, które tworzyły zawiłą sieć relacji. Nie wspomniał o tym, że te linie zostały nakreślone ręką Anny, a wzorce zidentyfikowane dzięki jej matematycznemu podejściu, a nie jego bardziej tradycyjnym metodom zbierania informacji wywiadowczych.

Wrexford przyjrzał się dokumentowi zmrużonymi oczami. — To uderzająco szczegółowe. Pana zwykłe metody zazwyczaj nie dają tak... ustrukturyzowanych rezultatów.

— Eksperymentowałem z bardziej systematycznym podejściem — odparł Ashburton, a półprawda przyszła mu z łatwością. — Szukałem matematycznych wzorców w godzinach spotkań, lokalizacjach, metodach komunikacji. Okazuje się to całkiem skuteczne.

— Doprawdy. — Palec Wrexforda prześledził konkretne połączenie na papierze. — A ta centralna postać? Nadal uważa pan, że to ktoś wysoko postawiony w naszej własnej delegacji?

— Dowody na to wskazują. Przekazywane informacje są zbyt konkretne, zbyt wrażliwe, by mogły pochodzić od kogoś bez bezpośredniego dostępu do naszej komunikacji dyplomatycznej. — Ashburton pochylił się lekko. — Jestem blisko zidentyfikowania tej osoby, sir Edmundzie. Jeszcze tydzień, może dwa.

Wrexford skinął powoli głową, a wyraz jego twarzy pozostał nieodgadniony. Upił łyk koniaku, a bursztynowy płyn złapał blask świec. — A panna Bell? Jaką rolę ona odgrywa w tym wszystkim?

Pytanie, choć spodziewane, i tak posłało dreszcz alarmu przez ciało Ashburtona. Zachował opanowanie wypracowane latami praktyki, biorąc powolny łyk trunku przed odpowiedzią. — Panna Bell? Nie jestem pewien, czy rozumiem, co ma pan na myśli.

— Więcej śmiałości, Ashburton. Widziałem, jak pan ją obserwuje. To nie pierwszy taki raz. — Głos Wrexforda pozostał konwersacyjny, ale jego oczy nabrały tej zimnej, oceniającej jakości, która czyniła z niego tak groźnego oficera wywiadu. — Zainteresował się pan tą dziewczyną. Zastanawiam się tylko, czy to czysto osobiste, czy wchodzą w grę względy... zawodowe.

Ashburton pozwolił, by na jego twarzy odmalowała się starannie obliczona dawka zakłopotania. — Ach. Wygląda na to, że mnie pan przejrzał. — Uśmiechnął się z autoironią. — Tak, uważam ją za dość fascynującą. Zupełnie nie przypomina osób, które zazwyczaj spotyka się w towarzystwie. Jest odświeżająco bezpośrednia.

— A jej zdolności matematyczne? Pamiętam, że o nich wspominano. — Ton Wrexforda był łagodny, ale pytanie było celne.

Ashburton zaśmiał się lekko. — O tak, z tego co rozumiem, całkiem nieźle radzi sobie z liczbami. Prowadzi księgowość w stadninie ojca czy coś w tym rodzaju. — Machnął lekceważąco ręką. — Nic, co mogłoby nas zainteresować, zapewniam pana. Moje zainteresowanie jest... bardziej konwencjonalnej natury.

— Zatem zaloty? — dopytywał Wrexford, ani na chwilę nie spuszczając wzroku z twarzy Ashburtona.

— Nie posunąłbym się tak daleko. Może zauroczenie. — Ashburton ponownie upił łyk koniaku, pozwalając, by w jego głosie pojawiła się nuta szczerego ciepła. — Jest inna niż ktokolwiek, kogo dotąd poznałem. W jej sposobie

myślenia jest klarowność, która wydaje mi się... pociągają-
ca.

Przynajmniej to było prawdą. Reszta — lekceważenie jej umiejętności, sugerowanie, że jego zainteresowanie
jest jedynie romantyczne — pozostawiała gorzki posmak.
Zdradzał Annę, nawet starając się ją chronić, sprowadza-
jąc jej genialny umysł do niczego więcej niż niezwykłego
kaprysu, który przykuł uwagę znudzonego arystokraty.

— Proszę uważać, Ashburton — ostrzegł Wrexford,
odstawiając szklankę. — Zaangażowania są niebezpieczne
w naszym fachu. Tworzą słabe punkty, które można
wykorzystać. A ta konkretna młoda dama ma... złożone
pochodzenie. Jej lojalność niekoniecznie jest pewna.

Ta sugestia sprawiła, że zimny dreszcz przebiegł po ple-
cach Ashburtona. To był oczywiście nonsens. Koligac-
je rodzinne Anny były nieskazitelne, a mając zaledwie
dziewiętnaście lat, niedorzecznością było sądzić, że mogła
zostać zwerbowana przez obce mocarstwo. Podła aluz-
ja Wrexforda opierała się na niczym innym, jak tylko na
pochodzeniu Anny. Ashburton zachował neutralny wyraz
twarzy, choć jego palce niezauważalnie zacisnęły się na szklance.

— Niepotrzebnie się pan martwi, sir Edmundzie —
odpowiedział tonem starannie modulowanym, by wyrazić
rozbawioną pewność siebie. — To po prostu członkini
rodziny przyjaciela, nic więcej. — Kłamstwo osiadło mu w
żołądku jak ołów. — Mój cel pozostaje niezmienny. Misja
jest na pierwszym miejscu, zawsze.

Wrexford studiował go jeszcze przez chwilę, po czym
skinął głową, najwyraźniej usatysfakcjonowany. — Bardzo

dobrze. Niech pan kontynuuje pracę nad siecią. Od teraz chcę codziennych raportów. Jesteśmy zbyt blisko, by pozwolić sobie na jakiekolwiek błędy.

— Oczywiście. — Ashburton złożył mapę sieci, chowając ją do kieszeni. — Czy to wszystko?

— Na tę chwilę tak. — Wrexford wstał, poprawiając swój nienaganny surdut. — Radziłbym jednak dyskrecję we wszystkich pańskich działaniach, Ashburton. Wiedeń ma oczy wszędzie, i nie wszystkie należą do przyjaciół.

Ostrzeżenie było jasne. Wrexford odszedł z lekkim ukłonem, zostawiając Ashburtona samego w przyćmionym przedpokoju. Siedział nieruchomo, słuchając, jak kroki tamtego cichną, zanim pozwolił, by jego starannie kontrolowana twarz straciła swój wyraz.

Ponownie wyciągnął mapę sieci, rozkładając ją na stole przed sobą. Dzieło Anny gapiło się na niego — jej precyzyjne zapiski, jej eleganckie obliczenia zmieniające surowe informacje w spójny wzorzec. Bez jej matematycznego podejścia wciąż błądziliby po omacku, goniąc za odosobnionymi fragmentami, zamiast widzieć strukturę całej operacji.

Kryptolodzy Wrexforda pracowali miesiącami nad innymi przechwyconymi dokumentami bez takich rezultatów. Anna dokonała w kilka tygodni tego, czego im nie udało się zrobić przez pół roku. A jednak, gdyby Wrexford poznał prawdę, znalazłaby się w śmiertelnym niebezpieczeństwie, nie tylko ze strony wrogów, ale potencjalnie i ze strony własnych rodaków. Lekceważąca uwaga Wrexforda na temat jej pochodzenia ujawniła prawdziwą głębię jego uprzedzeń, a Ashburton nie miał złudzeń, jak mistrz szpiegów zareaguje na wieść, że wrażliwa praca wywiadowcza została powierzona osobie z zewnątrz, kobiecie, której lojalność i tak już kwestionował.

Przesunął palcem wzdłuż konkretnego połączenia na mapie, które Anna zidentyfikowała dzięki wzorcowi, którego nikt inny nie zauważył. Matematyczna precyzja jej umysłu zrewolucjonizowała ich rozumienie struktury sieci, ujawniając hierarchie i relacje, które umknęły tradycyjnym metodom.

Ashburton złożył ostrożnie mapę, a jego myśli zwróciły się ku nowemu zmartwieniu. Skoro Wrexford podejrzewał jego zainteresowanie Anną, czy mógł objąć ich obserwacją? Ta możliwość wywołała w nim nagły skok niepokoju. Ich spotkania w jego kwaterze nagle wydały się lekkomyślnie niebezpieczne. Jeśli Wrexford kazał obserwować jego pokoje i zobaczyłby przychodzącą Annę...

Konsekwencje byłyby druzgocące — dla misji, dla reputacji Anny i dla samego Ashburtona. Ryzyko było zbyt duże. Będą musieli znaleźć inny sposób na kontynuowanie pracy, gdzieś, gdzie nie będą obserwowani.

Ponieważ pomimo niebezpieczeństwa, pomimo ostrzeżeń Wrexforda, Ashburton wiedział z absolutną pewnością, że nie zdoła ukończyć tej misji bez niej. I co bardziej niepokojące, zaczynał się zastanawiać, czy w ogóle by tego chciał.

Światło pochodni migotało na sklepieniu galerii, rzucając wydłużone cienie na marmurowe popiersia i oprawione w złote ramy portrety surowych Habsburgów. Ashburton poruszał się cicho po wyciszonej przestrzeni, a jego kroki tłumił gruby chodnik. Widział, jak Anna wymyka się z przyjęcia pół godziny wcześniej, a wyraz jej twarzy sugerował, że szuka samotności, a nie kolejnej rozmowy do przeszukania pod kątem informacji. Upewniwszy się, że Wrexford jest całkowicie pochłonięty rozmową z rosyjską delegacją, ruszył za nią, zachowując dyskretny dystans. Tym razem nie dla misji, lecz dla siebie, dla coraz rzadszej okazji do rozmowy z nią bez udawania i masek.

Znalazł ją we wschodnim skrzydle, stojącą przed sielankowym krajobrazem; jej smukła sylwetka odcinała się na tle przygaszonych zieleni i złota obrazu. Miała na sobie ciemnozieloną suknię, którą zaczął z nią kojarzyć, a jej prostota stanowiła jaskrawy kontrast dla bogato zdobionej galerii. W migotliwym blasku pochodni, z twarzą zwróconą ku dziełu sztuki, wyglądała niemal jak postać z innego wieku; zamyślona, spokojna, niedotknięta wyrachowanymi machinacjami toczącymi się w salach balowych dalej.

— Konie są niepoprawne pod względem anatomicznym — powiedziała, nie odwracając się, wyczuwszy jego nadejście. — Proporcje są zupełnie błędne. Żaden koń nie ma tak długiej szyi ani nóg ustawionych w tak nienaturalnej pozie.

Ashburton uśmiechnął się mimo woli, stając obok niej. — Przypuszczam, że artysta poświęcił dokładność dla efektu estetycznego.

— Marna wymiana — odparła Anna, odwracając się w końcu ku niemu. — Prawdziwe piękno tkwi w poprawnym przedstawieniu formy i funkcji. Prawidłowo zbudowany koń jest o wiele piękniejszy niż ten absurd.

Jej bezpośredniość nigdy nie przestawała go odświeżać po godzinach dyplomatycznych uników i starannie konstruowanych kłamstw. W świecie masek Anna Bell pozostawała uparcie, wspaniale sobą; precyzyjna, prostolinijna, błyskotliwa w sposób, którego większość nigdy by nie doceniła.

— Przejdziesz się ze mną? — zapytał, wskazując na długość galerii. — Sądzę, że jesteśmy sami, ale bezpieczniej jest pozostać w ruchu.

Skinęła głową, przyjmując jego ramię i ruszając krokiem w krok z nim. Mijali portrety cesarzy i sceny bitewne, przez kilka chwil żadne z nich się nie odzywało, a komfortowa cisza między nimi była luksusem rzadko spotykanym w ich wspólnej, tajnej pracy.

— Co zrobisz? — zapytał w końcu Ashburton cichym głosem w głuchej galerii. — Potem. Gdy Kongres się skończy i Wiedeń wróci do swojego zwykłego znużenia.

To pytanie krążyło mu po głowie od dni. Ich wspólna praca miała określony punkt końcowy; Kongres się zakończy, sieć francuskich sympatyków zostanie rozbita lub przekazana innym agentom Wrexforda, a Ashburton otrzyma kolejne zadanie. A Anna wróci do Anglii, do życia całkowicie odciętego od mrocznego świata, który on zamieszkiwał.

— Wrócę do domu, do Belle Haven — odpowiedziała bez wahania, a jej głos ocieplił się na wspomnienie rodzinnej posiadłości. — Ojciec powierzył mi opiekę nad rozwojem naszego programu hodowlanego. Od lat pracuję nad obliczeniami linii krwi, śledząc cechy przez pokolenia, identyfikując wzorce w budowie i temperamencie.

Zatrzymała się przed portretem szlachcianki z dłonią spoczywającą na eleganckiej głowie charta. — Chcę stworzyć coś trwałego. Konie, które łączą piękno z użytecznością; nie tylko ładne stworzenia, by arystokraci mogli się nimi popisywać, ale zwierzęta z sercem, inteligencją i wytrzymałością.

Gdy mówiła, jej zwykła rezerwa zniknęła, zastąpiona ożywieniem, którego rzadko był świadkiem. Jej dłonie poruszały się w małych, precyzyjnych gestach, opisując łuk szyi, nachylenie łopatki, matematykę idealnego kroku. Jej ciemne oczy rozbłysły pasją, a Ashburton poczuł się urzeczony nie tyle szczegółami hodowli koni, którą rozumiał wystarczająco dobrze jako część swojej przykrywki, ile przebłyskiem przyszłości, którą dla siebie wykreowała — przyszłości zdefiniowanej przez tworzenie, a nie oszustwo.

— Clara powtarza, że powinnam szukać odpowiedniej partii, tak jak ona — kontynuowała, a jej usta wygięły się w bladym uśmiechu. — Ale miałam swój sezon w Londynie i śmiertelnie się nudziłam, nie mogłam myśleć o niczym innym, jak tylko o powrocie do pracy. Ojciec rozumie. Widzi wartość w tym, co staram się osiągnąć, a on i mama zawsze obiecywali, że Belle Haven będzie naszym domem na zawsze, jeśli tylko będziemy tego chciały.

Ashburton studiował jej profil w blasku pochodni, uderzony nagłą, obezwładniającą jasnością. Chciał być częścią tej przyszłości, którą opisywała z tak spokojną pewnością. Chciał zobaczyć konie, które wyhoduje, być świadkiem owoców jej precyzyjnego umysłu i cierpliwych obliczeń. Chciał z intensywnością, która go zaskoczyła, stanąć obok niej w Belle Haven i patrzeć, jak jej wizja rozwija się na przestrzeni lat, a nie tylko skradzionych chwil, które obecnie dzielili.

To uświadomienie powinno go zaalarmować. Uczucia były obciążeniem w jego profesji, osobiste pragnienia podrzędne wobec obowiązku. Jednak gdy szli razem przez cichą galerię, prawda osiadła na miejscu z nieuchronnością matematyki: zakochiwał się w Annie Bell. Nie wbrew jej dziwactwom i niemodnej bezpośredniości, ale *dzięki* nim, ponieważ reprezentowała wszystko, co uczciwe i prawdziwe w świecie, w którym on zbyt długo żył wśród cieni i kłamstw.

Kontynuowali spacer po galerii w milczeniu, a ich kroki padały w idealnej synchronizacji na marmurową podłogę. Światło księżyca wpadało przez wysokie okna, przeplatając się ze złotym blaskiem pochodni, tworząc na ich drodze wzór światła i cienia.

W tej chwili idealnego spokoju, z dłonią Anny spoczywającą lekko na jego ramieniu i światem dyplomatycznych intryg tymczasowo odległym, Ashburton pozwolił sobie przyznać to, czego unikał od tygodni: matematyczna precyzja jej umysłu w jakiś sposób wyliczyła sobie drogę przez wszystkie jego starannie skonstruowane zabezpieczenia, odnajdując człowieka pod maskami, które nosił tak długo, że czasami zapominał, co się pod nimi kryje.

Ta wiedza powinna go przerazić. Szpieg z przywiązaniami był szpiegiem bezbronnym; zakochany mężczyzna — agentem, którego lojalność została wystawiona na próbę. Jednak nie czuł strachu, tylko osobliwe poczucie nieuchronności, jakby ich spotkanie było rozwiązaniem równania, o którego istnieniu nawet nie wiedział.

Dotarli do końca galerii, gdzie w małej wnęce znajdował się marmurowy posąg Diany łowczyni, z łukiem napiętym ku niewidocznej zdobyczy. Ashburton odwrócił się twarzą do Anny, niechętnie zrywając kontakt.

— Jest coś, co muszę ci powiedzieć — rzekł cicho, mimo ich odosobnienia. — Nie możesz więcej przychodzić do moich pokoi. Sądzę, że Wrexford mógł objąć mnie obserwacją.

Wyraz twarzy Anny zmienił się, ciepło ustąpiło, gdy realia ich sytuacji znów dały o sobie znać. — Dlaczego miałby to robić? Myślisz, że podejrzewa mój udział?

— Podejrzewa coś. Wspomniał o tobie konkretnie tego wieczoru, pytał o moje zainteresowanie twoją osobą. — Ashburton mówił spokojnie, choć wspomnienie lekceważących uwag Wrexforda wciąż budziło w nim gniew. — To teraz zbyt niebezpieczne. Gdyby odkrył twoją rolę w tej sprawie...

Pozostawił konsekwencje niewypowiedziane, choć oboje rozumieli powagę swojej sytuacji. Anna skinęła głową, przyjmując rzeczywistość bez sprzeciwu.

— Clara też zadaje pytania — przyznała szeptem. — Wie, że bywały chwile, kiedy nie było mnie tam, gdzie twierdziłam. Martwi się, choć jeszcze nie naciskała.

Uświadomienie sobie zacieśniającego się wokół nich kręgu zawisło w powietrzu, ciężkie od niewypowiedzianego żalu. Ich współpraca zawsze była tymczasowa, istniejąca w niepewnej przestrzeni między obowiązkiem a odkryciem, ale Ashburton nie był przygotowany na to, jak głęboko odczuje jej nieuchronny koniec.

— Znajdziemy inny sposób — obiecał, niepewny, czy ma na myśli ich wspólną pracę, czy coś głębszego. — Gdzieś, gdzie nie pomyślą, by szukać.

Anna znów skinęła głową, a jej twarz przybrała dawną, staranną rezerwę, choć jej oczy patrzyły na niego z intensywnością, która mówiła więcej niż słowa. — Powinnam wrócić, zanim ktoś zauważy moją nieobecność — powiedziała miękko.

Ashburton chciał znów ująć jej dłoń, przedłużyć ich wspólną chwilę, ale etykieta i ostrożność zwyciężyły. Zamiast tego skłonił się lekko, w geście, który wydałby się idealnie poprawny każdemu przypadkowemu obserwatorowi, i patrzył, jak odchodzi, a jej smukła sylwetka stopniowo znika w długiej galerii, zmierzając ku odległym dźwiękom przyjęcia. Coś ścisnęło go w piersi, gdy pochłonęły ją cienie — fizyczny ból, którego nie potrafił stłumić żaden zawodowy dystans.

Po raz pierwszy w swojej karierze Ashburton poczuł się rozdarty między misją, którą przysiągł wypełnić, a kobietą, która wbrew wszelkiemu prawdopodobieństwu i jego zdrowemu rozsądkowi stała się dla niego niezbędna w sposób niemający nic wspólnego z szyframi czy sieciami sympatyków. Mężczyzna, który zawsze stawiał obowiązek na pierwszym miejscu, stał teraz samotnie w zalanej światłem księżyca galerii, zastanawiając się, czy największe niebezpieczeństwo nie grozi mu ze strony obcych agentów czy podstępnych dyplomatów, lecz z jego własnego serca.

Rozdział czternasty

 każdą powierzchnię, gałązki sosny i ostrokrzewu zwieszały się z pozłacanych gzymsów, a wszędzie dookoła ciepły blask pszczelich świec kładł się miodowym światłem na zebranych dyplomatach i arystokratach uczestniczących w wigilijnym przyjęciu w rezydencji kanclerza Austrii. Anna poprawiła rękawiczki, wdzięczna, że świąteczne dekoracje dawały dodatkowe cienie, w których mogła się poruszać niezauważona. Nauczyła się już, że huczne zabawy czyniły mężczyzn nieostrożnymi w słowach; bożonarodzeniowa radość i szampan sprawiały, że sekrety sypały się z nich jak dojrzałe owoce z drzewa.

Sączyła szampana, zachowując pozory niespiesznej rozrywki, podczas gdy jej wzrok śledził ruchy kluczowych postaci w zatłoczonej sali recepcyjnej. Pomocnik włoskiego ambasadora, chudy mężczyzna o nerwowych dłoniach i zbyt ciasnym kołnierzyku, od pół godziny krążył wokół francuskiego attaché handlowego. Ich stopniowe zbliżanie się w stronę wnęki wydało się Annie celowe, a nie przypadkowe.

Kiedy obaj mężczyźni w końcu zniknęli w alkowie, Anna odstawiła kieliszek i ruszyła w ich stronę. Szła niespiesznie, zatrzymując się, by wymienić uprzejmości ze starszą hrabiną, pozwalając, by przechodzący lokaj osłonił jej zmianę kierunku. Matematyka poruszania się w towarzystwie stała się dla niej drugą naturą; obliczała kąty i czas, trajektorie służby i tancerzy, a wszystko po to, by dotrzeć do celu nie przyciągając uwagi.

We wnęce znajdowała się kompozycja z białych zimowych róż i owoców ostrokrzewu, ustawiona na małym stoliku o marmurowym blacie. Anna stanęła obok niej, usuwając zwiędły kwiat ostrożnymi ruchami palców, jednocześnie lekko przechylając głowę, by wyłapać ściszone głosy mężczyzn.

— Ustaleń dopełniono — mówił Włoch, a jego akcent stał się wyraźniejszy pod wpływem czegoś, co, jak domyślała się Anna, było już jego trzecią szklanką ponczu. — Sześć statków handlowych, przebudowanych zgodnie z umową. Zostaną przesunięte na pozycje, gdy tylko wydam rozkaz.

Odpowiedź Francuza padła ledwie słyszalnym szeptem.

— Dobrze. Fundusze zostaną przekazane za pośrednictwem wiedeńskiego bankiera. Pana dyskrecja została odnotowana i zostanie nagrodzona, gdy sprawy zostaną ostatecznie załatwione.

Palce Anny znieruchomiały na kwiatach, a jej umysł natychmiast zaczął analizować konsekwencje. Sześć jednostek to nie potężna flota, ale liczba znacząca, jeśli zostaną odpowiednio uzbrojone i strategicznie rozmieszczone.

— Czy kapitanowie są godni zaufania? — zapytał Francuz.

— Całkowicie. To byli oficerowie marynarki, a każdy z nich chowa urazę do brytyjskich blokad. Rozumieją wagę wyczucia czasu.

— A modyfikacje?

— Furty działowe zamaskowane jako luki towarowe, wzmocnione pokłady. Wyglądają jak zwykłe statki handlowe, ale w ciągu kilku godzin mogą zostać przystosowane do celów wojskowych.

Anna ostrożnie poprawiła kolejny kwiat, a jej tętno pozostało miarowe mimo wagi usłyszanych słów. Państwa włoskie były oficjalnie neutralne w obecnych układach dyplomatycznych, a ich współpraca z Francją była wyraźnie zakazana na mocy traktatów finalizowanych podczas kongresu. Jeśli siły francuskie pozyskiwały przerobione statki handlowe od włoskich sympatyków, sugerowało to przygotowania do wznowienia konfliktu, być może plan szybkiego przerzucenia wojsk przez Morze Śródziemne, gdyby negocjacje zakończyły się fiaskiem.

— Delegat austriacki będzie wielce niezadowolony, jeśli odkryje tę umowę — skomentował Francuz z cieniem rozbawienia w głosie.

W odpowiedzi Włocha nie było humoru. — Zatem nie może jej odkryć. Statki są zarejestrowane na prywatne firmy handlowe, bez żadnego oczywistego związku z którymkolwiek z rządów. Dokumentacja jest bez zarzutu.

Serce Anny zaczęło bić szybciej, gdy w jej umyśle krystalizowało się znaczenie tych informacji. To był dokładnie ten rodzaj wiadomości, których potrzebował Ashburton — konkretny dowód francuskich przygotowań naruszających ducha, jeśli jeszcze nie literę negocjowanych porozumień.

Ostrożnie uszczypnęła liść ostrokrzewu, wykorzystując chwilowe ukłucie, by skupić myśli. Musiała natychmiast odnaleźć Ashburtona. Jej umysł błyskawicznie przeszukał listę miejsc, w których mógłby przebywać. Sala gier? Palarnia? A może sam zajmował się podsłuchiwaniem w innej części rezydencji? Oddaliła się od wnęki, zanim obaj mężczyźni wyszli i zastali ją bezczynnie stojącą w pobliżu. Przemierzała zatłoczoną salę recepcyjną, a jej ciemnozielona suknia wtapiała się w cienie między jasno oświetlonymi kręgami dyskutujących gości. Pijany pruski oficer niemal na nią wpadł; skorygowała kurs, nie zwalniając kroku, stając się jedynie kolejnym cieniem na obrzeżach jego pola widzenia.

W głównej sali balowej wirowały tańczące pary, a ich stroje lśniły w świetle przy każdym obrocie. Setki świec odbijających się w lustrzanych ścianach tworzyły iluzję nieskończonej przestrzeni wypełnionej niezliczonymi tancerzami.

Anna omiatała wzrokiem obrzeża sali, gdzie osoby nietańczące gromadziły się w grupki rozmówców. Jej wzrok przemykał nad żonami dyplomatów porównującymi klejnoty, młodszymi attaché walczącymi o pozycję blisko przełożonych i służącymi dopełniającymi kieliszki. Ani śladu jasnych włosów Ashburtona czy jego charakterystycznej postawy — owej starannie wyliczonej niedbałości, która sugerowała arystokratyczne próżniactwo, maskując jednocześnie absolutną czujność.

Przeszła przez sąsiedni pokój do kart, gdzie mężczyźni o poważnych twarzach przesyłali fortuny nad stołami obitymi zielonym suknem. W bibliotece dalej mała grupka dyskutowała o literaturze i filozofii. Palarnia oferowała jedynie błękitną mgłę i rozmowy o polowaniach.

W jej piersi narastał niepokój. Wiadomość o statkach musiała dotrzeć do Ashburtona jeszcze dzisiaj, zanim zostanie dokonana płatność i padnie rozkaz ich przesunięcia. Jakakolwiek zwłoka sprawiłaby, że informacje stałyby się mniej użyteczne.

Anna zatrzymała się przy oknie, którego szyby były oszronione na brzegach, i wyjrzała na pokryte śniegiem ogrody. Może wyszedł na zewnątrz? Ledwie ta myśl zaświtała jej w głowie, gdy w przejściu prowadzącym na wschodni taras dostrzegła znajomą sylwetkę; Lord Ashburton stał z kieliszkiem szampana w dłoni, sprawiając wrażenie całkowicie pochłoniętego rozmową z austriacką baronową.

Poczuła przypływ ulgi, szybko stłumiony przez pragmatyzm. Nie mogła po prostu przerwać mu rozmowy; tak oczywisty pośpiech przyciągnąłby dokładnie taką uwagę, jakiej oboje starali się unikać. Zamiast tego stanęła tak, by znaleźć się w polu jego widzenia, poprawiając świecę na pobliskim stoliku i pozwalając, by światło oświetliło jej twarz przez ułamek sekundy, zanim ponownie wycofała się w cień.

Ten dyskretny sygnał osiągnął cel. Zauważyła, jak wzrok Ashburtona na moment przesunął się w jej stronę, dostrzegła najkrótszy błysk rozpoznania w jego oczach, zanim ponownie skupił uwagę na baronowej. Jego palce dwukrotnie stuknęły w kieliszek na znak potwierdzenia. Zobaczył ją, zrozumiał pilność sprawy i wyplącze się z rozmowy tak szybko, jak to możliwe.

Anna wycofała się pod ścianę i czekała, obserwując, jak Ashburton gładko kończy rozmowę ukłonem sugerującym zarówno szacunek, jak i żal z powodu koniecznego rozstania. Kluczowe informacje o francuskich przygotowaniach morskich paliły ją w myślach, domagając się ujawnienia. Gdy Ashburton ruszył w jej stronę, pozornie niespiesznym krokiem, Anna poczuła znajome przyspieszenie tętna towarzyszące ich potajemnej pracy. Tylko że teraz mieszało się z nim coś jeszcze, coś cieplejszego i bardziej niebezpiecznego niż dreszcz szpiegowskiej misji.

Anna poczuła lekki dotyk Ashburtona na łokciu, gdy prowadził ją w stronę drzwi tarasowych, mówiąc głosem dostosowanym do uszu postronnych osób. — Panno Bell, po prostu musi pani zobaczyć rzeźby lodowe w ogrodzie.

Kanclerz przeszedł samego siebie w tym roku. — Jego słowa były przeznaczone dla każdego, kogo słuch mógłby je pochwycić, ale w oczach, gdy spotkały się z jej wzrokiem, czaiła się powaga. Nie czekając na jej odpowiedź, wziął szal z pobliskiego krzesła i ostrożnie otulił nim jej ramiona, a jego palce spoczęły tam chwilę dłużej niż było to konieczne, emanując ciepłem nawet przez warstwy materiału i jej suknię.

Wyszli w mroźną grudniową noc, a kontrast między przegrzaną salą balową a zimowym powietrzem sprawił, że Anna wstrzymała oddech. Ogród rozciągał się przed nimi, zmieniony przez śnieg w nieziemski krajobraz. Kamienne ścieżki zostały odśnieżone, tnąc ciemnymi wstęgami nieskazitelnie białe zaspy, które lśniły srebrzystobłękitnie w świetle pełni księżyca. Szron pokrywał każdą gałązkę formowanych żywopłotów, a rzeźby lodowe przedstawiające łabędzie i skaczące delfiny chwytały blask księżyca w swoje krystaliczne formy.

Ich oddechy tworzyły białe obłoczki w nieruchomym powietrzu, gdy Ashburton prowadził ją w głąb ogrodu, z dala od złotych prostokątów światła wylewających się z okien pałacu. Dopiero gdy dotarli do ustronnej wnęki, osłoniętej kamienną balustradą i uśpionymi krzewami róż, odwrócił się do niej w pełni.

— Co odkryłaś? — zapytał cicho, lecz stanowczo, porzucając wszelkie pozory salonowej rozmowy.

— Włoskie statki handlowe są przerabiane na francuskie cele wojskowe — odpowiedziała Anna bez zbędnych wstępów, a jej słowa płynęły z opanowanym pośpiechem. — Sześć jednostek, zmodyfikowanych, z ukrytymi furtami działowymi i wzmocnionymi pokładami. Czekają na rozkazy, z załogami złożonymi z byłych oficerów marynarki o nastrojach antybrytyjskich.

Spojrzenie Ashburtona wyostrzyło się, a on sam wyprostował się, przyswajając te informacje. — Gdzie to usłyszałaś?

— Pomocnik włoskiego ambasadora rozmawiał z francuskim attaché handlowym, ukryci w alkowie. Jednostki są zarejestrowane na prywatne firmy handlowe dla zachowania pozorów.

— Czy wskazali planowane miejsce rozmieszczenia?

— Nie wprost, ale wspominali, że czas jest kluczowy. Biorąc pod uwagę obecne negocjacje dotyczące Neapolu i państw włoskich...

— To sugeruje przygotowania do akcji zbrojnej — dokończył za nią Ashburton, już analizując możliwe skutki. — *Tajnej* akcji zbrojnej.

Anna skinęła głową, obserwując, jak przetwarza te wiadomości, a jego umysł wyraźnie oblicza konsekwencje, powiązania i niezbędne reakcje. W takich chwilach, gdy odkładał swoją arystokratyczną maskę, wydawał jej się najbardziej fascynujący — z nieprzesłoniętą inteligencją i absolutnym skupieniem.

— To potwierdza nasze podejrzenia co do francuskich ambicji na Morzu Śródziemnym — powiedział po chwili, po czym spojrzał na nią z nieoczekiwanym ciepłem w oczach. — Anno, jesteś niezwykła. Te informacje są dokładnie tym, czego potrzebowaliśmy; konkretnym dowodem na przygotowania, które przeczą ich zapewnieniom dyplomatycznym.

Pochwała rozgrzała ją mimo mroźnego nocnego powietrza. Śnieg zaczął znowu prószyć, małe kryształki osiadały na jej włosach i rzęsach. Jeden wylądował na jej policzku, natychmiast topniejąc na skórze.

Ashburton bez wahania wyciągnął rękę i dłonią w rękawiczce delikatnie otarł wilgoć z jej policzka, a potem odsunął zbłąkany kosmyk włosów za jej ucho. Ten gest, tak swobodny, a zarazem intymny, sprawił, że zaparło jej dech. Jego palce przesunęły się wzdłuż linii jej żuchwy, ledwie jej dotykając, lecz zostawiając za sobą ślad ciepła.

— Drżysz — powiedział głosem niższym niż zwykle.

— To nie z zimna — przyznała Anna, a słowa wyrwały się jej, zanim zdążyła się zastanowić, czy są mądre.

Chwila między nimi wydłużała się, napięta od możliwości. Wokół nich płatki śniegu kontynuowały swój cichy opad, izolując ich od reszty świata. Odległe dźwięki orkiestry i śmiechy dochodzące z pałacu zdawały się należeć do zupełnie innej rzeczywistości, niemającej żadnego związku z tym zalanym blaskiem księżyca ogrodem, gdzie prawda zawisła między nimi.

— Nigdy się tego nie spodziewałam — powiedziała Anna cicho, zaskoczona nagłą potrzebą wypowiedzenia tego, co do tej pory pozostawało między nimi niewypowiedziane. — Kiedy przyjechaliśmy do Wiednia, sądziłam, że będę po prostu towarzyszką Clary, niewidoczną jak zawsze. Wiesz, nigdy tak naprawdę nigdzie nie pasowałam. Nawet w Belle Haven, gdzie jestem kochana i mam swoje miejsce, jestem inna; zbyt matematyczna, by uchodzić za stosowną, zbyt powściągliwa, by być uroczą.

To wyznanie wypłynęło z jakiegoś głębokiego źródła samotności, o którego istnieniu nawet nie wiedziała. Ashburton milczał, a jego szare oczy ani na moment nie opuściły jej twarzy, zachęcając ją do dalszej mowy samą swoją niepodzielną uwagą.

— To, co tutaj robię z tobą — ciągnęła dalej, a jej głos stał się pewniejszy — sprawiło, że po raz pierwszy poczułam, że naprawdę żyję. Nie tylko jako ktoś użyteczny, ale jako ktoś... dostrzeżony. — Spuściła wzrok na swoje dłonie w rękawiczkach. — Wiem, że to nie może trwać wiecznie. Wiem, że gramy role w większej grze. Ale chciałam, żebyś wiedział, że niezależnie od tego, co wydarzy się po wyjeździe z Wiednia, te tygodnie miały dla mnie znaczenie.

Kiedy odważyła się ponownie podnieść wzrok, intensywność spojrzenia Ashburtona niemal odebrała jej mowę. Wyraz jego twarzy złagodniał, przybierając formę, której nigdy wcześniej nie widziała; ostatnia z jego masek opadła, odsłaniając skrywane pod nią szczere emocje.

— Widzę cię — powiedział, a jego głos był pełen pasji mimo cichego tonu. — Widziałem cię od samego początku. Nie sposób cię przeoczyć, Anna. Twój umysł, twoja odwaga, twoja *genialność*. — Uniósł dłoń i ujął jej policzek, nie próbując już nawet udawać, że ten dotyk był przypadkowy. — Inni mogą nie dostrzegać tego, kim jesteś, bo nie wiedzą, na co patrzeć. Widzą tylko powierzchnię, całkowicie pomijając głębię.

Wtuliła się w jego dłoń, nie mogąc się powstrzymać. — A co ty widzisz? — zapytała, niemal bojąc się odpowiedzi.

— Wszystko — wyszeptał. — To, jak mrużysz oczy w skupieniu, gdy rozwiązujesz zagadkę. Jak twoje palce wystukują rytm, kiedy myślisz. Odwagę, jakiej wymaga przechadzanie się przez pokoje, w których jesteś lekceważona, by zbierać tajemnice, których inni są zbyt ślepi, by je chronić. Widzę cię, Anna Bello.

Stali teraz tak blisko siebie, że czuła emanujące od niego ciepło, a ich oddechy mieszały się w mroźnym powietrzu. Serce Anny waliło o żebra, gdy wzrok Ashburtona spoczął na jej ustach; w jego wyrazie twarzy mieszało się pragnienie z czymś na kształt zachwytu. Pochylił się, niemal niedostrzegalnie, a Anna w oczekiwaniu przymknęła powieki.

Pocałunek jednak nie nastąpił. Zamiast tego poczuła, że on sztywnieje, a jego ręka opada z jej twarzy, jakby się oparzył. Gdy otworzyła oczy, on zdążył się już cofnąć, a jego oblicze całkowicie się zmieniło. Profesjonalna maska wróciła na swoje miejsce, choć nie całkiem idealnie. W jego oczach wciąż było widać coś bolesnego i szczerego.

— Musimy skupić się na misji — powiedział głosem napiętym, mimo usilnych starań, by brzmieć spokojnie.

— Na zewnątrz jest zimno. Powinnaś wrócić do środka, zanim ktoś zauważy twoją nieobecność.

To nagłe wycofanie się było jak fizyczny cios. Anna usiłowała pojąć tę gwałtowną zmianę, szukając wyjaśnienia na jego twarzy. Jego postawa znów stała się oficjalna, ramiona wyprostowane, podbródek uniesiony, ale wciąż widziała żal wypisany w zaciśniętych wargach i tęsknotę w oczach, która przeczyła jego ucieczce.

— Ashburtonie — zaczęła, ale potrząsnął głową, przerywając jej.

— Proszę, Anno. Nie możemy... — Urwał, wyraźnie zbierając siły. — Te informacje są zbyt ważne. Muszę natychmiast porozmawiać z przełożonymi. Nie możemy pozwolić, by... względy osobiste... stanęły nam na przeszkodzie.

Odsunął się jeszcze dalej, wskazując gestem w stronę pałacu. — Wejdź pierwsza. Ja wrócę osobno za kilka minut.

Anna stała przez chwilę bez ruchu, czując w sercu zamęt wywołany dezorientacją i bólem. Bliskość sprzed minuty wydała się nagle nierealna, niemożliwa w obliczu jego obecnego dystansu. A jednak nie wyobraziła sobie czułości w jego dotyku ani żarliwej szczerości w wyznaniu, że ją widzi.

Nie mając innego wyjścia, jak tylko poddać się logice ich sytuacji, Anna ciaśniej owinęła ramiona szalem i ruszyła w stronę rozświetlonych okien pałacu. Każdy krok oddalający ją od niego wydawał się błędem, jakby poruszała się wbrew jakiejś pierwotnej sile, która ich ku sobie przyciągała. Gdy obejrzała się raz ze schodów tarasu, Ashburton stał dokładnie tam, gdzie go zostawiła — samotna, ciemna sylwetka na tle ośnieżonego ogrodu w blasku księżyca, a cała jego postać biła żalem i powściągliwością w równej mierze.

Od wigilijnego spotkania w ogrodzie minęło siedem dni, a każdy z nich wystawiał cierpliwość Anny na coraz cięższą próbę, gdyż lord Ashburton konsekwentnie zachowywał nowy, oficjalny dystans. Podczas kolacji u ambasadora Prus powitał ją jedynie uprzejmym skinieniem głowy z drugiego końca sali. Na koncercie u arcyksięcia siedział trzy rzędy za nią i nie podszedł nawet w przerwie. Teraz, na kameralnej kolacji sylwestrowej u hrabiny von Zichy, zdołał wykrztusić zaledwie: — Dobry wieczór, panno Bell — po czym wdał się z siedzącym obok rosyjskim dyplomatą w ożywioną rozmowę o hodowli koni na stepach. Matematyczna precyzja, z jaką jej unikał, była zbyt doskonała, by mogła być przypadkowa; obliczył dokładnie, jak utrzymać poprawną znajomość, dbając jednocześnie, by nigdy nie wymienili niczego więcej poza zdawkowymi uprzejmościami.

Anna ukroiła kawałek pieczonego bażanta ze zbędną siłą, aż srebrny nóż zgrzytnął o porcelanę miśnieńską. Siedząca obok niej Clara uniosła brew na ten nietypowy przejaw emocji.

— Czy coś jest nie tak z posiłkiem? — szepnęła siostra.

— Skądże — odparła Anna, nadając twarzy wyraz uprzejmej obojętności. — Zamyśliłam się. Robiłam obliczenia dotyczące ilości paszy, które musimy wprowadzić po powrocie do domu, opierając się na tym, czego dowiedziałam się w Hiszpańskiej Szkole Jazdy.

Kłamstwo przyszło jej z łatwością, choć pozostawiło gorzki posmak. Kiedyś takie myśli rzeczywiście zajmowały ją podczas nudnych spotkań towarzyskich. Teraz jej myśli krążyły nieustannie wokół mężczyzny siedzącego po przekątnej, śmiejącego się zbyt głośno z czegoś, co powiedziała żona Rosjanina.

Obserwowała go spod spuszczonych rzęs, dostrzegając subtelne znaki niewidoczne dla innych. Napięcie ramion pod idealnie skrojonym frakiem. Sposób, w jaki jego palce bębniły o kieliszek wina w rytmie, który rozpoznała jako objaw zdenerwowania, a nie zadowolenia. Jego uśmiechy nigdy nie docierały do oczu, które od czasu do czasu zerkały w jej stronę, gdy myślał, że ona tego nie widzi.

Ten pusty spektakl stał w rażącej sprzeczności z ich wcześniejszą współpracą. Koniec szeptanych uwag podczas tańców w salach balowych, koniec porozumiewawczych spojrzeń przekazujących wspólne sekrety. Koniec późnych nocy spędzonych nad szyframi, gdy ich głowy znajdowały się blisko siebie podczas rozwikływania zawiłych zagadek. Koniec chwil, w których jego maska opadała, ujawniając prawdziwego człowieka kryjącego się pod starannie wykreowaną pozą.

Strata była niemal fizyczna, jak kłucie pod żebrami, którego matematyka nie potrafiła ukoić. Przywykła do tego, że on ją widzi — naprawdę widzi. Powrót do bycia niewidzialną po takim uznaniu był boleśniejszy, niż mogła przypuszczać.

Gdy kamerdynerzy zaczęli sprzątać danie główne, Anna położyła serwetkę obok talerza i przeprosiła towarzystwo. Zaniepokojony wzrok Clary odprowadził ją, gdy szła w stronę sąsiedniego salonu, gdzie kilku gości wycofało się już na kawę i likiery. Zatrzymała się przy otwartych drzwiach, obserwując, jak Ashburton kończy rozmowę i wstaje od stołu.

Ich oczy spotkały się na krótko przez całą długość sali; jego źrenice rozszerzyły się lekko w czymś, co mogło być lękiem, po czym skłonił głowę w uprzejmym pozdrowieniu i skierował się do innego wyjścia. To celowe unikanie zabolało silniej niż jawne prostactwo.

Szybko kalkulując, Anna przeszła przez salon do korytarza, o którym wiedziała z poprzednich wizyt u hrabiny, że prowadzi do małej biblioteki, często wykorzystywanej przez dżentelmenów szukających spokojnej rozmowy z dala od dam. Zgodnie z jej przewidywaniami, Ashburton nadchodził z przeciwnego końca, ewidentnie zamierzając dołączyć do kilku innych mężczyzn widocznych przez uchylone drzwi biblioteki.

Zanim zdążył dotrzeć do celu, Anna zastąpiła mu drogę.

— Chciałabym zająć panu chwilę, lordzie Ashburton — powiedziała cicho, lecz stanowczo. — Jeśli byłby pan łaskaw.

Zatrzymał się, zerkając szybko w stronę biblioteki, po czym skupił na niej uwagę. Jego twarz była nieprzenikniona, a postawa sztywna. — Panno Bello. Mam nadzieję, że wieczór mija pani przyjemnie?

— Czy zrobiłam coś nie tak? — zapytała, ignorując jego próbę nawiązania zdawkowej rozmowy. Bezpośredniość zawsze była jej metodą i nie widziała powodu, by teraz z niej rezygnować.

To pytanie wyraźnie go zaskoczyło. Przez ułamek sekundy na jego twarzy odmalowały się szczere emocje. Żal, a może frustracja? A potem maska wróciła. — Oczywiście, że nie. Skąd w ogóle takie przypuszczenie?

— Pana wyrachowane unikanie mnie przez ostatni tydzień — odparła Anna spokojnie. — Po tym, co wydarzyło się w ogrodzie kanclerza w Wigilię, uważam pana zachowanie za... niekonsekwentne.

Zacisnął szczękę. — Istnieją czynniki, których nie wzięłaś pod uwagę.

— Zatem proszę mnie oświecić.

Ashburton rozejrzał się po korytarzu, upewniając się, że nikt ich w tej chwili nie obserwuje. Gdy przemówił, jego głos zniżył się do szeptu. — Staram się ciebie chronić. Wrexford coś podejrzewa. Pytał mnie konkretnie o ciebie, o moje zainteresowanie twoją osobą.

Odpowiedział sztywno, oficjalnie, jakby recytował fakty bez emocji. Anna widziała jednak napięcie w jego ciele i lekką zmarszczkę między brwiami, która zdradzała jego niepokój.

— Nie potrzebuję ochrony — odparła, prostując plecy. — Potrzebuję partnerstwa. Praca, którą wykonujemy, jest zbyt ważna, by ją porzucić z powodu podejrzeń Wrexforda. Te włoskie statki...

— Tu nie chodzi o włoskie statki — przerwał jej Ashburton, a frustracja przebiła się przez jego opanowanie. — Chodzi o twoje bezpieczeństwo. Wrexford nie tylko podejrzewa naszą współpracę; on kwestionuje twoją lojalność jedynie na podstawie twojego pochodzenia. Gdyby dowiedział się o skali twojego zaangażowania...

— Więc pana rozwiązaniem jest odsunięcie mnie na bok? — zażądała odpowiedzi Anna, trzymając głos nisko mimo narastającego gniewu. — Po tym wszystkim, co razem osiągnęliśmy? Po tym, co powiedział pan w ogrodzie o tym, że mnie widzi?

— Właśnie dlatego, że cię widzę — odparował, przysuwając się bliżej, aż niemal zetknęli się policzkami. — Nie zniosę myśli o tym, że Wrexford skieruje swoją uwagę na ciebie. Nie rozumiesz, do czego on jest zdolny.

— To, co rozumiem — powiedziała Anna — to fakt, że zbudowaliśmy razem coś wartościowego. Nie tylko ze względu na zebrane informacje, ale przez to, jak nasze metody się dopełniają. Nie może pan tego tak po prostu odrzucić, bo stało się to niewygodne lub ryzykowne.

Grupa gości przeszła na końcu korytarza, a ich śmiech dopłynął do Anny i Ashburtona niczym dźwięki z innego świata. Żadne z nich nie zwróciło na nich uwagi, pogrążone w cichej konfrontacji.

— Nic nie odrzucam — upierał się Ashburton, a jego głos chropowaciał od emocji, nad którymi wyraźnie usiłował zapanować. — Próbuję ocalić to, co najważniejsze.

— Odcinając się ode mnie? Chowając się za maską fircyka i udając, że jesteśmy tylko przelotnymi znajomymi? — Ból, który dusiła w sobie od dni, wkradł się do jej głosu mimo starań. — Odpychasz mnie.

— Bo muszę! — Te słowa wyrwały się z niego z nieoczekiwaną siłą, choć wciąż niemal szeptem. Frustracja biła z jego zaciśniętej szczęki i sztywnej postawy. — Czy nie rozumiesz? To nie jest decyzja, którą podejmuję lekką ręką. Chodzi o twoje bezpieczeństwo przed człowiekiem, który bez wahania by cię zniszczył, gdyby uznał, że mu się to przysłuży.

Szczere emocje w jego odpowiedzi na chwilę uciszyły Annę. Przeszukała wzrokiem jego twarz, znajdując pod gniewem autentyczny strach; zdała sobie sprawę, że to nie strach o niego, lecz o nią. Ta świadomość powinna złagodzić jej reakcję, ale zamiast tego tylko podsyciła jej determinację.

— Nie jestem kruchym kwiatkiem, który potrzebuje schronienia — powiedziała głosem pewnym mimo wewnętrznego wzburzenia. — Weszłam w ten układ z otwartymi oczami, znając ryzyko. Chcę to kontynuować, bez względu na podejrzenia Wrexforda.

— To nie ty będziesz o tym decydować — odparł Ashburton, a jego wyraz twarzy znów stwardniał.

Ostateczny ton jego głosu uderzył Annę niczym fizyczny cios. Przez chwilę żadne z nich się nie odzywało, a przepaść między nimi zdawała się pogłębiać z każdym oddechem. Wokół nich wciąż trwała zabawa; rozmowy, uprzejme śmiechy, miękkie tony fortepianu dobiegające z salonu. Kontrast między przyziemnymi towarzyskimi uprzejmościami a emocjonalną przepaścią, która ich dzieliła, był niemal nie do zniesienia.

— Rozumiem — powiedziała w końcu Anna, głosem chłodnym mimo łez piekących pod powiekami. — Dokonał pan kalkulacji i uznał, że w tej operacji można mnie poświęcić. Jakie to skuteczne.

Odwróciła się, zanim zdążył odpowiedzieć, nie chcąc pozwolić, by zobaczył, jak głęboko zraniło ją jego odrzucenie. Jak mógł ją tak całkowicie odciąć po tym wszystkim, co ich łączyło?

Gdy odchodziła z wyprostowanymi plecami i wysoko uniesioną głową, mimo bólu w piersi, usłyszała, jak raz cicho wypowiedział jej imię. Nie odwróciła się. Niech poczuje, jak to jest być ignorowanym, jak to jest, gdy czyjeś słowa są zbywane jako nieistotne. Niech zazna choć ułamka cierpienia, jakie sprawiło jej jego wycofanie się.

Z progu biblioteki dobiegły męskie głosy w wesołej debacie o perspektywach polowań w Lasku Wiedeńskim, zupełnie nieświadome emocjonalnego starcia, które rozegrało się zaledwie kilka stóp dalej. Anna minęła ich bez spojrzenia, wracając do bezpiecznego salonu, gdzie czekała Clara — zaniepokojona, lecz na szczęście nieświadoma prawdziwego powodu nagłej bladości siostry i jej zbyt błyszczących oczu.

Rozdział piętnasty

Buty Ashburtona uderzały o bruk z siłą większą, niż było to konieczne, a każdy krok był wyrazem frustracji kłębiącej się w jego wnętrzu. Wieczorne powietrze Wiednia stało się lodowate, a gryzący wiatr prześlizgiwał się przez wąskie uliczki, które zdawały się z niego drwić, prowadząc donikąd swoimi krętymi ścieżkami. Zupełnie jak operacja, która kilka godzin wcześniej legła w gruzach w tak spektakularny sposób. Trzej francuscy sprzymierzeńcy — ludzie, których nazwiska on i Anna z takim trudem wyłuskali z zaszyfrowanych dokumentów, ludzie, którzy powinni być już w areszcie — rozpłynęli się w powietrzu.

Zniknęli, zanim zespół Wrexforda dotarł na miejsce, jakby zostali ostrzeżeni.

— Niech to licho — mruknął, skręcając w kolejną uliczkę bez celu i kierunku. Cząsteczki pary z jego oddechu formowały obłoki w mroźnym powietrzu, rozpraszając się niczym starannie przygotowane plany, które jeszcze wczoraj omawiali z Wrexfordem. Czas był wyliczony co do sekundy, lokalizacje zweryfikowane, a dane wywiadowcze solidne. Nie było logicznego wyjaśnienia tej porażki, chyba że...

Zatrzymał się gwałtownie, sprawiając, że przechodząca obok para musiała go omijać z poirytowanym spojrzeniem. *Chyba że ktoś celowo sabotował operację.* Ta myśl kiełkowała w zakamarkach jego umysłu od wielu godzin, ale odpychał ją, nie chcąc brać pod uwagę konsekwencji. Jeśli ktoś w ich własnych szeregach ich zdradził...

Ashburton ruszył dalej, a jego krok przyspieszył pod wpływem niepokojącego kierunku, w którym błądziły jego myśli. Spędził popołudnie na sporządzaniu raportu dla Wrexforda, dobierając ostrożne słowa, by udokumentować niepowodzenie bez rzucania podejrzeń. Teraz zastanawiał się, czy te godziny nie poszły na marne. Jeśli instynkt go nie mylił, Wrexford już dokładnie wiedział, dlaczego operacja się nie powiodła.

Zatopiony w myślach, znalazł się w wąskim zaułku, którego nie rozpoznawał, otoczonym skromnymi sklepikami, zamkniętymi już na noc. Na końcu alejki mała tawerna rzucała ciepłe światło na bruk przez zamglone szyby. Namalowany drewniany szyld z głową dzika kołysał się łagodnie na wietrze. Miejsce wyglądało niepozornie, na takie, w którym bywają raczej miejscowi rzemieślnicy niż dyplomaci czy arystokracja. Właśnie takiej anonimowości Ashburton nagle zapragnął. Tutaj nikt by go nie poznał.

Nagle ucieszył się, że włożył swój najzwyklejszy, ciężki czarny płaszcz; otulił się nim szczelniej, by ukryć drogi garnitur pod spodem, i pchnął ciężkie dębowe drzwi, wchodząc w ścianę ciepła, dymu i hałasu. Zapach uderzył go natychmiast: pieczone kasztany, rozlane piwo wsiąknięte w drewniane deski podłogi, tytoń i ziemista woń pracujących mężczyzn zebranych po długim dniu. Wokół płynęły rozmowy w języku niemieckim i węgierskim, przerywane okazjonalnym śmiechem lub brzękiem szklanek. W kamiennym palenisku na samym końcu trzaskał ogień, rzucając tańczące cienie na niskie belkowane sufity, czarne od dziesięcioleci dymu.

Nikt nie zwrócił na niego szczególnej uwagi, gdy podszedł do baru. — Brandy — powiedział po niemiecku do karczmarza, potężnego mężczyzny z olbrzymimi bokobrodami. Mężczyzna skinął głową, nalewając hojną miarkę do zaskakująco czystej szklanki. Ashburton położył monety na ladzie, po czym odwrócił się, by omiatać wzrokiem pomieszczenie w poszukiwaniu cichego kąta, z którego mógłby obserwować otoczenie i zebrać myśli.

Znalazł mały stolik częściowo ukryty za filarem, który zapewniał widok na większą część sali, nie stawiając go jednocześnie na widoku innych. Krzesło skrzypnęło pod nim, gdy siadał, a wytarte drewno było wygładzone przez niezliczonych gości przed nim. Upijał łyk brandy, która okazała się lepsza, niż się spodziewał, i pozwolił, by ciepło rozeszło się po jego piersi, rozważając dalsze kroki.

Porażka dzisiejszej operacji oznaczała, że sieć francuskich sprzymierzeńców pozostała nienaruszona. Co gorsza, wiedzieli już teraz, że są ścigani, co uczyni ich ostrożniejszymi. Dokumenty, które on i Anna rozszyfrowali, wzory, które zidentyfikowali; cała ta praca prawdopodobnie pójdzie na marne, ponieważ ktoś ostrzegł cele.

Anna. Myśl o niej wywołała nową falę frustracji. Ich kłótnia podczas kolacji sylwestrowej u hrabiny von Zichy wciąż paliła go w pamięci. Odepchnął ją, przekonany, że chroni ją przed podejrzeniami Wrexforda, a ona zareagowała zimną furią, na którą sobie zasłużył. Teraz, gdy operacja była w rozsypce, zastanawiał się, czy jego wysiłki, by ją chronić, nie były nie tylko raniące, ale i daremne.

Drzwi tawerny otworzyły się, wpuszczając podmuch zimnego powietrza i nowego gościa. Ashburton odruchowo podniósł wzrok, po czym zamarł ze szklanką w połowie drogi do ust. W drzwiach stał Sir Edmund Wrexford, zdejmując rękawiczki, podczas gdy jego zimne spojrzenie omiatało salę. Miał na sobie strój wieczorowy, który zupełnie nie pasował do skromnej tawerny. Ewidentnie przyszedł z jakiegoś dyplomatycznego przyjęcia lub był w drodze na takowe, biorąc pod uwagę stosunkowo wczesną porę. Ashburton próbował sobie przypomnieć, na jakim wydarzeniu miał być tego wieczoru. Wiedząc, że po porażce misji nie jest w nastroju do zabawy, rzucił służącemu, by przekazał jego przeprosiny, jeszcze gdy wychodził z domu. Wrexford najwyraźniej nie odczuwał tak samo tej frustracji.

Ashburton pozostał w całkowitym bezruchu, wdzięczny za filar, który częściowo zasłaniał jego stolik. Wrexford go nie widział; jego uwaga skupiona była na czymś lub na kimś w głębi sali. Podążając za spojrzeniem Wrexforda, Ashburton dostrzegł znajomą postać siedzącą samotnie w zacienionej loży — Jakoba, austriackiego bukmachera, który często bywał na wyścigach konnych, gdzie Ashburton utrzymywał swoją przykrywkę. Człowieka mającego powiązania zarówno z brytyjskim, jak i francuskim wywiadem, sprzedającego informacje temu, kto zapłacił najlepiej, a jednak rzekomo pracującego dla Wrexforda.

Wrexford przeszedł przez tawernę z wyraźnym celem, kiwając głową barmanowi, który najwyraźniej go znał, a następnie wsunął się do loży naprzeciwko Jakoba. Intymna zażyłość ich powitania sugerowała relację znacznie głębszą niż profesjonalny dystans, jaki Wrexford zachowywał podczas oficjalnych spotkań z informatorami.

Myśli Ashburtona pędziły. Jakie interesy Wrexford mógł mieć z Jakobem, które wymagały spotkania w tej zapadłej tawernie zamiast oficjalnymi kanałami? Uważając, by nie przyciągnąć uwagi, przesunął lekko krzesło, ustawiając się tak, by lepiej słyszeć ich rozmowę, samemu pozostając niewidocznym. Ogólny gwar w tawernie utrudniał wyłapanie każdego słowa, ale docierały do niego strzępy zdań.

— ...całkowicie nie do przyjęcia — mówił Wrexford, a jego głos był napięty od powściąganego gniewu. — Austriacy zadają teraz pytania. Zbyt wiele niedokończonych spraw.

Odpowiedź Jakoba była zbyt cicha, by ją usłyszeć, ale Ashburton dostrzegł jego przepraszający gest rozłożonych rąk.

— Ostatnie problemy biorą się z powodu tej szyfrantki — kontynuował Wrexford, teraz wyraźniej, gdy pochylił się do przodu. — Nie brałem pod uwagę, że dziewczyna o tak niezwykłych umiejętnościach pomoże Ashburtonowi. Ich postępy były zbyt szybkie.

Chwyt Ashburtona na szklance zacisnął się, a o brandy zupełnie zapomniał. Wrexford mówił o Annie, co do tego nie mogło być wątpliwości. A więc jednak *obserwował* mieszkanie Ashburtona, zanim ten położył kres ich spotkaniom. Nie było innego sposobu, by Wrexford mógł być pewien jej zdolności.

— Zbyt szybko złamała szyfr — mamrotał poirytowany Wrexford. — Musieliśmy przenieść ludzi, zanim byliśmy gotowi. Niestaranne.

Jakob znów się odezwał, a jego głos był na tyle donośny, że Ashburton wyłowił jego obawy o zapłatę i przyszłe ustalenia.

— Proszę się nie martwić, zajmę się tym — zapewnił go Wrexford, a jego ton gładko przeszedł z irytacji w pewność siebie. — Dziewczyna jest słabym ogniwem. Proszę ją usunąć z równania, a Ashburton wróci do swoich zwykłych metod; skutecznych, ale na tyle powolne, byśmy mogli być o krok przed nim.

Reszta ich rozmowy utonęła w szumie, jaki Ashburton miał w uszach. Siedział w bezruchu, wiedząc, że najmniejszy ruch może zdradzić jego obecność. Zapomniana brandy paliła go w dłoni, a kłykcie zbielały na szklance, gdy straszliwa prawda nabierała w jego umyśle wyraźnych kształtów.

Wrexford. Podwójny agent, którego szukali przez cały czas, kierował ich poszukiwaniami, dbając o to, by nigdy nie przyjrzeli mu się zbyt uważnie, by nigdy nie połączyli właściwych faktów. A teraz wiedział o zaangażowaniu Anny, widział w niej zagrożenie, które należy *usunąć z równania*.

Krew w żyłach Ashburtona zamieniła się w lód, potem w ogień, potem znów w lód. Jego przeszkolenie, lata zachowywania spokoju w obliczu niebezpieczeństwa, były jedyną rzeczą, która powstrzymywała go przed zerwaniem się na równe nogi lub sięgnięciem po pistolet ukryty pod kurtką. Wrexford. *Oczywiście*, że to był Wrexford. Elementy układanki dopasowały się do siebie z przerażającą jasnością, ukazując wzór, który powinien był dostrzec już tygodnie temu. Nieudane operacje, sprzymierzeńcy, którzy zawsze zdawali się znikać tuż przed schwytaniem, dane wywiadowcze, które jakimś cudem wyciekały do Francuzów mimo najsurowszych środków bezpieczeństwa; wszystko to wskazywało na zdrajcę na najwyższym szczeblu ich organizacji.

Głos Wrexforda brzmiał dalej, niski i opanowany, gdy omawiał z Jakobem szczegóły zapłaty. Ashburton słyszał słowa, ale ich do siebie nie dopuszczał, a jego umysł pędził wstecz przez miesiące misji i spotkań, interpretując każdą interakcję przez ten nowy, druzgocący pryzmat.

Misja w Brukseli zeszłego lata, spalona w ostatniej godzinie. Wrexford nalegał na osobiste poinstruowanie zespołu ewakuacyjnego. Dane wywiadu marynarki wojennej, które dotarły do admirałów Napoleona zaledwie kilka dni po tym, jak przeszły przez biuro Wrexforda. Francuscy sprzymierzeńcy w Badenii, którzy zniknęli w noc przed planowanym aresztowaniem — *po tym*, jak Ashburton przekazał Wrexfordowi ich nazwiska i lokalizacje.

Tyle porażek, tyle niepowodzeń, a wszystko to przypisywane pechowi lub sprytowi wrogów. Ani razu Ashburton nie pomyślał, że architekt tych porażek siedział naprzeciwko niego przy stołach narad, przyjmował jego raporty z poważnym skinieniem głowy i szafował ojcowskimi radami na temat zachowania obiektywizmu w terenie.

Jego palce zacisnęły się na szklance, co było jedynym zewnętrznym objawem narastającej w nim wściekłości. Ilu agentów zginęło przez podłość Wrexforda? Ilu brytyjskich żołnierzy i marynarzy straciło życie w zasadzkach lub bitwach morskich, do których nigdy nie powinno dojść?

A teraz Anna była w niebezpieczeństwie, bo okazała się zbyt skuteczna, zbyt błyskotliwa w swojej pracy nad szyframi. Jej matematyczny umysł przyspieszył ich postępy, rozpracowując w kilka dni szyfry, których złamanie konwencjonalnymi metodami mogło zająć tygodnie, a miesiące, gdyby musieli odsyłać dokumenty do Anglii. Widziała wzorce, których nikt inny nie dostrzegał, powiązania ujawniające strukturę całej sieci francuskich sprzymierzeńców. W tym, jak teraz zdał sobie sprawę, powiązania, które mogłyby ostatecznie doprowadzić ich do samego Wrexforda.

Anna. Myśl o niej sprawiła, że coś poruszyło się w jego piersi, ucisk, który nie miał nic wspólnego z niebezpieczeństwem, a wszystko z samą kobietą. Przed oczami przesunęły mu się obrazy: Anna pochylona nad arkuszami z kodami, jej ciemne oczy zmrużone w koncentracji; Anna poprawiająca kwiaty na przyjęciu w austriackim Ministerstwie Spraw Zagranicznych, jej ruchy precyzyjne, gdy ustawiała się tak, by podsłuchać dyplomatyczne rozmowy; Anna w blasku lampy w jego gabinecie, z plamką atramentu na policzku, której nie mógł się oprzeć i którą musiał zetrzeć.

Wspomnienie tego dotyku zapłonęło nagle jaśniej niż inne: miękkość jej skóry pod jego kciukiem, zaskoczenie w jej oczach, nić porozumienia, która nagle ich połączyła. Wycofał się wtedy, uciekając za mur profesjonalnego dystansu, ale ta chwila wyryła się w jego pamięci.

Potem był ich walc w Palais Schwarzenberg: jej złota suknia chwytająca światło, jej ciało poruszające się w idealnej harmonii z jego, tak samo jak ich umysły współgrały nad szyframi. I później, w ogrodzie kanclerza w wigilię Bożego Narodzenia, płatki śniegu osiadające na jej włosach, gdy mówiła mu, co to znaczy być przez niego naprawdę dostrzeżoną. Nieomal ją wtedy pocałował, pragnął tego z intensywnością, która go zszokowała, zanim poczucie obowiązku znów wzięło górę.

Obowiązek. To słowo wydawało się teraz puste, zatrute zdradą Wrexforda. Odepchnął Annę w imię obowiązku, utrzymywał dystans, by chronić ją przed podejrzeniami Wrexforda. A tymczasem to właśnie sam Wrexford stanowił prawdziwe zagrożenie.

Uświadomienie sobie tego uderzyło go z fizyczną siłą, niemal zapierając dech w piersiach: kochał ją. Nie tylko cenił jej inteligencję czy podziwiał odwagę, ale kochał

Annę Bell z głębią i pewnością, które zmieniały wszystko. Kiedy to się stało? Może już w tej pierwszej chwili, gdy spojrzała na niego tymi jasnymi, oceniającymi oczami, które dostrzegały to, co kryło się pod jego starannie wypracowaną fasadą. A może działo się to stopniowo, przez godziny wspólnej pracy, gdy ich umysły jednoczyły się we wspólnym celu, a oni odkrywali w sobie nawzajem coś więcej niż tylko partnerstwo.

Moment nie miał znaczenia. Prawda wskoczyła na swoje miejsce z nieuchronnością klucza obracającego się w zamku: Anna Bell stała się najważniejszą osobą w jego świecie, a teraz, właśnie z tego powodu, groziło jej niebezpieczeństwo.

Po drugiej stronie tawerny Wrexford pochylił się, zniżając głos jeszcze bardziej, gdy wraz z Jakobem kończyli interesy. Bezpośrednie zagrożenie dla Anny nadało myślom Ashburtona ostateczny kształt, rozpraszając wszelkie wątpliwości i pozostawiając jedynie chłodną klarowność. Musiał dotrzeć do niej przed Wrexfordem, musiał ją ostrzec, zapewnić jej bezpieczeństwo, zanim jeszcze zaalarmuje tych, którzy zdołają powstrzymać Wrexforda, zaczynając od Whitmore'a. Najpierw jednak musiał usłyszeć wszystko, co jeszcze mogło paść między tymi dwoma mężczyznami — każdy detal, który pomógłby mu zrozumieć pełną skalę zdrady Wrexforda.

Zmuszał się, by oddychać spokojnie, a jego ciało pozostawało rozluźnione mimo narastającego wewnątrz napięcia. Jeden podejrzany ruch mógł przyciągnąć wzrok Wrexforda, a instynkt mistrza szpiegów był zbyt wyostrzony, by przeoczyć choćby najmniejszą oznakę inwigilacji.

Ashburton trzymał głowę nisko, sącząc brandi i wyglądając dla postronnego obserwatora jak człowiek pijący w spokoju, pogrążony w błahych myślach.

Jakob skinął głową na coś, co powiedział Wrexford, po czym przesunął po stole małą, złożoną kartkę. Wrexford schował ją do kieszeni bez sprawdzania zawartości, wykonując przy tym płynny ruch. Pod stołem doszło do przekazania pieniędzy; transakcja była niemal niewidoczna dla kogoś innego niż przeszkolone oko Ashburtona.

Ich spotkanie dobiegało końca. Ashburton zachowywał niedbałą pozę, odwracając twarz, gdy Wrexford wstał, wygładzając swój nieskazitelny wieczorowy surdut. Mistrz szpiegów rzucił Jakobowi coś na do widzenia, zbyt cicho, by można było to usłyszeć, po czym ruszył ku drzwiom z niespieszną pewnością siebie człowieka przekonanego, że nikt go nie obserwuje ani o nic nie podejrzewa.

Jakob nie wstał, licząc zapłatę pod stołem. Intuicja podpowiadała Ashburtonowi, by skonfrontować się z tym człowiekiem, by wyciągnąć z niego wszelkie informacje o planach Wrexforda. Ale to oznaczałoby stratę cennego czasu i ostrzeżenie Wrexforda, że jego przykrywka została spalona. Nie, priorytetem musiało być bezpieczeństwo Anny. Wszystko inne — sprawiedliwość, odwet, zdemaskowanie zdrady Wrexforda przed przełożonymi — musiało poczekać.

Oskarżyła go o to, że ją odpycha. Teraz poruszy niebo i ziemię, by do niej dotrzeć, mając nadzieję, że nie jest jeszcze za późno.

Ashburton poczekał, aż Jakob dopije trunek i wyczłapie bocznymi drzwiami, po czym rzucił monety na stół. Brandi pozostało niedopite, zapomniane w pośpiechu. Poruszał się z wymuszoną kontrolą mimo naglącej potrzeby, która w nim tętniła, zachowując pozory do ostatniej możliwej chwili. Dopiero gdy dotarł do drzwi tawerny, pozwolił sobie przyspieszyć kroku, wychodząc na chłodne nocne powietrze. Ulica w obu kierunkach była pusta, nie było śladu po Wrexfordzie ani Jakobie. Zniknęli w mroku, ruszając w różne strony, tak jak szkolono ludzi w ich profesji.

Gdy tylko upewnił się, że jest sam, Ashburton porzucił wszelkie pozory swobody. Skierował się w stronę modnej dzielnicy, w której zamieszkała rodzina Whitmore'ów, i rzucił się do biegu.

Wiedeń po zmroku zmieniał się w labirynt cieni i ledwie oświetlonych zaułków, ukazując niebezpieczne oblicze eleganckiego cesarskiego miasta. Lampy gazowe tworzyły w nieregularnych odstępach kręgi żółtego światła, pozostawiając między nimi rozległe połacie ciemności. Ashburton nawigował, kierując się pamięcią i instynktem, przemykając przez alejki i zaśnieżone dziedzińce, które oferowały skróty znane tylko tym, którzy badali miasto okiem szpiega szukającego dróg ucieczki.

Przejechał obok niego powóz, a stangret zaklął, gdy Ashburton śmignął mu przed końmi. Zignorował go, skupiając się wyłącznie na tym, by dotrzeć do Anny, zanim Wrexford zdoła wcielić w życie swoje plany. Słowa odbijały się echem w jego głowie przy każdym uderzeniu stóp o bruk: — Usuń ją z równania. — Ten beznamiętny ton zmroził go bardziej niż otwarte groźby. Wrexford nigdy nie działał pod wpływem emocji ani w pośpiechu; jego decyzje były wykalkulowane, a metody precyzyjne. Jeśli uznał, że Anna stanowi zagrożenie dla jego operacji, wyeliminuje to zagrożenie z tą samą chłodną skutecznością, z jaką wykonywał całą swoją pracę.

Oddech Ashburtona zamieniał się w białe obłoczki, gdy gnał coraz szybciej, ignorując kłucie w boku. Ile miał czasu? Wrexford był ubrany na wieczorne przyjęcie; być może spodziewano się go na jakimś dyplomatycznym raucie i zamierzał się tam pojawić, zanim podejmie kroki przeciwko Annie. Albo może miał agentów, którzy wykonają jego rozkazy, podczas gdy on sam zapewni sobie alibi swoją obecnością na salonach.

Para strażników miejskich zmierzyła go podejrzliwym wzrokiem, gdy ich mijał — dżentelmen biegnący nocą przez ulice był niecodziennym widokiem. Ashburton ich zignorował, skręcając w szeroką aleję prowadzącą do dzielnicy, w której zamożniejsi goście przybyli na Kongres wynajmowali kwatery. Rezydencja Whitmore'ów stała w połowie wysadzanej drzewami ulicy, a jej okna jarzyły się ciepłym światłem na tle zimowej ciemności.

Wpadł na schody, pokonując je po dwa stopnie naraz, i załomotał do drzwi z siłą większą, niż pozwalały na to dobre obyczaje. Serce waliło mu o żebra, gdy czekał, a sekundy dłużyły się w nieskończoność, zanim usłyszał zbliżające się kroki wewnątrz. Drzwi otworzyły się, ukazując młodą służącą, której mina zmieniła się z poirytowania w alarm, gdy rozpoznała jego osobę i niechlujny wygląd.

— Lord Ashburton! — wykrzyknęła, dygnąwszy machinalnie mimo zaskoczenia.

— Muszę natychmiast widzieć się z panną Bell — powiedział, nie tracąc czasu na powitania czy wyjaśnienia. Wchodził już do holu, zerkając w stronę schodów prowadzących do prywatnych pokoi rodziny.

Wahanie służącej powiedziało mu wszystko, zanim otworzyła usta. — — Nie ma panny Bell w domu, milordzie. Wyjechała na wieczór.

Lodowaty lęk zagościł w jego żołądku. — Gdzie? — zażądał odpowiedzi tonem ostrzejszym, niż zamierzał.

Dziewczyna wzdrygnęła się lekko pod wpływem jego gwałtowności, ale odpowiedziała bezzwłocznie. — Na bal w ambasadzie brytyjskiej, milordzie. Lady Whitmore zabrała ją wraz z jego lordowską mością. Wyjechali może godzinę temu.

— Godzina — powtórzył, a ramy czasowe układały mu się w głowie. Godzina, odkąd Anna opuściła bezpieczną rezydencję Whitmore'ów. Godzina, podczas której Wrexford mógł już wprawić swoje plany w ruch.

— Czy coś się stało, milordzie? — zapytała służąca z wyraźną troską w głosie. — Czy mam posłać wiadomość do lady Whitmore?

— Nie — odparł szybko Ashburton, odwracając się już w stronę drzwi. — Żadnych wiadomości. Dziękuję.

Zbiegł ze schodów i wrócił na ulicę, zanim drzwi zamknęły się za jego plecami, a myśli pędziły szybciej niż jego nogi. Przypomniał sobie teraz: on też miał być na tym balu. Jako przedstawiciel brytyjskiej arystokracji w Wiedniu, swoją nieobecnością mógłby wywołać komentarze. Będą tam wszyscy dyplomaci, ministrowie i agenci wywiadu przebywający w mieście, krążąc między tancerzami a tacami z szampanem, wymieniając informacje zamaskowane jako plotki. W tym, bez wątpienia, sir Edmund Wrexford.

Ashburton zaklął pod nosem, obliczając najszybszą drogę do ambasady. Leżała po drugiej stronie miasta, niedaleko pałacu cesarskiego. Co najmniej dwadzieścia minut biegu co sił w nogach, a nawet dłużej, jeśli chciał uniknąć zwracania na siebie uwagi. Za długo. O wiele za długo, jeśli Wrexford już tam był i szukał Anny wśród gości.

Jego wzrok przykuła przejeżdżająca dorożka; zagwizdał ostro, machając ręką, by zwrócić uwagę woźnicy. Pojazd zatrzymał się obok niego.

— Do ambasady brytyjskiej — rozkazał Ashburton, rzucając monety na siedzenie woźnicy bez ich liczenia. — Proszę jechać najszybciej, jak się da. Dostanie pan drugie tyle, jeśli dowiezie mnie pan w dziesięć minut. — Nie był nawet odpowiednio ubrany na bal, ale z pewnością nie zamierzał wracać do domu, by się przebrać. Być może będzie musiał się gęsto tłumaczyć, by wejść do środka, ale tym problemem zajmie się w swoim czasie.

Oczy woźnicy rozszerzyły się na widok kwoty. Skinął energicznie głową i strzelił z bata nad grzbietem konia.

Dorożka szarpnęła, koła zadudniły o bruk i ruszyli z niebezpieczną prędkością przez wieczorny ruch Wiednia.

Ashburton chwycił się wytartego skórzanego siedzenia, a jego ciało było sztywne od tłumionego napięcia. Dorożka, mimo wysiłków woźnicy, nie poruszała się dość szybko. Każde skrzyżowanie, każdy skręcający powóz czy przechodzący pieszy, który spowalniał ich bieg, wywoływał w nim nową falę strachu.

Wyobraźnia podsuwała mu obrazy Anny poruszającej się po eleganckiej sali balowej, nieświadomej zagrożenia, które ją osaczało. Czy Wrexford zadziała bezpośrednio? Nie, to nie w jego stylu. Użyje agenta, kogoś niepozornego, kto mógłby podejść do Anny, nie wzbudzając podejrzeń. Może poda jej kieliszek szampana z jakąś domieszką; wyglądałoby to, przynajmniej początkowo, jak zwykłe zasłabnięcie młodej damy na balu.

Pięść Ashburtona zacisnęła się na udzie, gdy w myślach analizował kolejne scenariusze, z których każdy był gorszy od poprzedniego. Szkolił się pod okiem Wrexforda, znał jego metodyczne podejście do eliminacji celów. To nie będzie nic krzykliwego, nic, co można by z nim powiązać. Po prostu tragiczny wypadek, który przytrafił się młodej kobiecie bez większego znaczenia dla ogólnej sytuacji politycznej.

Tyle że Anna miała ogromne znaczenie — dla misji, dla bezpieczeństwa Anglii, a przede wszystkim dla samego Ashburtona. Świadomość, że może ją stracić, zanim w pełni przyznał przed samym sobą, ile dla niego znaczy, wyostrzyła jego lęk do niemal nieznosnego stopnia.

— Szybciej — ponaglał woźnicę, choć biedny człowiek i tak już wyciskał z konia siódme poty. Boki zwierzęcia kapały od potu mimo mroźnej nocy, a jego oddech formował wielkie chmury, gdy napierało na uprząż.

Skręcili w szeroką aleję prowadzącą do dzielnicy dyplomatycznej, gdzie w eleganckich rezydencjach mieściły się przedstawicielstwa europejskich potęg. Światła biły z każdego okna ambasady, powozy ustawiały się w rzędzie na ulicy, a u wejścia stali na baczność lokaje w liberiach. Dźwięki orkiestry niosły się w noc, wraz z mruczeniem setek głosów.

Dorożka ledwie się zatrzymała, gdy Ashburton wyskoczył z niej, rzucając osłupiałemu woźnicy kolejne monety. Wbiegł po marmurowych schodach, pokonując po dwa stopnie naraz, poprawiając marynarkę i przeczesując dłonią rozwiane wiatrem włosy. Lokaj przy drzwiach rozpoznał go i skłonił się lekko, gdy ten wchodził do środka, nie okazując zaproszenia. Oto zalety jego reputacji; nikt nie kwestionował obecności lorda Ashburtona na spotkaniu towarzyskim, nawet gdy przybywał niechlujny i niezapowiedziany.

Hol wejściowy otwierał się na rozległą salę balową, gdzie pary wirowały w walcu, a ich klejnoty i ordery lśniły w świetle kryształowych żyrandoli. Ashburton omiatał wzrokiem przestrzeń, katalogując wyjścia, identyfikując kluczowych dyplomatów i szukając w tłumie dwóch konkretnych twarzy.

Anna zapewne miała na sobie swoją zieloną suknię, tę, którą faworyzowała ze względu na jej zdolność do wtapiania się w mrok. Wrexford zaś będzie we fraku, z zaczesanymi do tyłu siwymi włosami, o wyprostowanej, wojskowej sylwetce mimo upływu lat. Ashburton przemieszczał się obrzeżami parkietu, z wyostrzonymi zmysłami przeszukując morze twarzy w poszukiwaniu kobiety, którą kochał, oraz człowieka, który zamierzał ją skrzywdzić.

Serce waliło mu o żebra, a strach i determinacja pchały go naprzód, w głąb błyszczącego tłumu. Ashburton musiał dotrzeć do niej pierwszy. Musiał.

Od tego zależało wszystko.

Rozdział szesnasty

Anna stała na obrzeżach sali balowej brytyjskiej ambasady, opierając się plecami o żłobkowaną kolumnę, która niemal idealnie pasowała do zieleni jej sukni. Z tego punktu obserwacyjnego mogła śledzić całe zgromadzenie, nie przyciągając na siebie uwagi. Była to umiejętność dopracowana przez lata praktyki. Kryształowe żyrandole rzucały blask na zebranych dyplomatów i kręgi arystokratyczne, zmieniając klejnoty w konstelacje gwiazd, a złote sploty w rzeki słonecznego światła, lecz iluminacja ta ledwie docierała do jej zacienionego narożnika. Dokładnie tak, jak lubiła.

Jej wzrok przesuwał się metodycznie po sali, katalogując wszystko, co dostrzegła. Austriacki minister spraw zagranicznych, pogrążony w rozmowie z pruskim ambasadorem, pochylał się lekko do przodu — gest ten, jak zauważyła wcześniej, oznaczał, że dzieli się czymś, co uważał za istotne. Trzech rosyjskich attaché skupiło się przy wazie z ponczem; ich głosy były zbyt ciche, by przebić się przez dźwięki orkiestry, ale ich gestykulacja sugerowała spór. Clara i Matthew tańczyli razem blisko środka parkietu. Twarz jej siostry jaśniała szczęściem, mimo lekkiej niezgrabności ruchów wynikającej z zaawansowanej ciąży. Odmiennego stanu Clary nie dało się już ukryć i wraz z Matthew zaczęli rozważać powrót do Anglii. Na razie sprawa pozostawała nierozstrzygnięta, ale Anna czuła presję czasu. Jak długo jeszcze zabawią w Wiedniu?

A lorda Ashburtona nigdzie nie było widać. Na myśl o nim Anna poczuła znajomy ucisk w piersi. Ich kłótnia podczas kolacji sylwestrowej wciąż paliła ją w pamięci; jego upór, by odsunąć ją od siebie dla jej własnego bezpieczeństwa, odebrała bardziej jako lekceważenie jej możliwości niż akt troski. Od tamtej pory widywała go tylko z oddali, podtrzymując uprzejmą fikcję, że są jedynie znajomymi, którzy okazjonalnie tańczą ze sobą lub wymieniają kilka zdań na spotkaniach towarzyskich.

Wyprostowała się, odganiając myśli o Ashburtonie. Przyjechała tu jako towarzyszka Clary, niespodziewanie odnalazła cel w pracy, którą dzieliła z Ashburtonem, a teraz ta współpraca dobiegła końca. Wkrótce miała wrócić do swoich obliczeń i rejestrów hodowlanych. Kongres nie będzie trwał wiecznie.

— Panno Bell.

Głęboki głos wyrwał ją z zamyślenia. Anna odwróciła się i ujrzała stojącego obok sir Edmunda Wrexforda. Miał nienagannie ułożone siwe włosy i nieskazitelny strój wieczorowy. Coś w jego nagłym pojawieniu się zaniepokoiło ją; czy celowo podszedł zza kolumny, by ją zaskoczyć?

— Sir Edmundzie — przywitała się z uprzejmym dygnięciem, zastanawiając się, jaki interes mógłby mieć do niej wysoki urzędnik wywiadu. Podczas wszystkich ich poprzednich spotkań na dyplomatycznych rautach ani razu nie zwrócił się do niej bezpośrednio, choć oczywiście zostali sobie przedstawieni.

— Mam nadzieję, że zastałem panią w dobrym zdrowiu — powiedział. Jego uśmiech wydawał się szczery, wręcz ciepły, choć nie do końca docierał do oczu. — Liczyłem na okazję, by porozmawiać z panią na osobności.

Anna zmarszczyła lekko brwi. — Ze mną, sir Edmundzie? Przyznaję, że jestem zaskoczona.

— Nie powinna pani być. — Rozejrzał się po sali balowej, po czym odzyskał jej uwagę. — Lord Ashburton wypowiadał się o pani wyjątkowych umiejętnościach w samych superlatywach, panno Bell. O pani zdolnościach matematycznych i wnikliwości. O łatwości, z jaką odnajduje pani wzorce i łamie szyfry.

Anna poczuła, jak jej policzki płoną. Ashburton rozmawiał o niej ze swoim przełożonym? Nawet po tym, jak ją odsunął, twierdząc, że chroni ją przed zainteresowaniem Wrexforda? Ta sprzeczność była zastanawiająca, ale pochwała sprawiła, że jej serce zabiło szybciej z powodu konsternacji i zdradzieckiej iskry przyjemności.

— Pochlebia mi, że lord Ashburton tak wysoko ceni moje skromne umiejętności — powiedziała ostrożnie, niepewna, jak wiele Wrexford naprawdę wiedział o ich współpracy.

— Skromne? — Wrexford zaśmiał się cicho, a dźwięk ten był zaskakująco szczery. — Moja droga panno Bell, nie ma potrzeby stosować takiej skromności. Ashburton powiedział mi, że złamała pani złożone francuskie szyfry, które przez miesiące spędzały sen z powiek naszym najlepszym kryptografom. Że zidentyfikowała pani luki w bezpieczeństwie operacyjnym, których nie dostrzegli doświadczeni oficerowie wywiadu. Trudno nazwać to skromnymi osiągnięciami.

Uznanie jej zdolności przez kogoś rangi Wrexforda wywołało w niej nieoczekiwany przypływ dumy. Przez całe życie matematyczny umysł Anny traktowano jako osobliwe dziwactwo, przydatne do rachunków w Belle Haven, ale rzadko godne celebrowania. Nawet Ashburton, mimo całego swojego uznania dla jej umiejętności, ostatecznie odsunął ją od wspólnej pracy. A jednak stał przed nią jeden z najważniejszych urzędników brytyjskiego wywiadu, bezpośrednio doceniając jej wkład.

— Jest pan zbyt uprzejmy, sir Edmundzie — wymruczała, choć pod jego aprobującym spojrzeniem wyprostowała się jeszcze bardziej.

— Nie uprzejmy, panno Bell. Jedynie rzetelny. — Wyraz twarzy Wrexforda stał się poważniejszy. — W istocie to właśnie z powodu tych wyjątkowych zdolności odszukałem panią dzisiejszego wieczoru. Pojawiła się pewna pilna sprawa.

Anna, mimo ostrożności, poczuła przypływ ciekawości.
— Jaka to sprawa?

Wrexford pochylił się bliżej, zniżając głos. — Przejęliśmy dokumenty o krytycznym znaczeniu dla Korony i kraju. Szyfr o szczególnej złożoności, który wymaga natychmiastowej uwagi. Czas nagli, a ja potrzebuję pani unikalnego spojrzenia.

— Chce pan, bym pomogła w odczytaniu tych dokumentów? — uściśliła Anna, nie potrafiąc ukryć zdziwienia w głosie.

— Właśnie tak. — Wrexford skinął głową. — Ashburton byłby naturalnym wyborem do takiej pracy, ale jest dziś wieczorem zajęty czymś innym. Kiedy wspomniałem mu o tym problemie wczoraj, zasugerował, że to pani mogłaby pomóc. Powiedział, że ma pani dar dostrzegania rozwiązań w matematycznych zagadkach, którego większości ludzi brakuje.

Wzmianka o tym, że Ashburton ją zarekomendował, wywołała w Annie mieszane uczucia. Dumę z powodu uznania jej zdolności, żal, że zasugerował jej udział Wrexfordowi po tym, jak kategorycznie ją odsunął dla jej „ochrony", oraz tlące się podejrzenie co do momentu, w którym padła ta prośba.

Jednak możliwość bycia użyteczną, zajęcia umysłu problemem, który miał znaczenie, była zbyt kusząca, by odmówić. Zwłaszcza gdy wiązało się to z tak bezpośrednim uznaniem jej wartości. Po tygodniach bycia na bocznym torze, po patrzeniu, jak istotna praca, którą zaczęła z Ashburtonem, leży odłogiem, nadarzyła się okazja, by znów wnieść swój wkład.

— Będę zaszczycona mogąc pomóc, sir Edmundzie — powiedziała, podjąwszy decyzję. — Choć powinnam może powiadomić siostrę...

— Lady Whitmore wydaje się całkowicie pochłonięta mężem — zauważył Wrexford, wskazując na parkiet, gdzie Clara i Matthew wciąż tańczyli walca, nie widząc świata poza sobą. — A ta sprawa wymaga dyskrecji i pośpiechu. Dokumenty są zabezpieczone w prywatnym gabinecie. Możemy wrócić, zanim ktokolwiek zauważy pani nieobecność.

Anna zawahała się, pamiętając ostrzeżenia Ashburtona przed Wrexfordem. Jednak skoro Ashburton sam ją zasugerował Wrexfordowi, to chyba te obawy zostały wyjaśnione? I co złego mogło się stać przy przeglądaniu dokumentów w samej ambasadzie brytyjskiej podczas balu, w którym uczestniczyły setki europejskich elit?

— Dobrze — zgodziła się, odsuwając wątpliwości na bok. — Proszę prowadzić, sir Edmundzie.

Wrexford z dworską gracją podał jej ramię, a Anna lekko oparła na nim palce, pozwalając mu poprowadzić się ku dyskretnym bocznym drzwiom. Przechodząc przez salę balową, zauważyła, jak inaczej ludzie reagują na nią u boku Wrexforda. Dyplomaci, którzy wcześniej patrzyli przez nią jak przez potrawę, teraz kłaniali się z szacunkiem; damy, które zbywały ją jak służącą, teraz uśmiechały się na powitanie. Potęga koneksji, pomyślała.

Przeszli przez boczne drzwi do długiego korytarza wyłożonego portretami surowych brytyjskich generałów i dawno nieżyjących członków rodziny królewskiej. Ich kroki niosły się echem po marmurowych podłogach, gdy

Wrexford prowadził ją w głąb ambasady, z dala od świateł i muzyki balu. Z każdym krokiem odgłosy zabawy cichły, zastępowane przez głuchą ciszę prywatnego skrzydła ambasady.

— Ambasador uprzejmie udostępnił miejsce do pracy — wyjaśnił Wrexford, skręcając w kolejny korytarz. — Bezpieczeństwo jest najważniejsze przy dokumentach o takim stopniu poufności.

Anna skinęła głową, jej umysł już nastawiał się na wyzwanie intelektualne. Jednak gdy ostatnie echa orkiestry ucichły za nimi, zastąpione przez pusty stukot ich kroków w opustoszałych korytarzach, poczuła ukłucie niepokoju. Odegnała je, skupiając się na szansie ponownego udowodnienia swojej wartości i służenia Anglii dzięki unikalnym zdolnościom, które tym razem zostały właściwie dostrzeżone i docenione.

Gabinet był mniejszy, niż Anna przypuszczała, wyłożony drewnianą boazerią, która pochłaniała skąpe światło z pojedynczej lampy olejnej postawionej na biurku. Ciężkie aksamitne zasłony zakrywały to, co uznała za okno, a portret króla spoglądał surowo znad pustego kominka. Wrexford zamknął za nimi drzwi z cichym kliknięciem, a Anna usłyszała wyraźny dźwięk przekręcanego w zamku klucza. Spojrzała na niego, przez chwilę zaskoczona.

— Proszę mi wybaczyć — powiedział gładko, chowając klucz do kieszeni. — Sprawy bezpieczeństwa państwowego wymagają absolutnej prywatności. Personel ambasady został poinstruowany, by nam nie przeszkadzać, ale nigdy nie można być zbyt ostrożnym.

Anna skinęła głową, uznając to wyjaśnienie za wystarczająco sensowne. W końcu ona i Ashburton podejmowali podobne środki ostrożności podczas wspólnej pracy. Myśl o Ashburtonie wywołała ból w jej piersi, ale stłumiła go, gdy Wrexford wskazał na biurko.

— Dokumenty są ułożone w kolejności, którą uważamy za właściwą — wyjaśnił, stając obok niej, gdy podeszła do biurka. — Francuskie komunikaty dyplomatyczne przejęte od kuriera dwa dni temu. Podejrzewamy, że zawierają informacje o rozmieszczeniu sił morskich, które mogą naruszać warunki negocjowane na Kongresie.

Anna usiadła na wskazanym krześle, natychmiast dając się wciągnąć rozłożonym przed nią papierom. Szyfr wydawał się skomplikowany na pierwszy rzut oka — metoda podstawieniowa z nałożonymi przesunięciami numerycznymi, jeśli się nie myliła. Podniosła pierwszą stronę, badając ją w złotym kręgu światła lampy.

— Proszę poświęcić na to tyle czasu, ile pani potrzebuje — powiedział Wrexford, przechodząc pod kominek. — Choć oczywiście im szybciej, tym lepiej.

— Rozumiem — odparła Anna, sięgając już po pióro i kałamarz przygotowane obok dokumentów. Zanurzyła stalówkę w atramencie, testując ją na rogu czystej kartki przeznaczonej na obliczenia. Znajomy drapanie pióra o papier działało kojąco, osadzając ją na dobrze znanym terytorium matematyki i wzorców.

Zaczęła tak jak zawsze: od identyfikacji powtórzeń, śledzenia częstotliwości i poszukiwania ukrytej struktury kodu. W ciągu kilku minut wpadła w rytm pracy nad szyfrem, a jej umysł analizował możliwości z precyzją mistrza zegarmistrzostwa badającego tryby i sprężyny. Świat poza biurkiem przestał istnieć; słabo oświetlone biuro, czujna obecność Wrexforda, a nawet jej wcześniejszy niepokój stały się drugoplanowe wobec zagadki.

Skrobanie pióra odmierzało mijające minuty, gdy zapełniała kolejne arkusze obliczeniami, testując teorie i odrzucając te, które nie przynosiły sensownych wyników. Miała mglistą świadomość, że Wrexford porusza się po pokoju, czasem stając za nią, by obserwować postępy i zadając okazjonalne pytania, innym razem przechadzając się powoli między biurkiem a kominkiem.

— Podchodzi pani do tego inaczej niż nasi kryptolodzy — skomentował podczas jednego z takich przejść. — Bardziej... matematycznie. To fascynujące zjawisko.

Anna nie podniosła wzroku, zbyt pochłonięta szczególnie obiecującym wzorcem, który właśnie zidentyfikowała.

— Matematyka leży u podstaw wszystkiego — wymruczała, nie przerywając pisania. — Szyfry to jedynie specyficzne zastosowanie tych wzorców.

Praca w pojedynkę wydawała się dziwna po tygodniach współpracy z Ashburtonem. Brakowało wymiany teorii, momentu wspólnej ekscytacji, gdy wyłaniał się wzorzec, brało ciepłej obecności obok niej, gdy pochylali się nad tym samym dokumentem. Ta nieobecność pozostawiła w jej piersi pustkę, której do tej pory w pełni sobie nie uświadamiała.

Minęła godzina, może więcej; Anna straciła poczucie czasu, gdy szyfr stopniowo ulegał jej metodycznemu podejściu. Przełamała pierwszą warstwę kodowania, zamieniając pozornie przypadkowe znaki w wtórny kod, który wciąż wymagał odczytania. Jednak gdy pracowała nad tą drugą warstwą, coś zaczęło ją dręczyć. Przeczucie, że coś jest nie tak.

Wzorzec był skądś znajomy. To nie był francuski szyfr dyplomatyczny, jakiego się spodziewała, ale coś, co już kiedyś widziała. Gdzie? Przerwała pracę, a pióro zawisło nad stroną, gdy przeszukiwała pamięć w poszukiwaniu powiązania.

— Czy coś jest nie w porządku? — zapytał Wrexford, znajdując się nagle bliżej, niż sądziła.

— Nie — odparła szybko, wracając do pracy. — Po prostu rozważam alternatywne podejście.

Kontynuowała, zmuszając się do skupienia, podążając za sekwencjami liczbowymi tam, dokąd prowadziły. Gdy znaki zaczęły zmieniać się w rozpoznawalne słowa, jej niepokój przybrał na sile. To nie były francuskie dyslokacje wojskowe. Terminologia, lokalizacje, konkretne odniesienia do łańcuchów dostaw i fortyfikacji — to wszystko było *brytyjskie*. Brytyjski wywiad wojskowy.

Jej ręka znieruchomiała nad kartką, gdy dotarło do niej pełne znaczenie odkrycia. To wcale nie były przejęte francuskie dokumenty. To były brytyjskie tajemnice, przekładane na formę, którą mogli odczytać francuscy agenci. A skoro Wrexford sprowadził ją tutaj, by je odkodowała...

W żołądku poczuła zimny ciężar. Próbowała zachować neutralny wyraz twarzy i miarowy oddech, podczas gdy jej umysł pędził ku przerażającemu wnioskowi. Wrexford nie pracował dla ochrony brytyjskich interesów. To on był zdrajcą, którego szukali przez cały czas. Podwójnym agentem przekazującym wrażliwe informacje Francuzom. A teraz wykorzystywał ją, by te informacje przygotować do przekazania.

Serce waliło jej o żebra, gdy zmuszała dłoń do dalszego ruchu, udając pracę, podczas gdy gorączkowo zastanawiała się, co robić. Czy mogła sfabrykować błędne tłumaczenia? Nie, Wrexford niemal na pewno zweryfikowałby jej pracę. Czy mogła twierdzić, że nie potrafi złamać szyfru? Widział już jej postępy, wiedział, że jest bliska ukończenia zadania.

Jedyną opcją była ucieczka. Musiała wrócić na bal, odnaleźć Matthew i zaalarmować kogoś o zdradzie Wrexforda.

Anna odłożyła pióro z wypracowaną swobodą, nadając twarzy wyraz, który, jak miała nadzieję, przypominał lekkie zmęczenie. — Muszę na chwilę dać odpocząć oczom — powiedziała, odsuwając się od biurka. — I może zaczerpnąć świeżego powietrza? W pokoju zrobiło się dość duszno.

Wstała z krzesła i ruszyła w stronę miejsca, gdzie spodziewała się okna ukrytego za ciężkimi zasłonami. Wrexford zastąpił jej drogę, poruszając się zwinnie i z zaskakującą gracją jak na człowieka w tym wieku.

— Obawiam się, że to niemożliwe — odparł, jego głos wciąż był uprzejmy, choć oczy stwardniały. — Okna w tej części ambasady wychodzą na ulicę. Ich otwarcie mogłoby niepotrzebnie przyciągnąć uwagę.

— Zatem może mogłabym na krótko wrócić do sali balowej — zasugerowała Anna, walcząc o to, by jej głos brzmiał pewnie. — Moja siostra będzie się zastanawiać, gdzie zniknęłam.

— Pani praca nie jest skończona, panno Bell. — Grzeczność w tonie Wrexforda wyparowała, odsłaniając kryjący się pod nią chłód. Spojrzał na papiery leżące na biurku, przytakując, gdy dostrzegł słowa, które zapisała przed chwilą. *Portsmouth. Dover.*

— I sądzę, że oboje wiemy, co odkryła pani w tych dokumentach.

Udawanie dobiegło końca. Anna cofnęła się, wpadając na stolik. — Przekazuje pan Francuzom brytyjskie tajemnice wywiadowcze.

— Wyśmienicie — odrzekł Wrexford, a jego usta wykrzywiły się w uśmiechu, który nie sięgał oczu. — Pani opinia osoby błyskotliwej jest w pełni zasłużona. Tak, pewne kręgi w Paryżu są bardzo zainteresowane rozmieszczeniem naszych wojsk. Tak samo jak ja jestem bardzo zainteresowany ich złotem.

— Jest pan zdrajcą — powiedziała Anna, a słowo to zabrzmiało niemal jak szept.

Wrexford wzruszył ramionami, nie przejęty oskarżeniem. — Wolę myśleć o sobie jako o biznesmenie o zdywersyfikowanych inwestycjach. Anglia, Francja; państwa to po prostu figury na szachownicy, panno Bell. Wybrałem grę po obu stronach. W ten sposób mam całkowitą pewność wygranej.

Anna przesunęła się w bok, próbując obejść go w stronę drzwi, ale Wrexford powtórzył jej ruch, blokując przejście.

— Lord Ashburton... — zaczęła.

— I co zrobi Ashburton? — Śmiech Wrexforda był cichy i nieprzyjemny. — Popędzi panience na ratunek? Wątpię. Zanim się zorientuje, co się stało, będzie już za późno. A teraz proszę usiąść i dokończyć pracę.

— Odmawiam — powiedziała Anna, unosząc dumnie podbródek mimo strachu paraliżującego jej ciało. — Nie pomogę panu zdradzać Anglii.

Twarz Wrexforda stwardniała, a ostatnie resztki jego czarującej maski zniknęły. — Pomoże mi pani, panno Bell, albo znajdzie się panienka w wyjątkowo niefortunnym położeniu. Jak pani sądzi, jak to będzie wyglądało, gdy młoda, niezamężna kobieta o mieszanym pochodzeniu zostanie znaleziona w zamkniętym gabinecie z tajnymi brytyjskimi dokumentami wywiadowczymi?

Krew odpłynęła z twarzy Anny, gdy zrozumiała, co ma na myśli. — To pan oskarży mnie o zdradę.

— A kto uwierzy w inną wersję? — Wrexford podszedł bliżej, a jego głos zniżył się do złowrogiego mruczenia. — Pani słowo przeciwko mojemu? Szanowany oficer wywiadu z dziesięcioleciami stażu kontra adoptowana dziewczyna o niepewnym pochodzeniu? Proszę pomyśleć, co taki skandal zrobiłby pańskiej rodzinie. Belle Haven. Pani siostrom.

Anna poczuła się osaczona, jak lis zapędzony w kozi róg. Groźba pod adresem jej bliskich uderzyła mocniej niż jakakolwiek obawa o własne bezpieczeństwo. Belle Haven było wszystkim dla jej ojca i sióstr. Jeśli jej działania sprowadziłyby na nich hańbę...

— Proszę dokończyć szyfr, panno Bell — powiedział Wrexford, znów opanowanym, niemal rozsądnym tonem. — Niech mi pani wyświadczy tę jedną przysługę, a będzie mogła wrócić na bal i nikt się o niczym nie dowie. Jeśli pani odmówi, obiecuję, że będzie pani tego gorzko żałować.

Umysł Anny pracował na pełnych obrotach, szukając wyjścia z rozpaczliwego wyboru, przed którym stanęła. Pomyślała z desperacją o Ashburtonie, pragnąc, by tu był, zastanawiając się, czy kiedykolwiek jeszcze go ujrzy. Czy będzie miała okazję mu powiedzieć, że mimo wszystkiego, mimo ich kłótni i jego chłodu, zakochała się w nim.

Gdy Wrexford niecierpliwym gestem wskazał na biurko, Anna z lodowatą jasnością zrozumiała, że ma tylko jedno wyjście. Musi znaleźć sposób, by zaalarmować Ashburtona i ujawnić zdradę Wrexforda, zanim będzie za późno. Ale najpierw musiała przeżyć ten wieczór w tym pokoju.

Biorąc głęboki oddech, dokonała wyboru.

— Nie. — Anna odsunęła papiery, a jej głos brzmiał pewniej, niż się czuła, gdy podniosła wzrok, by spojrzeć Wrexfordowi w oczy. — Nie zrobię tego. Nie pomogę panu zdradzać Anglii. — Serce tłukło się o jej żebra, każde uderzenie boleśnie głośno odbijało się w uszach, ale decyzja zapadła. Jakiekolwiek będą konsekwencje, nie wykorzysta swoich zdolności, by skrzywdzić swój kraj lub ludzi, których kochała.

Wyraz twarzy Wrexforda stwardniał, resztki dyplomatycznej maski ostatecznie opadły. — Rozczarowała mnie pani, panno Bell. Myślałem, że jest pani bardziej pragmatyczna. — Podszedł bliżej biurka, a jego cień padł na jej twarz. — Proszę starannie rozważyć swoją sytuację. Pani odmowa nie zmienia niczego poza pani własnym losem.

— Rozważyłam ją — odparła, wstając z krzesła, by stawić mu czoła. Choć górował nad nią wzrostem, Anna nie dała się zastraszyć. — Wolę stawić czoła fałszywym oskarżeniom, niż żyć ze świadomością, że pomogłam panu narażać na szwank życie Brytyjczyków.

— Cóż za patriotyczna postawa — zakpił Wrexford. — Nauczyła się tego pani od Ashburtona? Człowieka, który odtrącił panią, gdy stała się dla niego niewygodna?

Te słowa miały ją zranić i mimo woli Anna poczuła ich ukłucie. Jednak teraz myśl o Ashburtonie, o jego szarych oczach pełnych podziwu, gdy razem pracowali, o jego palcach delikatnie gładzących jej policzek, by zetrzeć ślad atramentu, o jego głosie łagodniejącym, gdy mówił, że ją dostrzega — dawała jej siłę, a nie ból.

Być może nigdy więcej go nie zobaczy. Być może nigdy nie będzie miała okazji mu powiedzieć, że mimo wszystkiego, mimo jego wycofania i ich kłótni, zakochała się w nim. Nie w jego masce playboya i entuzjasty wyścigów, ani nawet w oddanym agencie wywiadu, ale w mężczyźnie, który istniał pomiędzy tymi rolami. W mężczyźnie, który pamiętał, jak pije herbatę, który szanował jej matematyczny umysł, który ją widział, gdy reszta świata patrzyła na nią obojętnie.

— Lord Ashburton próbował mnie chronić — powiedziała, a ta prawda skrystalizowała się w niej, gdy tylko wypowiedziała te słowa. — Przed panem. Intuicyjnie wiedział, kim pan jest, nawet jeśli nie złożył jeszcze wszystkich elementów w całość. Zrobi to. I zabije pana za to. — Mówiła z absolutną pewnością.

Cios spadł bez ostrzeżenia. Ręka Wrexforda uderzyła ją z taką siłą, że głowa odskoczyła jej na bok. Ból eksplodował na twarzy, jasny i oszałamiający. Anna zatoczyła się do tyłu, opierając się o krawędź biurka, podczas gdy przed oczami zawirowały jej gwiazdy.

— Dość tego — warknął Wrexford, a jego opanowanie ostatecznie prysło. — Wystarczająco długo znosiłem pani impertynencję.

Policzek Anny płonął w miejscu uderzenia, skóra była gorąca i napięta. Poczuła smak krwi tam, gdzie zęby rozcięły wnętrze jamy ustnej. Fizyczny ból był mniej szokujący niż brutalna rzeczywistość jej sytuacji — sam na sam z człowiekiem, który właśnie pokazał, że jest zdolny do przemocy, nie tylko do zdrady.

Podczas gdy Wrexford odwrócił się do biurka, zbierając pozostałe papiery gwałtownymi, pełnymi gniewu ruchami, wzrok Anny padł na srebrny nożyk do listów leżący obok kałamarza. Jego rękojeść była bogato zdobiona, a ostrze zwężało się w czubek, który lśnił w świetle lampy.

Bez głębszego namysłu zacisnęła na nim dłoń. Metal był chłodny, a jego ciężar nieznaczny, lecz w jakiś sposób kojący. Nigdy nie uważała się za odważną w sensie fizycznym; jej odwaga zawsze była cichsza, wyrażana raczej poprzez wytrwałość niż konfrontację. Jednak teraz, gdy nie pozostały inne opcje, poczuła, jak budzi się w niej inny rodzaj męstwa.

Wrexford odwrócił się w jej stronę, ściskając dokumenty w jednej ręce. — A teraz doko... —

Anna nie pozwoliła mu skończyć. Rzuciła się do przodu, celując nożykiem do listów w jego pierś z całą siłą, na jaką mogła się zdobyć. Jej ruchowi brakowało precyzji czy wyszkolenia, zrodził się z desperacji, a nie z umiejętności.

Wrexford szarpnął się w bok, jego refleks był szybszy, niż się spodziewała. Srebrne ostrze chybiło celu, zamiast tego przeorało mu bok na wysokości żeber. Nie było to głębokie pchnięcie, nie zagrażało życiu, ale wystarczyło, by rozciąć kamizelkę i koszulę, zostawiając szkarłatną pręgę, która natychmiast zaczęła przesiąkać przez kosztowną tkaninę.

Cofnął się gwałtownie, chwytając wolną ręką za bok, a jego twarz wykrzywiła się z szoku i furii. — Ty mała żmijo — syknął przez zaciśnięte zęby. Krew zaczęła sączyć się między jego palcami, plamiąc nieskazitelnie białą rękawiczkę.

Przez ułamek sekundy mierzyli się wzrokiem w małym gabinecie – Anna wciąż ściskała zakrwawiony nożyk, a Wrexford przyciskał dłoń do rany. Wyraz jego twarzy uległ zmianie; czysty gniew ustąpił miejsca kalkulacji, gdy oceniał sytuację.

— Głupi ruch, panno Bell — powiedział, a jego głos, choć chrapliwy z bólu, odzyskał opanowanie. — I niczego on nie zmienia, poza tym, że do listy pani win dopisze usiłowanie zabójstwa.

Cofał się w stronę drzwi, nie spuszczając wzroku z niej i broni, którą wciąż trzymała. Druga ręka pozostawała zaciśnięta na odkodowanych dokumentach, kłykcie aż zbielały mu z wysiłku.

— Nikt panience nie uwierzy — kontynuował, docierając do drzwi i szukając po omacku klucza w kieszeni. — Szanowany oficer wywiadu zaatakowany przez histeryczną cudzoziemkę? Ta historia pisze się sama.

Anna zrobiła krok do przodu, niepewna, czy powinna wykorzystać swoją chwilową przewagę. — Ludzie uwierzą dowodom. Te dokumenty...

— Nigdy nie ujrzą światła dziennego — dokończył Wrexford, wkładając klucz do zamka i nie odrywając od niej spojrzenia. — Zanim ktokolwiek panią znajdzie, te papiery zostaną bezpiecznie dostarczone, a wszelkie dowody mojego zaangażowania zniszczone.

Drzwi za nim otworzyły się, a on wycofał się przez nie. — Proszę starannie rozważyć swoją sytuację, panno Bell. Jeśli piśnie pani komuś słowo o tym, co tu zaszło, dopilnuję, by cała pani rodzina ucierpiała za pani dzisiejsze czyny.

Zanim Anna zdążyła odpowiedzieć, zatrzasnął drzwi. Klucz obrócił się w zamku z wyrazistym kliknięciem, więżąc ją w środku.

Anna stała nieruchomo na środku pokoju, wciąż ściskając w drżącej dłoni nożyk do listów. Srebrne ostrze lśniło w świetle lampy, a jego wypolerowana powierzchnia była teraz splamiona smugą krwi Wrexforda. Wpatrywała się w nie przez dłuższą chwilę, zanim jej palce rozluźniły uścisk i pozwoliły narzędziu upaść na podłogę z metalicznym brzękiem, który odbił się echem w nagłej ciszy.

Policzek pulsował bólem tam, gdzie uderzył ją Wrexford — tępy żar narastał w rytm jej walącego serca. Uniosła dłoń, by dotknąć wrażliwej skóry, sycząc przy dotyku.

Zostanie siniak, namacalny dowód jego przemocy, który będzie wymagał wyjaśnień.

O ile kiedykolwiek opuści ten pokój. O ile policja nie przyjdzie po nią wcześniej, wezwana przez Wrexforda opowieściami o jej ataku na niego. Czy uwierzyliby jej wersji bardziej niż jego? Pół-Chinka, adoptowana dziewczyna, przeciwko rycerzowi królestwa? Wynik wydawał się ponuro przewidywalny, nawet jeśli wiedziała, że Whitmore ująłby się za nią.

Anna podeszła do drzwi, szarpiąc za klamkę, choć wiedziała, że są zamknięte. Solidne drewno nawet nie drgnęło w futrynie. Zatem okno. Podeszła do ciężkich zasłon i odsunęła je, odkrywając okiennice zabezpieczone od zewnątrz. Wychodziły na ślepą ścianę, a nie na ulicę, jak twierdził Wrexford — nie było szans na wezwanie pomocy. Brak wyjścia.

Była uwięziona, sam na sam z pokłosiem przemocy i przerażającą niepewnością co do tego, co nastąpi. Czy Wrexford poszedł wezwać straże? Czy wyśle kogoś, by uciszyć ją na zawsze? A może właśnie teraz zmierza do francuskiego łącznika, który czeka na informacje wywiadowcze, które częściowo dla niego odkodowała?

Anna przycisnęła czoło do chłodnej szyby, próbując uspokoić gonitwę myśli. Musiała myśleć trzeźwo, zaplanować kolejne kroki na wypadek, gdyby — *jeśli* — uda jej się wyjść z tego pokoju. Odnajdzie Ashburtona lub Matthew, powie im wszystko i będzie się modlić, by uwierzyli jej, a nie Wrexfordowi.

Na razie jednak mogła tylko czekać, czując smak krwi w ustach, podczas gdy echo gróźb Wrexforda wciąż unosiło się w powietrzu. Mały gabinet, który wcześniej wydawał się jedynie ciasny, teraz przytłaczał jak więzienna cela, której ściany zdawały się zaciskać z każdą mijającą minutą. Portret króla spoglądał na nią z góry malowanymi oczami, które zdawały się osądzać ją za to, że nie zdołała zapobiec ucieczce Wrexforda z dokumentami.

Jak długo jeszcze, zanim ktoś tu przyjdzie? Jak długo, zanim jej los zostanie rozstrzygnięty przez siły będące poza jej kontrolą?

Nożyk do listów leżał na podłodze tam, gdzie upadł, a jego srebrna powierzchnia lśniła matowo w świetle lampy — jedyny świadek tego, co zaszło między nią a Wrexfordem. Anna wpatrywała się w niego, w tę małą broń, która utoczyła krwi, lecz niczego nie zmieniła, i z pustką w sercu zastanawiała się, jaką cenę przyjdzie jej zapłacić za ten desperacki akt oporu.

Rozdział
siedemnasty

Ashburton wpadł przez główne wejście do brytyjskiej ambasady, a jego pieczołowicie podtrzymywana maska arystokratycznej obojętności rozprysła się w drobny mak. Gorączkowo rozejrzał się po sali balowej, szukając jednej stonowanej zielonej sukni w morzu jaskrawych jedwabi i satyn wirujących pod kryształowymi żyrandolami. Anna. Każda sekunda, która upływała bez odnalezienia jej, posyłała nowe odłamki strachu prosto w jego pierś. Wrexford miał przewagę, a ten człowiek nigdy nie działał bez celu ani planu. Świadomość, że Anna może już teraz znajdować się w rękach zdrajcy, który widział w niej zagrożenie, jakie należało *„usunąć z równania"*, pchała go naprzód z desperacką brawurą.

— Lordzie Ashburton! — Jakiś korpulentny dyplomata, którego nazwisko całkowicie wyleciało mu z głowy, klepnął go w ramię. — Właśnie pana szukałem! Omawialiśmy szanse w Derby i potrzebujemy pana eksperckiej opinii na temat...

— Wybaczy pan — przerwał mu Ashburton, co zupełnie nie pasowało do jego wizerunku entuzjasty wyścigów konnych. Nawet nie przystanął, by zobaczyć zdumioną minę mężczyzny; parł przed siebie, lustrując twarze z rosnącą desperacją.

Sala balowa płonęła blaskiem setek świec, a żar bijący od tylu ciał sprawiał, że powietrze wydawało się duszne, mimo zimowego chłodu na zewnątrz. Muzycy w rogu grali żywego kadryla, a melodia brzmiała obscenicznie radośnie w zestawieniu z trwogą tętniącą w jego żyłach. Tancerze obracali się i stawiali kroki w idealnym zgraniu, nieświadomi jego strachu, niebezpieczeństwa grożącego Annie ani zdrady Wrexforda, która przez lata ukrywała się na widoku.

— Czy widział pan pannę Bell? — zapytał lokaja stojącego przy stole z poczęstunkiem. — Młoda dama o azjatyckich rysach, prawdopodobnie w zielonej sukni?

Mężczyzna potrząsnął głową, po czym zawahał się. — Chwileczkę, milordzie. Lady Whitmore pytała o nią niecałe dziesięć minut temu. Mówiła, że jej siostra zniknęła.

Zatem Clara zauważyła nieobecność Anny. To oznaczało, że nie było jej już od tak dawna, by wzbudzić niepokój. Żołądek Ashburtona zacisnął się jeszcze mocniej.

— A Sir Edmund Wrexford? — dopytywał Ashburton.

— Tak, milordzie. Przechodził tędy wcześniej, wydawał się bardzo spieszyć. Poprosił o prywatny pokój, żeby przejrzeć jakieś dokumenty.

— Który pokój? — zażądał Ashburton głosem ostrzejszym, niż zamierzał. Lokaj mrugnął, zaskoczony jego tonem.

— Nie mam pewności, milordzie. Kamerdyner będzie wiedział.

Ashburton dostrzegł kamerdynera po drugiej stronie sali, wydającego polecenia parze służących niosących tace z szampanem. Przedarł się prosto przez tłum, mijając rozmawiające damy i przeciskając się między parami przygotowującymi się do tańca. Jego pośpiech ściągał zdziwione spojrzenia, zwłaszcza tych, którzy znali go jako uprzejmego miłośnika wyścigów, który nigdy nigdzie się nie spieszył — chyba że chodziło o jego konie.

— Ashburton! — krzyknął ktoś, gdy ten go mijał. — Skąd ten pośpiech? Wygląda pan doprawdy ponuro!

Ashburton nawet nie zwolnił. Zaskoczona mina wołającego dołączyła do rosnącej kolekcji oszołomionych spojrzeń, które zostawiał za plecami. Jego reputacja spokojnego, jowialnego człowieka, pieczołowicie kultywowana przez lata, rozpadała się z każdym pospiesznym krokiem, a on nie potrafił się tym przejąć.

— Proszę pana — powiedział, dopadłszy kamerdynera — muszę wiedzieć, w którym pokoju przebywa Sir Edmund Wrexford. To sprawa najwyższej wagi.

Kamerdyner wyprostował się ze specyficzną dla swojego zawodu godnością. — Obawiam się, że nie mogę wyjawić...

— Czy był z młodą damą? — przerwał mu Ashburton, pochylając się bliżej. — To nie jest sprawa towarzyska. Chodzi o bezpieczeństwo Korony.

Coś w wyrazie twarzy Ashburtona musiało zdradzić jego determinację, ponieważ profesjonalna rezerwa kamerdynera nieco pękła.

— Wschodnie skrzydło — powiedział cicho. — Drugie piętro, trzecie drzwi po lewej. Sir Edmund poprosił o prywatność, aby przejrzeć dokumenty dyplomatyczne ze swoją asystentką.

Z *asystentką*. To wyrachowane kłamstwo sprawiło, że w Ashburtonie zawrzała krew. Ruszył z miejsca, zanim kamerdyner skończył mówić, kierując się ku wschodniemu skrzydłu długimi krokami, które niemal przeszły w bieg, gdy tylko opuścił główną salę balową.

Korytarz ciągnął się przed nim, oświetlony ściennymi kinkietami, które rzucały migotliwe cienie na ozdobne tapety. Kroki niosły się echem po marmurowej podłodze, odmierzając upływające sekundy — z których każda mogła sprawić, że Anna znajdzie się poza jego zasięgiem. Pokonywał po dwa stopnie naraz, a jego myśli wybiegały naprzód. Jeśli Wrexford już z nią wyszedł... jeśli zabrał ją w inne miejsce...

Nie. Nie mógł tak myśleć. Musiał ją znaleźć.

Korytarz na drugim piętrze był wyludniony, a odgłosy balu stłumiły się do odległego szumu muzyki i rozmów. Ashburton liczył drzwi — pierwsze, drugie, trzecie po lewej. Przyłożył ucho do drewna, nasłuchując głosów, jakiegokolwiek znaku, że Anna wciąż tam jest. Nie usłyszał nic poza cichym tykaniem zegara. Ostrożnie nacisnął klamkę, nie chcąc ostrzegać Wrexforda, gdyby ten nadal był w środku, ale drzwi ani drgnęły. Zamknięte.

Wrexford mógł zabrać ją gdzie indziej. Albo wciąż mógł tam z nią być.

Nie pozwalał sobie na myślenie o innych ewentualnościach.

Ashburton nie wahał się. Przyklęknął szybko i wyciągnął smukłe metalowe narzędzie z ukrytej kieszeni w bucie; wytrych, jedno z wielu małych akcesoriów, które wiernie służyły mu przez lata pracy wywiadowczej. Zamek był solidny, ale nieskomplikowany; uległ wprawnym dłoniom po zaledwie kilku sekundach ostrożnej manipulacji. Kliknięcie puszczającego mechanizmu wydało się nienaturalnie głośne w ciszy korytarza.

Wyprostował się, schował wytrych i wziął głęboki oddech, po czym pchnął drzwi z kontrolowaną siłą, gotowy na wszystko, co mogło na niego czekać po drugiej stronie.

Pokój był mniejszy, niż się spodziewał, wyłożony boazerią i słabo oświetlony pojedynczą lampą na biurku. Papiery rozsypane na blacie, pióro porzucone w kałuży atramentu. A tam, stojąca przy oknie z zesztywniałymi plecami i bladą twarzą, była Anna.

Ulga uderzyła w niego z fizyczną siłą, niemal uginając pod nim kolana. Była sama. Żywa. Jednak tę ulgę natychmiast zaprawiła gorycz, gdy dostrzegł szczegóły: czerwieniejący ślad na jej policzku, wyraźnie odcinający się na jasnej skórze; lekki nieład jej zazwyczaj nieskazitelnych włosów; zakrwawiony nożyk do listów na podłodze, którego zabrudzone szkarłatem ostrze lśniło w świetle lampy.

Ich oczy spotkały się, a Ashburton dostrzegł w jej spojrzeniu złożoną mieszankę emocji — ulgę na jego widok, wstyd z powodu bycia oszukaną i straszliwą świadomość tego, co jej częściowe złamanie szyfru może oznaczać dla brytyjskich sił, jeśli Wrexford dostarczy je swoim francuskim kontaktom.

— — Wrexford był podwójnym agentem — powiedziała głosem stabilniejszym, niż się spodziewał, choć brzmiało w nim lekkie drżenie. — Uciekł. Z dokumentami. Próbowałam go powstrzymać. — Nieświadomie uniosła rękę do posiniaczonego policzka.

Ashburton pokonał pokój trzema szybkimi krokami, zatrzymując się tuż przed nią, nagle niepewny mimo desperackich poszukiwań. — Anno — szepnął, a jej imię spłynęło z jego warg niczym modlitwa. — Stało ci się coś?

Potrząsnęła lekko głową, choć ślad na jej twarzy przeczył temu zaprzeczeniu. — Nic poważnego. Ale Wrexford ... zmusił mnie do odkodowania brytyjskich raportów wywiadowczych. Dla Francuzów. — Przy ostatnim słowie jej głos się załamał, a Ashburton dostrzegł w jej oczach pełnię jej rozpaczy.

— — Powiedz mi wszystko — rzekł łagodnie Ashburton, biorąc jej dłonie w swoje. Były zimne, zdecydowanie zbyt zimne, i drżały lekko pod jego palcami. Wojskowa dyscyplina, która rządziła jego życiem od lat, nakazywała mu natychmiast biec za Wrexfordem, ale wiedział, że Anna potrzebuje tej chwili. Potrzebowała, by jej wysłuchał, by zrozumiał, zanim będą mogli działać. A on musiał usłyszeć wszystko, jeśli mieli mieć jakąkolwiek szansę na powstrzymanie Wrexforda, zanim zginą brytyjscy żołnierze.

Ciemne oczy Anny spotkały się z jego wzrokiem, pełne ulgi i udręki. — — Powiedział mi, że to ty mnie zasugerowałeś — zaczęła, a jej głos był ledwie słyszalny ponad odgłosami orkiestry przesączającymi się przez ściany. — Twierdził, że poleciłeś moje umiejętności, gdy wspomniał, że przechwycił ważne francuskie dokumenty wymagające pilnego odkodowania.

Szczęka Ashburtona się zacisnęła. — Kłamstwo. Nigdy bym...

— Teraz to wiem — przerwała mu, spuszczając wzrok na ich złączone dłonie. — Ale wtedy wydało mi się to prawdopodobne. W końcu odsunąłeś mnie od siebie, mówiąc, że chronisz mnie przed zainteresowaniem Wrexforda. Pomyślałam, że może zmieniłeś zdanie i uznałeś, że moje umiejętności są warte ryzyka.

Nutka goryczy w jej głosie głęboko go raniła. Rzeczywiście odsunął ją, przekonany, że chroni ją przed dokładnie tym niebezpieczeństwem, a jednak jego działania jedynie uczyniły ją bardziej podatną na manipulacje Wrexforda.

— Sprowadził mnie tutaj, zamknął drzwi — kontynuowała Anna, mówiąc teraz szybciej, jakby musiała wyrzucić te słowa z siebie, zanim ją zatrują. — Dokumenty wyglądały na autentyczne, skomplikowany szyfr, ewidentnie o charakterze dyplomatycznym. Zaczęłam pracować i początkowo wszystko miało sens. Ale potem zaczęłam dostrzegać wzorce, które znałam... terminologię, która nie pasowała do francuskiego komunikatu.

Wyciągnęła dłonie z jego uścisku i podeszła do biurka, wskazując na rozrzucone papiery. — Kiedy zdałam sobie sprawę, co tak naprawdę odkodowuję — listę okrętów mających zostać wycofanych ze służby w Portsmouth i Dover — skonfrontowałam się z nim. Przyznał się do wszystkiego, niemal z dumą. — Jej palce dotknęły policzka, gdzie siniak stawał się coraz ciemniejszy. — Kiedy odmówiłam dalszej pracy, uderzył mnie. Powiedział, że jeśli pisnę słowo, to mnie okrzyknie zdrajczynią.

Ashburton spojrzał na biurko. Zauważył plamy atramentu na jej palcach, pióro porzucone w połowie kreski, gdy odkryła prawdę, i pusty kieliszek na stoliku obok, z którego Wrexford prawdopodobnie pił, gdy ona pracowała.

Zegar na kominku tykał głośno w ciszy, która zapadła po jej słowach; każde metaliczne kliknięcie oznaczało uciekające sekundy — sekundy, w których Wrexford oddalał się od nich.

— Zabrał to, co ukończyłam — powiedziała, wpatrując się w kartki. — To nie było wszystko, ale być może wystarczy, by zagrozić naszej obronie wybrzeża, jeśli Francuzi zadziałają szybko. — Jej głos lekko drżał. — Próbowałam go powstrzymać. Użyłam tego. — Skinęła głową w stronę zakrwawionego nożyka na podłodze.

Wzrok Ashburtona powędrował za jej wskazaniem na srebrny przedmiot. — Zraniłaś go?

— Ledwie. Draśnięcie w okolicy żeber. — W jej głosie słychać było w równym stopniu rozczarowanie, co dumę. — Był za szybki. Zamknął mnie tutaj, gdy wychodził. Powiedział, że nikt mi nie uwierzy.

Ogrom tego, co przeszła — manipulacja Wrexforda, uświadomienie sobie nieświadomej zdrady, fizyczny atak, jej odważny opór — uderzył w Ashburtona z całą mocą. Ta niezwykła kobieta stawiła czoła jednemu z najniebezpieczniejszych agentów Anglii zupełnie sama, uzbrojona jedynie w nożyk do listów i swoją niezłomną odwagę.

— To nie twoja wina — powiedział z głębokim przekonaniem. — Wrexford oszukiwał ludzi dwa razy starszych od ciebie, z dekadami doświadczenia. Przez lata wodził za nos cały brytyjski aparat wywiadowczy. Mnie włączając.

Jej oczy, lśniące od niewypłakanych łez, uniosły się ku jego twarzy. — Powinnam była wcześniej to dostrzec. Te wzorce tam były, gdybym tylko poświęciła im należytą uwagę.

— Nie. — Ashburton przysunął się bliżej, nie mogąc znieść autoironii w jej głosie. Bez zastanowienia wyciągnął ramiona i przyciągnął ją do siebie. Na moment zesztywniała, po czym wtuliła się w niego, opierając głowę o jego pierś. — Nikt tego nie dostrzegł. Ani jego przełożeni, ani koledzy. Ani ja, choć blisko z nim współpracowałem przez lata.

Trzymał ją ostrożnie, czując pod ramionami jej drobną postać i czując na brodzie miękkość jej włosów. Jej oddech stopniowo się uspokajał, synchronizując się z mocnym, równym biciem jego serca. Znajomy zapach — papieru, atramentu i jaśminu — wypełnił jego zmysły, na moment odwracając jego uwagę od powagi ich sytuacji.

— Myślałam, że pomagam Anglii — wymamrotała w jego kamizelkę. — Zamiast tego naraziłam ją na niebezpieczeństwo.

— Wcale nie — upierał się, gładząc ją dłonią po włosach w geście, który wydawał się jednocześnie nowy i boleśnie bliski. — Przestałaś, gdy zrozumiałaś prawdę. Walczyłaś z nim. A teraz pomożesz mi go powstrzymać, zanim te dokumenty dotrą do celu.

Jego wzrok przykuły papiery rozrzucone na biurku. Fragment mapy wyłaniał się spod kartek, pokazując coś, co wyglądało na Dunaj i jego dopływy. Każdy szczegół mógł okazać się kluczowy w ustaleniu, dokąd zmierza Wrexford i z kim planuje się spotkać.

— Musimy działać szybko — powiedział, niechętnie rozluźniając uścisk na tyle, by spojrzeć jej w twarz. Siniak na policzku pociemniał do jadowitego fioletu; musiał powstrzymać impuls, by go delikatnie dotknąć, by w jakiś sposób ukoić ból, którego zaznała. — Jeśli uda nam się go przechwycić, zanim przekaże te papiery...

— Będzie miał plany awaryjne — przerwała Anna, a jej praktyczny umysł, mimo przeżytego stresu, już przestawiał się na rozwiązanie problemu. — Wiele możliwych miejsc spotkań, sygnały informujące o tym, czy jest śledzony.

— Bez wątpienia — zgodził się Ashburton. — Ale każdy szpieg ma swoje schematy, nawyki, których u siebie nie dostrzega. A ty, Anno Bell, jesteś najbardziej genialną osobą w rozpoznawaniu wzorców, jaką kiedykolwiek spotkałem.

Na jej blade policzki, po tych słowach, wrócił rumieniec. Wysunęła się z jego objęć, a Ashburton poczuł brak tego kontaktu niemal jak fizyczny ból. Jednak analityczne skupienie powracające do jej oczu mówiło mu, że jej niezwykły umysł już pracuje, przetwarzając wszystko, czego dowiedziała się o Wrexfordzie podczas tego fatalnego spotkania.

— Musimy też zaalarmować Whitmore'a — kontynuował Ashburton, zerknąwszy na zegar. Minęło ledwie piętnaście minut odkąd wszedł do pokoju, choć wydawało się, że upłynęły całe godziny. — Jego stanowisko daje mu uprawnienia do zmobilizowania zasobów, których będziemy potrzebować. Ale najpierw musimy ustalić, dokąd zmierza Wrexford.

Odległa muzyka z sali balowej przeszła w walca, tę samą kompozycję, do której tańczyli w Palais Schwarzenberg. Wspomnienie Anny w jego ramionach tamtej nocy — złocistego jedwabiu lśniącego w świetle i jej ciała poruszającego się w idealnej harmonii z jego własnym — uderzyło go z bolesną jasnością. Jak wiele zmieniło się od tamtej nocy. Jak wiele pozostawało między nimi niewypowiedziane.

— Powstrzymamy go — powiedział Ashburton, wkładając w te słowa absolutne przekonanie. — Razem.

Patrzył, jak Anna prostuje ramiona, a ostatnie drżenie opuszcza jej dłonie, gdy determinacja zastąpiła rozpacz. Ta przemiana była niezwykła; kruchość ustępowała miejsca sile, strach — rezolucji. W tej chwili Ashburton wiedział z niezachwianą pewnością, że poszedłby za tą niezwykłą kobietą na kraj świata, gdyby go o to poprosiła.

Anna nagle odsunęła się od niego, a jej oczy rozszerzyły się pod wpływem nagłego olśnienia. Ashburton znał to spojrzenie; widział je już wcześniej, w swoich pokojach, gdy wspólnie łamali francuskie szyfry — ten moment, kiedy jej błyskotliwy umysł odnajdował wzorzec niewidoczny dla innych. Wrażliwa młoda kobieta, która przed chwilą drżała w jego ramionach, przeobraziła się na jego oczach; wyprostowała się, a jej wzrok stał się ostry i pełen nowego celu.

— Kiedy go zraniłam, wypowiedział dziwne zdanie: „Zanim ktokolwiek panią znajdzie, te papiery zostaną bezpiecznie dostarczone". Nie „przesłane" ani „wysłane", ale „dostarczone". Jakby zamierzał przekazać je osobiście.

Ashburton cofnął się o krok, analizując wnioski płynące z jej spostrzeżenia. To, co wydawało się druzgocącym ciosem — ucieczka Wrexforda z częścią danych wywiadowczych — zamieniało się na jego oczach w szansę. Jeśli zdołają go przechwycić, zanim odda te dokumenty...

Jednak bardziej niż korzyść taktyczna, jaką dawała, uderzyła go niezwykła odporność siedzącej przed nim kobiety. Niecałe pół godziny temu była tu uwięziona, oszukana, wykorzystana, zastraszona i fizycznie zaatakowana. Teraz stała i analizowała samo oszustwo, w które została wciągnięta, a jej genialny umysł odzyskiwał kontrolę nad okolicznościami, które większość ludzi pozostawiłyby w stanie paraliżu po szoku lub pogrążonych w samooskarżeniach.

— Niezwykłe — szepnął, a słowo to obejmowało nie tylko jej dedukcję, ale wszystko, co się na nią składało: inteligencję, odwagę, niezłomnego ducha. W tej chwili uczucie, które powoli kiełkowało w nim przez tygodnie, skrystalizowało się w absolutną pewność. Kochał ją. Nie tylko jej umysł, choć jego blask go olśniewał. Nie tylko jej odwagę, choć napawała go pokorą. Kochał ją całą, każdy jej złożony, sprzeczny i nadzwyczajny aspekt.

— Wiem, dokąd on zmierza — powiedział Ashburton, nagle zdając sobie sprawę, jakim darem losu było to, że widział Wrexforda i Jakoba razem w tamtej tawernie. — Widziałem go na spotkaniu z Jakobem, jednym z moich informatorów — dodał, gdy Anna posłała mu pytające spojrzenie. — Właśnie tak zrozumiałem, że to on jest zdrajcą. Jedna rzecz, którą wtedy powiedział, wydała mi się dziwna: To nazwa stajni wyścigowej niedaleko Wiednia. W środku zimy nie będzie tam żadnych koni i dlatego wtedy nie miało to dla mnie sensu, ale teraz już wiem, co miał na myśli. Myślę, że Frontenac może się tam ukrywać.

— W takim razie musimy jechać! — Zrobiła krok w stronę drzwi, a on zaśmiał się krótko i chwycił ją za rękę.

— Czekaj na mnie. Już nie wypuszczę cię z oczu.

Anna spojrzała na niego, a jej oczy nieco się rozszerzyły. — Ty... chcesz, żebym poszła z tobą? Już nie martwisz się o moje bezpieczeństwo?

— Zawsze martwię się o twoje bezpieczeństwo — odparł, podchodząc bliżej. — Ale dostałem nauczkę, żeby cię nie doceniać. I nie zamierzam powtórzyć tego błędu.

Zanim zdążył zakwestionować własną śmiałość, Ashburton ujął jej twarz w dłonie, kciukami delikatnie gładząc linię jej kości policzkowych, uważając, by omijać posiniaczone miejsce. Jej skóra była ciepła pod jego dotykiem; choć była zaskoczona, nie odsunęła się.

— Anno Bell — powiedział miękko — jesteś najbardziej nadzwyczajną kobietą, jaką kiedykolwiek poznałem.

Pochylił głowę i ją pocałował. Był to gest delikatny, niemal pełen czci; jego wargi musnęły jej usta z czułością, która przeczyła powadze ich sytuacji. Przez uderzenie serca trwała w bezruchu, a potem jej usta skruszały, odpowiadając na jego pocałunek z wahającą się słodyczą, która sprawiła, że jego serce boleśnie się ścisnęło w piersi.

Odsunął się już po chwili, choć wydawało się, że wieczność została skondensowana w tym jednym oddechu. Jej oczy pozostawały zamknięte jeszcze przez sekundę, po czym otworzyły się, wpatrując się w niego w oszołomieniu.

— Kiedy to się skończy — powiedział głosem zachrypniętym od emocji, których już nie próbował ukrywać — kiedy Wrexford zostanie ujęty, a dokumenty zabezpieczone, mam ci coś do powiedzenia.

Anna dotknęła palcami swoich warg, a na jej twarzy malowało się zdumienie i zmieszanie. — Co takiego?

Zegar na kominku wybił kwadrans, a ostre uderzenie przerwało czar między nimi. Ashburton niechętnie się odsunął, choć każda cząstka jego istoty chciała znów przyciągnąć ją do siebie, dokończyć to, co zaczął mówić i wyznać głębię swoich uczuć.

— Później — obiecał, biorąc ją zamiast tego za rękę. — Najpierw musimy złapać zdrajcę.

Splotła palce z jego dłońmi, teraz już ciepłymi i pewnymi; drżenie całkowicie ustąpiło. Lekki nacisk jej dłoni w jego dłoni czuł jak cichą obietnicę: partnerstwa, przyszłych rozmów i możliwości, które dopiero miały zostać odkryte.

Razem odwrócili się ku drzwiom, wychodząc z dusznego pokoju, w którym dokonało się oszustwo i przemoc, na korytarz — a ich złączone dłonie były deklaracją potężniejszą niż słowa.

Rozdział osiemnasty

Usta Anny wciąż mrowiły po pocałunku Ashburtona, gdy śpiesznie przemierzali korytarze ambasady. Jej umysł dzielił się teraz na dwie części: jedna skupiała się na bezpośrednim niebezpieczeństwie związanym ze zdradą Wrexforda, a druga na zaskakującej bliskości, która przed chwilą ich połączyła. Serce biło w rytm ich szybkich kroków, a każde uderzenie przypominało, że stawką jest ludzkie życie — brytyjskich żołnierzy i marynarzy, których pozycje zostaną narażone na niebezpieczeństwo, jeśli nie uda się przechwycić dokumentów. Ciepło dłoni Ashburtona, mocno zaciśniętej na jej dłoni, kotwiczyło ją w teraźniejszości, gdy lawirowali pomiędzy grupami nieświadomych niczego gości. Anna wypatrywała w tłumie wysokiej sylwetki Matthew.

— Tam — powiedziała, dostrzegając szwagra po drugiej stronie sali balowej. Matthew stał w grupie austriackich dyplomatów; miał uprzejmie uważny wyraz twarzy, choć Anna potrafiła dostrzec subtelne oznaki znużenia w sposobie, w jaki przenosił ciężar ciała z nogi na nogę.

Gdy podeszli bliżej, Ashburton puścił jej dłoń, a nagły brak jego dotyku sprawił, że jej palce wydały się dziwnie zimne. Konieczność zachowania dyskrecji, nawet teraz, nawet po tym wszystkim, co się między nimi wydarzyło. Małe rozczarowanie pośród znacznie większych zmartwień.

— Whitmore — odezwał się Ashburton niskim, ponaglającym głosem, gładko włączając się do rozmowy. — Czy mogę pana poprosić na chwilę? Chodzi o dość ważną sprawę dotyczącą tych rejestrów hodowli koni, o których rozmawialiśmy wcześniej.

Matthew zmarszczył lekko brwi słysząc to wtrącenie, ale coś w wyrazie twarzy Ashburtona musiało mu przekazać powagę sytuacji. Przeprosił Austriaków i ruszył za nimi, gdy Ashburton skierował ich w stronę spokojniejszego kąta sali.

— Co się stało? — zapytał, a jego spojrzenie wyostrzyło się, gdy zauważył twarz Anny. — O nieba, Anno, twój policzek...

— Nie tutaj — mruknął Ashburton, omiatając wzrokiem pomieszczenie z czujnością człowieka przyzwyczajonego do poruszania się po niebezpiecznych terenach. —

Czy jest jakieś miejsce, gdzie możemy porozmawiać na osobności?

Matthew skinął raz głową, zdecydowanie. — Chodźcie za mną.

Poprowadził ich przez boczne drzwi i w dół korytarza. Dźwięki balu cichły z każdym krokiem, zastępowane głuchym echem ich stóp na polerowanym marmurze. Matthew otworzył drzwi do czegoś, co wyglądało na mały gabinet, gestem zaprosił ich do środka, po czym szczelnie je zamknął.

— A teraz — powiedział, odwracając się do nich z miną nieznoszącą wykrętów — proszę, wyjaśnijcie mi to wszystko. Clara upierała się, że coś się między wami dzieje, ale nie ingerowałem, bo ufam, że Anna wie, co robi. Jednak ten ślad na jej policzku i wasze miny mówią mi, że cokolwiek tu zaszło, nie jest tym, za co to uważałem.

Anna spłonęła rumieńcem, zdając sobie sprawę, że Matthew podejrzewał ich o romans. Szwagier posłał jej przepraszający uśmiech.

Ashburton zaczął krążyć po pokoju, porzucając swą zwykłą, swobodną pozę na rzecz kontrolowanego, sprężystego ruchu. Anna patrzyła, jak zbiera myśli; miał wyprostowane ramiona pod marynarką, a dłonie splatał i rozplatał za plecami. Maska beztroskiego arystokraty opadła całkowicie, odsłaniając kryjącą się pod nią stal.

— Wrexford jest zdrajcą — powiedział bez owijania w bawełnę. — Od lat sprzedaje Francuzom brytyjskie informacje wywiadowcze. Dziś wieczorem podstępem zmusił Annę, by pomogła mu w rozszyfrowaniu poufnych danych dotyczących rozmieszczenia naszej floty w Portsmouth i Dover.

Oczy Matthew rozszerzyły się, a jego wzrok błądził między Ashburtonem a Anną. — Wrexford? To... niemożliwe. Jest jednym z naszych najbardziej zaufanych...

— To prawda — przerwała mu Anna głosem stabilniejszym, niż się spodziewała. — Odciągnął mnie od sali balowej, twierdząc, że lord Ashburton polecił mnie do pomocy przy pilnym odszyfrowywaniu dokumentów. Zorientowałam się, co tak naprawdę tłumaczę, dopiero gdy było za późno.

Nieświadomie dotknęła posiniaczonego policzka. — Kiedy go skonfrontowałam, przyznał się do wszystkiego. Potem zabrał to, co udało mi się odkodować, i zamknął mnie w tamtym biurze. Gdyby lord Ashburton mnie nie znalazł...

Ashburton gwałtownie przerwał przechadzanie się i odwrócił się do Matthew z intensywnością, która zdawała się elektryzować powietrze między nimi. — Musi pan zrozumieć coś jeszcze, Whitmore. O mojej prawdziwej roli tutaj, w Wiedniu.

Anna patrzyła, jak Ashburton wyjaśnia, że jest szpiegiem i od lat pracuje dla brytyjskiego wywiadu pod idealną przykrywką miłośnika wyścigów, zbyt zajętego rodowodami i zakładami, by dostrzegać polityczne intrygi. Opisał, jak Anna przypadkowo została w to wciągnięta, choć pominął jej udział w kradzieży dokumentów od Frontenaca w domku myśliwskim, za co była mu wdzięczna. Mówił dalej o tym, jak zaczęli współpracować, jak matematyczny umysł Anny okazał się bezcenny przy łamaniu francuskich szyfrów i jak ostatecznie próbował się od niej zdystansować, gdy Wrexford zaczął zadawać pytania.

— Myślałem, że ją chronię — powiedział głosem zachrypniętym od żalu, zerkając na Annę. — Tymczasem uczyniłem ją bardziej bezbronną.

Twarz Matthew stawała się coraz poważniejsza w miarę opowieści Ashburtona, a jej konsekwencje osiadały na jego barkach niczym ołowiane ciężary. Zacisnął szczękę, a żyła na jego skroni wyraźnie pulsowała.

— A teraz Wrexford ma te rozszyfrowane dokumenty — powiedział niepokojąco spokojnym tonem. — Dokumenty, które mogą zagrozić naszym pozycjom.

— Nie w pełni rozszyfrowane — poprawiła go szybko Anna. — Przestałam, gdy tylko zrozumiałam, co to jest. Ale nawet częściowe informacje mogą być szkodliwe, jeśli Francuzi zadziałają szybko.

— Wiemy, dokąd zmierza — dodał Ashburton z pośpiechem w głosie. — Do stajni wyścigowych pod Wiedniem. Ma się tam dziś wieczorem spotkać z francuskim agentem, aby przekazać dokumenty.

— Wciąż możemy go przechwycić — powiedziała Anna, występując naprzód. — Jeśli ruszymy teraz.

Matthew podszedł do sznura dzwonka przy kominku i szarpnął go z taką siłą, że ten zaczął gwałtownie tańczyć.

— Każę natychmiast przygotować konie i wezwę kapitana Richardsa wraz z jego ludźmi. Można im w pełni zaufać.

Służący pojawił się w drzwiach niemal natychmiast, jakby zmaterializował się z próżni. Matthew wydał serię szybkich rozkazów: osiodłać konie, dyskretnie wezwać konkretnych oficerów, nikomu innemu nie wspominać o ich wyjeździe.

Gdy drzwi zamknęły się za służącym, Matthew odwrócił się do nich z ponurą, ale zdeterminowaną miną. — Ty oczywiście wrócisz do domu z Clarą, Anno.

— Nie. — Słowo to padło z nieoczekiwaną siłą, zaskakując nawet samą Annę. Obaj mężczyźni odwrócili się, by na nią spojrzeć; brwi Matthew uniosły się ze zdumienia, wyraz twarzy Ashburtona był nie do odczytania.

— Słucham? — zapytał Matthew tonem zawieszonym między konsternacją a automatycznym autorytetem starszego brata.

— Powiedziałam: nie — powtórzyła Anna, teraz już pewniejszym głosem, prostując plecy. — Jadę z wami.

Matthew pokręcił głową, już formułując sprzeciw. — Wykluczone. To zbyt niebezpieczne. Będziemy pędzić całą noc, by być może zmierzyć się z uzbrojonymi zdrajcami!

— To ja narobiłam tego bigosu — przerwała mu Anna, odmawiając ustąpienia. — To ja rozszyfrowałam te dokumenty. Pomogę to zakończyć. — Dłonie lekko jej drżały, ale splotła je mocno, uspokajając je siłą woli. — Jeżdżę konno, odkąd pamiętam. Nie będę was spowalniać.

— Anno — zaczął ponownie Matthew, a jego głos łagodniał z troski — przeszłaś już dziś wystarczająco dużo. Wrexford cię uderzył, groził ci...

— Właśnie dlatego muszę doprowadzić to do końca — upierała się. — Myślicie, że mogłabym tu zostać, czekając i zamartwiając się, podczas gdy pan i lord Ashburton ryzykujecie życie, by sprzątać błędy, które ja popełniłam?

— To nie były twoje błędy — powiedział cicho Ashburton, odzywając się po raz pierwszy od rozpoczęcia tej sprzeczki. Jego szare oczy, gdy napotkały jej wzrok, zdradzały mieszankę szacunku i troski, która sprawiła, że serce Anny ścisnęło się boleśnie. — Zostałaś oszukana przez mistrza manipulacji.

— Niemniej jednak — powiedziała, wytrzymując jego spojrzenie — jadę.

Matthew zerkał to na jedno, to na drugie, najwyraźniej dostrzegając w ich wymianie coś, co kazało mu się zawahać. Zmrużył lekko oczy, oceniając sytuację z taką samą uwagą, jaką poświęcał negocjacjom dyplomatycznym.

— Popierasz to szaleństwo? — zapytał wprost Ashburtona.

Ashburton nie odrywał wzroku od twarzy Anny. — Uważam, że Anna wykazała się odwagą i jasnością umysłu, które będą cenne w naszym przedsięwzięciu — powiedział ostrożnie. — I podejrzewam, że próba powstrzymania jej byłaby stratą cennego czasu, na którą nie możemy sobie pozwolić.

Kącik ust Matthew drgnął w niemalże uśmiechu, mimo powagi sytuacji. — Rozumiem. — Westchnął, kapitulując z niechętną akceptacją. — Każę założyć damskie siodło na jednego z koni — zgodził się. — Ale kiedy dotrzemy do stajni, zostaniesz z tyłu, Anno. W tej kwestii nie będę negocjował.

— Dziękuję — odparła Anna, a w jej głosie ulga mieszała się z determinacją.

Gdy Matthew ruszył do drzwi, by sprawdzić przygotowania, Ashburton podszedł bliżej Anny, zniżając głos tak, by tylko ona mogła go usłyszeć. — Jesteś pewna?

Spojrzała mu w oczy, znajdując w nich nie wątpliwość, lecz szczerą troskę. — Całkowicie — odparła. — Niektóre równania muszą zostać rozwiązane do samego końca.

Jego usta wygięły się w cieniu uśmiechu i przez krótką, zapierającą dech chwilę Anna pomyślała, że znów ją pocałuje. Zamiast tego wyciągnął rękę i lekko dotknął wierzchu jej dłoni; był to gest zarazem intymny, jak i pełen powściągliwości.

— A więc przygotujmy się do drogi — powiedział cicho. — Mamy zdrajcę do schwytania.

Pokryte szronem pola lśniły srebrzyście w blasku zimowego księżyca, gdy galopowali przez bezdroża, a kopyta ich koni wzbijały przy każdym uderzeniu małe chmury lodowych kryształków. Anna pochyliła się w siodle, a jej oddech formował białe obłoczki w mroźnym nocnym powietrzu. Zimno przenikało przez jej suknię wieczorową, zupełnie nieodpowiednią na nocną przejażdżkę, mimo pożyczonego płaszcza, który narzuciła na wierzch, ale nie dawała po sobie poznać dyskomfortu. Przed nią jechali Ashburton i Matthew, ich ciemne płaszcze stapiały się z cieniami, a czterej żołnierze zwerbowani przez

Matthew zamykali pochód, stanowiąc pocieszającą obecność w mroku nocy.

Anna jechała na swoim własnym kasztanowatym wierzchowcu Perseuszu, którego szybko sprowadzono ze stajni Whitmore'a wraz z jej damskim siodłem. Wałach poruszał się z pełną wdzięku pewnością po nierównym terenie, reagując na najlżejszy nacisk kolan Anny. Mimo okoliczności, poczuła dreszcz przyjemności z ponownej jazdy. Nawet niewygodne ograniczenia damskiego siodła nie mogły w pełni stłumić poczucia wolności, jakie dawało bycie w siodle z wiatrem wiejącym w twarz.

Podczas jazdy niemal bezwiednie obliczała ich postępy: przebyty dystans, upływający czas, prawdopodobną godzinę przybycia Wrexforda do celu. Czy dotrą do stajni wyścigowych przed nim? Czy może zastaną go już na miejscu, gdy jego francuski łącznik zniknie z obciążającymi dowodami, a szkody dla brytyjskich pozycji morskich będą już nieodwracalne?

Ashburton co jakiś czas oglądał się za siebie, odnajdując jej wzrok w ciemności, jakby chciał się upewnić, że wciąż z nimi jest. Za każdym razem, gdy ich spojrzenia się krzyżowały, Anna czuła na ustach echo jego pocałunku — widmowe doznanie, które trwało mimo zimna i desperackiej misji.

Kiedy w końcu wjechali na niewielkie wzniesienie, ich oczom ukazały się stajnie wyścigowe — długa, niska drewniana budowla rysująca się na tle usianego gwiazdami nieba. W oknach nie paliły się żadne światła; miejsce wydawało się opuszczone, niby pusta skorupa czekająca na mieszkańców, którzy powrócą dopiero wiosną, wraz z sezonem wyścigowym w Wiedniu.

Matthew podniósł rękę, dając sygnał do zatrzymania się. Zsiadł z konia jednym płynnym ruchem, nakazując żołnierzom to samo. Dwóch z nich wślizgnęło się do stajni na zwiad i wróciło po kilku minutach, kręcąc głowami.

— Na razie ani śladu Wrexforda — mruknął Matthew ledwo słyszalnym głosem. — Kapitanie Richards, proszę rozstawić ludzi na obwodzie. Obserwować wszystkie drogi dojazdowe, ale pozostać w ukryciu. Żadnych działań bez mojego sygnału.

Kapitan skinął głową i wydał ciche rozkazy swoim ludziom, a ci rozpłynęli się w mroku.

Ashburton podszedł do konia Anny, wyciągając ręce, by pomóc jej zsiąść. Jego dłonie objęły ją w talii; były ciepłe nawet przez jej płaszcz i przez chwilę, gdy stawiała stopę na ziemi, stali tak blisko siebie, że czuła żar bijący od jego ciała. Stanowiło to ostry kontrast wobec przejmującego chłodu dookoła.

— Tędy — szepnął, a jego oddech ogrzał jej ucho. — Znajdziemy miejsce, skąd będziemy mogli obserwować, nie będąc widzianymi.

Matthew chwycił Ashburtona za ramię. — Pilnuj jej — powiedział głosem napiętym z troski. — Ja będę obserwował od wschodniej strony. Jeśli Wrexford przyjedzie z większą liczbą ludzi, niż zakładaliśmy...

— Dostosujemy się do sytuacji — dokończył Ashburton tonem niepozostawiającym miejsca na wątpliwości. — Anna będzie przy mnie bezpieczna.

Anna mogłaby zaprotestować przeciwko omawianiu jej osoby, jakby jej tu nie było, ale powaga sytuacji przytłumiła jej zwykłą asertywność. Poza tym rozpoznała troskę w oczach szwagra i wiedziała, czym ona jest: nie zwątpieniem w jej umiejętności, lecz szczerym lękiem o jej dobro po tym wszystkim, co już wycierpiała tego wieczoru.

Ashburton poprowadził ją po zmarzniętej ziemi w stronę tylnego wejścia do stajni; trzymał dłoń na dole jej pleców, delikatnym naciskiem kierując jej ruchami. Wewnątrz budynku panowały egipskie ciemności; czuć było intensywną woń siana, skóry i unoszący się wciąż zapach koni, które dawno przeniesiono do zimowych kwater. Anna odetchnęła głęboko, czerpiąc pociechę z tych znajomych aromatów, które tak silnie przypominały jej Belle Haven.

Ostrożnie przemykali przez ciemność, a oczy Anny stopniowo przyzwyczajały się do słabego światła przesączającego się przez szczeliny w drewnianych ścianach. Ashburton doprowadził ją do boksu w pobliżu środka budynku, którego drzwiczki były lekko uchylone.

— Tutaj — szepnął, wprowadzając ją do środka. — Będziemy wszystko słyszeć, a oni nas nie zobaczą, chyba że wejdą bezpośrednio do tego boksu.

Boks był mały, przeznaczony dla jednego konia, a jego podłogę wciąż pokrywała słoma. Anna oparła się plecami o tylną ścianę, mając Ashburtona u boku; w tej ciasnej przestrzeni dotykali się ramionami. Czuła napięcie w jego ciele, gotowość drapieżnika czekającego na odpowiedni moment do ataku.

Czas między nimi zdawał się rozciągać, odmierzany jedynie cichym dźwiękiem ich oddechów i okazjonalnym, odległym nawoływaniem nocnego ptaka. Zimno przenikało przez ubranie Anny, przyprawiając ją o dreszcze mimo determinacji, by zachować spokój.

— Proszę — mruknął Ashburton, zdejmując swój gruby płaszcz i zarzucając go jej na ramiona, nim zdążyła zaprotestować. Jego ciężar otulił ją niczym uścisk; płaszcz wciąż był nagrzany od jego ciała, pachniał słabo sandałowcem i czymś, co należało tylko do niego.

— Zmarzniesz — sprzeciwiła się, choć przyciągnęła okrycie mocniej do siebie, nie mogąc oprzeć się jego kojącemu ciepłu.

— Przywykłem do znacznie gorszych warunków — odpowiedział z nutą cierpkiego rozbawienia w głosie. — Wiedeń zimą jest niemal tropikalny w porównaniu z czatowaniem w Moskwie w styczniu.

Ta mimowolna wzmianka o jego prawdziwej profesji — życiu, którego rąbek ujrzała tylko nakrótko podczas wspólnej pracy nad szyframi — przypomniała Annie, jak mało naprawdę wie o człowieku stojącym obok niej. Ta myśl wywołała w jej piersi dziwne ukłucie.

— Opowiedz mi o Belle Haven — powiedział nagle Ashburton, przerywając ciężką ciszę między nimi. — Wspomniałaś kiedyś, że wyliczałaś linie krwi koni twojego ojca. Jak to się zaczęło?

Niespodziewane pytanie zaskoczyło Annę, ale zrozumiała jego intencję — chciał złagodzić napięcie towarzyszące oczekiwaniu, odciągnąć jej myśli od chłodu i strachu. Złapała się na tym, że lekko uśmiecha się w ciemności.

— Miałam sześć lat, gdy ojciec po raz pierwszy pokazał mi księgi hodowlane — odpowiedziała, a jej głos był cichym szeptem w bezruchu nocy. — Już wcześniej przejawiałam pewne zdolności matematyczne, a on uznał, że może spodoba mi się jej praktyczne zastosowanie. Fascynowały mnie wzorce — to, jak konkretne cechy można było śledzić przez pokolenia, jak można było przewidzieć prawdopodobieństwo szybkości, wytrzymałości czy określonej budowy.

Gdy mówiła, wspomnienia z Belle Haven zalały jej umysł: światło słoneczne wpadające przez okna stajni, ciepły oddech koni na dłoniach, cierpliwy głos ojca tłumaczący rodowody i linie krwi.

— Zanim skończyłam dziesięć lat, sama prowadziłam księgi — kontynuowała. — W wieku czternastu lat opracowałam własny system przewidywania, które pary dadzą najlepsze źrebięta. Ojciec mówi, że mam do tego niezwykły dryg.

— Nie niezwykły — sprostował łagodnie Ashburton. — Matematyczny. Precyzyjny. Dostrzegasz wzorce, które inni przeoczają.

Zwykłe zrozumienie w jego głosie poruszyło coś głęboko w Annie. Ile razy rodzina chwaliła jej zdolności, nie pojąwszy ich istoty? A jednak Ashburton zdawał się widzieć samo jądro tego, jak pracował jej umysł.

— A ty? — zapytała, odwracając rozmowę od siebie. — Wspomniałeś o stajniach wyścigowych swojego ojca. Czy to tam zaczęła się twoja przykrywka?

Ramię Ashburtona mocniej przycisnęło się do jej ramienia, gdy lekko zmienił pozycję. — W pewnym sensie — przyznał. — Choć nie był to całkowity wymysł. Mój ojciec ma prawdziwą obsesję na punkcie wyścigów. Wyhodował jedne z najwspanialszych koni pełnej krwi w Anglii, spędzał ze swoimi końmi więcej czasu niż z rodziną.

W jego tonie nie było goryczy, jedynie stwierdzenie faktu, a jednak Anna wyczuła samotne dziecko kryjące się za tymi słowami.

— Miałem kuca o imieniu Sentinel — ciągnął dalej, a jego głos złagodniał pod wpływem wspomnień. — Małe, kudłate stworzenie, ani trochę niepodobne do cenionych ogierów ojca. Ale był sprytny. Podpatrzył u stajennych, jak odryglować drzwi boksu.

Anna uśmiechnęła się w mroku, wyobrażając sobie młodego Ashburtona, który znajdował pocieszenie w towarzystwie mądrego kuca, gdy ludzkie więzi okazywały się nieuchwytne.

— Ojciec był rozczarowany, gdy wykazałem większe zainteresowanie nauką niż przejęciem jego działalności wyścigowej — dodał Ashburton. — To ironiczne, biorąc pod uwagę, że spędziłem lata, udając dokładnie taki typ oszalałego na punkcie koni arystokraty, jakim on chciał mnie widzieć.

To wyznanie, przekazane tak prosto w ciemnościach ich kryjówki, wydało się Annie darem — małym, cennym wglądem za starannie skonstruowane maski, które prezentował światu.

Minuty przeciągały się w godzinę, może dłużej. Zimno przybrało na sile, przenikając nawet przez ciężki płaszcz Ashburtona. Anna niemal nieświadomie zaczęła lgnąć do jego ciepła, a on objął ją ramieniem, przyciągając bliżej.

Intymność ich pozycji, gdy trwali przyciśnięci do siebie w ciemności, wymieniając szeptane zwierzenia, stworzyła dziwną bańkę porozumienia pomimo czyhającego na nich niebezpieczeństwa.

— Jeśli to się nie uda... — szepnęła nagle Anna, a jej głos załamał się, gdy ciężar ich sytuacji znów zaczął ją przytłaczać.

— Uda się — obiecał Ashburton, odnajdując w ciemności jej dłoń i splatając palce z dającą otuchę siłą. — Powstrzymamy Wrexforda, odzyskamy dokumenty i wrócimy do Wiednia, zanim Clara w ogóle zauważy twoje zniknięcie.

Anna odwróciła twarz w jego stronę, ledwo widoczną w słabym blasku księżyca przesączającym się przez szczeliny w ścianie stajni. — Andrew — powiedziała, po raz pierwszy używając jego imienia, a te dwie sylaby zabrzmiały na jej języku intymnie i znacząco. — Chcę, żebyś wiedział...

Zanim jednak zdążyła dokończyć, ciszę nocną przeciął charakterystyczny dźwięk zbliżających się kopyt. Ciało Ashburtona napięło się obok niej, jego dłoń na moment zacisnęła się silniej na jej palcach, po czym puścił ją, przechodząc w stan pełnej gotowości.

— Są tutaj — szepnął, a cała czułość wyparowała z jego głosu, gdy na powrót stał się szpiegiem, łowcą i obrońcą. — Teraz ani słowa.

Moment na wyznania minął. Cokolwiek Anna zamierzała wyjawić, musiało poczekać, odsunięte przez bezpośrednie wymogi misji. Przycisnęła się mocniej do ściany boksu, a serce waliło jej o żebra, gdy przygotowywała się na spotkanie ze zdrajcą, który zaledwie kilka godzin wcześniej tak bezdusznie ją wykorzystał.

Anna wstrzymała oddech, gdy na zewnątrz, przed głównym wejściem do stajni, rozległ się chrzęst butów na zamarzniętej ziemi. Obok niej Ashburton zamarł w całkowitym bezruchu, a jego ciało było napięte niczym sprężyna ściśnięta do granic możliwości. Drzwi stajni skrzypnęły, a słabe światło latarni rozlało się po klepisku. Weszły dwie postacie; wysoka sylwetka Wrexforda była nie do pomylenia nawet w nikłym oświetleniu, jego towarzysz był niższy i tęższy, poruszał się ostrożnie, jak człowiek na nieznanym terenie. Jakob, pomyślała o imieniu, które wymienił Ashburton. Informator, który grał na dwa fronty.

— Zapal drugą latarnię — rozkazał Wrexford, a jego kulturalny głos wywołał u Anny mimowolny dreszcz. Wspomnienie jego dłoni uderzającej ją w twarz przemknęło jej przez myśl; pieczenie po ciosie zdawało się odbijać na jej policzku nawet teraz. Zmusiła się do pozostania w bezruchu, do kontrolowania oddechu mimo nagłego przyspieszenia tętna.

Jakob mocował się z drugą latarnią; po skrobnięciu zapałki nastąpił cichy syk płomienia zajmującego knot. Blask rozprzestrzenił się, a złote światło odsunęło cienie, ale nie sięgnęło ich kryjówki.

— Spóźnia się — mruknął Jakob, sprawdzając zegarek kieszonkowy.

— Przyjdzie — odparł Wrexford z absolutną pewnością człowieka nieprzyzwyczajonego do kwestionowania jego słów. Podszedł do surowego drewnianego stołu na środku stajni i z pedantyczną odrazą strzepnął kurz z jego powierzchni, po czym położył na nim skórzaną torbę. Torbę, która bez wątpienia zawierała dokumenty częściowo rozszyfrowane przez Annę — informacje, które mogły narazić brytyjskie pozycje morskie, gdyby trafiły w ręce Francuzów.

Oddech Ashburtona stał się płytki, kontrolowany. Anna czuła bijące od niego fale napięcia. Jego dłoń spoczywała na kolbie pistoletu, a palce zaciskały się i rozluźniały w rytmie dopasowanym do jego miarowych oddechów.

Na zewnątrz ciszę przerwał odgłos kolejnego zbliżającego się konia. Wrexford wyprostował się mimowolnym gestem człowieka przygotowującego się na spotkanie z kimś równym sobie. Jakob ruszył w stronę drzwi, trzymając dłoń w pobliżu płaszcza, gdzie, jak przypuszczała Anna, nosił broń.

Nowo przybyły wszedł bez pukania — wysoka postać w eleganckim płaszczu, której twarz została na krótko oświetlona, gdy wkroczyła w krąg światła latarni. Był przystojny w chłodny, arystokratyczny sposób, o ostrych kościach policzkowych i oczach, które oceniały wszystko z wyrachowaną precyzją. Poruszał się z niezaprzeczalną godnością szlachcica, a jego ubiór, choć wyśmienity, był celowo stonowany.

— Hrabia de Frontenac — powitał go Wrexford, wyciągając dłoń. — Ufam, że podróż minęła bez zakłóceń?

Francuz krótko uścisnął podaną dłoń. — Zgodnie z obietnicą, choć pańskie wskazówki pozostawiały nieco do życzenia. Niezwykle trudno znaleźć to miejsce po omacku.

— Właśnie dlatego zostało wybrane — odparł gładko Wrexford. — Izolacja ma swoje zalety.

Anna trwała w całkowitym bezruchu, niemal nie śmiąc oddychać, obserwując trzech mężczyzn przez szczelinę w drzwiach boksu. Obok niej ciepło Ashburtona było solidnym oparciem; jego ramię przylegało do jej ramienia, gdy obserwowali rozwój spotkania.

— Ma pan te informacje? — zapytał Frontenac, pomijając uprzejmości.

Wrexford poklepał torbę. — Wszystko, o czym rozmawialiśmy, a nawet więcej. Portsmouth, Dover, harmonogramy patroli na najbliższe trzy miesiące, okręty wycofywane z eksploatacji lub przesuwane do innych zadań. Dość wyczerpujący obraz brytyjskiej obrony morskiej na południu.

Annie ścisnął się żołądek na dźwięk tego, jak swobodnie opisywał zdradę własnego kraju. Życie ludzi, które jego działania narażały na niebezpieczeństwo — marynarzy i żołnierzy, którzy ufali stabilności swoich pozycji i którzy nie mieliby żadnego ostrzeżenia przed przewagą, jaką zyskali ich wrogowie.

— Szyfrowanie było złożone — kontynuował Wrexford, otwierając torbę i wyjmując kilka złożonych papierów. — Na szczęście znalazłem dość nieoczekiwaną pomoc przy deszyfrowaniu.

— Doprawdy? — Frontenac uniósł elegancką brew, przyjmując papiery i przebiegając je wzrokiem z wyraźną satysfakcją.

— Dziewczyna była użyteczna, muszę to przyznać — powiedział lekceważąco Wrexford. — Jej matematyczny umysł przełamał szyfry, których moi najlepsi ludzie nie potrafili ugryźć. To całkiem zdumiewające, zwłaszcza biorąc pod uwagę jej pochodzenie.

Anna poczuła dziwną mieszankę emocji, słysząc, jak z taką lekkością mówi o niej człowiek, który ją oszukał i uderzył — złość na jego protekcjonalność, ale także przewrotną dumę, że jej umiejętności zdołały mu zaimponować mimo wszystko.

— Ta młoda kobieta — powiedział Frontenac, podnosząc wzrok znad dokumentów — wiedziała, co deszyfruje?

— W końcu tak — przyznał Wrexford z lekkim wzruszeniem ramion. — Zdała sobie sprawę z natury dokumentów w mniej więcej trzech czwartych pracy. Stała się przy tym nieznośnie moralna, ale to, co pan tam ma, powinno ułatwić pańskim kryptoanalitykom dokończenie zadania.

— I zostawił ją pan przy życiu? — ton Frontenaca zaostrzył się z dezaprobatą.

— Tymczasowo — odpowiedział Wrexford, a jego głos zmroził Annę do szpiku kości. — Zamknąłem ją w pustym biurze w ambasadzie. Do tej pory prawdopodobnie już ją znaleźli, ale to nie ma większego znaczenia. Kto uwierzy w jej oskarżenia? Adoptowana dziewczyna, w połowie Chinka, twierdząca, że szanowany oficer wywiadu jest zdrajcą? — Zaśmiał się cicho. — Nawet gdyby jakimś cudem przekonała kogoś do wysłuchania, nie ma dowodów. Ja mam oryginały dokumentów i jej nieukończone tłumaczenia.

Frontenac nie podzielał rozbawienia Wrexforda. — Niedomknięte sprawy mają tendencję do niweczenia nawet najstaranniej ułożonych planów, Sir Edmundzie.

— Widziano mnie w jej towarzystwie, gdy opuszczaliśmy salę balową — odparł Wrexford, a jego głos stwardniał. — Dzisiejszy wieczór nie był dogodną porą na zajęcie się tym, ale proszę się nie martwić, niebawem osobiście tego dopilnuję. Jest o połowę za mądra, niż powinna być.

Anna poczuła, jak całe ciało Ashburtona napina się obok niej, a niemal niezauważalne drżenie przebiega przez niego w momencie usłyszenia groźby Wrexforda. Jego ramię zacisnęło się opiekuńczo wokół jej talii, a wolna dłoń powędrowała w stronę pistoletu. Czuła promieniującą z niego furię, mogła wyczytać z zaciętej szczęki i przymrużonych oczu gwałtowny zamiar formujący się w jego umyśle.

Bez głębszego namysłu Anna położyła dłoń na jego dłoni, powstrzymując jego ruch w stronę broni. — Jeszcze nie — szepnęła, niemal muskając ustami jego ucho, a jej głos był tak nikły, że ledwie słyszalny. — Whitmore i żołnierze muszą usłyszeć wszystko.

Oczy Ashburtona spotkały się z jej oczami w mroku, a między nimi rozegrała się cicha bitwa woli. Wściekłość w jego spojrzeniu była niezaprzeczalna — płonące pragnienie ochrony jej i natychmiastowego wyeliminowania zagrożenia ze strony Wrexforda. Jednak Anna wytrzymała jego wzrok, nie odwracając oczu i milcząco nalegając na cierpliwość.

W końcu skinął głową raz, krótko, choć jego ciało pozostało spięte, gotowe do gwałtownego działania. Jego dłoń pod jej dłonią nieco się rozluźniła, odsuwając się od pistoletu, choć widziała, że powstrzymanie się kosztowało go wiele wysiłku.

— Zapłata? — pytał właśnie Wrexford, skupiając się na interesach, skoro sprawa Anny została w jego mniemaniu rozstrzygnięta.

Frontenac wyciągnął małą skórzaną sakiewkę; jej zawartość brzęknęła cicho, gdy położył ją na stole. — Połowa teraz, zgodnie z umową. Reszta, gdy informacje okażą się rzetelne.

— Okażą się — zapewnił go Wrexford, chowając sakiewkę do kieszeni bez liczenia zawartości. Ten gest mówił wiele o ich zażyłych układach; najwyraźniej nie była to ich pierwsza transakcja.

— Będzie ich oczywiście więcej — kontynuował Wrexford. — Kongres trwa, a wraz z nim nadarzają się okazje do zdobycia informacji cennych dla pańskiego rządu. Pozyskałem szczególnie użyteczny kontakt w delegacji pruskiej, który jest przekonany, że pracuje dla Rosjan. — Jego uśmiech był pozbawiony ciepła. — Zamieszanie w lojalnościach bywa niezwykle dochodowe.

Anna słuchała z rosnącym wstrętem, gdy Wrexford kreślił plany przyszłych zdrad i działań na szkodę brytyjskich interesów, a czynił to tym samym kulturalnym, beznamiętnym głosem, który niegdyś kojarzyła z autorytetem i patriotyzmem. Każde nowe wyznanie zdawało się rozszerzać zakres jego wiarołomstwa, malując obraz człowieka, który spędził lata na systematycznym podkopywaniu kraju, któremu przysięgał służyć.

Spojrzała na Ashburtona i napotkała jego oczy utkwione w swojej twarzy. Wściekłość nie zniknęła, ale dołączyło do niej coś jeszcze — chłodna, analityczna kalkulacja, która była odbiciem jej własnych myśli. Zbierali dowody, budowali sprawę, która zapewni potępienie Wrexforda. Nie chodziło już tylko o odzyskanie dokumentów, które pomogła rozszyfrować; chodziło o ujawnienie lat zdrady i zapobieżenie kolejnym.

— Austriacki minister spraw zagranicznych pozostaje przekonany, że Wielka Brytania popiera ich stanowisko w sprawie Saksonii — mówił Wrexford, najwyraźniej rozkręcając się w swojej roli, gdy szczegółowo opisywał dezinformację dyplomatyczną, którą siał. — Podczas gdy lord Castlereagh wierzy, że Austriacy zaostrzyli swoje stanowisko. To nader zabawne patrzeć, jak krążą wokół siebie niczym podejrzliwe koty, każdy święcie przekonany, że ten drugi zmienił zdanie.

Śmiech Frontenaca był pełen uznania — był to dźwięk człowieka doceniającego kunszt w oszustwie. — Był pan doprawdy zajęty, Sir Edmundzie. Paryż będzie zadowolony z tego najnowszego obrotu spraw.

— Skoro mowa o obrocie spraw — zaczął Wrexford, a jego głos nieco zniżył się, gdy pochylił się ku Francuzowi — jest jeszcze jedna dość delikatna kwestia. Ostatnia depesza lorda Liverpoola zawiera dosyć konkretne wytyczne dotyczące nadzoru nad Napoleonem. Wzmocnione środki bezpieczeństwa sugerują, że obawiają się rychłej próby ucieczki.

Anna poczuła gwałtowny wdech Ashburtona obok siebie. To była nowa wiadomość, coś znacznie bardziej groźnego niż rozmieszczenie floty — informacja, która potencjalnie mogła zachwiać całą równowagą europejskich sił, gdyby Napoleon zdołał uciec z wygnania na Elbie.

— Doprawdy? — odparł Frontenac, wyraźnie zaciekawiony. — Moi przełożeni uznaliby takie informacje za szczególnie wartościowe.

— Tak też sądziłem — zgodził się gładko Wrexford. — Powinniśmy umówić się na kolejne spotkanie, być może w przyszłym tygodniu, gdy będę miał czas na zebranie wszystkich szczegółów.

Ashburton lekko przechylił głowę w stronę tylnego wyjścia ze stajni, gdzie znajdował się Matthew. W jego oczach czaiło się pytanie: Jak długo jeszcze powinni czekać? Ilu dowodów potrzebowali, zanim wkroczą do akcji?

Anna skinęła głową raz, zdecydowanie. Usłyszeli wystarczająco dużo. Więcej niż trzeba, by trzykrotnie potępić Wrexforda. Każda chwila zwłoki zwiększała ryzyko wykrycia lub tego, że zdrajcy w jakiś sposób wymkną się z ich starannie zastawionej pułapki.

Rozdział dziewiętnasty

ANNA SPOJRZAŁA NA ASHBURTONA w przyćmionym świetle stajni i skinęła głową z determinacją. Usłyszeli aż nadto. Zdrada Wrexforda została przed nimi obnażona jego własnymi słowami, a każdy kolejny nonszalancki występek obciążał go bardziej niż poprzedni. Poczuła, jak ciało Ashburtona drgnęło obok niej, a jego mięśnie napięły się w gotowości. Nadszedł ten moment.

Gwizd Ashburtona przeciął nocne powietrze, ostry i przeszywający. Przez uderzenie serca w stajni panowała cisza, jakby sam świat zatrzymał się w oczekiwaniu na to, co miało się wydarzyć.

Potem wybuchł chaos.

Z mroku wyłonili się żołnierze, materializując się w boksach i na strychach z sianem, gdzie ukrywali się przez cały czas trwania spotkania Wrexforda. Ich buty dudniły o ubitą ziemię, gdy osaczali trzech mężczyzn, a pistolety i miecze lśniły w świetle latarni.

— Ani drgnąć! — głos Matthew rozległ się z dowódczą siłą. — Jesteście otoczeni!

Anna patrzyła, jak twarz Wrexforda się zmienia, a maska światowca opada, odsłaniając zszokowane niedowierzanie. Jego dłoń szarpnęła w stronę płaszcza, ale żołnierz był już przy nim, z brutalną sprawnością wykręcając mu ramię za plecy. Inny żołnierz wytrącił pistolet z niezdarnych dłoni Jakoba, zanim ten zdołał go wymierzyć.

Frontenac stał całkowicie nieruchomo, a jego arystokratyczne rysy twarzy zastygły w wyrazie pogodzonej z losem kalkulacji. W przeciwieństwie do swoich towarzyszy, zdawał się natychmiast rozumieć, że opór jest daremny. Jego oczy omiotły stajnię, oceniając każdego żołnierza i każde możliwe wyjście, po czym spoczęły na Matthew z wyrazem niechętnego szacunku.

— Zabezpieczyć ich — nakazał Matthew. — Sprawdzić, czy nie mają ukrytej broni.

Żołnierze poruszali się szybko, wiążąc ręce mężczyzn sznurem za plecami. Jeden z nich dokładnie przeszukał Wrexforda, wyciągając mały pistolet z jego płaszcza i smukły nóż z cholewy buta. Jakob posiadał przy sobie jedynie piersiówkę brandy, którą żołnierz skonfiskował z ponurym uśmiechem.

— Torba — szepnęła Anna do Ashburtona, wpatrując się w skórzany worek wciąż leżący na surowym, drewnianym stole. — Dokumenty.

Ashburton skinął głową. Wyszedł z ukrycia, pokonując dystans do stołu w trzech szybkich krokach, by zabezpieczyć kluczowe materiały wywiadowcze. Anna poszła w jego ślady, wychodząc z cienia w światło latarni, a jej serce biło tak mocno, że czuła każde uderzenie w gardle.

Anna wyszła z boksu za Ashburtonem, przekonana, że niebezpieczeństwo minęło. Wrexford gwałtownie odwrócił głowę, blokując na niej swój wzrok. Rozpoznanie przerodziło się w furię, która zmieniła jego dystyngowane rysy w coś dzikiego i groźnego. Sznur krępujący jego nadgarstki zatrzeszczał, gdy zaczął się szarpać.

— Ty... — syknął, a ta jedna sylaba ociekała jadem. — Jak pani uciekła? Kto panią wypuścił?

Anna poczuła, że mimowolnie wzdryga się na dźwięk jego głosu, a jej ciało mimowolnie przypomniało sobie piekący ból po jego uderzeniu w policzek i groźbę w jego słowach, gdy zamykał ją w biurze ambasady. Zmusiła się jednak, by wytrzymać jego spojrzenie, odmawiając okazania strachu, który wciąż się w niej tlił.

— Pana błędem — odpowiedziała głosem zaskakująco pewnym — było zlekceważenie lorda Ashburtona. Oraz mnie.

Spojrzenie Wrexforda przeniosło się na Ashburtona, a w jego oczach pojawiło się zrozumienie. — Powinienem był się z państwem obojgiem rozprawić, kiedy miałem okazję.

— Miał pan wiele okazji — odparł Ashburton swobodnym tonem, choć Anna wyczuwała promieniujące od niego napięcie. — Całe lata. A pan postanowił zdradzić wszystko, za czym rzekomo stał.

Matthew postąpił naprzód, celowo stając między Anną a Wrexfordem. — Będzie miał pan mnóstwo czasu na przemyślenie swoich wyborów, panie Edmundzie, oczekując na proces o zdradę stanu.

Twarz Wrexforda wykrzywiła się na te słowa, gdy pełna świadomość jego sytuacji zdawała się na niego spadać. Jego starannie pielęgnowana maska — szanowanego mistrza szpiegów, patrioty, dżentelmena — została zerwana, odsłaniając tkwiącego pod nią zdrajcę. Fakt odkrycia prawdy zdawał się sprawiać mu większy ból niż brutalność żołnierzy czy ciasne więzy wrzynające się w nadgarstki.

— To niczego nie zmienia — powiedział, choć jego głos stracił wcześniejszą pewność. — Moi sprzymierzeńcy w Londynie dopilnują, by ta sprawa została załatwiona po cichu. W przeciwnym razie zbyt wiele tajemnic wyszłoby na jaw.

— Nie liczyłbym na to — odparł Matthew. — Pierwszy Lord Admiralicji wyjątkowo niechętnie patrzy na tych, którzy narażają bezpieczeństwo floty. Podobnie jak książę regent.

Gdy żołnierze zaczęli wyprowadzać więźniów w stronę drzwi stajni, Anna poczuła, jak przez jej ciało rozlewa się dziwna lekkość. Niebezpieczeństwo, które nad nimi wisiało, w końcu zaczęło ustępować. Francuska siatka szpiegowska, na którą polowali od tygodni, została zdemaskowana, jej kluczowi członkowie trafili do aresztu, a podwójny agent, który kompromitował plany już w momencie ich powstawania, został w końcu schwytany.

Jej dłoń nieświadomie powędrowała do policzka, w który uderzył ją Wrexford. Siniak nieco już wyblakł, ale skóra pozostała wrażliwa na dotyk, będąc fizycznym wspomnieniem zaznanej i przetrwanej przemocy. Wspomnienie tamtego ciosu wciąż potrafiło sprawić, że żołądek jej się zaciskał, ale teraz niosło ze sobą coś nowego — poczucie własnej siły i odporności w obliczu zagrożenia.

— Anno — głos Ashburtona obok niej był miękki. Jego palce musnęły jej dłoń, przelotny dotyk, który sprawił, że ciepło zalało ją kaskadą pomimo chłodu panującego w stajni. — Wszystko w porządku?

Odwróciła się i napotkała jego szare oczy wpatrujące się w jej twarz z troską, a jego brwi były zmarszczone, jakby potrafił odczytać kłębiące się w niej emocje.

— Tak — powiedziała, zdziwiona, że to prawda. — Tak, myślę, że tak.

Do Matthew podszedł żołnierz, trzymając mały skórzany woreczek, który cicho brzęknął przy każdym ruchu. — Zapłata od Francuza, proszę pana. Złote napoleony.

Matthew skinął głową z ponurą miną. — To dowód do zaprotokołowania. Razem z każdym dokumentem w tej torbie. — Odwrócił się do Anny i Ashburtona. — To zwycięstwo warte świętowania, ale nasza praca jeszcze się nie skończyła. Musimy natychmiast wracać do Wiednia, aby zdać relację ambasadorowi. Francuska ambasada będzie musiała zostać poinformowana o aresztowaniu

Frontenaca i niebiosa raczą wiedzieć, jaką burzę dyplomatyczną to wywoła.

Gdy Matthew odszedł, by pokierować żołnierzami zabezpieczającymi więźniów do transportu, Anna została sama z Ashburtonem na środku stajni. Wokół nich dogrywka ich udanej pułapki toczyła się w kontrolowanym chaosie — żołnierze wyprowadzali związanych więźniów na zewnątrz, inni przeszukiwali stajnię w poszukiwaniu dodatkowych dowodów, a nocne powietrze co rusz przecinał krótki rozkaz.

Jednak pośród tej aktywności Anna czuła się osobliwie odizolowana, jakby ona i Ashburton stali w bańce spokoju. Niebezpieczeństwo minęło. Wrexford został schwytany. Dokumenty były bezpieczne. Wygrali.

Ulga zalała ją falą tak potężną, że niemal ugięły się pod nią kolana. Zrobiła to; *zrobili* to. Razem. Ta myśl wywołała drżący uśmiech na jej ustach, gdy spojrzała na Ashburtona, odnajdując w jego oczach tę samą dziką radość, która wypełniała ją samą.

Drzwi stajni zamknęły się za ostatnim żołnierzem, pozostawiając jedynie stłumione głosy i parskanie koni przebijające się przez nagłą ciszę. Na zewnątrz Matthew nadzorował przygotowanie odpowiedniej straży wokół więźniów. Anna stała nieruchomo na środku stajni, a jej ciało wciąż drżało pod wpływem emocji po minionym zagrożeniu i triumfie. Latarnia rzucała długie cienie na ziemistą podłogę, zmieniając znajomą przestrzeń w coś onirycznego i nierealnego. Żyła. Udało im się. Dokumenty były bezpieczne.

Odwróciła się do Ashburtona, a na jej usta cisnęły się słowa wspólnej ulgi, lecz nie miała okazji ich wypowiedzieć.

W dwóch szybkich krokach pokonał dzielący ich dystans i przyciągnął ją w ramiona z tak nagłą intensywnością, że zaparło jej dech w piersiach. Jego uścisk objął ją całkowicie, jedno ramię mocno opasało ją w talii, druga dłoń podtrzymywała tył jej głowy, a palce zaplątały się w jej włosy. Czuła gwałtowne bicie jego serca przy swoim policzku, a drżenie jego rąk zdradzało emocje, których jego opanowana powierzchowność rzadko pozwalała się domyślić.

— Nigdy więcej mnie tak nie strasz — powiedział w jej włosy, a jego głos był zachrypnięty od emocji, ledwie głośniejszy od szeptu. — Kiedy usłyszałem, co planował ci zrobić...

Urwał, gdyż reszta słowa była dla niego zbyt bolesna. Anna poczuła dreszcz, który nim wstrząsnął, i chwilowe zaciśnięcie ramion, jakby musiał się upewnić, że ona naprawdę tu jest, bezpieczna w jego objęciach.

Jej własne ramiona odruchowo oplotły go w pasie, a palce zacisnęły się na szlachetnej wełnie jego płaszcza. Solidne ciepło jego ciała pod jej dłońmi było niczym kotwica w świecie, który niebezpiecznie wychylił się ze swojej osi. Kilka godzin temu była zamknięta w tym biurze ambasady, przekonana, że może już nigdy go nie zobaczyć.

Teraz trzymał ją tak, jakby była czymś cennym i niezbędnym do życia, czymś, czego nie mógłby znieść utraty.

Anna odsunęła się na tyle, by móc na niego spojrzeć, a jej oczy lśniły od niewypłakanych łez. Bezbronność malująca się w jego wyrazie twarzy odebrała jej mowę; zniknęła staranna maska szpiega, wyrachowany urok arystokraty. To był Andrew, nieosłonięty i prawdziwy, o szarych oczach pociemniałych od emocji, które wcześniej dostrzegała jedynie we fragmentach i przebłyskach.

— Jestem tutaj — szepnęła, a jej głos lekko zadrżał. — Oboje jesteśmy.

Podniósł dłoń do jej twarzy, a jego palce były lekkie jak piórko, gdy przesuwały się wzdłuż linii jej szczęki, z nieskończoną czułością omijając blaknący siniak na jej policzku. Ten dotyk sprawił, że zalała ją fala ciepła, rozpuszczając ostatki lodowatego strachu, który utrzymywał się, odkąd w końcu zrozumiała, kim jest Wrexford.

Ich czoła spoczęły na sobie, a ten kontakt był intymny i dający oparcie. Anna zamknęła oczy, wdychając jego zapach — drzewo sandałowe, wełnę i chłodne nocne powietrze. Czuła delikatne drżenie przebiegające przez ich ciała, wstrząsy wtórne po niebezpieczeństwie i strachu, które ustępowały miejsca głębokiej uldze. Jego oddech mieszał się z jej oddechem, ciepły w mroźnym powietrzu stajni.

Czas zdawał się jednocześnie rozciągać i kurczyć, a świat poza ich wspólną przestrzenią tracił na znaczeniu. Triumf z powodu schwytania Wrexforda, odzyskane dokumenty, nadciągająca burza dyplomatyczna — wszystko to blakło wobec prostej rzeczywistości: stali tu razem, żywi i cali.

— Anno — wymruczał, a jej imię było niczym pieszczota na jego ustach. Jego dłoń przesunęła się, by ująć jej policzek, a kciuk z delikatną czcią przesunął się po jej skórze.

Głośne, celowe chrząknięcie przerwało tę chwilę.

Odskoczyli od siebie, a Anna potknęła się lekko, próbując zachować przyzwoity dystans. Matthew stał w drzwiach z uniesioną jedną brwią, a wyraz jego twarzy balansował między rozbawieniem a zniecierpliwieniem.

— Jeśli państwo już skończyli — powiedział sucho — mamy trzech zdrajców do przetransportowania do Wiednia przed świtem. Chyba że wolą państwo, bym państwa tu zostawił, aby mogli państwo dalej... omawiać sprawę?

Gorąco uderzyło Annie do policzków, a rumieniec rozlał się w dół szyi, gdy z niepotrzebną uwagą wygładzała dłońmi spódnicę. Ashburton szybciej odzyskał opanowanie, a jego twarz przybrała znajomy wyraz arystokratycznego dystansu, choć na jego kościach policzkowych wciąż malował się lekki rumieniec.

— Już idziemy — odparł, a jego głos brzmiał niemal normalnie, mimo trwającej wciąż szorstkości.

Jednak nawet gdy ruszyli za Matthew, dłoń Ashburtona odnalazła jej dłoń, a ich palce splotły się z cichą determinacją. Mógł odzyskać zewnętrzny spokój, ale odmowa całkowitego zerwania kontaktu mówiła bardzo wiele o tym, co między nimi zaszło. Anna zacisnęła palce na jego dłoni, czerpiąc siłę z tej bliskości, gdy wyszli na zewnątrz w mroźną noc.

Trzej więźniowie zostali posadzeni na koniach, ich ręce były związane z przodu, a sznury przymocowane do siodeł.

Żołnierze rozstawili się strategicznie wokół nich z bronią w gotowości. Księżyc wzeszedł wyżej, oświetlając ośnieżony krajobraz srebrzystym blaskiem, który zmieniał zwykłą stajnię wyścigową w scenerię z zimowej bajki.

Matthew podszedł do nich, a z jego ust w lodowatym powietrzu wydobywały się obłoki pary. — Kapitan Richards pojedzie przodem z Wrexfordem — wyjaśnił, zachowując pełen profesjonalizm mimo porozumiewawczego spojrzenia, jakie rzucił na ich złączone dłonie. — Reszta z nas pojedzie za nimi z pozostałymi dwoma więźniami. Powinniśmy dotrzeć do Wiednia o świcie, jeśli utrzymamy równe tempo.

Anna skinęła głową, już obawiając się długiej, zimnej drogi. Emocjonalne napięcie tej nocy w połączeniu z fizycznymi wymaganiami misji zaczęło dawać o sobie znać. Zmęczenie ciążyło w jej członkach, czyniąc je ołowianymi. Tylko ciepło dłoni Ashburtona w jej dłoni pozwalało jej zachować pełną przytomność.

— Proszę — powiedział Ashburton, zdając się czytać w jej myślach. Sięgnął po swój surdut, który oddała mu przed pojmaniem, i ponownie zarzucił go jej na ramiona. — Droga powrotna będzie mroźniejsza niż podróż tutaj.

Ciężar płaszcza otulił ją niczym uścisk, wciąż niosąc ze sobą jego ciepło i zapach. Anna wymruczała podziękowania, poruszona tym gestem i cichą troską, którą reprezentował.

Matthew obserwował tę wymianę zdań z wyrazem twarzy, którego Anna nie potrafiła do końca zinterpretować. Gdy jednak przemówił, jego głos cechowało jedynie profesjonalne skupienie. — Dokumenty są bezpieczne? — zapytał, zerkając na torbę, schowaną teraz bezpiecznie pod marynarką Ashburtona.

— Tak — potwierdził Ashburton. — Wszystko, co Wrexford zabrał z biura ambasady, plus dodatkowe materiały dotyczące ochrony Napoleona, które planował im przekazać.

— Dobrze. — Matthew skinął energicznie głową. — Ambasador będzie chciał je natychmiast otrzymać. To wywoła prawdziwą burzę dyplomatyczną. Francuski agent schwytany w Wiedniu, spiskujący z oficerem brytyjskiego wywiadu... Castlereagh będzie wściekły.

Wzrok Anny powędrował ku Wrexfordowi, który siedział sztywno, a jego profil oświetlały niesione przez żołnierzy pochodnie. Człowiek, który ją oszukał, uderzył i groził jej rodzinie, był teraz związany i musiał stawić czoła konsekwencjom swojej zdrady. Powinna czuć wyłącznie satysfakcję, jednak w jej wnętrzu mieszały się złożone emocje: ulga i poczucie sprawiedliwości, ale także dziwna pustka, jak gdyby coś zostało bezpowrotnie stracone.

— Anno. — Głos Ashburtona przyciągnął jej uwagę. Stał już przy Perseuszu, który niecierpliwie przebierał kopytami w śniegu. — Jesteś gotowa?

Skinęła głową i przyjęła jego pomoc przy wsiadaniu na konia, usadawiając się w znajomych konturach damskiego siodła. Gdy zbierała wodze, dłoń Ashburtona spoczęła na jej dłoni o moment dłużej, niż było to konieczne, a uścisk jego palców był cichą obietnicą.

— Trzymaj się blisko — powiedział cicho. — Droga powrotna dopiero się zaczyna.

Podwójne znaczenie jego słów nie umknęło jej uwadze. Cokolwiek zrodziło się między nimi w ogniu niebezpieczeństwa, będzie musiało przetrwać w chłodnym świetle dnia, w skomplikowanym świecie dyplomatycznego Wiednia, który czekał na ich powrót. Lecz teraz, gdy mały oddział formował się do drogi powrotnej do miasta, Anna czerpała pociechę z jego obecności u boku — stałego towarzysza, z którym jechała naprzeciw niepewnemu świtowi.

Pięć dni. Anna stała na skraju sali podczas przyjęcia u kanclerza Austrii z kieliszkiem ledwie tkniętego szampana w dłoni i ponownie liczyła w myślach. Pięć dni minęło, odkąd wrócili triumfalnie do miasta z trzema zdrajcami w areszcie. Pięć dni, odkąd Ashburton trzymał ją tak, jakby była dla niego skarbem nad skarby, z czołem przyciśniętym do jej czoła, gdy ich wspólny oddech był obietnicą niewypowiedzianą, lecz wyczuwalną. Pięć dni ciszy sprawiło, że tamta noc wydawała się coraz bardziej sennym majakiem, czymś, co wyczarowała z pragnień i przerażenia, a nie przeżyła naprawdę.

Sala balowa lśniła od kryształowych żyrandoli i klejnotów dyplomatów, a wokół niej płynęły rozmowy w wielu językach. Anna zazwyczaj odnajdywała spokój w takiej anonimowości, w możliwości obserwowania otoczenia z boku, pozostając niezauważoną. Dziś więczorem jednak ta izolacja wydawała się przytłaczająca, a nie komfortowa.

Od czasu powrotu do Wiednia wysłała trzy bilety do kwatery Ashburtona. Pierwszy był krótkim zapytaniem o jego samopoczucie po tym, jak natychmiast został wezwany na tajne spotkania z brytyjskimi urzędnikami. Drugi zawierał bardziej bezpośrednie pytanie o postępy w przesłuchaniach. W trzecim, wysłanym zaledwie wczoraj, porzuciła wszelkie pozory: — Muszę z Panem porozmawiać. Proszę.

Jego odpowiedzi przychodziły niezwłocznie, każda chłodniejsza od poprzedniej. Pierwsza była zaledwie lakoniczna: — Wszystko w porządku. Przesłuchania trwają. Druga, czysto rzeczowa: — Więźniowie pozostają w areszcie. Dokumenty zabezpieczone. Trzecia zabolała najbardziej: — Pilne sprawy wymagają mojej uwagi. A.

Nie *Andrew*. Nawet nie *Ashburton*. Tylko formalny inicjał, który mógłby nakreślić do przelotnego znajomego, a nie do kobiety, którą zaledwie kilka dni wcześniej trzymał z taką rozpaczliwą czułością.

Palce Anny zacisnęły się na delikatnej nóżce kieliszka. Być może źle coś zrozumiała, zbyt wiele przypisała tej chwili wspólnej słabości. Następstwa niebezpieczeństwa mogły tworzyć fałszywą intymność, emocje spotęgowane ulgą i ocaleniem, które blakły w chłodnym świetle zwyczajnych dni. Jednak nie potrafiła pogodzić tego wyjaśnienia z dotykiem jego dłoni w jej włosach, z ochrypłym drżeniem głosu, gdy szeptał przy jej skórze.

Poruszenie w tłumie przyciągnęło jej uwagę. Przybył lord Ashburton, prezentując się wspaniale w wizytowym stroju wieczorowym, z jasnymi włosami lśniącymi w blasku żyrandoli. Poruszał się z tą swobodną gracją, która była nieodłączną częścią jego publicznego wizerunku, uśmiechając się i kłaniając znajomym, gdy przemierzał salę. Anna patrzyła z sercem bijącym boleśnie w piersi, jak przystaje, by porozmawiać z rosyjskim ambasadorem, a jego śmiech niosący w sobie wyliczony urok rozbrzmiewał w całym pomieszczeniu.

Czy odnajdzie ją w tłumie? Czy zaoferuje jakieś wyjaśnienie swojej ciszy i dystansu? Wyprostowała się, wygładziła spódnicę błękitnej jedwabnej sukni i wzięła głęboki oddech. Cierpliwości. Przyjdzie do niej, gdy tylko uwolni się od dyplomatycznych obowiązków. Na pewno.

Minęła godzina. Potem kolejna. Anna krążyła wśród gości zgodnie z oczekiwaniami, wymieniała uprzejmości, dyskutowała o nietypowo mroźnej pogodzie z bawarską hrabiną. Przez cały ten czas była boleśnie świadoma miejsca, w którym znajdował się Ashburton, niczym igła kompasu niezdolna do wskazania innego kierunku. Rozmawiał z dyplomatami, śmiał się z matronami z towarzystwa, a nawet zatańczył kadryla z córką francuskiego ambasadora.

Ani razu nie spojrzał w her stronę.

Żal narastał powoli, uciskając jej klatkę piersiową tak mocno, że z trudem łapała oddech. Gdy Clara dotknęła z troską jej ramienia, Anna wykrzesała z siebie uśmiech tak kruchy, że bała się, iż zaraz rozpadnie się na jej twarzy.

— Czy dobrze się czujesz? — zapytała Clara cicho, by nikt inny nie usłyszał. — Jesteś blada.

— To tylko lekki ból głowy — skłamała Anna, a słowa te smakowały gorzko. — Może to przez ten upał.

Wzrok Clary powędrował za spojrzeniem Anny tam, gdzie Ashburton rozmawiał z grupą austriackich urzędników. Wyraz jej twarzy złagodniał ze zrozumieniem. — Jest dość zajęty od czasu waszej powrotu z tej tajemniczej nocnej przejażdżki — zauważyła łagodnie. — Matthew mówi, że dyplomatyczne konsekwencje tych aresztowań są ogromne.

Powiedzieli Clarze wszystko. Albo prawie wszystko; Anna uznała, że jej siostra nie musi wiedzieć, iż spędziła godziny sam na sam z lordem Ashburtonem późno w nocy w jego kwaterze. Nieco naciągnęła fakty co do tego, jak dokładnie doszło do jej pomocy przy łamaniu szyfru, mówiąc jedynie, że Ashburton poprosił ją o wsparcie po tym, jak wszedł w posiadanie dokumentów po polowaniu. Clara i tak była przerażona niebezpieczeństwem, na jakie Anna była narażona; Anna uznała za przejaw dobroci fakt, że jej łagodna siostra nie poznała całej historii.

— Oczywiście — odparła Anna, siląc się na obojętność. — Spodziewam się, że jest bardzo zajęty.

Clara uścisnęła jej dłoń. — Odnajdzie drogę do ciebie, Anno. Daj mu czas.

Zanim Anna zdążyła zaprotestować, że nie ma do czego wracać, bo nie było między nimi żadnego porozumienia ani obietnic, Clara została odwołana przez przyjaciółkę, zostawiając Annę raz jeszcze samą z jej myślami i nietkniętym szampanem.

I właśnie wtedy, w tej chwili ponownej izolacji, Ashburton w końcu podszedł. Widziała, jak się zbliża, celowo torując sobie drogę przez tłum w stronę jej kąta. Jej serce zabiło mocniej, a nadzieja rozbłysła na nowo mimo prób rozsądku, by ją stłumić.

— Panno Bell — powiedział, gdy do niej dotarł, kłaniając się z nienaganną rezerwą. — Mam nadzieję, że cieszy się pani przyjęciem u kanclerza?

Panno Bell. Nie Anna. Nadzieja zwiędła tak szybko, jak rozkwitła. Przyjrzała się jego twarzy, szukając choćby cienia mężczyzny, który ją tulił, który niemal dwukrotnie ją pocałował, którego głos drżał z emocji, gdy przyciskał swoje czoło do jej czoła. Nic. Jego szare oczy były uprzejmie odległe, a uśmiech dokładnie taki sam, jakim obdarzał wszystkich, od służących po księżne.

— Lordzie Ashburton — odpowiedziała, odwzajemniając jego formalny ton z wysiłkiem, który czuła w każdym mięśniu. — Tak, przyjęcie jest urocze. A pan? Rozumiem, że był pan bardzo zajęty następstwami naszej... przygody.

Przez jego twarz przemknął cień czegoś tak szybko, że mogła to sobie tylko wyobrazić. — Istotnie. Takie sprawy wymagają ostrożnego prowadzenia. Delikatność dyplomatyczna i tym podobne kwestie.

Banalność tej rozmowy sprawiła, że klatka piersiowa Anny wezbrała bólem. To było gorsze niż jego milczenie — to udawanie, że nie wydarzyło się między nimi nic istotnego.

— Wysłałam do Pana kilka listów — powiedziała, a słowa te brzmiały bardziej bezpośrednio, niż zamierzała.

— Ach, tak. — Poprawił swój idealnie zawiązany fular; gest ten rozpoznała teraz jako objaw dyskomfortu, a nie próżności. — Proszę wybaczyć moje lakoniczne odpowiedzi. Przesłuchania były nadzwyczaj absorbujące.

— Rozumiem. — Wcale nie rozumiała. Jak mężczyzna, który szeptał jej imię niczym modlitwę, mógł stać się tym uprzejmym nieznajomym?

Między nimi zaległa krępująca cisza, wypełniona wszystkim, co pragnęła powiedzieć, lecz nie mogła — nie tutaj, wśród elit Wiednia, nie wtedy, gdy wzniósł między nimi tak wyraźne bariery.

— Powinienem Panią poinformować — kontynuował po chwili, a jego głos był starannie opanowany, by nie wyrażał nic poza profesjonalną uprzejmością — że Wrexford i jego wspólnicy zostali przekazani pod brytyjską straż. Zostaną odesłani do Londynu na proces. Pani zeznania mogą być wymagane, choć dołożymy starań, by ograniczyć Pani publiczny udział w tej sprawie.

— Dziękuję za informacje, lordzie Ashburton. — Formalność jej odpowiedzi smakowała jak popiół. Chciała chwycić go za ramiona, zażądać wyjaśnień, co się zmieniło, zapytać, dlaczego patrzy przez nią, a nie na nią.

— Musi mi Pani wybaczyć — powiedział, spoglądając w stronę grupy dyplomatów po drugiej stronie sali. — Ambasador Prus prosił o słowo. Jeśli Pani pozwoli?

Po pięciu dniach milczenia, po rozmowie tak jałowej, że mogłaby zostać przeprowadzona między zupełnie obcymi ludźmi, odchodził bez ani jednego znaczącego słowa.

— Oczywiście — odparła Anna, przywołując godność z rezerw, o których istnieniu nie miała pojęcia. — Proszę, niech Pan sobie nie przeszkadza.

Ashburton skłonił się ponownie, odwrócił i odszedł. Anna patrzyła za nim — na jego wyprostowane plecy i swobodną postawę, która nie zdradzała ani krzty napięcia, jakie biło od niego podczas ich krótkiej wymiany zdań. Bez trudu powrócił do swojej roli — entuzjasty wyścigów z czarującym uśmiechem i gotową ripostą na temat koni, roli, o której niegdyś myślała, że jest jedynie przykrywką dla jego prawdziwego ja.

Teraz zastanawiała się, co było przebraniem: szpieg, który trzymał ją z tak czułą desperacją, czy ten wypolerowany arystokrata, który potrafił patrzeć przez nią, jakby była ze szkła.

Wokół niej przyjęcie trwało w najlepsze, niewzruszone jej osobistą tragedią. Panie śmiały się zza malowanych wachlarzy, dżentelmeni dyskutowali o polityce i polowaniach, służący krążyli z tace pełnymi szampana i smakołyków. Normalność tego wszystkiego wydawała się wręcz obsceniczna w obliczu jej pękającego serca.

Przeszła w cichszy kąt, potrzebując przestrzeni, by odzyskać panowanie nad sobą. Po drugiej stronie sali Ashburton był teraz pochłonięty ożywioną rozmową z pruskim ambasadorem, gestykulując żywo, gdy opisywał coś, co wyglądało na wyścig konny. Przedstawienie było bezbłędne, ani jednej rysy na fasadzie beztroskiego szlachcica, którego jedynym poważnym zainteresowaniem były konie czystej krwi i zakłady.

Anna wiedziała swoje. Widziała stal kryjącą się pod jedwabiem, była świadkiem jego odwagi, inteligencji i oddania służbie. Co więcej, czuła drżenie jego rąk, gdy ją trzymał, słyszała łamiący się głos, gdy szeptał jej imię.

Co wydarzyło się w ciągu tych pięciu dni, że wszystko się zmieniło? Czy przełożeni zakazali mu dalszych kontaktów? Czy emocjonalna bliskość, która ich połączyła, przeraziła go, gdy tylko minęło zagrożenie? A może naprawdę nie znaczyło to dla niego nic więcej poza rozładowaniem napięcia po wspólnym niebezpieczeństwie?

Pytania krążyły w jej głowie, każde boleśniejsze od poprzedniego, żadne nie przynosiło odpowiedzi. Jej analityczny umysł, tak sprawny w rozwiązywaniu szyfrów i obliczaniu rodowodów, czuł się całkowicie bezradny wobec zagadki, jaką był Andrew, lord Ashburton, oraz przepaści, która się między nimi otworzyła.

Stojąc samotnie w zatłoczonej sali, patrząc na mężczyznę, którego pokochała, a który zachowywał się tak, jakby ich partnerstwo i więź były jedynie tymczasowym układem dla wygody, Anna poczuła, jak w jej piersi osiada lodowata pewność. Cokolwiek zaczęło się między nimi w tym zalanym blaskiem księżyca ogrodzie, cokolwiek rozkwitło w dusznej stajni, zwiędło w surowym świetle wiedeńskiej rzeczywistości dyplomatycznej.

Ta świadomość spoczęła jak głaz w jej żołądku, rozlewając paraliżujące zimno po żyłach. Odstawiła nietkniętego szampana na tacę przechodzącego służącego i wyprostowała ramiona. Skoro lord Ashburton potrafił tak doskonale udawać, ona też potrafiła. Była Anną Bell z Belle Haven, córką sir Richarda Bella. Nie załamie się z powodu niewypowiedzianej obietnicy, z powodu dotyku, który dla niej znaczył wszystko, a dla niego najwyraźniej nic.

Lecz nawet gdy ruszyła, by ponownie dołączyć do gości, by uśmiechać się i rozmawiać, jakby jej świat nie runął w posadach, Anna nie mogła powstrzymać się od skierowania ostatniego spojrzenia na Ashburtona. Przez ułamek sekundy ich oczy spotkały się nad głowami tłumu i wydawało jej się, że dostrzegła błysk tego samego bólu, który skręcał jej własne serce.

Potem odwrócił wzrok i chwila minęła, zostawiając Annę z pytaniem, czy i to sobie tylko wyobraziła.

Rozdział dwudziesty

Ashburton siedział wyprostowany jak struna na krześle z twardym oparciem, naprzeciw trzech urzędników wysokiej rangi siedzących za imponującym dębowym biurkiem. W gabinecie unosił się zapach oleju do lamp, oprawionych w skórę ksiąg rachunkowych i słaba woń tytoniu, która przylgnęła do płaszcza sir Williama Hartwella. Słabe zimowe słońce wpadało przez wysokie okna, ledwie ogrzewając surowe pomieszczenie. Minęło sześć dni od schwytania Wrexforda — sześć dni niekończących się przesłuchań i raportów, sześć dni celowego unikania Anny Bell, choć jej twarz nawiedzała go w snach każdej nocy. Otrzymał rozkaz trzymania się od niej z daleka, dopóki jego przełożeni nie podejmą decyzji, i był posłuszny... dopóki nie zobaczył, jak obserwowała go poprzedniego wieczoru.

— Ekhm. — Głośne odchrząknięcie wyrwało Ashburtona z ponurych myśli. Wczoraj nie odważył się powiedzieć Annie niczego więcej poza kilkoma zdawkowymi uprzejmościami, a spojrzenie pełne poczucia zdrady, jakim go obdarzyła, sprawiło, że o mało nie załamał się i nie upadł jej do stóp tam, na sali balowej. Teraz miał poznać swój los — i dowiedzieć się, czy jest w nim miejsce dla niej.

— Lordzie Ashburton — zaczął sir William, a jego podgardle drżało lekko, gdy mówił. — Ministerstwo Spraw Wewnętrznych pochwala pańską wzorową pracę przy ujawnieniu zdrady sir Edmunda Wrexforda. Pańskie oddanie Koronie i ojczyźnie jest poza wszelkimi zastrzeżeniami.

— Istotnie — dodał Bartholomew Price, chudy mężczyzna o piskliwym głosie z okularami na czubku nosa. — Odzyskane przez pana informacje wywiadowcze okażą się nieocenione dla bezpieczeństwa naszych operacji morskich. Sam książę rejent został poinformowany o pańskiej służbie.

Ashburton skinął głową, przyjmując pochwały z odpowiednią pokorą, jakiej od niego oczekiwano. — Jedynie dopełniłem obowiązku, panowie.

— I to znakomicie — podsumował trzeci mężczyzna, pułkownik James Thornhill. — Istnieją jednak pewne... aspekty operacji, które wymagają dalszego omówienia.

Ashburton poczuł, jak jego mięśnie mimowolnie się napinają. Czekał na to, wiedział, że to nastąpi. To był powód, dla którego wezwano go do tego wyłożonego boazerią gabinetu, podczas gdy Wrexforda transportowano w łańcuchach z powrotem do Londynu.

— Chociaż przyjmujemy do wiadomości, że musiał pan szukać pomocy gdzie indziej, aby ująć Wrexforda, gdy tylko dowiedział się pan o jego niegodziwości, i zgadzamy się, że Whitmore był logicznym i rozsądnym wyborem — powiedział sir William, składając dłonie w wieżyczkę przed twarzą — pozostaje kwestia panny Bell. Jej zaangażowanie stwarza dla nas dość delikatną sytuację.

— Cywil posiadający wiedzę o naszych operacjach stanowi obciążenie — doprecyzował Price głosem beznamiętnym i rzeczowym. — Zwłaszcza taki o tak nietypowym pochodzeniu.

Kark Ashburtona zapłonął gniewem. — Panna Bell odegrała kluczową rolę w odkodowaniu dokumentów Wrexforda — powiedział, z trudem zachowując spokojny ton głosu. — Jej zdolności matematyczne są niezwykłe. Bez jej pomocy moglibyśmy nigdy nie odkryć pełnego zakresu zdrady Wrexforda.

— Tak, tak. — Sir William machnął lekceważąco ręką. — Jej umiejętności nie podlegają dyskusji. Ale faktem pozostaje, że posiada ona teraz poufne informacje o naszych metodach, agentach i operacjach. Taka wiedza w rękach młodej, niezamężnej kobiety o niepewnej przeszłości jest... problematyczna.

Szczęka Ashburtona zacisnęła się tak mocno, że bał się, iż popękają mu zęby. — Lojalność panny Bell nie budzi wątpliwości — odparł, starannie ważąc każde słowo. — Zaryzykowała życie, aby zapobiec trafieniu tych dokumentów w ręce Francuzów. Samotnie stawiła czoła Wrexfordowi i próbowała go powstrzymać, mimo znacznego osobistego niebezpieczeństwa.

Pułkownik Thornhill pochylił się do przodu, a jego ogorzała twarz spoważniała. — To szlachetne czyny, z pewnością. Jednak sytuacja musi zostać opanowana, lordzie Ashburton. Tą dziewczyną trzeba się odpowiednio zająć.

— To nie jest *dziewczyna* — skontrował Ashburton, być może ostrzej, niż było to rozsądne. — To niezwykle inteligentna młoda kobieta, która wielokrotnie dowiodła swojej wartości i dyskrecji. Gdyby była mężczyzną, dalibyście jej panowie medal i natychmiast zwerbowali do pracy, i nie możecie mi wmówić, że byłoby inaczej!

Trzej urzędnicy wymienili spojrzenia, prowadząc niemą komunikację, od której Ashburtona przeszedł dreszcz. Omówili to już przed jego przybyciem, wspólnie zdecydowali o losie Anny.

— Uważamy, że najwłaściwszym rozwiązaniem — powiedział Price, poprawiając okulary — byłoby, gdyby panna Bell szybko wyszła za mąż. Za kogoś godnego zaufania, kto rozumie delikatną naturę posiadanych przez nią informacji. Kogoś, kto zapewni jej dalszą... dyskrecję.

— Mówią panowie o niej tak, jakby była problemem do rozwiązania — rzekł Ashburton, nie potrafiąc ukryć ostrości w głosie. — A nie osobą, która oddała wyjątkowe przysługi swojemu krajowi.

Sir William uniósł lekko brwi, słysząc ton Ashburtona. — Mówimy o niej jako o tym, kim jest: zagrożeniu dla bezpieczeństwa, którym należy się zająć. Z pewnością rozumie pan znaczenie ochrony poufnych informacji, lordzie Ashburton? To fundament naszej pracy.

Ashburton wpatrywał się w trzech mężczyzn przed sobą, strażników imperium, którzy dyskutowali o przyszłości Anny tak swobodnie, jak mogliby rozmawiać o pogodzie. Ci sami ludzie, którzy przed chwilą chwalili jego oddanie, teraz ukazywali zimną kalkulację rządzącą ich światem. Światem, któremu on wiernie służył od lat.

— Młodszy brat hrabiego Bandelwood mógłby być odpowiedni — zadumał się sir William, jakby Ashburton w ogóle się nie odezwał. — Mój dalszy kuzyn; wkrótce wraca ze swojej Grand Tour. Może jest nieco młody, ale jego koneksje rodzinne są nienaganne i można by mu uświadomić konieczność zachowania dyskrecji.

— Albo może sir Jonathan Frampton — zasugerował Price. — Wdowiec, ale wciąż dość młody. Zajmuje niższe stanowisko w Ministerstwie Spraw Zagranicznych. Zrozumiałby delikatność sytuacji.

— Na pewno znajdę jakiegoś oficera w moim pułku — wtrącił pułkownik Thornhill. — Może kapitan Mitchell. Jest nieżonaty.

Handlowali przyszłością Anny na jego oczach, ci ludzie, którzy nigdy nie widzieli płomiennej inteligencji w jej ciemnych oczach, nigdy nie byli świadkami jej odwagi, nigdy nie słyszeli subtelnego humoru w jej głosie, gdy rozwiązywała szczególnie trudny szyfr. Nie wiedzieli nic o kobiecie, która stawiała czoła niebezpieczeństwu z tak niezłomną determinacją, która z błyskotliwą precyzją poskładała w całość wzory zdrady Wrexforda.

— Ja wezmę odpowiedzialność za pannę Bell — wypalił nagle Ashburton, a słowa wyrwały mu się, zanim zdążył w pełni rozważyć ich konsekwencje.

Trzej urzędnicy umilkli, odwracając się ku niemu z minami wahającymi się od zaskoczenia po pełną satysfakcji wiedzę.

— Ożeni się pan z nią? — uściślił sir William tonem sugerującym, że od początku poniekąd się tego spodziewał.

Ashburton otworzył usta, by sprostować nieporozumienie, by wyjaśnić, że zamierzał jedynie ręczyć za jej dyskrecję, zapewnić jej ochronę bez konieczności małżeństwa. Jednak gdy słowa formowały się na jego języku, zamarły. Co właściwie *miał na myśli*, mówiąc o wzięciu odpowiedzialności? Co oferował?

Przed oczami przemknął mu obraz Anny w stajni po schwytaniu Wrexforda: jej twarz zwrócona ku niemu, ciemne oczy błyszczące od powstrzymywanych łez, poczucie, że trzymając ją w ramionach, trzyma kogoś, kto tam właśnie przynależy. Potem wspomnienie wyrazu jej twarzy na wczorajszym przyjęciu, ból i dezorientacja w jej spojrzeniu, gdy potraktował ją z chłodną oficjalnością, postępując zgodnie z instrukcjami, które ci ludzie przysłali kurierem kilka dni wcześniej: *„Zachować dystans wobec panny Bell, dopóki jej sytuacja nie zostanie wyjaśniona."*

— Tak — usłyszał własny głos Ashburton, jakby dochodził z oddali. — Jeśli zechce mnie przyjąć.

Pułkownik Thornhill skinął głową, najwyraźniej usatysfakcjonowany. — Doskonałe rozwiązanie. Pana pozycja i reputacja są nienaganne, a pan posiada wyjątkowe kwalifikacje, by upewnić się, że zrozumie ona potrzebę absolutnej dyskrecji w kwestii jej ostatnich... przygód. I oczywiście pana prawdziwej profesji.

— Ministerstwo Spraw Wewnętrznych zatwierdza ten związek — dodał sir William, jakby jego błogosławieństwo było niezbędne, by Ashburton mógł zaproponować małżeństwo kobiecie, którą... Annie.

— Oczekujemy ogłoszenia w ciągu tygodnia — podsumował Price, robiąc notatkę w oprawionej w skórę księdze przed sobą. — Lepiej działać szybko, zanim rozniosą się plotki. Środowisko dyplomatyczne w Wiedniu karmi się skandalami, a nie możemy dopuścić, by udział panny Bell w tej sprawie stał się powszechnie znany.

Ashburton podniósł się z krzesła, nagle spragniony świeżego powietrza, przestrzeni do myślenia poza tym dusznym pokojem pachnącym olejem do lamp i władzą.

— Dobrego dnia, panowie — wykrztusił, a jego głos brzmiał obco dla jego własnych uszu. — Niezwłocznie zajmę się tą sprawą.

Gdy wyszedł na korytarz, zamykając za sobą ciężkie dębowe drzwi, myśli Ashburtona kłębiły się w nieładzie. Czy on właśnie oświadczył się Annie Bell za pośrednictwem trzech urzędników Ministerstwa Spraw Wewnętrznych? A jeśli tak, to czy zrobił to z obowiązku, by chronić ją przed ich machinacjami? Czy może był to powód zupełnie inny, taki, którego unikał przyznać nawet przed samym sobą?

To pytanie towarzyszyło mu, gdy szedł korytarzami wiedeńskiej kwatery głównej, a jego kroki niosły się echem po marmurowych posadzkach. Obowiązek czy pragnienie? Ochrona czy posiadanie? Nie wiedział, a ta niepewność wstrząsnęła nim głębiej niż kiedykolwiek zdrada Wrexforda.

Ashburton szarpnął za fular, rozluźniając idealnie zawiązany węzeł, aż jedwab zawisł luźno wokół jego szyi. Ściany prywatnego salonu zdawały się zaciskać wokół niego, gdy przemierzał turecki dywan — osiem kroków do przodu, obrót, osiem kroków z powrotem. Zimowe słońce, które w Ministerstwie Spraw Wewnętrznych wydawało się tak słabe, teraz biło ostro i oskarżycielsko przez wysokie okna jego wiedeńskiego apartamentu. Właśnie zaoferował małżeństwo Annie Bell, nie jej samej, lecz trzem urzędnikom o kamiennych twarzach, którzy postrzegali ją jako nic więcej niż zagrożenie dla bezpieczeństwa wymagające opanowania.

— Dla jej ochrony — wymamrotał, powtarzając chłodną frazę sir Williama. Słowa miały gorzki posmak. Jakby Anna była jakimś delikatnym stworzeniem niezdolnym do obrony, a nie kobietą, która stawiła czoła groźbom Wrexforda z niezachwianą odwagą, która zraniła wyszkolonego zabójcę za pomocą zwykłego noża do listów.

Chwycił kryształową karafkę z kredensu, nalał sobie porcję brandy, po czym odstawił ją nietkniętą. Alkohol nie rozjaśni mu myśli, a on potrzebował teraz absolutnej jasności.

— Panno Bell, ostatnie wydarzenia sprawiły, że koniecznym stało się... — Nie. To brzmiało, jakby była wzywana przed oblicze sędziego.

— Anno, Ministerstwo Spraw Wewnętrznych uważa... — Nie, jeszcze gorzej. Nie była podwładną jego przełożonych.

— Znalazłem się w sytuacji, w której muszę... — Ashburton skrzywił się. Czy zawsze był tak fatalny w wyrażaniu uczuć kobietom? Czy to tylko Anna sprawiała, że plątał mu się język?

Znowu zaczął krążyć po pokoju, starając się zignorować narastającą pustkę w piersi. Sześć dni zachowywania dystansu na polecenie służbowe, sześć dni patrzenia, jak ból i dezorientacja malują się w jej oczach za każdym razem, gdy traktował ją z chłodną oficjalnością. A teraz miał zaproponować małżeństwo, jakby to było po prostu kolejne zadanie, kolejny obowiązek do wypełnienia.

Wspomnienie Anny w stajni po schwytaniu Wrexforda powróciło nieproszone: jej ciepło w jego ramionach, miękkość jej włosów pod jego palcami, sposób, w jaki patrzyła na niego z takim zaufaniem i ulgą. O mało jej wtedy znowu nie pocałował, zrobiłby to zapewne, gdyby Whitmore im nie przerwał. Powiedziałby jej to, co dopiero co zaczął przyznawać przed samym sobą.

Potem było wczorajsze przyjęcie. Miała na sobie niebieski jedwab, suknię, której wcześniej u niej nie widział, kolor, który zmieniał jej oczy w lśniące głębie. Nie potrafił zachować dystansu, gdy przyłapał ją na obserwowaniu go, lecz wiedząc, że inni będą obserwować *jego*, zmusił się do rozmowy z nią z beznamiętną uprzejmością, jak z przypadkową znajomą. Widział, jak ból rozlewa się na jej twarzy, widział moment, w którym uzbroiła się przeciwko niemu, prostując plecy i odpowiadając na jego chłód z godnością. To wspomnienie sprawiało, że krzywił się nawet teraz.

Ashburton zatrzymał się przed marmurowym kominkiem, opierając jedną rękę o gzyms i wpatrując się w tańczące płomienie. Czy oświadczał się Annie z poczucia obowiązku? Aby chronić ją przed machinacjami ludzi takich jak Price i Thornhill, którzy wydaliby ją za mąż za jakiegoś nudnego urzędnika mającego za zadanie pilnować jej milczenia? Czy może było to coś innego, coś, co rosło w nim od chwili, gdy po raz pierwszy zobaczył ją pochyloną nad zaszyfrowanymi dokumentami w jego pokojach, z ciemnymi oczami płonącymi od inteligencji, gdy odnajdywała wzory niewidoczne dla innych?

Prawda, gdy w końcu pozwolił sobie stawić jej czoło, była zarówno prostsza, jak i bardziej przerażająca, niż przypuszczał. Chciał ożenić się z Anną Bell. Nie dlatego, że żądało tego Ministerstwo Spraw Wewnętrznych, ani jako rozwiązanie problemu bezpieczeństwa, ale dlatego, że myśl o niej zamężnej z kimś innym sprawiała mu fizyczny ból. Ponieważ pośród niebezpieczeństw i oszustw stała się ona stałym punktem, wokół którego obracał się jego świat. Ponieważ jakimś cudem, zanim zdołał się przed tym obronić, zakochał się w niej bez pamięci.

Uświadomienie sobie tego powinno przynieść ulgę. Zamiast tego jeszcze bardziej skomplikowało sprawę. Jak mógłby się teraz oświadczyć, skoro wisiało nad nimi ultimatum MSW? Jak mogłaby uwierzyć w jego szczerość, skoro przez ostatnie sześć dni traktował ją jak nieznajomą?

— *Proszę zapanować nad sytuacją* — powiedział Thornhill, jakby Anna była problemem, a nie człowiekiem. Wspomnienie lekceważącego tonu pułkownika na nowo rozbudziło gniew Ashburtona. Nie pozwoli, by ktoś „panował" nad Anną, nie pozwoli, by wepchnięto ją w małżeństwo z rozsądku dla dobra bezpieczeństwa Korony. Jeśli miałaby za niego wyjść, to dlatego, że sama tak wybrała, a nie dlatego, że MSW uznało to za stosowne.

Zabrał swój fular z miejsca, w którym rzucił go na krzesło, i wezwał kamerdynera, by ponownie mu go zawiązał. Cokolwiek powie Annie, nie zrobi tego jako agent wykonujący rozkazy. Będzie z nią rozmawiał jako Andrew, jako mężczyzna, który trzymał ją w tamtej stajni i który niemal wyznał swoje uczucia, zanim obowiązek po raz kolejny wszedł mu w drogę.

Lustro nad kominkiem odbijało twarz pełną niepewności, do której Ashburton nie był przyzwyczajony. Zwykła maska arystokratycznej pewności siebie opadła, odsłaniając skrywaną pod nią wrażliwość. Dobrze, pomyślał. Niech Anna to zobaczy, niech dostrzeże człowieka, a nie agenta, entuzjastę wyścigów czy którąkolwiek z innych ról, jakie kreował przez lata.

— *To pańska odpowiedzialność* — rzekł Sir William, a fraza ta była obciążona założeniami co do tego, co to właściwie oznacza. Ale Anna nie była odpowiedzialnością; była błyskotliwą, odważną kobietą, która zasługiwała na coś lepszego niż bycie tematem rozmów o naruszeniu bezpieczeństwa.

Ashburton podszedł do biurka przy oknie i wyciągnął z szuflady kartkę papieru. Może powinien najpierw do niej napisać, wyjaśnić wszystko w liście, w którym mógłby starannie dobrać słowa. Ale nie, to wydawało się tchórzostwem. Po tym, jak na przyjęciu potraktował ją z tak chłodnym dystansem, był jej winien szacunek w postaci rozmowy twarzą w twarz.

Powie jej wszystko: o żądaniach MSW, o własnej zagubionej reakcji i, co najważniejsze, o uczuciach, których dotąd był zbyt ostrożny i zbyt przywiązany do poczucia obowiązku, by je przyznać.

Czy zechce słuchać, czy zdoła wybaczyć mu chłód ostatnich pięciu dni, czy mogłaby rozważyć wyjście za niego z powodów innych niż polityczne — tego nie wiedział. Ale po raz pierwszy od lat lord Ashburton, mistrz wkalkulowanego ryzyka i starannego planowania, był gotów działać, nie znając rezultatu.

Stajnie za wynajętą rezydencją Whitmore'ów były solidną budowlą, w której mieściło się osiem koni, w tym kasztanowaty wałach Anny, Perseus. Ashburton podszedł do nich z niecharakterystycznym dla siebie wahaniem. Znajome zapachy siana, koni i skóry dotarły do niego, zanim jeszcze wszedł do środka, kojąc swoją niezmiennością. Zatrzymał się przy szerokich drzwiach, biorąc uspokajający oddech. Anna tu była; słyszał dobiegający z wnętrza cichy pomruk jej głosu, czułe szepty kierowane do konia, jakie ludzie wypowiadają tylko wtedy, gdy wierzą, że są sami. Jej siostra, Clara, lady Whitmore, patrzyła na niego wymownym wzrokiem, gdy stał w jej salonie, ściskając kapelusz zbyt mocno i dukając, że chciałby porozmawiać z Anną na osobności.

— Znajdzie ją pan zapewne w stajniach, lordzie Ashburton — powiedziała Clara po niekończącej się chwili milczenia. Ponownie skupiła wzrok na czymś, co trzymała na kolanach; zdaje się, że wyszywała czepek dla niemowlęcia. — Anna lubi przebywać z końmi, gdy jej myśli są niespokojne.

Niespokojne. Domyślał się dlaczego.

Wszedł do środka, pozwalając oczom przyzwyczaić się do przyćmionego światła. W stajni było ciepło, była osłonięta przed zimowym chłodem, a słońce późnego popołudnia wpadało przez wysoko umieszczone okna w zakurzonych snopach światła. I tam, w trzecim boksie, stała Anna, odwrócona do niego plecami, czyszcząc Perseusa długimi, miarowymi pociągnięciami szczotki. Jej ciemne włosy były prosto upięte, praktycznie jak do stajni, a nie w stylu obowiązującym w towarzystwie. Miała na sobie skromny strój do konnej jazdy w kolorze leśnej zieleni i wyglądała tu na o wiele bardziej swobodną i odprężoną, niż kiedykolwiek w lśniących salach balowych Wiednia.

— Jesteś najrozsądniejszym samcem, jakiego znam — mówiła do wałacha, który zareagował cichym rżeniem. — Żadnych gier dyplomatycznych, żadnego udawania kogoś, kim się nie jest.

Te słowa uderzyły Ashburtona z niespodziewaną siłą. Musiał wydać jakiś dźwięk, bo ramiona Anny nagle sztywniały, a ona odwróciła się ze szczotką w dłoni.

— Lord Ashburton — powiedziała głosem starannie neutralnym, choć w jej oczach dostrzegał nieufność. — Cóż za niespodziewana przyjemność.

Oficjalny sposób, w jaki się do niego zwróciła, oraz dystans w jej głosie były jak fizyczne ciosy. Czy minęło zaledwie kilka dni, odkąd szeptała jego imię w mroku stajni nie tak odległej od tej?

— Panno Bell. — Postąpił krok do przodu, po czym się zatrzymał, nagle niepewny, jak pokonać dzielącą ich przepaść. Wszystkie słowa, które przygotowywał w swoich pokojach, uleciały, zostawiając go w kłopotliwym milczeniu.

Perseus poruszył się, trącając Annę w ramię, jakby zachęcał ją do dalszego szczotkowania. Uległa mu, odwracając się lekko od Ashburtona, by kontynuować pielęgnację konia.

— Mam nadzieję, że miewa się pan dobrze? — zapytała, a uprzejme pytanie zawisło między nimi niczym tarcza. — Wydawał się pan bardzo zaangażowany wczorajszego wieczoru na przyjęciu. Ambasador Prus wyglądał na wielce uradowanego pańskim towarzystwem.

Cień urazy kryjący się pod jej uprzejmością sprawił, że skrzywił się wewnętrznie. — Polityka i wyścigi konne — odrzekł, próbując nadać głosowi lekkość, której nie czuł. — Jedyne dwa tematy, które gwarantują uwagę dyplomaty.

Anna wydała bliżej nieokreślony dźwięk, kontynuując szczotkowanie wałacha metodycznymi ruchami. Milczenie między nimi przeciągało się, ciężkie od wszystkiego, co pozostało niedopowiedziane.

— Wróciłem właśnie ze spotkania z moimi przełożonymi — zaczął Ashburton, uciekając się do faktów, gdy emocje okazały się zbyt trudne do opanowania. — Raportowanie w sprawie Wrexforda jest już prawie zakończone.

— Miło mi to słyszeć. — Głos Anny pozostał spokojny, opanowany. — Czy w takim razie wkrótce wróci pan do Anglii?

To pytanie zaskoczyło go. — Ja... To zależy od kilku czynników.

— Oczywiście. — Skinęła głową, jakby to potwierdzało coś, czego już się domyślała. — Pana obowiązki muszą być priorytetem.

Ashburton postąpił kolejny krok naprzód, będąc teraz na tyle blisko, by widzieć napięcie w jej ramionach i to, jak starannie unika jego wzroku. — Anno... panno Bell... jest pewna dość delikatna sprawa, którą muszę z panią omówić.

Przestała szczotkować konia i w końcu odwróciła się do niego całkowicie. — Doprawdy?

— Chodzi o pani bezpieczeństwo — kontynuował, wpadając w oficjalny ton, jakiego używał przy odprawach i raportach. — Ministerstwo Spraw Wewnętrznych wyraziło zaniepokojenie pani udziałem w sprawie Wrexforda. Pani zdolnościami kryptograficznymi oraz wiedzą, jaką pani teraz posiada na temat naszych operacji.

Wyraz twarzy Anny jeszcze bardziej spochmurniał. — Rozumiem. I co Ministerstwo Spraw Wewnętrznych zamierza zrobić z tym... zaniepokojeniem?

— Uważają, że wskazane byłoby, aby pani szybko wyszła za mąż — powiedział Ashburton, a słowa brzmiały sztywno, jak wyuczone na pamięć. — Dla pani bezpieczeństwa, pani reputacji. By mieć pewność, że wrażliwe informacje, które pani posiada, pozostaną bezpieczne.

Szczotka w dłoni Anny znieruchomiała całkowicie. Na jej szyję wstąpił rumieniec, ale nie zadowolenia, lecz czegoś bliskiego oburzeniu. — Chcą mnie wydać za mąż za kogoś, kto zmusi mnie do milczenia? Jak niesforne dziecko, które wysyła się do łóżka bez kolacji?

— — To nie tak... — zaczął Ashburton, ale ucięła mu gwałtownym gestem.

— Czy dlatego unikał mnie pan przez te ostatnie dni? Czy dlatego, że pana przełożeni uznali mnie za zagrożenie dla bezpieczeństwa, nad którym trzeba zapanować?

Bezpośrednie pytanie uderzyło zbyt blisko prawdy. Ashburton poruszył się niepewnie. — Istniały protokoły, których należało przestrzegać. Dopóki raportowanie nie zostało zakończone, miałem instrukcję zachowania dystansu.

— Protokoły. — Głos Anny był beznamiętny. — Oczywiście. Lord Ashburton nigdy nie sprzeciwiłby się protokołowi, nawet przez chwilę.

Odłożyła szczotkę na pobliską półkę z przesadną starannością, po czym stanęła prosto przed nim. — A czy pana przełożeni wybrali już dla mnie odpowiedniego męża? Jakiegoś lojalnego agenta albo nudnego dyplomatę, któremu można zaufać, że utrzyma swoją kłopotliwą żonę w ryzach?

Gorycz w jej tonie sprawiła, że zadrżał. Wszystko szło nie tak, dokładnie tak, jak się obawiał. — Anno, proszę. Nie. Powiedziałem im, że ja...

— Czy oferuje mi pan małżeństwo z poczucia obowiązku, lordzie Ashburton? — przerwała mu głosem kruchym od zranionej dumy.

Bezpośredniość tego pytania sprawiła, że zamarł. To była jego szansa, idealny moment, by wyznać jej, że obowiązek nie ma nic wspólnego z bólem w jego piersi na myśl o niej, że żądania MSW dały mu jedynie bodziec, którego potrzebował, by przyznać się do tego, co czuł od tygodni. Że chciał się z nią ożenić nie po to, by ją uciszyć, ale dlatego, że myśl o życiu bez niej stała się nagle, przerażająco nie do zniesienia.

Ale słowa nie chciały przejść mu przez gardło. Lata szkolenia, skrywania prawdziwych myśli i uczuć za maską narzuconą przez sytuację, zawiodły go teraz, gdy szczerość była najważniejsza.

— Moi przełożeni uważają, że tak będzie najlepiej — usłyszał własny głos, wypowiadający słowa starannie modulowanym tonem lojalnego agenta, a nie człowieka, który z taką desperacką czułością trzymał ją w ramionach zaledwie kilka dni temu. Mówiąc to, nie mógł spojrzeć jej w oczy, utkwił wzrok w punkcie tuż za jej ramieniem.

Cisza, która zapadła po jego odpowiedzi, była absolutna. Gdy w końcu zmusił się, by spojrzeć na jej twarz, malujący się tam ból był tak jawny, tak surowy, że niemal ugięły się pod nim kolana.

— Rozumiem — powiedziała w końcu, a każde słowo było precyzyjne i chłodne. Wyprostowała się, owijając godnością niczym zbroją. — Dziękuję za tak jasne przedstawienie sytuacji, lordzie Ashburton. Nie sprawię pana przełożonym więcej kłopotu. Na koniec tygodnia wracam do domu, do Anglii i do Belle Haven, wraz z Clarą i Matthew.

— Wyjeżdża pani z Wiednia? — Pytanie wyrwało mu się, zanim zdołał je powstrzymać, a w jego piersi zapłonęła panika.

— Tak. — Anna wyszła z boksu, stawiając między nimi barierę otwartych drzwiczek. — Clara spodziewa się dziecka i chce urodzić w domu. A przynajmniej w Belle Haven jestem ceniona za to, kim jestem, a nie jako problem do rozwiązania czy zagrożenie, które trzeba opanować.

— Anno, to nie... — Ashburton sięgnął do jej ramienia, ale cofnęła się, unikając jego dotyku.

— Żegnam pana, lordzie Ashburton. — Jej głos był oficjalny i stanowczy, gdy się odwracała. — Życzę panu sukcesów w dalszej służbie dla Korony.

Odeszła z wyprostowanymi plecami, miarowym krokiem, zostawiając go samego w stajni z zapachem siana i koni oraz przygniatającym ciężarem własnej porażki.

Uświadomienie sobie tego uderzyło go jak fizyczny cios: zniszczył wszystko. Mając szansę przemówić prosto z serca, ukrył się za obowiązkiem i protokołem, nakładając maskę szpiega w chwili, gdy wystarczyłaby jedynie absolutna szczerość. Odepchnął ją z lojalności wobec przełożonych, a potem zaproponował małżeństwo, jakby było kolejnym zadaniem do wykonania, a nie najgłębszym pragnieniem jego duszy.

A teraz ona opuszczała Wiedeń, wracała do Belle Haven, zabierając ze sobą przyszłość, którą on dopiero co zaczął sobie wyobrażać. Przyszłość, o którą nigdy należycie nie poprosił, której nigdy szczerze nie zadeklarował.

Ashburton stał nieruchomo w stajni, podczas gdy Perseus trącał pyskiem uchylone drzwiczki boksu, rżąc cicho, jakby z wyrzutem. Koń zdawał się pytać, co zamierza zrobić z katastrofą, którą sam sprowokował.

Nie miał odpowiedzi, jeszcze nie. Ale patrząc na oddalającą się sylwetkę Anny znikającą w drzwiach stajni, Ashburton wiedział z lodowatą pewnością, że nie może pozwolić jej wyjechać z Wiednia w przekonaniu, że oświadczył się wyłącznie z obowiązku. W jakiś sposób musiał znaleźć w sobie odwagę, by odrzucić pozy i maski, za którymi ukrywał się tak długo, i pokazać jej prawdę, do której sam ledwie śmiał się przyznać.

Zanim będzie za późno, o ile już nie jest.

Rozdział dwudziesty pierwszy

Anna siedziała naprzeciwko Clary w prywatnym saloniku Whitmore'ów, wykręcając dłonie na kolanach, podczas gdy jej siostra nalewała herbatę. Zapach bergamotki unosił się między nimi, ale w żaden sposób nie łagodził chłodu, który osiadł w piersi Anny po rozmowie z Ashburtonem w stajni. Na zewnątrz wiedeńska zima napierała na okna, mróz malował na szybach delikatne wiry, ale ogień w kominku dbał o ciepło w pomieszczeniu.

— Jesteś bardzo małomówna — zauważyła Clara, podając Annie filiżankę z delikatnej porcelany, po czym opadła na oparcie fotela, kładąc jedną dłoń opiekuńczo na lekko zaokrąglonym brzuchu. — Coś się wydarzyło między tobą a lordem Ashburtonem, prawda?

Dłonie Anny drżały, gdy przyjmowała filiżankę; porcelana brzęknęła cicho o spodek. — Czy to aż tak widoczne?

— Tylko dla kogoś, kto zna cię tak dobrze jak ja. — Clara uśmiechnęła się łagodnie. — Wyglądał na niezwykle poruszonego i wytrąconego z równowagi, kiedy posłałam go na dół, żeby cię odnalazł, a ty masz tę samą minę, odkąd wróciłaś ze stajni. Nie widziałam cię w takim stanie, odkąd jeden z młodych koni zrzucił cię w błoto, gdy miałaś dziewięć lat.

Mimo wszystko Anna poczuła, że jej usta drgnęły w lekkim uśmiechu na to wspomnienie. — To uczucie jest znacznie gorsze niż błoto.

— Powiedz mi o tym. — Clara usadowiła się wygodniej na poduszkach. Choć ciąża zaczęła ją już męczyć, jej oczy pozostawały bystre i uważne.

Anna wzięła głęboki oddech, żeby się uspokoić. — Zakochałam się w nim. W Ashburtonie. W Andrew. — Jej głos złagodniał przy jego imieniu. — Nie w jego masce beztroskiego entuzjasty wyścigów ani w szpiegu, ale w człowieku, który kryje się pod tym wszystkim.

Clara skinęła głową, nie okazując zdziwienia. — Podejrzewałam to. W sposobie, w jaki zaczęliście na siebie patrzeć po tym polowaniu, było coś oczywistego.

— Zauważyłaś to?

— I ja, i Matthew. Założył się nawet, że ty i lord Ashburton ogłosicie zaręczyny przed końcem Kongresu.

Uśmiech Anny zgasł. — Oświadczył mi się, w pewnym sensie. Ale nie tak, jak mogłabyś się spodziewać.

Odstawiwszy filiżankę, Anna zrelacjonowała całą rozmowę ze stajni, a głos się jej łamał, gdy opisywała chłodny formalizm Ashburtona oraz sposób, w jaki przedstawił małżeństwo jako rozwiązanie problemu bezpieczeństwa, a nie coś zrodzonego z uczucia czy szacunku.

— Powiedział, że jego przełożeni uznali to za najlepsze wyjście. Jakbym była kłopotliwym wpisem w księdze, który trzeba uporządkować. Zagrożeniem dla bezpieczeństwa, nad którym trzeba zapanować.

Clara zmarszczyła brwi. — Jakie to skrajnie nieromantyczne. I to po tym wszystkim, co zrobiłaś, by pomóc schwytać tego okropnego zdrajcę.

— Myślę, że to jest właśnie sedno problemu — powiedziała gorzko Anna. — Wiem za dużo. Zajrzałam za kulisy operacji brytyjskiego wywiadu. Jestem obciążeniem, chyba że zostanę okiełznana poprzez małżeństwo z kimś, komu ufają.

— Z nim — uściśliła Clara.

— Tak, z nim. Choć podejrzewam, że zaoferowali mu alternatywy, gdyby okazał się niechętny. — Na tę myśl żołądek Anny zacisnął się boleśnie. — Jakiegoś bezimiennego dyplomatę lub oficera, który rozumiałby konieczność uciszenia mnie.

Clara sięgnęła przez stolik i ujęła dłonie siostry. — Moja droga. Popełniłaś błędy, owszem, ale pomogłaś też schwytać zdrajcę. Jesteś błyskotliwa, Anno.

— Wygląda na to, że ta błyskotliwość jest właśnie moim największym problemem. — Anna z wdzięcznością uścisnęła dłonie Clary.

— Może lord Ashburton oświadczył się tak niefortunnie, bo nie wie, jak zrobić to inaczej. Ludzie, którzy ukrywają się za maskami, nie potrafią ich zdejmować. Jest szpiegiem od lat, kochanie. Prawdopodobnie nie umie być szczery w kwestii swoich uczuć.

Anna rozważyła tę możliwość. Przywołała w pamięci chwile, w których Ashburton wydawał się najbardziej autentyczny: w ciszy jego apartamentów, gdy pochylali się razem nad szyframi, w biurze ambasady, gdy przyszedł jej na ratunek, w stajni po schwytaniu Wrexforda, kiedy tak desperacko ją przytulał. Za każdym razem byli sami, z dala od ciekawskich spojrzeń.

— Nawet jeśli to prawda, nie mogę przyjąć oświadczyn zrodzonych z poczucia obowiązku, a nie z afektu. Wolałabym zostać sama, niż wyjść za człowieka, który widzi we mnie zobowiązanie.

— Oczywiście, że nie — zgodziła się Clara. — Żadna kobieta z rodu Bellów nie przyjęłaby takich warunków.

Anna podniosła wzrok na siostrę. — Claro, chciałabym wrócić z tobą i Matthew do Belle Haven. — Przełknęła ciężko ślinę. — Nie byłam do końca szczera z Ashburtonem; powiedziałam mu, że decyzja już zapadła i wyjeżdżamy w przyszłym tygodniu. Ale nie mogę dłużej zostać w Wiedniu. Nie przy nim.

Clara przyglądała jej się przez dłuższą chwilę, a jej wyraz twarzy złagodniał. — Porozmawiam o tym z Matthew dziś wieczorem. Kongres jeszcze się nie skończył; on musi uzyskać zwolnienie ze służby, a chociaż bardzo chciałabym urodzić w domu, to jeśli nie wyjedziemy wkrótce, mogę nie być w stanie podróżować. Poproszę go, by nacisnął na przełożonych.

— Dziękuję. — Annę zalała fala ulgi. Myśl o Belle Haven, o znajomej rutynie, koniach i księgach rachunkowych, które wymagały prowadzenia, dawała jej pocieszenie, którego rozpaczliwie potrzebowała. Z dala od Wiednia, z dala od ciągłego przypominania o obecności Ashburtona, być może zdołałaby uleczyć pęknięte serce.

— Choć zastanawiam się, czy nie działasz zbyt pochopnie. Ta historia między tobą a lordem Ashburtonem nie wydaje mi się zakończona.

Anna stanowczo pokręciła głową. — To koniec. A jeśli nie, to nie chcę znać zakończenia.

— Jesteś pewna? Czy on po prostu nie pogubił się w słowach, jak to mężczyźni mają w zwyczaju? Zawsze świetnie radziłaś sobie z wzorcami, Anno. Może i tutaj jest jakiś, którego nie widzisz, bo stoisz zbyt blisko.

— Jakiż to wzorzec mógłby wyjaśnić proponowanie małżeństwa jako rozwiązania kwestii bezpieczeństwa?

Uśmiech Clary pogłębił się. — Wzorzec człowieka, który spędził życie na ukrywaniu swojej prawdziwej natury i nagle musiał zmierzyć się z uczuciami, których nie potrafi zamaskować ani kontrolować. Wzorzec strachu, Anno. Nie przed niebezpieczeństwem, lecz przed odrzuceniem.

Anna zamilkła, analizując w myślach słowa siostry. Czy to możliwe? Czy Ashburton wycofał się za barierę obowiązków i protokołu, bo bał się tego, co mogłoby się stać, gdyby wyjawił swoje prawdziwe uczucia? Ta możliwość wywołała w jej piersi lekki dreszcz nadziei, który jednak szybko stłumiła.

— Nawet jeśli to prawda, zasługuję na coś więcej niż półprawdy i oświadczyny podyktowane poczuciem misji. Zasługuję na kogoś, kto widzi mnie taką, jaka jestem, i odpowiednio mnie ceni.

— Tak — przytaknęła Clara. — Absolutnie tak. I być może w obliczu perspektywy całkowitej utraty ciebie, lord Ashburton odkryje, że potrafi być takim mężczyzną.

Anna uśmiechnęła się smutno, nie chcąc pielęgnować płonnych nadziei. — Być może. Ale nie zamierzam czekać, aż on nauczy się czegoś, co powinno być instynktowne. Przez całe życie byłam lekceważona, Claro. Nie zbuduję przyszłości z kimś, kto powiela ten schemat.

Clara skinęła głową w zamyśleniu, znów kładąc dłoń na brzuchu. — Dobrze. Porozmawiam z Matthew o naszych planach jeszcze dziś. — Sięgnęła, by odsunąć kosmyk włosów z twarzy Anny. — Ale nie obiecuję niczego w kwestii naszego wyjazdu. Niektóre historie potrzebują czasu, by znaleźć właściwe zakończenie.

Wiedzące spojrzenie, które towarzyszyło tym słowom, sugerowało, że przynajmniej Clara wierzy, iż rozdział między Anną a lordem Ashburtonem jest daleki od zamknięcia.

— Jesteś zupełnie pewna, że do nas nie dołączysz? — zapytała Clara, poprawiając wieczorne okrycie, podczas gdy Matthew czekał przy drzwiach z kluczami do powozu w dłoni. — Wieczory muzyczne u lady Esterhazy są zazwyczaj bardzo przyjemne.

Anna pokręciła głową, zmuszając się do uśmiechu, który nie sięgał oczu. — Trochę boli mnie głowa. Myślę, że spokojny wieczór dobrze mi zrobi. Proszę jednak przekazać lady Esterhazy moje wyrazy szacunku.

Clara wymieniła porozumiewawcze spojrzenie z Matthew, po czym uścisnęła dłoń Anny. — Dobrze zatem. Nie wrócimy późno.

Drzwi wejściowe zamknęły się za nimi, a Anna odetchnęła z ulgą. Rezydencja Whitmore'ów pogrążyła się w błogiej ciszy. Żadnych grzecznościowych rozmów, żadnych masek, żadnej potrzeby udawania, że jej serce nie pękło na dwoje.

Zaczekała tylko, aż odgłos kół powozu ucichnie, po czym włożyła swoje wysłużone buty stajenne i ciężki wełniany szal. Lodowate powietrze szczypało ją w twarz, gdy przemierzała dziedziniec, ale z radością powitała ten przenikliwy chłód. Przynajmniej było to doznanie, które potrafiła nazwać, w przeciwieństwie do skomplikowanej plątaniny emocji, jaka zawiązała się w jej piersi po oświadczynach Ashburtona.

Drzwi stajni skrzypnęły znajomo, gdy je pchnęła. Wewnątrz, wzdłuż głównej alei, w regularnych odstępach wisiały latarnie, rzucając kręgi złotego światła, które odpędzały gęstniejący mrok. Zapach otoczył ją natychmiast: słodkie siano, skóra, konie i charakterystyczna woń owsa. *Dom*. Może nie Belle Haven, ale dość blisko. Stajnie na całym świecie były takie same, oferując to samo szczere poczucie bezpieczeństwa.

Konie zarżały powitalnie, gdy szła przejściem. Było tam osiem boksów, z czego sześć zajętych — dwa konie powozowe były obecnie na zewnątrz. Każde zwierzę znała dzięki tygodniom troskliwej opieki. Uparła się, by osobiście doglądać ich rannych i wieczornych posiłków, ku zdumieniu stajennych. Od damy nie oczekiwano, by zaprzątała sobie głowę proporcjami paszy i pielęgnacją kopyt, ale Anna odnajdywała spokój w obliczeniach i miarach, które zmieniały się w zależności od wieku, wielkości i obciążenia pracą konia.

Zebrała potrzebne rzeczy z paszarni: owies, otręby, melasę dla Perseusza, który był wybredny, dodatkową sieczkę dla Lady, klaczy Clary, która miała trudności z utrzymaniem wagi, oraz dokładne dawki suplementów mineralnych dla każdego konia, odmierzone precyzyjnie za pomocą zestawu miarek i małej mosiężnej wagi, którą przywiozła z Belle Haven.

Znajoma praca przy mieszaniu paszy uspokoiła ją, jej przewidywalność działała kojąco. Liczby nie kłamały ani nie mąciły w głowie; po prostu były. Żałowała, że ludzie nie mogą być równie nieskomplikowani.

Pracując miarowo, Anna przygotowała osiem różnych wiader z paszą, każde dostosowane do potrzeb konkretnego zwierzęcia. Podeszła do pierwszego boksu, gdzie Dante, gniady koń wierzchowy Matthew, z ochotą wystawił chrapy nad drzwiczkami. Jego miękkie nozdrza łaskotały jej dłoń, gdy poczęstowała go marchewką, zanim zawiesiła wiadro.

— Cierpliwości — mruknęła, gładząc go po grzywie. — Wszystko co dobre przychodzi do tych, którzy potrafią czekać, przynajmniej tak powiadają.

Szła dalej wzdłuż rzędu, zostawiając wiadra w pustych boksach dla koni powozowych i witając się po kolei z każdym zwierzęciem, odnajdując ukojenie w ich prostym powitaniu. Konie nie dbały o jej pochodzenie czy status społeczny. Nie uważały jej umysłu za mało kobiecy, a jej bezpośredniości za niestosowną. Po prostu reagowały na jej spokojną pewność siebie i delikatne dłonie.

Zanim dotarła do Perseusza w ostatnim boksie, ucisk w jej piersi nieco zelżał. Jej kasztanowaty wałach zarżał cicho, gdy się zbliżyła, a jego inteligentne oczy śledziły każdy jej ruch. Wychowała go, odkąd był wybujałym roczniakiem, sama go wytrenowała i zostawiła dla siebie, gdy uznano, że ma zbyt delikatną budowę do kawalerii. Znał ją lepiej niż większość ludzi.

— Witaj, stary przyjacielu — szepnęła, opierając czoło o jego ciepłą szyję, gdy ten zatopił pysk w wiadrze. Znajomy zapach konia otulił ją i coś w jego solidnej obecności sprawiło, że tama, którą zbudowała wokół swoich emocji, w końcu pękła.

Łzy spłynęły po jej policzkach, najpierw cicho, a potem towarzyszył im drżący oddech, który zdawał się wydobywać z samej głębi jej duszy. Perseusz stał cierpliwie, od czasu do czasu odwracając się, by ją trącić nosem, gdy tylko skończył jeść, jakby oferował jej jedyne pocieszenie, na jakie było go stać.

— Ależ w tym wszystkim namieszałam. — Jej głos był ledwie słyszalny nawet w cichej stajni. — Myślałam, że on mnie widzi, tak naprawdę mnie dostrzega. Nie jako narzędzie do rozwiązywania szyfrów, ale jako osobę. Jako kobietę.

Perseusz parsknął cicho przy jej włosach, jego oddech był ciepły i pachniał owsem.

— I być może przez chwilę tak było. Kiedy razem pracowaliśmy, kiedy trzymał mnie w ramionach po schwytaniu Wrexforda... Myślałam, że poczułam coś prawdziwego. Coś poza obowiązkiem. — Zaplotła palce w grzywie Perseusza, jęcząc cicho, jakby z fizycznego bólu.

— Nie chcę być chroniona ani kontrolowana. Chcę partnerstwa. Chcę kogoś, kto ceni mój umysł, nie lekceważąc przy tym mojego serca. Kogoś, kto widzi mnie całą i nie odwraca wzroku.

Nowe łzy napłynęły jej do oczu na wspomnienie oświadczyn Ashburtona. Jego starannie dobrane słowa, odmowa spojrzenia jej prosto w oczy, sposób, w jaki zasłonił się protokołem i służbą, gdy zapytała go wprost, czy oświadcza się z poczucia winy. Po tym wszystkim, co ich łączyło, po bliskości wynikającej ze wspólnej pracy i niebezpieczeństwie, któremu stawili czoła ramię w ramię, on wciąż nie potrafił mówić otwarcie.

— Myślałam, że to może być on — szepnęła do Perseusza, który przerwał jedzenie, by spojrzeć na nią łagodnym wzrokiem. — Naprawdę myślałam... Miałam nadzieję...

Drzwi stajni nagle skrzypnęły, a podmuch zimnego powietrza wdarł się do ciepłego wnętrza, niosąc ze sobą zapach mrozu i dymu z komina. Anna zesztywniała i szybko przetarła mokrą od łez twarz rąbkiem szala. To zapewne jeden ze stajennych przyszedł sprawdzić konie przed snem. Nie odwracała się, nie chcąc, by widziano ją w takim stanie.

— Właśnie kończyłam wieczorne karmienie — powiedziała.

Nie doczekała się odpowiedzi, usłyszała jedynie ciche kroki na ubitej ziemi, zbliżające się ku niej. Coś w ich rytmie, w ich zdecydowanym tempie sprawiło, że Anna rozpoznała przybysza, zanim jeszcze usłyszała jego głos.

— Anno.

Jej imię, tylko tyle, wypowiedziane głosem chrapliwym od emocji, głosem, który poznałaby wszędzie. Głosem, który od dni nawiedzał jej sny i dręczył ją na jawie.

Anna powoli się odwróciła, wciąż zaciskając dłonie na brzegach wilgotnego szala. Ashburton stał kilka stóp dalej, jego sylwetka była skąpana na zmianę w cieniu i złotym blasku najbliższej latarni. Jego zazwyczaj nieskazitelny ubiór był w nieładzie, jakby ubierał się w pośpiechu lub spędził godziny w nerwowym ruchu. Włosy, zwykle ułożone z najwyższą starannością, opadały mu na czoło w nieładzie. Ale to jego twarz przykuła i zatrzymała jej uwagę: wymizerowana, pełna desperacji, z płonącymi szarymi oczami.

— Andrew — szepnęła, a jego imię wyrwało się jej, zanim zdołała je powstrzymać.

Ashburton stał przez chwilę w całkowitym bezruchu, jakby dawał jej czas na oswojenie się ze swoją obecnością. Światło latarni wyostrzyło rysy jego twarzy, podkreślając cienie pod oczami i napięcie malujące się na linii szczęki. Wyglądał jak człowiek, który od dawna nie zmrużył oka, tocząc jakąś wewnętrzną bitwę. Anna mocniej owinęła się szalem, nagle boleśnie świadoma swoich zapłakanych policzków, wygniecionej sukni i włosów wymykających się spod szpilek.

Podszedł do niej powoli, jak gdyby była płochliwym źrebięciem, które mogłoby rzucić się do ucieczki przy każdym gwałtowniejszym geście. Mimo głośno tłukącego się serca, Anna nie cofnęła się; uniosła lekko podbródek, nie chcąc okazywać dalszej słabości.

Ashburton zatrzymał się na wyciągnięcie ręki, szanując niewidzialną granicę, którą między nimi wyznaczyła. Nie spuszczał wzroku z jej twarzy, studiując ją tak uważnie, że jej tętno przyspieszyło, mimo postanowienia, by pozostać niewzruszoną.

— Popełniłem straszny błąd. — Jego głos był niski i szczery, pozbawiony wyuczonych tonów wytrawnego dyplomaty, którymi zazwyczaj się posługiwał. To był jego prawdziwy głos, zdała sobie sprawę Anna — ten sam, który słyszała tylko w chwilach autentycznych emocji lub niebezpieczeństwa. — W zasadzie kilka błędów, a każdy gorszy od poprzedniego.

Anna milczała, czekając. Cokolwiek sprowadziło go tutaj tej nocy, nie zamierzała mu ułatwiać zadania. Musiał sam odnaleźć właściwe słowa i zdobyć się na szczerość.

— Uczyniłem karierę z noszenia masek. — Ashburton przeczesał dłonią i tak już rozczochrane włosy. — Entuzjasta wyścigów, beztroski arystokrata, oddany agent. Żyłem za nimi tak długo, że zapomniałem, jak je zdejmować. Nawet wtedy, gdy powinienem był to zrobić. — Jego spojrzenie stało się bardziej intensywne, szare oczy utonęły w jej oczach. — Zwłaszcza wtedy, gdy powinienem był to zrobić, rozmawiając z tobą.

W piersi Anny drgnęło małe, zdradzieckie ziarenko nadziei, które natychmiast stłumiła. Już wcześniej błędnie interpretowała jego czyny, doszukując się głębszego znaczenia tam, gdzie był tylko obowiązek. Nie zamierzała powtórzyć tego błędu.

— Dzisiaj, w tej samej stajni, przywdziałem maskę, gdy powinienem był pokazać ci serce. Ukryłem się za obowiązkiem i protokołem, zamiast mówić szczerze. To było niegodne ciebie i niegodne tego, co czuję.

— A co ty czujesz, lordzie Ashburton?

Przez jego twarz przemknął cień bólu na dźwięk jej formalnego zwrotu. — Andrew. Proszę. Przynajmniej między nami, kiedy jesteśmy sami, chciałbym być dla ciebie po prostu Andrew.

W tej prośbie było tyle bezbronności, że Anna poczuła, jak jej determinacja słabnie. Mimo to zachowała dystans, nie chcąc dać się zwieść samym słowom po krzywdzie, jaką jej wyrządził.

— Przyszedłem przeprosić, nie za propozycję małżeństwa, lecz za to, *jak* ją złożyłem. Za to, że przedstawiłem to jako kwestię obowiązku, a nie najgłębsze pragnienie mojego serca.

Mimo woli Annie zabrakło tchu. Najgłębsze pragnienie jego serca? Studiowała jego twarz, szukając jakiegokolwiek śladu nieszczerości, jakiejkolwiek oznaki masek, które tak łatwo zakładał publicznie. Nie znalazła żadnej. Jego wyraz twarzy był otwarty, wręcz boleśnie szczery; każda emocja była widoczna w sposób, jakiego nigdy wcześniej u niego nie widziała.

— Dostrzegasz prawdę w koniach, ponieważ patrzysz uważnie. — Gestem wskazał na Perseusza, który obserwował ich z czujnym zainteresowaniem. — Widzisz więcej niż tylko hodowlę i trening; dostrzegasz prawdziwą naturę zwierzęcia, jego charakter. Patrzyłaś na mnie i widziałaś, kim naprawdę jestem, nawet gdy się ukrywałem. Stchórzyłem, nie robiąc tego samego wobec ciebie.

Anna z trudem przełknęła ślinę, walcząc z narastającym wzruszeniem. — Co zobaczyłeś, kiedy w końcu spojrzałeś?

Ashburton postąpił pół kroku bliżej, wciąż zachowując pełen szacunku dystans, ale teraz był już na tyle blisko, że mogła dostrzec lekkie drżenie jego dłoni i poczuć znajomy zapach sandałowca.

— Wszystko. — Przy tym słowie jego głos lekko się załamał. — Zobaczyłem wszystko, czego szukałem, nie wiedząc o tym. Twój genialny umysł, który dostrzega schematy niewidoczne dla innych. Twoją odwagę w obliczu niebezpieczeństwa — nie tę lekkomyślną brawurę kogoś, kto nie rozumie ryzyka, ale prawdziwą odwagę stawania twarzą w twarz ze strachem i działania mimo niego.

Gdy mówił, coś w jego twarzy się zmieniło; staranna kontrola, którą zazwyczaj zachowywał, ustąpiła miejsca czystym emocjom. Anna nie mogła oderwać od niego wzroku, urzeczona tym bezprecedensowym wglądem w duszę człowieka ukrytego pod starannie skonstruowanymi pozorami.

— Kocham twoją niezłomną lojalność wobec rodziny, twoją determinację, by udowodnić swoją wartość własnymi zasługami, a nie polegać na znajomościach czy okolicznościach. Kocham to, że popełniasz błędy i je naprawiasz, że potrafisz przyznać się do winy. — Jego głos stał się chropowaty, bardziej naglący. — Kocham to, że widzisz schematy, których nikt inny nie dostrzega. Że jesteś genialna zarówno w kontaktach z końmi, jak i przy szyfrach. Że trwasz przy swoim, nawet gdy wszyscy wokół wątpią.

Kocham. To słowo zawisło w powietrzu między nimi, potężne i zmieniające wszystko. Anna czuła, jak serce wali jej o żebra, a jej starannie budowane mury zaczynają pękać.

— Kocham cię. — Wyznanie padło prosto z serca, szczere i bez upiększeń. — Nie z obowiązku, nie dla wygody, bezpieczeństwa czy jakichkolwiek innych względów. Kocham cię i nie wyobrażam sobie życia bez ciebie. Myśl o tym, że mogłabyś wrócić do Belle Haven i że nigdy więcej miałbym cię nie zobaczyć, była nie do zniesienia.

Pojedyncza łza spłynęła po policzku Anny. Ręka Ashburtona uniosła się odruchowo, jakby chciał ją otrzeć, ale po chwili zawahała się, niepewna, czy jego gest zostanie przyjęty.

— Moi przełożeni rzeczywiście nakazali mi się z tobą ożenić. — Kontynuował swoją spowiedź, nawet gdy prawda nie działała na jego korzyść. — Ale dopiero po tym, jak już im powiedziałem, że biorę za ciebie odpowiedzialność. Zrozumieli moje słowa opatrznie, a ja pozwoliłem im wierzyć w to, co chcieli, bo dawało mi to wymówkę, by zrobić to, czego już pragnąłem, ale na co nie miałem odwagi zdobyć się samemu.

Zrobił kolejny mały krok, będąc teraz tak blisko, że Anna widziała delikatne zmarszczki mimiczne w kącikach jego oczu i lekki cień zarostu na szczęce.

— Anno Bell, pytam cię teraz właściwie, bez żadnych masek między nami: czy wyjdziesz za mnie? Nie dlatego, że żąda tego Ministerstwo Spraw Wewnętrznych, nie po to, by rozwiązać problem czy dopełnić obowiązku, ale dlatego, że cię kocham i chcę budować z tobą życie. Prawdziwe partnerstwo.

Jego oczy spotkały się z jej oczami, pełne bezbronności, a zarazem determinacji. — Moglibyśmy pracować razem, jeśli byś tego chciała. Twój umysł, twoje umiejętności w łamaniu szyfrów... moglibyśmy wspólnie stworzyć coś niezwykłego. Albo mogłabyś wrócić do Belle Haven, zarządzać hodowlą i księgami, tak jak zawsze, a ja z dumą stałbym u twego boku, wspierając każdą drogę, którą wybierzesz. Nie chcę cię chronić przed światem, Anno. Chcę stawiać mu czoła razem z tobą.

Słowa, które tak bardzo pragnęła usłyszeć, wypowiedziane z pełną szczerością. Zniknął starannie kontrolujący się agent, nienaganny arystokrata, człowiek kryjący się za protokołem i obowiązkiem. Na ich miejscu stał po prostu Andrew, oferując jej swoje serce bez zastrzeżeń i warunków.

— Proszę tylko o szansę, by kochać cię tak, jak na to zasługujesz. Jawnie, szczerze i całkowicie.

Anna poczuła, jak coś w jej piersi puszcza, jakby rozluźniła się ciasna obręcz bólu, która ścisnęła jej serce od ich ostatniego spotkania w tej stajni. Jego słowa dawały jej dokładnie to, na co liczyła, choć nigdy nie śmiała się tego spodziewać: uznanie jej prawdziwej wartości, nie jako użytecznego umysłu czy zagrożenia dla bezpieczeństwa, którym trzeba zarządzać, ale jako kobiety, którą kocha się bezgranicznie, i partnerki, którą się ceni.

Cisza między nimi przedłużała się, wypełniona cichym przestępowaniem koni w boksach, odległym trzaskaniem ognia płonącego w kominku w stajennym pokoju gościnnym i niemal niesłyszalnym drżeniem oddechu Ashburtona, czekającego na jej odpowiedź. Anna studiowała jego twarz w złotym świetle latarni, dostrzegając lęk kryjący się za nadzieją i kruchość pod maską odwagi.

— Właśnie tego pragnęłam — powiedziała w końcu cichym, lecz pewnym głosem. — Nie tego, by mnie chroniono czy by mną kierowano. Nie by ceniono mnie tylko za umiejętność rozwiązywania zagadek czy prowadzenia ksiąg hodowlanych. Chciałam zostać dostrzeżona. Tak naprawdę.

Na twarzy Ashburtona odmalowała się ulga, choć wciąż stał w całkowitym bezruchu, jakby obawiał się, że jakikolwiek gest mógłby zburzyć tę kruchą chwilę.

— Zakochałam się w tobie prawdziwym. Nie w masce pasjonata wyścigów ani w wyrachowanym szpiegu. Zakochałam się w człowieku, który pamiętał, jak piję herbatę, który szanował mój umysł, który mnie widział, gdy reszta świata patrzyła przeze mnie. Zawsze wiedziałam, że tam jesteś, pod tymi wszystkimi warstwami, które pokazywałeś innym.

Zrobiła mały krok w jego stronę, pokonując dystans, który jeszcze przed chwilą wydawał się nie do przebycia. — Ja też cię kocham. Myślę, że kocham cię, odkąd wyznałeś mi prawdę o tym, kim jesteś. Nie pomimo twoich oszustw, ale dlatego, że zaufałeś mi na tyle, by je odrzucić.

Ashburton głośno wciągnął powietrze. Jego dłoń uniosła się, zawisła blisko jej policzka, wciąż niepewna, czy może jej dotknąć bez wyraźnego przyzwolenia. — Anno — szepnął, a jej imię brzmiało na jego wargach niczym modlitwa.

Skinęła głową niemal niedostrzegalnie, dając mu nieme przyzwolenie, którego szukał. Jego palce przesunęły się po krzywiźnie jej policzka z taką czcią, że w jej oczach wezbrały nowe łzy. Jego dotyk był ciepły, dłonie miał lekko szorstkie od lat obcowania z końmi i bronią, a jednak były nieskończenie delikatne, gdy ujął jej twarz w dłonie.

— Mogę? — szepnął, przenosząc wzrok na jej usta.

Kolejne lekkie skinienie sprawiło, że jej serce zatrzepotało w piersi niczym przestraszony ptak.

Pochylił się powoli, dając jej każdą szansę, by mogła się wycofać lub zmienić zdanie. Lecz Anna nie miała zamiaru uciekać. Wychyliła się do przodu, prosto w jego ramiona.

Jego usta spotkały się z jej ustami z czułością; ten pocałunek był przeprosinami, wyrazem czci i obietnicą zarazem. Miękki, ciepły i przeszywająco słodki, posłał dreszcze przez całe jej ciało. Jego kciuki gładziły jej kości policzkowe, gdy trzymał jej twarz, jakby była skarbem o nieocenionej wartości.

Kiedy zaczął się odsuwać, Anna zaskoczyła go, podążając za nim, nie chcąc tak szybko przerywać tej bliskości. Jej dłoń powędrowała na kark Andrew, a palce splotły się w miękkich włosach przy kołnierzyku. Ten gest cichego żądania zdawał się coś w nim przełamać.

Ich drugi pocałunek był inny, głębszy; niepisane pragnienie ożywiło nacisk jego warg na jej usta. Tęsknota, lęk i ulga przelały się w ten pocałunek, wciąż niewinny, ale drżący od ledwie skrywanych emocji. Anna poczuła, że drży, nie ze strachu, lecz z oszałamiającej intensywności uczuć, które ją zalewały. Jego ramiona oplotły jej talię, przyciągając ją bliżej, aż poczuła gwałtowne bicie jego serca tuż przy swoim.

Gdy w końcu się rozdzielili, oboje z trudem łapiąc oddech, Ashburton oparł swoje czoło o jej czoło. Intymność tego gestu, tak prostego, a zarazem tak znamiennego, sprawiła, że serce Anny wezbrało czułością. On wciąż miał zamknięte oczy, jakby chciał wyryć tę chwilę w pamięci, zachowując każde doznanie, każdy oddech i każde uderzenie serca.

— Powiedz to jeszcze raz — szepnął chropowatym głosem. — Proszę.

— Kocham cię.

— Ja kocham *ciebie*. — Otworzył oczy, by spojrzeć w jej oczy. — Doprawdy, kocham cię mocniej, niż uważałem za możliwe.

Stali tak, trzymając się w objęciach, podczas gdy reszta świata przestała mieć znaczenie, aż Perseusz cicho zarżał i trącił Annę w plecy, pryskając urok chwili. Anna zaśmiała się cicho, a ten dźwięk wypłynął z nowo odkrytego źródła radości w jej wnętrzu.

— Zdaje się, że mamy widownię.

Ashburton uśmiechnął się, a ten wyraz sprawił, że jego twarz nabrała chłopięcego i beztroskiego wyrazu, jakiego Anna nigdy wcześniej nie widziała. — Nie wstydzę się kochać cię na oczach całego świata.

Wciąż trzymał ją w talii, jakby nie mógł znieść myśli o wypuszczeniu jej z objęć teraz, gdy w końcu przycisnął ją do siebie. — Powinniśmy pobrać się natychmiast. Tutaj, w Wiedniu, jeśli wyrazisz zgodę. Moje stanowisko daje nam dostęp do pewnych przywilejów i dyplomatycznych kontaktów, które mogą przyspieszyć formalności.

Anna pokiwała głową, choć na jej twarzy odmalował się lekki cień. — Chciałabym, żeby moi rodzice mogli przy tym być. Mój ojciec byłby taki dumny, oddając moją rękę. A moje młodsze siostry będą niepocieszone, że ominęła je rola druhen.

— Urządzimy drugą uroczystość w Belle Haven — obiecał natychmiast Ashburton. — Prawdziwe rodzinne święto, gdy tylko wrócimy do Anglii. Ale biorąc pod uwagę okoliczności, aresztowanie Wrexforda i uwagę, jaką może to przyciągnąć...

— Rozumiem. — Anna doceniła jego troskę o jej reputację. — Najlepiej będzie pobrać się szybko. — Zawahała się, po czym dodała: — Poza tym Clara... chociaż mówiłam ci, że wyjeżdżamy z Wiednia w przyszłym tygodniu, nie jestem pewna, czy to byłoby rozsądne. Jej ciąża jest już bardzo zaawansowana. Myślę, że będziemy musieli tu zostać aż do narodzin dziecka.

Wyraz twarzy Ashburtona złagodniał. — Twoja troska o siostrę przynosi ci zaszczyt. Choć podejrzewam, że lady Whitmore pierwsza nalegałaby, by twoje szczęście było na pierwszym miejscu.

— Być może, ale cicha uroczystość tutaj, a później rodzinne świętowanie, wydaje się idealnym kompromisem.

— Chcę cię zabrać do Belle Haven. — Oczy Ashburtona lśniły. — Chcę poznać twoją rodzinę jak należy, zobaczyć, gdzie dorastałaś, obserwować cię pośród koni, które hoduje twój ojciec. Chcę wiedzieć o tobie wszystko, Anno, pokochać każdego i wszystko, co jest dla ciebie ważne. Wszystko.

Szczera żarliwość w jego głosie sprawiła, że w oczach Anny znów zakręciły się łzy — tym razem ze szczęścia. — Mamy czas. Mamy teraz cały czas tego świata.

Uśmiech Ashburtona promieniał w złotym świetle. — Całe życie. Całe życie partnerstwa i prawdy między nami. Żadnych więcej masek, Anno. Obiecuję ci to.

Gdy jego usta znów odnalazły jej usta, pieczętując tę obietnicę, Anna poczuła, jak ostatnie jej wątpliwości rozwiewają się niczym poranna mgła w słońcu. Jakiekolwiek wyzwania czekały ich w przyszłości, z jakimikolwiek trudnościami przyjdzie im się mierzyć w ich niecodziennym związku, stawią im czoła razem — równi w miłości, równi w zaufaniu i równi w tej rzadkiej szczerości, o którą tak ciężko walczyli.

W ciepłej przystani stajni, w obecności koni i w blasku latarni, Anna Bell odnalazła swoje miejsce: w ramionach mężczyzny, który widział ją w całości i kochał bez zastrzeżeń, odrzuciwszy wreszcie wszystkie maski na rzecz prostej, odmieniającej życie prawdy płynącej z ich serc.

Epilog

Marzec, 1815

Eliza Bell stała nieruchomo pośród całkowitego chaosu panującego na głównym dziedzińcu stajennym w Belle Haven, obserwując stajennych i masztalerzy śmigających między boksami niczym rozdrażnione pszczoły. Wyprowadzali konie, zbierali rzędy, zabezpieczali zapasy na wyprawy o nieznanej długości. Stukot kopyt o bruk, okrzyki mężczyzn i rżenie zdezorientowanych wierzchowców tworzyły symfonię nieładu, która szarpała jej nerwy. Mimo to zachowywała starannie opanowany wyraz twarzy, z podbródkiem uniesionym w doskonałym naśladownictwie niezłomnej postawy ojca. Mając zaledwie osiemnaście lat, nie spodziewała się, że nagle stanie się odpowiedzialna za jeden z czołowych ośrodków hodowli koni w Anglii. Ale z drugiej strony, nikt nie spodziewał się też ucieczki Napoleona z Elby.

Wczorajsza popołudniowa rutyna została zburzona przez przybycie posłańca. Jego koń był spieniony i ciężko dyszał, a boki zwierzęcia pokrywały smugi potu i kurzu. Eliza była akurat na małym padoku z młodą klaczką, po raz pierwszy kładąc siodło na jej grzbiecie, gdy usłyszała zamieszanie. Zanim dotarła do głównego domu, ojciec czytał już wiadomość, a jego twarz z każdą linijką stawała się coraz bardziej ponura.

— Uciekł — powiedział Sir Richard głosem napiętym od kontrolowanego niepokoju. — Bonaparte opuścił Elbę i wrócił do Francji; właśnie teraz zbiera armię i maszeruje na Paryż. Książę Regent rozkazał zarekwirować dla kawalerii każdego dostępnego konia. Mam natychmiast stawić się w Londynie z tyloma wierzchowcami, ile tylko zdołamy wydać.

Wspomnienie tych słów wciąż mroziło Elizę. Przez ostatnie miesiące wojna była czymś odległym, cieniem unoszącym się po latach mroku. Teraz znów zaczęła majaczyć na horyzoncie, zagrażając wszystkiemu, co kochała.

Głos ojca przywołał ją do rzeczywistości. — Elizo! Gdzie jest ta lista?

Pospieszyła do jego boku, wyjmując z kieszeni starannie przygotowany inwentarz. — Tutaj, ojcze. Zgodnie z twoją prośbą zaznaczyłam na czerwono dwanaście najlepiej wyszkolonych koni, odpowiednich dla oficerów.

Sir Richard przebiegł wzrokiem listę, kiwając głową z aprobatą. — Dobra dziewczyna. — Jego oczy na chwilę złagodniały, gdy na nią spojrzał. — Wiem, że to straszny ciężar dla ciebie, gdy matka jest przy Molly przy porodzie, a Clara i Anna wciąż przebywają w Wiedniu. Ale nie ma nikogo innego.

— Poradzę sobie — odparła Eliza, starając się, by jej głos brzmiał pewnie. — Dobrze mnie nauczyłeś.

I tak właśnie było. Odkąd tylko nauczyła się chodzić, Eliza podążała za ojcem po stajniach Belle Haven, poznając linie krwi każdego konia, odpowiednią paszę na każdą porę roku i ucząc się, jak dostrzegać oznaki choroby lub niepokoju, zanim staną się poważne. Mogła być młoda, ale konie mówiły językiem, który rozumiała płynnie.

— Pan Pearson pomoże w rachunkach — kontynuował ojciec — a stary James zna harmonogram hodowlany lepiej niż ktokolwiek inny. Pani Fallon przeprowadzi się dziś z plebanii, by zarządzać domem, dopóki matka nie będzie mogła wrócić. Ale decyzje dotyczące koni...

— Będą należeć do mnie — dokończyła za niego. — Rozumiem.

Uścisnął krótko jej ramię, a ona dostrzegła w jego oczach wewnętrzny konflikt — poczucie obowiązku walczące z odpowiedzialnością za rodzinę i dom. Zmusiła się do uśmiechu, starając się wyglądać na bardziej pewną siebie, niż się czuła. — Poradzimy sobie wspaniale, ojcze. O nic się nie martw.

Patrzyła, jak dosiada jednego z ich najwspanialszych ogierów, konia, który tego samego popołudnia powinien zostać wypuszczony z klaczą, aby spłodzić następne pokolenie, a teraz stawał w obliczu niepewnej przyszłości. Za nim czekał sznur czterdziestu koni, dosiadanych lub prowadzonych przez ludzi, którzy wrócili do domów zaledwie kilka miesięcy wcześniej, a teraz znów ruszali na wojnę.

Przełknęła ślinę, czując ścisk w gardle. — Szczęść Boże, ojcze.

Sir Richard omiótł wzrokiem posiadłość po raz ostatni, po czym dał sygnał czekającemu rzędowi ludzi i koni. — Odjazd!

Procesja ruszyła przez bramę, z jej ojcem na czele, wyprostowanym i dumnym. Eliza stała, patrząc, dopóki ostatni koń nie zniknął z pola widzenia; jej wymuszony uśmiech zgasł dopiero wtedy, gdy była pewna, że nikt jej nie widzi.

— Panienko Elizo.

Odwróciła się i zobaczyła obok siebie pana Thorntona, głównego stajennego. Jego smagnięta wiatrem twarz była poorana troską, a czapkę wykręcał w sękatych dłoniach. Mając sześćdziesiąt cztery lata, służył w Belle Haven jeszcze za czasów jej dziadka, ale nigdy nie widział, by tak młoda dziewczyna zostawała sama u steru.

— Tak, panie Thornton?

— Wybaczy panienka śmiałość, ale są sprawy wymagające uwagi. Skoro tylu ludzi odeszło... — Zawahał się, wyraźnie skrępowany tym, że musi zawracać głowę kłopotami komuś tak młodemu.

— Proszę mówić bez ogródek — powiedziała Eliza, prostując ramiona. — Muszę wiedzieć o wszystkim.

Thornton skinął głową, sprawiając wrażenie uspokojonego jej bezpośrednim podejściem. — Cóż, panienko, harmonogram krycia... Ojciec panienki zaplanował trzydzieści sześć dopuszczeń w tym miesiącu, ale właśnie straciliśmy ponad połowę naszych ogierów i wszystkie młode ogierki. Trzeba będzie dobrać odpowiednie stanówki dla klaczy z tego, co nam zostało.

— Co jeszcze? — przynagliła Eliza, gdy zamilkł.

— Sześćdziesiąt wyźrebień spodziewanych w ciągu najbliższych trzech miesięcy, panienko. Zwykle mamy czterech ludzi tylko do stajni porodowej i tuzin kolejnych do czyszczenia boksów i przyuczania młodziaków do siodła. — Wskazał na pozostałych pracowników na dziedzińcu, głównie chłopców w wieku dwunastu lub trzynastu lat, oraz kilku mężczyzn zbyt starych, by wrócić do służby wojskowej. — Mamy ich łącznie ośmiu, a tylko trzech z jakimkolwiek prawdziwym doświadczeniem.

Eliza poczuła chwilowy przypływ paniki, niczym wzbierającą wodę. Sześćdziesiąt źrebiąt. Każde cenne ponad miarę, każde wymagające wprawnych rąk przy bezpiecznym przyjściu na świat. Harmonogram hodowlany, skrupulatnie planowany przez lata, by uzyskać idealne krzyżówki. Codzienna opieka nad prawie dwoma setkami koni pozostałymi w Belle Haven: źrebne klacze, klacze czekające na krycie, roczniaki i dwulatki, które trzeba było trenować w ręku, a potem zajeżdżać pod siodło, by mogły trafić do kawalerii, gdy skończą trzy lata. To wszystko było teraz *jej* odpowiedzialnością.

Zerknęła na księgę w ręku Thorntona, a potem na niespokojne twarze pracowników, którzy stopniowo się gromadzili, czekając na instrukcje. Patrzyli na nią, nie na Thorntona czy starego Jamesa, ale właśnie na nią. Czekali, aż wyznaczy im kierunek działania.

W jej pamięci wypłynęły słowa ojca sprzed lat: „Konie wyczuwają strach, Elizo. Jeśli ty będziesz przerażona, one też będą. Pokaż im spokojny autorytet, a pójdą za tobą wszędzie".

Ludzie, uznała, wcale tak bardzo się nie różnili.

Eliza wyprostowała się, uniosła podbródek i przemówiła czystym głosem, który niósł się po dziedzińcu. — Panie Thornton, do południa chcę mieć pełny inwentarz naszych zapasów paszy, abyśmy mogli zamówić to, co niezbędne, by uzupełnić braki po tym, co musiał zabrać mój ojciec. Jamesie, zacznij poprawiać harmonogram hodowlany w oparciu o ogiery, które nam pozostały; daj pierwszeństwo klaczom, które już są w rui. Moja siostra Charlotte ma świetne rozeznanie w naszych liniach krwi i wie, jakie dobory będą odpowiednie, poproszę ją, żeby przyszła ci pomóc.

Odwróciła się do stajennych. — Phillipie, Adamie, wy dwaj natychmiast rozpoczniecie szkolenie w zespole porodowym. Pokazaliście, że macie dobre podejście do roczniaków; czas nauczyć się czegoś więcej.

Głos Eliza stał się pewniejszy, gdy dostrzegła rodzący się szacunek na otaczających ją twarzach. — Dawna rotacja nie sprawdzi się przy naszej obecnej liczbie pracowników. Stworzymy nowe zespoły; każdy mężczyzna i chłopiec nauczy się zadań wykraczających poza jego zwykłe obowiązki. Będziemy rekrutować. Każdego, kogo znacie, a kto szuka pracy, chłopców czy dziewczęta, nieważne, przysyłajcie do mnie. Potrzebujemy więcej rąk do pracy i *musimy* je zdobyć. Konie z Belle Haven otrzymają taką samą opiekę jak zawsze.

Smagnięta wiatrem twarz Thorntona rozciągnęła się w pełnym uznania uśmiechu. — Bardzo dobrze, panienko Elizo. Od czego zaczniemy?

— Od śniadania — odparła, odwzajemniając uśmiech z błyskiem swojej zwykłej, figlarnej pewności siebie. — Rzadko podejmuje się dobre decyzje z pustym żołądkiem. Potem bierzemy się do pracy.

Gdy pracownicy się rozeszli, Eliza pozwoliła sobie na jedno spojrzenie w stronę drogi, na której zniknął jej ojciec. Ciężar odpowiedzialności spoczywał teraz na jej barkach nieco lżej. Belle Haven przetrwa, a ona dopilnuje, by rozkwitało, gdy ojciec wróci, bez względu na to, jak długo to potrwa.

Słońce późnego popołudnia wpadało przez okna gabinetu, rzucając złote prostokąty na księgę hodowlaną rozłożoną przed Elizą. Żuła nieobecnym wzrokiem końcówkę ołówka — nawyk, za który matka nieustannie ją karciła — przeliczając wiosenny program hodowlany. Trzy z ich najlepszych ogierów były w drodze do Londynu z jej ojcem, więc dziesiątki starannie zaplanowanych dopuszczeń wymagały rewizji. Przunęła palcem w dół kolumny klaczy rozpłodowych, dopasowując w myślach każdą z nich do pozostałych ogierów, po czym przekazała listę swojej najmłodszej siostrze Charlotte, która miała sprawdzić, czy pokrewieństwo nie jest zbyt bliskie. Linie krwi tańczyły jej w głowie; oceny budowy, temperamentu, szybkości — każdy czynnik był starannie ważony. To był znajomy teren, zagadka dziedziczności, którą rozwiązywała, odkąd tylko nauczyła się czytać.

— Lady Daphne — mruknęła, stukając w stronę, gdzie imię siwej klaczy zostało wypisane starannym pismem jej ojca. — Pierwotnie planowana dla Posejdona, ale on już odjechał. — Rozważyła alternatywy. — Hefajstos ma szybkość, ale nie tę budowę kości... Merkury... nie, to jej wuj...

Drzwi otworzyły się z taką siłą, że ołówek Eliza przejechał po stronie, zostawiając brzydki ślad na trzech skrupulatnie zapisanych pozycjach. Podniosła wzrok, gotowa zganić intruza, ale zobaczyła młodego Tommy'ego, jednego ze stajennych, który ściskał czapkę w dłoniach, a jego twarz płonęła z ekscytacji.

— Panienko Elizo! Panienko Elizo! — wydyszał, ewidentnie przebiegłszy całą drogę skądkolwiek przybył. — Przy bramie jest żołnierz! Oficer, panienko, prowadzi konia!

— Proszę się uspokoić, Tommy — powiedziała, wstając zza biurka. — Jaki oficer? Z którego pułku?

— Kawaleria, panienko, wygląda zupełnie jak mundur majora Blair-Fortescue. Cały przepisowy, z mosiężnymi guzikami i w ogóle. Ale wygląda na zmęczonego, panienko, strasznie zmęczonego. I ten koń... — Oczy chłopca się rozszerzyły. — To wspaniały, wielki ogier, ale coś jest nie tak z jego oczami.

Eliza była już w ruchu, wygładzając swoją skromną, szarą suknię, gdy spieszyła z gabinetu. — Proszę znaleźć pana Thorntona i powiedzieć mu, żeby natychmiast spotkał się ze mną przy głównej bramie — poleciła, wydłużając krok w holu wejściowym. Wojskowy oficer z rannym ogierem mógł oznaczać kłopoty lub szansę, a ona musiała ustalić, co to za przypadek.

— Nie! — złapała za obrożę Cezara, jednego z mastifów ojca, gdy pies zamierzał wybiec przed nią. Psy były szkolone do obrony Belle Haven i mogłyby szczekaniem spłoszyć konie oficera. — Zostajesz w środku! — Przecisnęła się przez frontowe drzwi, zamykając je przed nosami zawiedzionego Cezara.

Popołudniowe słońce na chwilę ją oślepiło, gdy wyszła na zewnątrz, zmuszając do osłonięcia oczu. Gdy wzrok jej się przyzwyczaił, zobaczyła scenę przy bramie: wysoka postać w zakurzonym mundurze stała między dwoma końmi. Jeden był pospolitym gniadoszem, wyraźnie wyczerpanym długą podróżą. Drugi zaś...

Elizie zaparło dech. Nawet z dystansu drugi koń przyciągał uwagę; potężny, jasny, jabłkowity siwy ogier o niezaprzeczalnej linii wysokiej klasy hodowli. Dumny łuk szyi, głęboka klatka piersiowa, idealne proporcje — wszystko to świadczyło o wyjątkowej jakości. Koń z Belle Haven bez cienia wątpliwości, choć go nie rozpoznawała. Ale gdy podeszła bliżej, zauważyła to, co próbował opisać Tommy: oczy ogiera były zamglone, niegdyś jasne gałki oczne teraz zbielały od ślepoty. Szarpane blizny pokrywały jego łeb, tworząc czarne linie na tle jasnej, siwej sierści.

Oficer wyprostował się, gdy podchodziła, zdejmując kapelusz w geście szacunku. Pomimo śladów podróży na mundurze i ewidentnego znużenia w postawie, zachowywał wojskowy rygor, prostując ramiona w walce ze zmęczeniem.

— Panna Bell? — zapytał.

— Jestem Eliza Bell — potwierdziła, zatrzymując się kilka kroków od niego i taksując wzrokiem jego mundur, by szybko ustalić rangę. — W czym mogę panu pomóc, poruczniku...?

— Llewellyn, panienko. Porucznik David Llewellyn, 16. Pułk Lekkich Dragonów. — Jego głos miał nieoczekiwany śpiewny akcent. Nie była to sztywna mowa Londynu ani przeciąganie samogłosek charakterystyczne dla arystokratycznej klasy oficerskiej, lecz coś łagodniejszego i bardziej melodyjnego. Walijczyk, uświadomiła sobie. Ukłonił się lekko. — Przywiodłem go do domu.

Jej wzrok spoczął na wspaniałym ogierze, który stał zupełnie nieruchomo. Jego ślepe oczy zdawały się wpatrywać w nicość, a uszy obracały się na dźwięk ich głosów. Sposób, w jaki Llewellyn wypowiedział słowo „dom", upewnił ją, że nie był to zwykły koń wojskowy.

— Mogę? — zapytała, wskazując na ogiera.

Llewellyn skinął głową. — Jest dość łagodny, panienko, choć teraz, gdy nic nie widzi, stał się ostrożny.

Eliza podeszła powoli, nie ze strachu, lecz z szacunku. Wykonywała celowe ruchy, mówiąc cicho, gdy wyciągnęła rękę. — Witaj, piękny chłopcze. Przeszedłeś długą drogę, prawda?

Chrapy ogiera rozszerzyły się, chwytając jej zapach. Jego łeb zwrócił się precyzyjnie w stronę głosu, uszy nastawiły się z inteligentnym zainteresowaniem. Gdy jej dłoń dotknęła jego szyi, pozostał nieruchomy, przyjmując jej obecność z godnością króla przyjmującego poddanego.

— On jest od nas, prawda? — zapytała. — Ale nie przypominam go sobie dokładnie.

— Ma dziesięć lat, sądząc po uzębieniu — wyjaśnił Llewellyn.

Co być może wszystko wyjaśniało. Ogier musiał być nieułożonym trzylatkiem, gdy opuszczał Belle Haven, a Eliza miała wtedy zaledwie jedenaście lat.

— Spotkaliśmy się dość... niespodziewanie. — Wzrok porucznika stał się nieobecny, jakby patrzył poza spokojne krajobrazy Hampshire, ku miejscu znacznie mroczniejszemu. — Mój wierzchowiec, Ozyrys, został pode mną zastrzelony podczas mojego pierwszego starcia. Tyralierzy odcięli nam odwrót. Zostałem otoczony przez wrogich żołnierzy, byłem pewien, że zginę albo trafię do niewoli.

Podniósł rękę i pogładził pokiereszowany łeb ogiera delikatnymi palcami, które przeczyły ich sile. — Wtedy przypomniało mi się coś, co pokazywała nam panna Molly w Sandhurst. Mówiła, że wszystkie konie z Belle Haven są trenowane tak, by reagować na charakterystyczny gwizd.

Llewellyn przyłożył palce do ust i zademonstrował, wydając z siebie trójtonowy sygnał, który gwałtownie wznosił się na końcu. Natychmiast uszy ogiera stanęły na baczność, a jego ślepy łeb zwrócił się w stronę dźwięku.

Eliza skinęła głową ze zrozumieniem. Było to częścią szkolenia, które przechodził u nich każdy koń, ale tylko koń z Belle Haven mógł na nie zareagować.

— Właśnie tak — kontynuował Llewellyn, uśmiechając się na reakcję konia. — Byłem w takiej desperacji, że gotów byłem spróbować wszystkiego. Ten ogier wyłonił się przed moimi oczami spośród dymu i ognia, jego jeździec już poległ. Nie wiem, jak brzmiało jego pierwotne imię, ale nazwałem go Hermes, ze względu na jego szybkość. — Głos porucznika złagodniał z nieskrywaną czułością. — Tego dnia dowiózł mnie w bezpieczne miejsce, a potem towarzyszył mi w niezliczonych bitwach.

Eliza obserwowała dłonie porucznika, gdy mówił, dostrzegając modzele charakterystyczne dla koniarza oraz pewność i spokój w dotyku, gdy gładził szyję ogiera. Nie były to miękkie dłonie oficera, który dosiada wierzchowca jedynie podczas parad; były to ręce człowieka, który dba o swoje zwierzę i rozumie więź łączącą konia z jeźdźcem.

— Walczyliśmy razem przez dwa lata — ciągnął Llewellyn. — Wydawał się... niezwyciężony. — Głos mu lekko zadrżał. — Dopóki wybuch armatni nie zaskoczył nas zbyt blisko. Obaj padliśmy. Moja ręka była złamana, jego pysk... — Wskazał na blizny. — Lekarze wojskowi nie zdołali uratować mu wzroku.

— A jednak tu jest — zauważyła Eliza, patrząc, jak ogier lgnie do dłoni porucznika, szukając ukojenia w jego dotyku.

— Chcieli go natychmiast uśpić — przyznał Llewellyn, a przez jego twarz przemknął cień buntu. — To standardowa procedura w przypadku ociemniałego wierzchowca. Ale nie pozwoliłem na to. Ogiery z Belle Haven nie są własnością armii, którą można ot tak wyrzucić; mają wrócić do domu po zakończeniu służby. — Lekko uniósł podbródek. — Tak brzmi umowa.

Eliza skinęła głową, pod wrażeniem znajomości warunków, jakie jej ojciec wynegocjował z pułkami kawalerii. Większość oficerów nie zawracałaby sobie głowy takimi szczegółami, a co dopiero ich przestrzeganiem w chaosie wojny. Niewiele ogierów z Belle Haven wracało do domu; pamiętała tylko jeden inny przypadek, Apolla, którego jej siostra Molly sprowadziła z Sandhurst. Mogłaby sobie życzyć, by Apollo był tutaj teraz, ale przebywał w posiadłości Molly w Oxfordshire; ojciec podarował go jej i jej mężowi, Timowi, jako prezent ślubny, by mogli założyć własną hodowlę.

— Pomyślałem... — Llewellyn zawahał się, a jego pewność siebie po raz pierwszy osłabła. — Może i jest ślepy, ale czy nadal można by go wykorzystać do rozrodu? — To stwierdzenie zamieniło się w pytanie, a jego ton stał się niemal błagalny. — Jego odwaga, inteligencja; z pewnością te cechy są warte zachowania w jego linii krwi?

Eliza przyjrzała się ogierowi fachowym okiem, oceniając jego budowę i sposób, w jaki się poruszał, zmieniając pozycję. Mimo ślepoty Hermes wciąż zachowywał naturalną równowagę i wdzięk. Jego potężny zad, czysta linia nóg, głęboka klatka piersiowa — wszystko świadczyło o wyjątkowej klasie. Ojciec zawsze powtarzał, że w hodowli chodzi o coś więcej niż wygląd; chodzi o serce, o te nieuchwytne przymioty, które odróżniają dobrego konia od wielkiego. Istniały doskonałe powody, dla których ten koń nie został wykastrowany jako źrebię. Powody, które teraz mogły bardzo dobrze służyć jej celom.

— Tak — powiedziała stanowczo, w myślach już planując potencjalne skojarzenia i dobierając klacze, które mogłyby dopełnić specyficzne atuty tego ogiera, gdy tylko sprawdzi rok, w którym został wysłany do kawalerii, i ustali dokładnie jego rodowód. — Hermes z nawiązką zasłużył na swoje miejsce w Belle Haven. Dziękuję Panu za sprowadzenie go do domu.

Ulga, która odmalowała się na twarzy porucznika Llewellyna, była tak namacalna, że Eliza zrozumiała, jak bardzo los ogiera mu ciążył. To nie zwykłe poczucie obowiązku przywiodło go do Belle Haven ze ślepym koniem; to był dług honorowy, więź wykuta w ogniu wojny.

— To ja pani dziękuję, panno Bell — odrzekł po prostu, a walijski akcent w jego głosie stał się wyraźniejszy pod wpływem emocji. — Dziękuję.

Hermes zarżał cicho, jakby dodając własne podziękowania, a jego ociemniałe oczy jakimś sposobem odnalazły Elizę mimo kalectwa. W tej chwili poczuła, jak ciężar nowej odpowiedzialności spoczywa na jej barkach jeszcze mocniej. Na tym właśnie polegało zarządzanie Belle Haven: na podejmowaniu decyzji nie tylko w sprawach ksiąg rachunkowych i harmonogramów karmienia, ale dotyczących życia i przyszłości.

— Proszę za mną do stajni ogierów — poleciła Eliza, obracając się na pięcie. — Musimy przygotować dla Hermesa specjalny boks. — Ruszyła przodem przez dziedziniec, wołając do przechodzącego stajennego, nie zwalniając kroku: — Phillip! Powiedz panu Thorntonowi, że umieszczam tego ogiera w północnej stajni. I niech kucharka przygotuje ciepły mesz z melasą, jest zbyt chudy. — Zerknęła przez ramię na porucznika Llewellyna, który podążał za nią, trzymając ostrożnie w dłoni uwiąz Hermesa, a za nimi kłusował niepozorny gniadosz. — Ogiery trzymamy w północnej stajni; tam jest spokojniej, z dala od klaczy.

Stajnia ogierów stała oddzielnie od głównego kompleksu, był to długi, solidny budynek z wiekowego kamienia z wysoko umieszczonymi oknami, które wpuszczały światło, nie tworząc ostrych cieni. Gdy podeszli bliżej, wyłoniło się dwóch kolejnych młodych masztalerzy, najwyraźniej zaalarmowanych przez Phillipa. Eliza zwróciła się do nich z tą samą naturalną stanowczością.

— Robercie, proszę przynieść z siodlarni miękki kantar, ten wyściełany skórą, którego używamy dla wrażliwych roczniaków. Adamie, proszę się upewnić, że w boksie i w korytarzu prowadzącym do niego nie ma żadnych przeszkód, a potem zaprowadzić wałacha porucznika do głównej stajni i się nim zająć. — Chłopcy pospieszyli wykonać polecenia, a Eliza dostrzegła błysk zaskoczenia na twarzy Llewellyna. Uniósł lekko brwi, a w jego spojrzeniu pojawił się nowy szacunek.

— Wyznam, panno Bell — odezwał się, gdy weszli w chłodny półmrok stajni — że spodziewałem się zastać sir Richarda lub jego rządcę. Reputacja pani ojca w kręgach kawaleryjskich jest ogromna.

— Mój ojciec został wczoraj wezwany do Londynu — odparła, prowadząc ich środkową alejką. — Ucieczka Napoleona zakłóciła spokój w wielu domach, panie poruczniku.

Dotarli do boksu, który zwolnił się zaledwie kilka godzin wcześniej. Eliza poddała go krytycznej ocenie. Chłopcy spisali się dobrze, sprzątając go i ścieląc nową ściółkę, bez wątpienia z polecenia pana Thorntona. Przestronny i głęboko wyłożony świeżą słomą, był dokładnie tym, czego potrzebowała.

— I nie został tu żaden mężczyzna sprawujący nadzór? — zapytał Llewellyn głosem starannie neutralnym, choć Eliza wyczuła w nim nutę niepokoju. — Może jakiś zarządca?

— Moja matka jest u siostry, Molly, która lada dzień spodziewa się pierwszego dziecka — kontynuowała Eliza, nie dając bezpośredniej odpowiedzi na jego pytanie, przesuwając dłonią po drzwiach boksu w poszukiwaniu wszelkich chropowatości, które mogłyby zranić niewidomego konia. — Moje pozostałe siostry, Clara i Anna, są w Wiedniu; Anna niedawno wyszła tam za mąż, a Clara również jest przy nadziei. Więc zostałam tylko ja. — Odwróciła się do niego bezpośrednio. — Zarządzam tym wszystkim.

Llewellyn rozejrzał się po ogromnej stajni, a potem wyjrzał przez otwarte drzwi na podwórze, gdzie młodzi stajenni krzątali się z wiadrami i naręczami rzędów końskich. Jego wzrok powrócił do Eliza, a wyraz jego twarzy łączył szacunek z wyraźną troską.

— A więc to tylko pani — powtórzył powoli. — Sama zarządza tym wszystkim? W czasie wojny?

Eliza poczuła, jak sztywnieje jej kręgosłup. Stało się, oto zwątpienie, którego się spodziewała — kwestionowanie jej umiejętności ze względu na młody wiek, płeć, lub jedno i drugie. Widziała to rano w oczach stajennych, choć zniknęło wystarczająco szybko, gdy tylko okazała stanowczość i pewność siebie.

Niezależnie od tego, jak niepewnie mogła się czuć w głębi duszy, Eliza Bell nigdy nie zamierzała pozwolić nikomu tego dostrzec.

— Jestem w pełni kompetentna, panie poruczniku — odparła głosem chłodniejszym niż wcześniej. — Belle Haven jest moim domem od urodzenia. Pomagałam ojcu w każdym aspekcie zarządzania posiadłością.

Llewellyn uniósł dłoń w pojednawczym geście. — Nie chciałem pani urazić, panno Bell. Chodziło mi jedynie o to, że nastały niepewne czasy, a konie z Belle Haven mają dla kawalerii wartość nie do przecenienia. Najlepsze wierzchowce w Europie, jak mówią liczni, wliczając w to mnie.

Komplement nieco ją udobruchał, choć zachowała godną postawę. — Istotnie. I właśnie dlatego otrzymają najlepszą opiekę, bez względu na to, kto ją nadzoruje.

Robert wrócił z miękkim kantarem i skupili uwagę na zakwaterowaniu Hermesa w jego nowym domu. Eliza patrzyła, jak Llewellyn wprowadza ogiera do boksu, cały czas mówiąc do niego cicho i pozwalając mu poznawać otoczenie przez dotyk, by ślepy koń się nie spłoszył.

— Trzy kroki do przodu, tak jest — mruczał Llewellyn. — Teraz pod kopytami masz słomę, sporo jej tutaj. Ściana po lewej, poidło prosto przed tobą.

Eliza zauważyła, że porucznik porusza się ostrożnie, ustawiając ciało tak, by zrekompensować jakiś uraz. Lekko utykał na lewą nogę, przenosząc ciężar ciała, gdy stał nieruchomo. I choć jego prawa ręka wydawała się sprawna, używał jej oszczędnie, polegając bardziej na lewej przy prowadzeniu konia. Cienie pod jego oczami świadczyły o długich podróżach i jeszcze dłuższych bitwach.

Gdy Hermes zadomowił się już w boksie, obracając się raz, zanim znalazł wygodną pozycję, Elizę uderzyło podobieństwo między koniem a jeźdźcem. Obaj nosili znamiona wojny: ślepota i blizny ogiera były oczywiste, urazy porucznika bardziej skryte, ale nie mniej realne. Dwaj wojownicy, którzy wrócili poturbowani, ale nieugięci.

— Będzie potrzebował czasu, by zapamiętać przestrzeń — powiedział Llewellyn, odsuwając się w końcu od boksu i zamykając drzwiczki. — Ślepe konie tworzą sobie w głowie mapę otoczenia. Gdy tylko pozna wymiary boksu oraz położenie paszy i wody, będzie poruszał się z zaskakującą pewnością siebie.

— Studiował pan to zagadnienie — zauważyła Eliza.

Słaby uśmiech przemknął przez zmęczoną twarz Llewellyna. — Musiałem się tego nauczyć. W pułku uważano mnie za szaleńca, gdy upierałem się przy sprowadzeniu go do domu zamiast zgodzić się na standardowe rozwiązanie. — Coś stwardniało w jego spojrzeniu. — Ale byłem mu to winien przynajmniej tyle; wielokrotnie uratował mi życie.

Eliza skinęła głową, rozumiejąc to doskonale. Konie z Belle Haven nie były zwykłymi narzędziami ani bronią; były partnerami, którym należał się szacunek w zamian za ich służbę. Ojciec wpajał jej to przekonanie od najwcześniejszego dzieciństwa.

Llewellyn odchrząknął. — Panno Bell, zastanawiam się, czy mógłbym coś zaproponować. — Zawahał się, zdając się starannie dobierać słowa. — Jestem na przedłużonym urlopie, dopóki rany się nie zagoją. Pułk nie spodziewa się mojego powrotu przez co najmniej dwa miesiące, mimo nowin o Napoleonie; nie mogę strzelać z karabinu ani jeździć z moim oddziałem, dopóki nie będę w pełni sprawny.

Rozejrzał się po stajni, a potem wyjrzał na podwórze, gdzie przerzedzona służba spieszyła się z wieczornymi obowiązkami. — Skoro pani ojca nie ma, a stajennych jest niewielu, może mógłbym zostać i pomóc? Mam doświadczenie z wierzchowcami kawaleryjskimi i... — Jego wzrok powrócił do Hermesa. — Mam dług wdzięczności wobec Belle Haven. Najmniej, co mogę zrobić, to pomóc w tym trudnym czasie.

Praktyczna strona umysłu Eliza natychmiast dostrzegła wartość tej propozycji. Doświadczony oficer kawalerii, zaznajomiony z potrzebami i treningiem koni wojskowych, byłby nieocenioną pomocą pod nieobecność ojca. Jednak jej duma poczuła się urażona sugestią, że potrzebuje ratunku i nie poradzi sobie bez męskiego wsparcia.

— Zapewniam pana, że panujemy nad sytuacją — odparła sztywniej, niż zamierzała.

— Nie wątpię w to — powiedział szybko. — Ale to niepewne czasy. Ucieczka Bonapartego wywoła skutki, których nie potrafimy jeszcze przewidzieć. Dodatkowa ochrona dla koni może okazać się roztropnym posunięciem.

Ochrona. To słowo zawisło między nimi, uwypuklając obawę, którą Eliza zepchnęła na dno pamięci. Konie z Belle Haven rzeczywiście były cenne, nie tylko w kategoriach finansowych, ale potencjalnie dla każdego, kto chciałby zakłócić brytyjskie przygotowania wojenne. Mając do dyspozycji jedynie młodych chłopców i starszych mężczyzn, posiadłość była bardziej narażona na niebezpieczeństwo niż od lat, a może i kiedykolwiek.

Mimo to przyjęcie pomocy wydawało się przyznaniem do porażki, potwierdzeniem wątpliwości, które widziała w oczach innych. Już otwierała usta, by ponownie odmówić, gdy Hermes zwrócił ku niej swój ociemniały pysk i zarżał cicho. Dźwięk był łagodny, niemal pytający, jakby ogier wyrażał swoją opinię w tej kwestii.

W tej chwili Eliza spojrzała poza swoją dumę, na realia sytuacji. Wkrótce ma się urodzić sześćdziesiąt źrebiąt. Trzeba podjąć kluczowe decyzje hodowlane. Pojawiły się kwestie bezpieczeństwa, których nawet w pełni nie rozważyła. A przed nią stał człowiek, który zaryzykował prawdopodobny gniew przełożonych, by ocalić jednego z ich koni, który rozumiał wartość linii krwi z Belle Haven i który oferował pomoc nie dlatego, że w nią wątpił, ale dlatego, że szanował to, czego strzegła.

— Dobrze — powiedziała w końcu, podejmując decyzję. Wyciągnęła do niego dłoń w oficjalnym geście, tak jak widywała to u ojca przy finalizowaniu interesów. — Ale proszę zrozumieć, że to rozwiązanie tymczasowe, panie poruczniku Llewellyn, a ja pozostaję tu osobą decyzyjną. Belle Haven podlega mojemu zwierzchnictwu do powrotu ojca.

Llewellyn uścisnął jej dłoń, pewnie, lecz z szacunkiem. Miał dłoń szorstką od wodzy i broni, ciepłą mimo chłodnego popołudnia. — Oczywiście, panno Bell. Nie wyobrażam sobie tego inaczej.

Hermes zarżał ponownie, tym razem ciszej, niemal jak w westchnieniu zadowolenia. Przez chwilę koń i ludzie trwali w bezruchu: ślepy ogier, ranny porucznik i młoda kobieta, na której barkach spoczywał ciężar niespodziewanej odpowiedzialności. Trzej nieoczywiści sojusznicy, połączeni przez wojnę i los, stawiający czoła niepewnej przyszłości.

Gdy Eliza cofnęła rękę, poczuła, że atmosfera między nimi uległa zmianie. Nie była to jeszcze przyjaźń, ale początek porozumienia. Partnerstwo zrodzone z konieczności i przypieczętowane wzajemnym uznaniem swojej wartości. Jakiekolwiek wyzwania czekały Belle Haven w tych niepewnych czasach, stawią im czoła wspólnie.

— A zatem — powiedziała, znów stając się rzeczową — musi być pan wygłodniały po podróży. Dopilnujemy, by Hermes dostał wieczorny obrok, a potem dołączy pan do mnie i moich sióstr przy kolacji. Mamy wiele do omówienia w kwestii funkcjonowania Belle Haven, jeśli ma pan być nam do jakiejkolwiek pomocy.

Cień uśmiechu pojawił się na ustach Llewellyna. — Tak, panno Bell. Tak jak pani uważa za stosowne.

Eliza skinęła głową, usatysfakcjonowana tym uznaniem jej autorytetu. Być może przyjęcie pomocy wcale nie było oznaką słabości, lecz raczej cechą prawdziwie sprawnego przywódcy. Ojciec by to zrozumiał, a może nawet pochwalił. Na razie wystarczyło, że Belle Haven zyskało nieoczekiwanego sojusznika w tych trudnych chwilach.

KONIEC

Szukaj dalszych losów Eliza w książce *Panna Eliza przejmuje ster*, już wkrótce!

Inne książki autorki Catherine Bilson

Rumieniące się panny

Hrabia dla Ellen
Markiz dla Marianne
Książę dla Diany
Kapitan dla Clarissy

Panny z Belle Haven

Narzeczona z Belle Haven
  Panna Molly i uparty major
  Panna Clara i markiz
  Pomyłka panny Anny
  Panna Eliza przejmuje ster
  Kłopoty z panną Charlotte
  Zakochana panna Laura
  Wścibska panna Louise

  St. George i Potwór z Rzeki (tylko dla subskrybentów newslettera)

Poznaj wszystkie publikacje Shenanigans Press, odwiedzając naszą stronę internetową, https://www.shenanigenspress.com/pl!

Możesz też obserwować nas w mediach społecznościowych – jesteśmy na Facebooku i Instagramie (@ShenanigansPressPolska)

I nie zapomnij zapisać się do naszego newslettera, aby otrzymywać informacje o nowościach, promocjach, konkursach i wiele więcej!